文学史发生学

Literature

对话录

杨义 著

南方出版传媒
花城出版社
中国·广州

图书在版编目（CIP）数据

文学史发生学对话录 / 杨义著. -- 广州：花城出版社，2021.10
 ISBN 978-7-5360-9492-5

Ⅰ.①文… Ⅱ.①杨… Ⅲ.①文学史研究 Ⅳ.①I109

中国版本图书馆CIP数据核字(2021)第182032号

出 版 人：肖延兵
策划编辑：黎　萍
责任编辑：黎　萍　蔡　宇
技术编辑：凌春梅
美术编辑：吴丹娜
封面插画：姚炫妃

书　　名	文学史发生学对话录 WENXUESHI FASHENGXUE DUIHUALU
出版发行	花城出版社 （广州市环市东路水荫路11号）
经　　销	全国新华书店
印　　刷	恒美印务（广州）有限公司 （广州南沙经济技术开发区环市大道南路334号）
开　　本	880毫米×1230毫米　32开
印　　张	11.875　2插页
字　　数	214,000字
版　　次	2021年10月第1版　2021年10月第1次印刷
定　　价	68.00元

如发现印装质量问题，请直接与印刷厂联系调换。
购书热线：020-37604658　37602954
花城出版社网站：http://www.fcph.com.cn

2013年4月杨义访问哈佛大学。

目 录

对话一　高端文学史的特质和标准
一、问题的起因……………………………………… 003
二、文学史的私人性和对话意识…………………… 012
三、鲁迅写文学史的经验…………………………… 018
四、文学的表达受现实表达模式的制约…………… 021
五、还原历史现场…………………………………… 028
六、文学地理与礼乐文明…………………………… 035

对话二　文学史如何发端
一、理想文学史畅想曲的第二乐章………………… 047
二、小说史与文学史………………………………… 049
三、文献学的根基需要史识点亮精神……………… 055
四、春秋晚期"三元典"与文学史的发端………… 057
五、尊重中国人的原创权…………………………… 060
六、以还原的思维方式直接面对经典……………… 064
七、"文化重于种族"的原理……………………… 065
八、现代性是一个历史概念………………………… 068
九、中国人的时空模式……………………………… 074

十、第七名举人的怪圈……………………………………… 085

对话三　文学史的连续性和阶段性

一、大文学观的驱动力和灵性………………………………… 093
二、中西文学史分期的异同…………………………………… 095
三、国家不幸诗家幸…………………………………………… 099
四、价值观过滤着文学史……………………………………… 103
五、"元小说"与"反元小说"………………………………… 112
六、"先秦小说"的发生学 …………………………………… 118
七、诸子学与文学……………………………………………… 124
八、诗骚传统与人文地理学…………………………………… 131
九、从屈原赋到宋玉赋………………………………………… 140

对话四　文学史写作的取材问题

一、取材于把握典型…………………………………………… 145
二、取材要直趋材料的原本…………………………………… 147
三、注意文本中的历史文化地层叠压………………………… 150
四、揭示文学史的思想史底蕴………………………………… 152
五、以史识点亮文献学………………………………………… 155
六、既把握经典，又凿破经典………………………………… 159
七、文学史与经典史…………………………………………… 169
八、东西方大倾向下的例外…………………………………… 178
九、民族对经典的选择………………………………………… 180

十、经典的发生学与时代思潮的总体进程⋯⋯⋯⋯ 187

对话五　开拓文学史的新视野、新境界
一、从选材入手开发趣味性⋯⋯⋯⋯⋯⋯⋯⋯⋯ 193
二、个人的生命体验和整个民族的生命体验⋯⋯⋯ 196
三、培养好奇心和追问究竟的欲望冲动⋯⋯⋯⋯⋯ 200
四、着手解决中国文化根本上的重大命题⋯⋯⋯⋯ 208
五、王纲解纽，文学精灵就蹦蹦跳跳登场⋯⋯⋯⋯ 214
六、反归纳法的妙用⋯⋯⋯⋯⋯⋯⋯⋯⋯⋯⋯⋯ 221

对话六　文学史写作的个案研究法
一、叩问典型个案⋯⋯⋯⋯⋯⋯⋯⋯⋯⋯⋯⋯⋯ 229
二、从发生学上考察"明代四大奇书"⋯⋯⋯⋯⋯ 232
三、中国史诗的形成⋯⋯⋯⋯⋯⋯⋯⋯⋯⋯⋯⋯ 239
四、"主弱从强"的人物结构⋯⋯⋯⋯⋯⋯⋯⋯⋯ 252
五、巾帼与须眉⋯⋯⋯⋯⋯⋯⋯⋯⋯⋯⋯⋯⋯⋯ 255
六、逻辑、非逻辑、反逻辑⋯⋯⋯⋯⋯⋯⋯⋯⋯ 258
七、警惕"灭人之国，必先去其史"⋯⋯⋯⋯⋯⋯ 262
八、《东坡笠屐图》的人生风范⋯⋯⋯⋯⋯⋯⋯⋯ 268

对话七　文学史关注的空间与关注者的立场
一、"神魔小说"：神也是魔，魔也是神⋯⋯⋯⋯ 273
二、游戏的笔墨，出自自由的心态⋯⋯⋯⋯⋯⋯⋯ 279

三、"中国根柢全在道教"……………………………… 285
四、社会思潮与文学经典的形态…………………………… 288
五、中国民间精神写照的史诗性作品……………………… 295
六、读书变成了读智慧……………………………………… 301
七、结构之道和结构之技…………………………………… 308
八、中国学术走向世界要靠两条腿………………………… 311

对话八 文学史著述者的本体素质

一、对《红楼梦》的解读触及中国思想文化的根本……… 317
二、关于"钗黛合一"……………………………………… 319
三、以"太虚"追寻庄子诗意栖居的生存哲学…………… 323
四、兴趣读书和哲理读书…………………………………… 331
五、超悲剧的"凤凰涅槃"………………………………… 336
六、群星灿烂与"一览众山小"的文化景观再思考……… 341
七、经典化与快餐化………………………………………… 348
八、揣摩是读书的乐趣……………………………………… 364
九、以故事形式打开的民族历程、民族文化精神
　　的教科书………………………………………………… 369

对话一
高端文学史的特质和标准

  读了一批写得比较全面、比较稳妥，材料又比较多的文学史，你再读那些有点探索性的文学史，就看出它的问题出在哪儿，它的不足在哪儿。因为探索性是可贵的，但它总在一种不平衡里探索，用这个来推动学术的前进，你迈一只脚往前走，那是失去平衡，要迈另一只脚，才能够在前进中达到全新的平衡。

一、问题的起因

老　师：各位同学好！最近我有一个想法，就是思考怎么才能写好一部《中国文学史》，从先秦讲到鲁迅，讲它三千年。为什么我会产生这种想法呢？因为我对过去的文学史，多数是不太满意的。这就是说要有一种新的思路、新的眼光、新的情怀和新的方法去看待这一事物；就是把文学史和思想文化史、社会生活史、精神史结合起来写，而且要结合得有理有据，融洽无间，要写得有思想、有神韵、有趣味；追求讲得很生动，列举许多生动活泼的事例，做到雅俗共赏，还能中外共赏。就是说写出来的这部文学史，中国人爱看，外国人也爱看，就写30万字，不用多写了，不能像《中国现代小说史》那样写到150万字，这样才可以方便读者，作为大量发行的必读书。

通过这个学期博士生的课堂讨论，梳理清楚了这部文学史应该怎么写，理想的，或高端的文学史应该是什么样的，它编纂的原则应该是什么，编纂的体例应该怎样，编纂的方法又是怎么样的。然后探讨这部文学史应该从哪里写起，一步一步地把关键点都清理出来。我们讲课就采取老师和学生互动的方式，大家一块儿来参与，众人拾柴火焰高。你们的发言，要如实地详细地记录下来，整理出来，这就形成了新的高端文学史是怎么发生的材料。

然后，在这一个材料的基础上再来实施文学史的写作计划。我要借写新文学史的机会给自己充电，丰富自己，壮大自己。充电的第一步就是用互动讲课的方式跟大家来商量，思考文学史的新问题、新思路，思考中国文学史要怎么样写，怎么样在新的理解上来写。所以今天讨论的题目，就是讲一讲，你们读过哪些文学史，觉得哪几部文学史写得很好，好在什么地方，而你的理想中的文学史应该是怎样的，你最想读的文学史是怎样的。因为你们都是博士生了，应该读过不止一两种文学史了，那么你觉得哪些文学史最能打动你，最有新意？中国在过去的一百年里写了两千部文学史，大量的文学史都是教科书，对学科建设起了重要作用，但是值得反复阅读的不算太多，问题到底出在哪里？针对这一种状况，我们要写好一部文学史，应该有什么样的认知准备，应该怎样开个好头？所谓标准，"标"是投射器，"准"是靶心。标准是为了在一定的范围内获得最佳秩序、选取衡量事物的最妥当的准则。只不过最佳秩序、最妥当的准则，都不是一成不变的，在研究者独到的视野和境界中，存在着精深的裁断。我们今天就讨论这一个问题：你读过哪些文学史？理想中的文学史的标准应该是什么样子？

女学生 A：听老师讲文学史，脑子里就想起我以前看了苏州大学朱栋霖主编的文学史，因为复习考研的时候看过。还有一套是钱理群、温儒敏、吴福辉教授等人编著的，是一本很薄的《中国现代文学三十年》。

我觉得文学史要关注文学的标准问题。我总觉得我之前看过的一些文学史，因为篇幅的原因，每一章、每一节几乎都是在拎出某一个重点，然后对这一个重点进行讲解。这很适合我们复习考试，但是针对个人的感受不是很多。较私人化，或者见解独到的文学史，我认为有两部，一部是杨义老师的小说史，还有一部是夏志清老师的小说史。

老　师：理想的文学史，往往是个人写的。个人著史，可以把自己的核心理念一以贯之。

女学生Ａ：对此，我的感受蛮深的。关于文学标准的感受，我更倾向于较为私人化的表述。我觉得私人化的小说史，有它独特的叙述角度，更能给我一些启发。就是它说得也很全面，每一个重点基本上都能拎出来。另外，编写文学史，需要考虑读者，我是学习这门专业的，所以我更关注的是视角。因为文学史基本上拎的是一种主线。对于文学史的编写，也要注意到底是写给哪一部分人读的，我现在还没有多想，谁来补充？

男学生Ａ：老师，我读到的文学史，主要是三种：一个是袁行霈老师主编的，第二个是钱基博老先生的文学史，还有一个是复旦的骆玉明老师编的《简明中国文学史》。

老　师：钱基博的文学史主要是讲近代的，他叫作现代，其实讲的是晚清到民国初年的文学。

男学生Ａ：对。我觉得钱基博写文学史，语言风格是非常简明、简练。现在的文学史多是大部头，读起来其实是挺累的。老师刚刚提到要写一本雅俗共赏的文学史，我想主要强调语言风格的问题。

老　师：要把文学史写得雅俗共赏，运用一些有趣的例证很重要，包括一些别有滋味的掌故。有些掌故可能经不起历史考证，但是它们的出现，就是人类精神史的一种想象，蕴含着为什么会这样想象的理由。比如说刘邦斩白蛇起义，《史记》写的是赤帝之子斩白帝之子，把刘邦打天下加以神圣化了。但是沛县的大风歌博物馆讲了另外一个斩白蛇的故事：刘邦举剑斩白蛇的时候，白蛇开口说话了。白蛇说：你斩我的头，我就报复你的头；你斩我的尾巴，我就报复你的尾巴。刘邦一剑把白蛇从中间砍断了，所以得到了报复，就出了一个王莽，把西汉和东汉从中间斩断了。这个掌故应该是三国六朝之后的一种想象，因为汉朝已经成为历史。这种掌故是一个精神史的问题，司马迁写《史记·高祖本纪》可以写刘邦以赤帝之子斩白帝之子，后人写更灵动的文学史，为什么这么一个掌故不能讲呢？我们的文学史难道就非要一味地到书面文献上找材料，写得古古板板，而排斥口头传统，不能把口头传统和书面传统融合起来吗？口头传统进入文学史，也可以反映历代人的精神过程。过去很多的老先生，说是多有学问，就在于他们多懂一点掌故。比如讲苏东坡，就有掌故。佛印与苏东坡参禅，佛印说他看苏东坡像一座佛，苏东坡说他看佛印是一堆狗屎。似乎苏东坡占了便宜，但是你看人是佛，折射着你心中有佛，你看人是狗屎，折射着你心中有狗屎。这才是佛家的"净垢观"。这些掌故，不仅非常有趣，而且相当深刻，发人遐想。所以我们怎么样写文学史，确实存在着许多值得考虑的问题。清人钱曾《也是园藏书目》的通俗小说戏曲类部，著录《古今演义三国志》《旧本罗贯中水浒传》《黎园广记》三种；宋人词话部分著录《灯花婆婆》《种瓜张老》《紫罗盖头》《女报冤》《风吹轿儿》《错斩崔宁》《小（山）亭儿》《西湖三塔》《冯玉梅团圆》《简帖和尚》《李焕生五阵雨》《小金钱》《宣和遗事》《烟粉小说》《奇闻类记》及《湖海奇闻》十六种。正是在这些杂录中，我们得以窥见许多发生于勾栏瓦舍的通俗小说的身影，窥见说书人的想象和听书人的趣味。

女学生D：两年前我读过两卷本的《剑桥中国文学史》，是西方一些汉学家写的。我觉得这跟中国人写的文学史是很不同的。他们遴选了一批有造诣的汉学家，对各自精通的领域进行阐释，那些观点都是比较西方化的，然而读了确实给人耳目一新的感受。以比较新颖的观点来审视我们熟悉的中国文学史，必然颠覆我们的许多成见，使我们用第三只眼睛来看自己。我觉得这样一部文学史给非文学专业人士去读，不会觉得读不下去，因为它讲的东西学术性并不是那么强。由于视角不同，真正做学术的人读下来可能也会有一些新的发现。像袁行霈先生主编的《中国文学史》，我觉得是特别适合做教材，就是特别稳重，按照编年史的方式和顺序这样一点一点捋下来的，它就是一本教材。

老　师：我们现在的一些文学史写得冠冕堂皇，把一些公共知识反复打磨，打磨得精光溜亮。但是它缺少一些东西，缺少对少数民族的关照，那样就只是汉族的文学史。少数民族的文学没有写进来，这能够说它是一部完整的中国文学史吗？应该认识到，对少数民族文学的诠释，是一种根本性的诠释，关系到对中华民族共同体的总体把握。比如说，少数民族的《格萨尔王传》等三大史诗，难道不应该写吗？公元11世纪，就是与欧阳修、苏东坡同一个时代，维吾尔族出现了一部《福乐智慧》，是13 000行的一部诗剧。13 000行意味着什么？但丁的《神曲》就是13 000行。我们为什么不把这部伟大的诗剧写进文学史呢？藏族的《格萨尔王传》是世界上最长的史诗，有60万诗行，有的人说100万诗行。因为艺人还在不断地唱，几百个民间艺人在唱，每一个人唱的都不太一样，基本的故事梗概是一样的，里面的细节不一样，表达方式不一样。像这么一些根本性的大问题，少数民族的这些伟大的创造，难道不应该写进主流文学史来吗？我们要讲中国故事，司马迁的《史记》中就讲了很多的中国故事。中国的历史书在讲中国故事，再加上少数民族的民间也讲了很多口头的故事，这一些都应该是我们的文学史认真关照的中国故事。如果我们能讲100个精彩的中国故事给外国人听，中国文化的精髓、中国人的智慧就讲出来了。其实讲好中国故事，提供演绎中华文化的最好的故事版本，那是中国人向外国人发出声音的最好的方法。故事可以触摸，可以勾住人们的精神丝缕。萧何月夜追韩信，促使刘邦设坛拜韩信为大将军，开拓了楚汉之争的新局面，这是刘邦建立汉朝的一个关键。这里涉及人才观的问题。还有"圯上纳履"，张良在博浪沙袭击秦始皇失败而隐藏在下邳，黄石公想点拨张良的智慧，首先要克服张良的浮躁，磨炼其精神的韧性。黄石公让他一再提早来到桥头，让张良捡起故意跌落的鞋子给他穿上，才说出"孺子可教"的话。黄石公可能早就已经了解张良，但是他就要磨炼张良的精神韧劲和智慧，用桥下捡鞋子给人穿上的办法，使张良以韧劲隐藏神机莫测的智慧。就连那么厉害的韩信，也被张良一下子套进去了。韩信恃功自傲，说他要当假齐王，刘邦就发火了。张良和陈平就踩刘邦的脚，示意不能这样，刘邦反口封韩信为真齐王。因为韩信当时是一大力量，楚汉之争，加一个韩信，是三股力量。韩信打下整个北方，拥兵 30 万，"韩信用兵多多益善"。不制服韩信的力量，就不能获得天下。韩信受恩于刘邦，他实际上不一定想造反，但是他要做大。韩信觉得樊哙这一些人，即跟随刘邦附骥尾起义而封列侯的 30 个人，大都是只会冲冲杀杀，真正有能力用大兵团打开局面的还是他韩信。不想造反而想做大的韩信，刘邦在的时候还能控制他。韩信、陈平原来都在项羽的手下，项羽就不知道他们是人才，连首席谋士范增都给项羽气跑了。项羽只知道用六国诸侯的后代，封他们为诸侯，自己来当霸王，这必然就失去了很多真正的人才。刘邦却封了原来在项羽的手底下当一个小军官的韩信当了大将军，使他成了汉初三杰之一，最终消灭项羽于垓下。垓下之围，刘邦率领 10 万大军，彭越也有 10 万大军，项羽当时还有 10 万大军，足以和他们抗衡。但是，韩信从北方发出 30 万大军，项羽只能向南逃跑了。所以垓下之围，项羽的主要劲敌是韩信。"力拔山兮气盖世"的项羽，最终败亡。令人无奈的是"飞鸟尽，良弓藏；狡兔死，走狗烹"，韩信后来被吕后（在刘邦默许下）

作为一个反叛者诛杀了。可能历来人们都觉得他是被冤枉的。所以我们的文学史怎样写楚汉之争中的韩信，就是问题。楚汉之争及西汉创立，对于《史记》来说，属于近代史，司马迁以深邃的思想和生花妙笔，为后世留下了许多生机勃勃的典型人物和历史教训，以其"史家之绝唱，无韵之《离骚》"的神采，启迪了我们的文学史书写。

女学生B：我对以往的文学史，尤其是以此为代表的教材类文学史，不太满意，就是因为它们缺少对社会思想史、政治史、文化史的一种关怀，单纯地在文学发展历史的这一条线上去下功夫。比如说讲到明清文学，可能就是把小说、诗文拿出来讲一讲。而《剑桥中国文学史》就会有一些我们中国人不太爱讲的专题，比如说它会讲八股文，就是八股文跟政治史、文学史之间的互动关系。还比如，它提及明清文学，就一定会谈及商业出版的问题，在我们传统中国人自己编的文学史里面好像不是太重视这一块。特别是它重视民间文学的信息，这一点对明清影响力非常大。但是我们中国人在讲的时候，可能只注重那些经典的东西，缺少对社会文化的透视，我们缺少对它的根基的描述和挖掘，以此考察文学是在一个什么样的社会环境里生长出来的。它单纯就文学讲文学，而事实上跟文学相关的东西，像杨老师说的民间传统啊，少数民族传统啊，这都影响了那些经典的形成。就是我们太关注于那一小部分的经典文献，但是对这些经典文献所生长的更大的社会土壤涉及较少。

老　师：依你说的，明朝中晚期以后，印刷术的进步使得文学商品化了。对这一些问题，我们研究得还不够细致、不够深透。可以专门考察书籍印刷方面的机制。实际上当时的雕版印刷，一版可能就印一两百套，再多的就模糊了。当时的刻工比较便宜，《红楼梦》可能一版就印一两百套。以成本加利润定价，每套要10两银子，当时的一个太守的幕僚，一个月5两银子的津贴还不能买一套。那200套就卖2 000两，就有很大的赚头，起码有一倍的赚头，所以我们现在为什么看到《红楼梦》的程甲本、程乙本，在图书馆都成了难得的善本。我们文学研究所里面有程乙本和乾隆抄本，那是海内孤本。如果像现在一印就是5000套，那找起来就容易得多了。所以这一些书的历史存在状况，应该很仔细地重新去思量。书籍的印刷机制影响了书籍的传播机制。因此，思量应该以"还原"作为方法论。比如宋代"说书四家"，"说三分"衍化出《三国演义》；"说铁骑儿"衍化出《水浒传》："说经"衍化出《西游记》；"说小说"衍化出《金瓶梅》。它们是宋、元、明时代民间文化、民间精神、民间智慧的结晶。从思想史上说，他们属于宋元明这800年的中国智慧。这样，我们就不会把《三国演义》简单地看作陈寿《三国志》的通俗化了，而是看成是宋、元、明三代民间思想与知识界思想的融合。这是从发生学上看问题的结果。

二、文学史的私人性和对话意识

女学生 B：我觉得一个学者在编写文学史的时候的很多想法，可能还没有确定，但是能不能以一种问题的形式提出来，给读者更多放射性思维、更多启发？那些比较平稳的文学史，把大家所承认的既有的学术观念放上去，读起来就没有什么太大的意思。但是如果把文学史当成一种学术的著作，凸显编者的学术观点，这就是我比较喜欢看那种私人化的文学史的原因：能够与编者的学术观点进行对话。

老　师：文学史写作加强对话意识，开发对话深度是非常必要的。和古人对话的形式，是多种多样的。就是过去的"诗文评"和小说戏曲的序跋，也可以作为对话的材料，显示古人和今人对同一部文本的不同理解。差异折射着时代，折射着个性，是鲜活的文化形迹。

　　读私人化的文学史，可以对照教材式的文学史。20 世纪 80 年代末，木心客居纽约时期讲的《文学回忆录》，我不知道算不算文学史。但是我读了之后有感受，还是蛮喜欢的。因为它有中西的对比，西方这个时候在干什么，中国同一时间发生了什么，然后他对陶渊明等作家进行分析，观感特别私人化，对我有启发。如果你只是读了很多作品，而没有更多的比较，就可能把你局限住了。

　　读基本的经典文献还是必要的，关键在于怎样读。木心觉得文学是可爱的，生活是好玩的，艺术是要有所牺牲的。他采取放松的心态看文学，这可以引发思维的放射性。同时，放松加上严谨，在严谨中注入科学的眼光，才有可靠的根基。

老　师：读了一批写得比较全面、比较稳妥，材料又比较多的文学史，你再读那些有点探索性的文学史，就看出它的问题出在哪儿，它的不足在哪儿。因为探索性是可贵的，但它总是在一种不平衡里探索，用这个来推动学术的前进，你迈一只脚往前走，那是失去平衡，要迈另一只脚，才能够在前进中达到全新的平衡。如果都是站着不动的，那么整个文学史的编纂就没有生命了，没有动力了。

有些文学史家提出的观点是文学写人性，但是集体写作的书，序言中的这个观点是不是能够贯穿始终，我没有仔细读过，不敢贸然发言。现在市面上有很多文学史，不少是大部头。有中国人写的，有外国人写的，存在着很多探索，有很多不一样的地方。因为中国文化说起来有五千年，历史很悠久，所以一旦开篇写什么东西的时候，本身就会感到非常厚重，尤其是在一些不太了解文学专业方面知识的人士看起来，就觉得有压力。可以把它们不同的观点集中起来，进行比较对照。中国人比较擅长宏大叙事，喜欢集体书写大型的文学史。我觉得文学史书写要步步创新，多讲前人没有讲过的话，不妨把文学史小型化、精粹化，或者多样化。我做了一种图志式的文学史，很多人都很喜欢，以原始的图配上一些短文，把图也当成文学史的原始材料，图文互动，以史统图，由图出史，注重趣味。文学图志成为一种文学史方式，是我开了这种风气，后来许多人就提出读图时代的说法了。

女同学 C：外国的神话故事非常有名，比如说《一千零一夜》。其实它每一篇都是独立成一个系统，小小篇幅，从任何地方看起来都是一个完整的叙事。这就能够流传得很广。但是中国就是缺少这样的叙事方式，只能从头看到尾，很多人没有这么多时间从头看到尾，所以它的流传就不会这么广。所以我觉得如果要重新写一部文学史的话，就把它写得小一点，精粹一些，但是趣味性多一些。或者是像前面同学所说的，就是把很多文学、政治、社会方面等结合起来。文学在中国，从古至今跟哲学、宗教、民俗和历史都是分不开的，所以可以把文史哲这一些东西都结合在一起，融合成一个一个小的亮点，然后把它以故事的形式呈现出来，这可能创造出一种新的样子的文学史。

男同学 B：我们常看的，肯定是袁行霈老师主编的那部《中国文学史》，它的思路和线索比较清晰，按照朝代来分，论述有代表性的作家作品，这样对知识的积累是比较有帮助的。它告诉你在这一些朝代里面，文学领域发生了一些什么事情。但是它的一大缺点是没有把文学发展的规律描述出来。我觉得中国古代的思想体系，归纳起来就是儒释道三家的思想。官方的主流思想体系对中国文学的影响非常深刻，比如说佛道思想、轮回的思想、劝生的思想，几乎就是我们明清小说（包括明清戏曲）的一个叙事程序化，造成了一个程序化发展的叙事规律。神仙思想的修炼，几乎就是当时写小说的想象力的一个源泉，所以说宗教对于我们的文学发展规律有非常大的影响。但是我们以往的文学史对于这一块几乎提得很少，顶多是在提到某一个作家的时候一句带过，比如说李白的诗歌里面受到道教的影响。但是总体来说，它没有对各个朝代的宗教思想进行一个比较系统的梳理。我觉得应该从宗教的角度，从释和道的思想的角度来解释文学史。从这个角度看问题，鲁迅所讲"中国的根柢在道教"，就很值得研究文学史的人去仔细揣摩。

女同学B：我比较喜欢朱栋霖老师的文学史。我觉得文学史就是应该还文学一个本来面目，不应该过多地和政治有任何的牵扯。在五四新文化运动时期，独立的思想、个人主义和自由主义思想都很发达，后来慢慢地就被政治上的事情所影响。我喜欢朱栋霖关于曹禺的研究，因为我是一个比较喜欢曹禺的人，我很不赞同把曹禺的《雷雨》归纳为社会问题剧，我觉得他的《雷雨》就像曹禺本人所说的"我写的是一首诗，一首抒情诗"，就像易卜生说的，他的《玩偶之家》写的是一首诗，不是问题剧一样。所以我希望文学史呈现出来的应该是一种私人化的状态，就是对于个体生命的一种致敬吧。我想如果能把个人的感性的体验放到文学史里面，同时又不要让那种过分的感性，或者说主观臆断的东西在里面，能够做到相对客观一些，主观和客观的妥善结合，我觉得应该是好的文学史品格。

老　师：这需要反思，反思以一个"反"字释放出思想。其实有一些很有历史，又很敏锐的情境，就值得我们反思，朱光潜先生就做过这样的反思。他认为，荆轲刺秦王中如果是一剑就把秦王刺死了，《红楼梦》中如果贾宝玉娶了林黛玉，这就失去了悲剧的力量，失去了诗之美。它们正是因为由这样的真实行为延伸出这么一种缺陷,才产生这一种令人千古扼腕的悲剧力量。这种对文学的深层体验,我觉得都可以放在文学史里面来讲,如果真的是贾宝玉娶林黛玉可能又是一个非常吊诡的悲剧。因为他们没有独立的社会经济体制作为支撑。

女学生D:我觉得,原来作为学校教材的文学史,是一个很传统的体系,很传统地介绍历朝历代的代表性作家作品。另外我还自己看过《剑桥中国文学史》,这也是比较有代表性的、以海外汉学家的视角写就的一部文学史,每一章都是由研究这一时段的代表学者写成的,是欧美汉学家眼光的集大成的著作吧。我还看过日本京都大学的汉学家吉川幸次郎写的中国文学史,主要是写中国古代的。这一部书,我觉得从三个非中国学者撰写的中国文学史的角度,展示了跟中国作家略微不一样的视角。第一个是它比较着重写中国的文学对他们国家文学的发展所产生的影响:中国文学是怎么流传到他们(日本)那儿去的,与他们国家的文学作品有一个什么样的互动关系。作者探讨了元杂剧跟日本能剧的关系。就像美国的宇文所安,他们除了着重考虑中国古代的散文之外,也很看重中国古代的诗词,诗词这一章写得特别丰富。日本人对唐宋诗的重视是众所周知的。我觉得这就是视角不同,日本汉学家从自我的角度出发,去剖析中国的古代文学,他们看到一个时代文学的日本效应,看到它发展的特别之处,不像我们中国人看每一个时代的文学都很繁荣,他们更着重去分析中国文学最繁荣的那么几个点。第二个就是他们的视角可能会平均一些。我们写中国古代文学史的时候，比如说写到初唐，我们都写初唐四杰，写王杨卢骆，还稍微写一下宫体诗，然后就到了盛唐诗歌的发展。但日本汉学家就是在这初唐的时候，发现散文也是相当发展了的一种文体，包括文人的碑铭、文人的序文，还有文人作的骈文。我们所谓初唐无文，那是因为受到韩愈倡导古文运动的影响，大部分的中国文学史，基本上都不会着重写初唐的散文。我们写文学史要考虑到刚才各位同学所说的"大而全、小而精"的问题，就是中国这数千年来，洋洋洒洒、浩浩荡荡的文学史，怎么样去选择更杰出的部分，怎么样涵盖中国各个朝代所有的文体，或者所有的文学表征，我觉得这是一个问题吧。第三个就是文学史无非要有一个回目的篇章，甚至要有断代文体。中国古代文学史大部分喜欢一个朝代写一章，写一节，包括现代文学史也是如此。但是国外汉学家就有不同的视角，《剑桥中国文学史》的分章，它有时候按世纪分，把初唐的一部分——武则天之前的唐代，分进了隋朝，写在了上一节里面。这就和日本不同，日本汉学家分朝代的时候，就把宋齐梁陈单独地列了出来，不像我们会写成一章叫作两晋南北朝时期的南朝的文学发展。我觉得文学史分时代设篇章，也能看出作者的一种文学观吧，就是他不光考虑到了时间的问题，他还考虑到文学类型发展的延续性的问题，比如初唐诗肯定是跟南朝的宫体诗分开来写的。日本人按照他们熟悉的西方历史分期，划分历史朝代脉络和热点，分为古世、近世和今世。这就是他们研究古代史的一个套路，把它搬到了古代文学史的范畴里来。我觉得这可能是写文学史的另一个问题，就是在你划分朝代，或者是划分章节回目的时候,怎么样做到既考虑文学发展的连续性,又能够更清晰地突出一个时代特征,这可能跟中国古代史的社会断代比较类似的。

三、鲁迅写文学史的经验

老　师:讨论问题的一个好办法,就是转身寻找新的方向,或者叫作"转身术"。我们对文学史发生学已经讨论了一个小时,今天这个题目还能够讲下去吗?实际上这里需要来一个"转身术"。我们经常谈论鲁迅的创作,但是我们在文学史写作中如何继承鲁迅的传统,还是一个问题,那里有许多智慧可以发掘。鲁迅的《汉文学史纲要》,是怎么讲先秦的文学的?他首先从文字至文章讲起,认为"连属文字,亦谓之文。而其兴盛,盖亦由巫史乎",并且以"昔葛天氏之乐,三人操牛尾,投足以歌八阕",作为与乐、舞未分的诗歌的开端。鲁迅又从文学的角度,突出《庄子》,突出《孟子》,这就突出了文学的价值体系。他认为《孟子》"叙述则时特精妙",尤其推许"墦(坟墓)间乞食"一段:

齐人有一妻一妾而处室者。其良人出,则必餍酒食而后反;其妻问所与饮食者,尽富贵也。其妻告其妾曰:"良人出,则必餍酒食而后反,问其与饮食者,尽富贵也,而未尝有显者来,吾将瞷良人之所之也。"蚤起,施从良人之所之。遍国中无与立谈者,卒之东郭墦间,之祭者,乞其余;不足,又顾而之他。此其为餍足之道也。其妻归,告其妾曰:"良人者,所仰望而终身也,今若此。"与其妾讪其良人,而相泣于中庭。而良人未之知也,施施从外来,骄其妻妾。

对于庄子,认为他"著书十余万言,大抵寓言,人物土地,皆空言无事实,而其文则汪洋捭阖,仪态万方,晚周诸子之作,莫能先也"。

又特别推崇《庄子·应帝王》中这则寓言:

南海之帝为儵,北海之帝为忽,中央之帝为混沌。儵与忽时与相遇于混沌之地,混沌待之甚善。儵与忽谋报混沌之德,曰:人皆有七窍以视听食息,此独无有。尝试凿之。日凿一窍,七日而混沌死。

所有这些,都是由鲁迅独到的眼光来形成的文学史叙述形态,精心剖析了若干文学史的亮点,敏捷而有精神。在《中国小说史略》中,他每一个章节都注意小说发展跟当时的社会思想、文化思潮的关系。小说的存在价值,不是孤立的,小说要从文化中获得自身的意义。为什么出现神话传说?为什么到了晚明的时候会出现才子佳人的小说?他都从政治、经济、文化、社会思潮这些角度来探索它的奥秘。为什么六朝时期产生志怪小说?他认为那志怪,在古人的信仰中，是真实存在的。鲁迅如此揭示志怪小说与宗教及民俗信仰的关系：

> 中国本信巫，秦汉以来，神仙之说盛行，汉末又大畅巫风，而鬼道愈炽；会小乘佛教亦入中土，渐见流传。凡此，皆张皇鬼神，称道灵异，故自晋迄隋，特多鬼神志怪之书。其书有出于文人者，有出于教徒者。文人之作，虽非如释道二家，意在自神其教，然亦非有意为小说，盖当时以为幽明虽殊途，而人鬼乃皆实有，故其叙述异事，与记载人间常事，自视固无诚妄之别矣。

这就像后代的纪晓岚的《阅微草堂笔记》，作者总要交代这一个怪异的事情是哪里来的，是谁告诉他的，都讲得清清楚楚。所以我们的文学史应该认真分析一下各种文体的宗教和民俗信仰的渊源，把小说所在的折叠着的文化图卷，展开来好好地端详一下。鲁迅写《中国小说史略》的思路跟后来的文学史不太一样，理解了鲁迅，就切中后来不少文学史的弊端。尤其近来有一些人说，要回到文学，书写纯文学史，那么就会把文学从朝代思潮中游离出来，从丰富的文化维度中游离出来。其实，这些文化维度的投射，影响了文学的本质，离开整个文化的环境，文学的内涵、气象、形式，都会发生变化。问题在于文学史要把宗教、民俗信仰等各种文化因素的演进和渗透，写得有根据、有深度、有趣味、有情怀，令人读了之后觉得很有意思，回味无穷。文学的生命是感性的，感性的深处隐藏着理性，如果对文学的存在出现了一种新的感受，许多问题好像就会豁然开朗，甚至你还回去在被窝里偷偷地看它，偷偷地发笑。我指的是鲁迅的《中国小说史略》，他在北京大学的课堂上讲演时自然用白话，形成文字却是文言文，因为当时那一些反对白话文的人，嘲笑白话作家写不好文言文，所以蔡元培还以鲁迅这部《中国小说史略》来反驳他。但是鲁迅在北京大学的讲堂上讲小说史，用的是富有幽默感的白话，听他讲小说史的人听得很开心，都在下面窃笑。鲁迅是很幽默的，往往看出小说的背后大有奥秘，所以他讲的是很生活化的，可惜那时候没有录音，不然就可以把这录音，跟写成文言文的讲义相比较。我们都知道他写出来的只不过是一个纲要，课堂发挥的东西可能更包含着他的思想体验和人生体验。只不过后来的回忆录，只讲到听了发笑，没有把为什么发笑一五一十地记录下来。没有运用录音录像的设备，就流失了很多的文学史写作的智慧。

四、文学的表达受现实表达模式的制约

老　师：事情原本存在的状态与人们用来表述的文字，是存在着差距的，是经过脑袋梳理过的，只能根据当时人们习以为常的表述模式来处理。唐人白行简写的传奇《李娃传》，据元稹《酬翰林白学士代书一百韵》说："翰墨题名尽，光阴听话移。"原注："尝于新昌宅说《一枝花》话，自寅至巳，犹未毕词也。"宋代的《醉翁谈

录》解释说:"李娃,长安娼女也。字亚仙,旧名一枝花……娃封汧国夫人。"他们"自寅至巳"听了八个小时,如果用录音整理,起码有三四万字。但是听故事的白行简,只会用"史汉笔法"进行转述,写成的《李娃传》就三千多字,后世就觉得写得很传神细腻了。就说《水浒传》吧,那是用白话整理出来的,但是既然经过整理,就有删节,和勾栏瓦舍说书人说的东西存在着不少差别。比如说大名府劫法场的"石秀跳楼",头头尾尾才一千多字。但是据说师父说到石秀把脚搭在栏杆上的时候,因家中有急事,要离开十日,让他的徒弟接着讲。徒弟就肆意渲染,说石秀看到法场上出现了什么什么情况,发生了什么什么意外,石秀又想到卢俊义如何如何、梁山泊的救兵如何如何,石秀东张西望,心烦意乱,等待最好的劫法场的时机,这些都讲述得细腻透顶,令人拍案惊奇。徒弟讲了整整十天,师父回来了,但石秀的一只脚还搭在栏杆上,没有跳下来,让师父接着继续讲。你想想,一天你少说也要讲两三万字吧,十天就二三十万字,比现在见到的《水浒传》写石秀跳楼,多上二三百倍。这当然是极而言之的传说,却也说明,说书人中真是藏龙卧虎,个个口舌如风,好了不得。《水浒传》哪里最精彩?武松十回,是全书最精彩的篇章。但是扬州的王少堂演绎祖传书目《水浒》,名扬海内外,留下"听戏要听梅兰芳,听书要听王少堂"的绝佳赞誉。王少堂遣词造句如行云流水,音腔韵律抑扬顿挫,以其"甜、粘、锋、辣"清新脱俗的风格,评说武松十回,整理成演出本《武松》上下册。苏州吴君玉留下了苏州评话《"水浒"之"武松"》四十四回,从景阳冈打虎讲到武松上二龙山,以甜糯柔软的吴语把打虎英雄武松说得活灵活现、顶天立地,被称作"好一个吴君玉,好一个活武松"。这些评话都把文本拉长,添油加醋,绘声绘色,张弛有致,有滋有味,刻画得既波澜壮阔,又细致入微。中国说书人的叙事,与外国人讲的全知全能,即好像作者是上帝一样全知全能不同。中国的说书人其实不是做上帝,他的心中没有上帝,他是把听书人当成朋友,带着你一道体验故事中的人物事件、世态人情。所以他讲武松的时候,他是口到、手到、眼到、神到。讲武松,他就变成武松;讲宋江,他就变成宋江;讲李逵,他就变成李逵。他要设身处地跟你一块去享受这些热热闹闹的场面。讲到人物面临危险的时候,说书人会突然跳出来说,哎呀,如果我那个时候在那个地方,我要把他拉回来,免得遭遇这些灾难,差点丢了性命。以这样的心态、姿态来说书,自然会使出浑身解数,使故事火爆,听众着迷。

《红楼梦》的叙事又另有"秘法",它不属于说书人的叙事系统,从而创造出许多秘密窍门。红学作为显学,沿用的阐释方法已经变得陈旧。它跟传统文化的脐带关系,它跟民俗信仰的关系,都有必要使用新方法再进行研究。比如王熙凤的巧姐得天花,就得祭祀天花娘娘,大动干戈。其实天花在清朝前中期是关系着国家命运的。顺治皇帝死于天花。康熙皇帝也因天花留下麻子,他躲到西华门外的福佑寺里,躲过此劫。那时候的王子、公主死于天花的,有一多半。他们为什么夏天要到承德避暑山庄去?就是为了躲天花。又比如《红楼梦》第二十六回薛蟠庆祝生日,贾宝玉等人都前来道贺,冯紫英也在其中。薛蟠见冯紫英面上有些青伤,就问其原因,他说道:"从那一遭把仇都尉的儿子打伤了,我就记了再不怄气,如何又挥拳？这个脸上，是前日打围，在铁网山教兔鹘捎一翅膀。"还说："可不是家父去，我没法儿，去罢了。难道我闲疯了，咱们几个人吃酒听唱的不乐，寻那个苦恼去？这一次，大不幸之中又大幸。"到了乾隆年代，将军的儿子都不愿承担塞外打围的辛苦，暗示了八旗子弟因享乐腐化而衰落。

《红楼梦》里面讲了很多民俗信仰，即便是说书的唱词，贾宝玉、林黛玉的面前就是传递卿卿我我的爱情信息，但是刘姥姥就把它当作生存智慧，一班宵小之徒要把巧姐卖给一个边境的藩王去当偏房，刘姥姥就按照说书唱词的智慧，用车子把巧姐藏着送到乡下。中国很多民间的智慧都是从小说戏曲里来的，而不是从圣贤的经典里来的。圣贤的经典是士大夫的智慧，民间崇尚的是小说戏曲的智慧。这就是中国智慧传播的双渠道。所以鲁迅一直讲中国的民间有"水浒气"，有"三国气"，那"三国气"就是桃园结义的忠义，"水浒气"是造反，是侠义。现在把《水浒传》变成电影、电视剧来传播，好像都很流行。电视剧《水浒传》的《好汉歌》："大河向东流哇，天上的星星参北斗哇，（嘿嘿嘿嘿参北斗哇，生死之交一碗酒哇）。说走咱就走哇，你有我有全都有哇，（嘿嘿嘿嘿全都有哇，水里火里不回头哇）。路见不平一声吼哇，该出手时就出手哇，风风火火闯九州哇（该出手时就出手哇，风风火火闯九州哇）。嘿儿呀，咿儿呀，嘿唉嘿咿儿呀（嘿儿呀，咿儿呀，嘿嘿嘿嘿咿儿呀）。路见不平一声吼哇，该出手时就出手哇，风风火火闯九州哇（嘿嘿，嘿呦嘿嘿；嘿嘿，嘿呦嘿嘿）……"这种歌声自然是慷慨豪迈，令人心中痛快，也令人感到"秃子打伞——无发（法）无天"。但是它并不属于法治思想健全的文明社会。在中国大都市的街头，这种耍横的人物并不少见。比如，我打一辆出租车去社会科学院，我告诉司机怎么走比较方便。司机不听我的，绕了一个大弯，还埋怨我没有说清楚，一副蛮横霸道的样子。你不就多赚几块钱吗？我说你对，我不跟你争了。这种服务态度在澳门也有，出租车司机给我绕一个大弯，按正常走100块钱的路，给我绕弯绕出了170块钱。这里面就散发着或浓或淡的"水浒气"，成为中国现代国民素质铸造的难题。

面对漫长的历史，面对浩瀚的民间风俗，中国人要锤炼出高标准的国民素质。移风易俗，打扫庭院，精心地改造我们国民的心理、国民的素质，其实是很繁重的任务。我们看日本：日本军国主义对历史没有全面的反省，但是对国民素质的教育，作了持续不懈的改造，达到很高的水平，彬彬有礼，谦恭自重。国民素质的高低，关系到一个国家的软实力。

要知不足，才能奋进。中国人起码居家环境不要像猪狗一样搞得那么脏；喝一瓶啤酒，把瓶子往地上一扔，好像那样才潇洒；乘坐飞机，还要耍悍，觉得那才是英雄好汉。这就是缺乏基本的国民素质教育。不从小地方规范，人长大了就形成了许多坏毛病。我们到韩国看到小村小镇，整洁干净，应该反省我们做得怎么样。我过去在工厂宣传处工作，人家觉得你好读书，就嘲笑你是书呆子。你的床头上有几本书，睡觉之前还看一看，人家觉得这个人不怎么样，他们更看重的是理顺人脉，搞好关系，追求提升级别、涨工资或者别的什么的。

我们下一步讲回本题：理想的文学史从哪里写起？为什么要从

这里写起？这里面包含着一个什么样的价值命题？过去讲文学史是从神话传说写起。但是神话传说既然被记录下来，它也成了书面的材料，盘古的神话、大禹治水的传说，被记录下来，就可能渗进了道家思想、儒家思想，甚至佛教思想。所以记录的过程，是思想和材料叠加的过程。传说在不断流传中变成了富有文化含量的艺术。美，是凝聚人心的枢纽。文学史从神话传说写起，就把口头传统纳入了思想框架之内。所以鲁迅讲小说史就探本究源，从"史家对于小说之著录及论述"中，列举了《汉书·艺文志》中小说家《伊尹说》《鬻子说》到《虞初周说》《百家》等十五家，并且评议说：

小说家者流，盖出于稗官，街谈巷语，道听途说者之所造也。孔子曰，"虽小道，必有可观者焉，致远恐泥。"是以君子弗为也，然亦弗灭也，闾里小知者之所及，亦使缀而不忘，如或一言可采，此亦刍荛狂夫之议也。

接着就讲"神话与传说"，列述了盘古开天辟地神话、女娲炼石补天神话、后羿射十日神话，以及昆仑神话、嫦娥奔月神话。从《汉书·艺文志》和《列子》《淮南子》等古老文献中入手，就展示了小说发生学上的多祖现象，神话传说、史书、子书、街头巷尾的口头传统，都成了小说的祖先。

大家对理想的文学史应该怎么写，最爱读什么样的文学史的探讨，不是为了考试，而是将其作为一种思想情怀，作为一种文化趣味，为了好玩，为了启迪智慧，这都是可以展开想象的。

中国有一部说不完的《红楼梦》，还有一部说不完的《三国演义》，但它们的"说不完"属于两种价值类型，一者诉诸天书与人书的神话哲学，一者诉诸因果报应的道义哲学。元代刊本的《三国志平话》，讲了一个"司马貌断狱"的故事，后来被冯梦龙编入《喻世明言》，为第三十一卷《闹阴司司马貌断狱》。述说司马貌一生耿直，才高运蹇，往地狱审判怨气上冲天庭的冤案，对西汉初期刘邦、吕后诛杀韩信、彭越、英布的千古奇冤，做出重新判决：判替汉家夺下大半江山的韩信托生曹操，挟天子以令诸侯；彭越托生刘备；英布托生孙权。刘邦托生汉献帝，吕后托生伏皇后，受到曹操的报复性折磨。蒯通托生诸葛亮。玉帝赞扬司马貌有经天纬地之才，宜赐王侯之位，托生司马懿，传位子孙，并吞三国，国号曰晋。这是一个以民间的正义感、借助因果报应的模式来戏说历史的功过是非的故事。三国分割汉朝，又统一于晋，历史的正义感中，告诉人们人算不如天算的吊诡。像这么一些故事，如果写进文学史，是否能够引发读者许多启迪和遐想？戏说历史，在戏说中潜藏着道义和非道义。理想的，或高级的文学史是什么样子，不妨大胆地想，大胆地讲，来一个理想的文学史的畅想曲。

五、还原历史现场

老　师：我们打开思路来想象一下。我们理想的、高级的文学史的畅想曲，倾诉着历史哲学和命运哲学，尤其是民俗信仰，引导我们追求崭新模样的文学史。从畅想中敞开文学史的视境和亮点。

男同学A：我觉得文学史，还是要落到史上面，就像我读《史记》，既是记人，又是记事，可以让我们回到当时，使那些文人创作的场景历历在目。写历史本身，就是对这一些史料的搜罗与取舍。其实作者的很多观点并不是写出来的，而是体现在材料的取舍上。作者可以把自己的思考、个人的见解，不放在历史场景上，而是把它放在论赞部分。这样就眉目比较清晰，给人一种读历史的熟悉感。在材料的取舍上，就是像老师说的，除了书面的传统之外，还有口头的传统，还包括少数民族的文学作品，都是体现在对材料的取舍上。

老　师：历史现场的复原，是一个艰难的命题。要有感性、理性和悟性多管齐下。比如说，要汇集很多的材料碎片，就像文物考古，把许多陶片按照它的形制、弧度、花纹、断口细心缀合成一个古陶器，用这种方法最后呈现一个历史的现场。比如说，《论语》中，孔夫子讲了，"岁寒，然后知松柏之后凋也"。那么"子曰"是在什么时候说的，对谁说的，他为什么说？因为编《论语》是为了儒家传道，篇幅不能很长，它只有一万多字。这一万多字就比老子的《道德经》,加上《孙子兵法》都要长。《道德经》五千多字,《孙子兵法》六千多字,《论语》是一万五六千字。其实当时的简书书写的成本不菲,重要的弟子,即所谓"二三子"每人手头一本,那么编成的书就只能留下孔子的话,似乎是语录体,孔子讲话的背景被删除了。我们现在返回去看讲话的背景,有两个地方提到的材料值得注意:一是在《庄子·让王》中,一是在《吕氏春秋·孝行览·慎人》中。《庄子》的记载,隐含着对孔子的讥讽。《吕氏春秋·孝行览·慎人》记载:

孔子穷于陈、蔡之间,七日不尝食,藜羹不糁。宰予备矣。孔子弦歌于室,颜回择菜于外。子路与子贡相与而言曰:"夫子逐于鲁,削迹于卫,伐树于宋,穷于陈、蔡,杀夫子者无罪,藉夫子者不禁,夫子弦歌鼓舞,未尝绝音,盖君子之无所丑也若此乎?"颜回无以对,入以告孔子。孔子愀然推琴,喟然而叹曰:"由与赐小人也。召,吾语之。"子路与子贡入。子贡曰:"如此者,可谓穷矣!"孔子曰:"是何言也?君子达于道之谓达,穷于道之谓穷。今丘也拘仁义之道,以遭乱世之患,其所也,何穷之谓?故内省而不疚于道,临难而不失其德。大寒既至,霜雪既降,吾是以知松柏之茂也。昔桓公得之莒,文公得之曹,越王得之会稽。陈、蔡之厄,于丘其幸乎!"孔子烈然返瑟而弦,子路抗然执干而舞。子贡曰:"吾不知天之高也,不知地之下也。"古之得道者,穷亦乐,达亦乐。所乐非穷达也,道得于此,则穷达一也,为寒暑风雨之序矣。故许由虞乎颍阳,而共伯得乎共首。

松柏之茂，乃是《诗经·小雅·天保》中的句子，此处孔子以断章取义的方式，来强化自己思想的论证。把"松柏之茂"整理润色为"岁寒，然后知松柏之后凋也"，就更能彰显出对气节强调的力量。

这就关联到《论语》的编纂过程，这在很长的时间里也是一笔糊涂账。幸好《论语》是孔门的传道书，历次编纂都留下了各个学派对孔子之道体认的痕迹。孔子丧于鲁哀公十六年（前479），众弟子为他庐墓守孝三年（二十五个月，即第三年的首月，就是"大祥"），真正地做到孝敬，孔子的音容笑貌都出现了，而且与你对话。这应该是回忆先师，编纂《论语》的极好时机。这次编纂者是仲弓、子游、子夏。因此《古论语》在《学而》《乡党》展示孔子的道统、礼仪之后，第三篇就是《雍也》，冉雍即仲弓的地位显著。而四科十哲的德行科有颜渊、闵子骞，之后是冉伯牛、仲弓，而没有曾参。弟子称字，不是孔子的口吻，是弟子间的称呼。陆德明《经典释文·叙录》引《论语音义》又称："郑玄云：仲弓、子游、子夏等撰。"指的是《论语》第一次编纂。《汉书·艺文志》刘歆说："《论语》者，孔子应答弟子、时人及弟子相与言而接闻于夫子之语也。当时弟子各有所记，夫子既卒，门人相与辑而论撰，故谓之《论语》。"这里把《论语》编纂系年于"夫子既卒"，也印证了第一次编纂在庐墓守孝之时。

第二次编纂，是庐墓守孝三年后，有若被子游、子夏、子张推荐为孔门的掌门人。这也属于《古论语》系统，但是出现了"有子曰"，篇幅扩展到21篇，比《鲁论语》多出"子张问"一篇，说明子张在这次编纂中有举足轻重的作用。《孟子·滕文公上》载孟子说:"他日,子夏、子张、子游以有若似圣人,欲以所事孔子事之,强曾子。曾子曰:'不可。江汉以濯之,秋阳以暴之,皓皓乎不可尚已。'"可见"有子曰"和"曾子曰",不可能是同一次编纂的结果。这次编纂也变动了篇章顺序,孔子的女婿公冶长有《公冶长》居于第五,处在居于第六的《雍也》之前。

第三次编纂,是子贡学派的《齐论语》。《齐论语》多出《问玉》《知道》两篇,如何晏在《论语集解叙》中说:"《齐论语》二十二篇,其二十篇章句颇多于《鲁论》。"多出的两篇是《问玉》《知道》。"问玉"就是"子贡问玉"。《孔子家语·问玉》记载:

子贡问于孔子曰:"敢问君子贵玉而贱珉,何也?为玉之寡而珉之多欤?"孔子曰:"非为玉之寡故贵之,珉之多故贱之。夫昔者君子比德于玉:温润而泽,仁也;缜密以栗,智也;廉而不刿,义也;垂之如坠,礼也;叩之,其声清越而长,其终则诎然,乐矣;瑕不掩瑜,瑜不掩瑕,忠也;孚尹旁达,信也;气如白虹,天也;精神见于山川,地也;珪璋特达,德也;天下莫不贵者,道也。《诗》云:言念君子,温其如玉。故君子贵之也。"

《知道》可以从南昌海昏侯墓出土的《齐论语》残简得到线索:

孔子智道之易也,易易云者,三日。子曰:此道之美也,莫之御也。

此言见于《孔子家语·颜回》篇：

颜回问于君子。孔子曰："爱近仁，度近智，度事而行近于智也为己不重，为人不轻，君子也夫。"不重为人回曰："敢问其次。"子曰："弗学而行，弗思而得，小子勉之。"仲孙何忌问于颜回曰："仁者一言而必有益于仁智，可得闻乎？"回曰："一言而有益于智，莫如预；一言而有益于仁，莫如恕。夫知其所不可由，斯知所由矣。"颜回问小人，孔子曰："毁人之善以为辩，狡讦怀诈以为智，幸人之有过，耻学而羞不能，小人也。"颜回问子路曰："力猛于德而得其死者，鲜矣，盍慎诸焉。"孔子谓颜回曰："人莫不知此道之美，而莫之御也，御犹待也，莫之为也，何居为闻者，盍日思也夫。"为闻盍日有闻而后言者。颜回问于孔子曰："小人之言有同乎？君子者不可不察也。"孔子曰："君子以行言，小人以舌言，故君子为义之上相疾也，退而相爱；相病急欲相劝令为仁义小人于为乱之上相爱也，退而相恶。"乐并为乱是以相爱小人之情不能久亲也。颜回问朋友之际，如何。孔子曰："君子之于朋友也，心必有非焉而弗能谓，吾不知其仁人也，不忘久德，不思久怨，仁矣夫。"叔孙武叔见未仕于颜回，回曰："宾之。"武叔多称人之过，而己评论之。颜回曰："固子之来辱也，宜有得于回焉，吾闻知诸孔子曰：言人之恶，非所以美己；言人之枉，非所以正己。故君子攻其恶，无攻人恶。"颜回谓子贡曰："吾闻诸夫子身不用礼，而望礼于人，身不用德，而望德于人，乱也。夫子之言，不可不思也。"

子贡长曾子十五岁,曾子又长寿,因而《齐论语》早于曾子死后曾门弟子和子思编《鲁论语》近二十年。

《论语》的第四次编纂,即《论语》最晚的一条材料,见于《泰伯》篇记述:

曾子有疾,孟敬子问之。曾子言曰:"鸟之将死,其鸣也哀;人之将死,其言也善。君子所贵乎道者三:动容貌,斯远暴慢矣;正颜色,斯近信矣;出辞气,斯远鄙倍矣。笾豆之事,则有司存。"

曾子弥留之际,身边守护着儿子曾申和弟子乐正子春,这条材料应是他们的记述。可见曾门在编纂《孝经》的同时,对《论语》进行了第四次编纂,成《鲁论语》。《史记·仲尼弟子列传》取材于《古论语》,所记曾子材料极少,连曾子曰"吾日三省吾身"都没有记录,只在四科十哲之后记述:

曾参,南武城人,字子舆。少孔子四十六岁。孔子以为能通孝道,故授之业。作《孝经》。死于鲁。

值得注意的还有,又记述:

原宪字子思。子思问耻。孔子曰:"国有道,谷。国无道,谷,耻也。"子思曰:"克伐怨欲不行焉,可以为仁乎?"孔子曰:"可以为难矣,仁则吾弗知也。"

可见《古论语》的这篇原题是"子思问"。原宪的字与孔伋的字同为"子思",此时子思孔伋名气已经大于子思原宪,故此就把"子思问"改为"宪问"。由此可知,曾门弟子进行《论语》的第四次编纂时,子思孔伋是重要的编定者。

还有一个值得深思而有趣的话题。《吴越春秋》记载,越王勾践二十五年(前472),"越王既已诛忠臣,霸于关东,从琅邪起观台,周七里,以望东海。死士八千人,戈船三百艘。居无几,射求贤士,孔子闻之,从弟子奉先王雅琴礼乐奏于越。越王乃被唐夷之甲,带步光之剑,杖屈卢之矛,出死士,以三百人为阵关下。孔子有顷到,越王曰:'唯唯,夫子何以教之?'孔子曰:'丘能述五帝三王之道,故奏雅琴以献之大王。'越王喟然叹曰:'越性脆而愚,水行山处,以船为车,以楫为马,往若飘然,去则难从,悦兵敢死,越之常也。夫子何说而欲教之?'孔子不答,因辞而去"。这是一个关于政治、思想、文化的寓言,是王道与霸道的对话。孔子死在鲁哀公十六年(前479),他不可能过了七年之后带着弟子去见越王勾践。但是它说明在春秋战国列国纷争的时代,王道文化与霸道文化是互不相容的。历史进入到现代大国的文化体系建设,就要建立一体多元的生气勃勃的文化,把孔子文化与古越文化沟通起来。《论语·述而》篇记载:"(孔)子温而厉,威而不猛,恭而安。"实际上孔子是主张为政以德,刚柔相济,知其不可而为之的。写文学史,能够提供新思想、新思维,给人面目一新、余味无穷的感受,是非常重要而关键的。

六、文学地理与礼乐文明

女同学C：我觉得文学史应该以小见大，尽管出现的还是作品里的那几个人，但是我希望就是通过这些作品的这些人，能够看出当时社会的整体的风貌。举个例子，我们讲唐诗，就要呈现"旗亭画壁"那样的典故，通过这么一个小的故事，然后我们可以看到当时的一些文人的交流，就是当时市井的一些风俗的东西。同时还可以看出当时流行的趣味，对于诗歌审美的标准是什么，可以通过这一些例证反映多方面的东西，而且通过讲故事的方式又不至于显得枯燥。比如说我们讲《诗经》，如何才能看到传统意义上的那种文学史讲的《诗经》新面孔呢？

老　师：我觉得讲唐诗，实际上讲两个掌故就能够讲出它的精神风貌来。诗是唐人的最高的精神方式，唐朝因为国力是最强盛的，它的文明形态带有引吭高歌的豪情和骨气。大唐帝国是关陇集团，鲜卑族六柱国入主中原，带有少数民族的骏马奔驰的气质，是汉族和少数民族共同创造的新的文明形态。要讲好唐诗，就要展示诗唐——诗的唐朝。你讲到的"旗亭画壁"，意味着诗歌不光是文人的案头之物，它已经是一种社会文化生活方式。唐代文人薛用弱的《集异记》记载：

开元中，诗人王昌龄、高适、王之涣齐名。时风尘未偶（尚未当官),而游处略同。一日,天寒微雪,三人共诣旗亭,贳(赊)酒小饮,忽有梨园伶官十数人,登楼会宴。三诗人因避席偎映,拥炉火以观焉。俄有妙妓四辈,寻续而至,奢华艳曳,都冶颇极。旋则奏乐,皆当时之名部也。昌龄等私相约曰:"我辈各擅诗名,每不自定其甲乙。今者,可以密观诸伶所讴,若诗入歌词之多者,则为优矣。"俄而,一伶拊节(打拍子)而唱曰:"寒雨连江夜入吴,平明送客楚山孤。洛阳亲友如相问,一片冰心在玉壶。"昌龄则引手画壁曰:"一绝句!"寻又一伶讴之曰:"开箧泪沾臆,见君前日书。夜台今寂寞,犹是子云居。"(高)适则引手画壁曰:"一绝句!"寻又一伶讴曰:"奉帚平明金殿开,且将团扇共徘徊。玉颜不及寒鸦色,犹带昭阳日影来。"昌龄则又引手画壁曰:"一绝句!"(王)之涣自以得名已久,因谓诸人曰:"此辈皆潦倒乐官,所唱皆巴人下里之词耳!岂阳春白雪之曲,俗物敢近哉?"因指诸妓之中最佳者曰:"待此子所唱,如非我诗,吾即终身不敢与子争衡矣!脱是吾诗,子等当须列拜床下,奉吾为师!"因欢笑而俟之。须臾,次至双鬟发声,则曰:"黄河远上白云间,一片孤城万仞山。羌笛何须怨杨柳,春风不度玉门关。"之涣即揶揄二子,曰:"田舍奴!我岂妄哉?"因大谐笑。诸伶不喻其故,皆起诣曰:"不知诸郎君,何此欢噱(大笑)?"昌龄等因话其事。诸伶竞拜曰:"俗眼不识神仙,乞降清重,俯就筵席!"三子从之,饮醉竟日。

在诗意浓郁的盛唐,诗歌传唱的广泛度,成了衡量诗歌优劣的指标。还有一个掌故涉及李白的诗歌风度,李白赋《清平乐》,传说宫中牡丹盛开,唐玄宗、杨贵妃赏花,传令李白制作新词,贵妃磨墨,高力士脱靴,李龟年手捧檀板纵声歌唱。这里包含着五个"第一":诗歌第一的李白,权力第一的唐玄宗,美貌第一的杨贵妃,花中第一的牡丹,唱歌第一的李龟年。这些人物组合成一个锦绣盛唐。尽管它的一些地方经不起考证,但是聚合了"五个第一",就是一种精神现象。将花的精神融入诗歌,也显示了诗人的襟怀。李白赋《清平乐》与"旗亭画壁"两个掌故,彰显了唐人以诗歌为最高精神方式的气象和风采。唐人是崇尚牡丹的,刘禹锡《赏牡丹》诗说:

庭前芍药妖无格,池上芙蕖净少情。唯有牡丹真国色,花开时节动京城。

宋人就崇尚梅花,讲究梅花的气节。南宋陆游的《卜算子·咏梅》说:

驿外断桥边,寂寞开无主。已是黄昏独自愁,更著风和雨。
无意苦争春,一任群芳妒。零落成泥碾作尘,只有香如故。

牡丹荣华富贵、梅花气质坚贞,都是一国之花,点醒了国家的精神。唐代有一个贞观盛世,又有一个开元盛世;贞观盛世生产了开元盛世,开元盛世消费了贞观盛世。安史之乱后,进入了中唐,中唐诗歌风格多样,瓦解了中心,属于无中心、有流派的繁荣。

女同学B：《诗经》的研究，也是文学史的重要命题。文学史里讲《诗经》，可能是拿出一首代表性的诗加以评论，由于时间古远，语言上跟我们是有隔的，可能并不是特别地能够理解。我觉得可以结合现在出土的文献，还原一些古诗是怎么产生的。比如说《诗经》里面的《蟋蟀》吧，它可能就是劝勉君子要珍惜时光的。然而出土文献里面就有一篇，《清华大学藏战国竹简[壹]》的《耆夜》中周公作歌一终之《蟋蟀》与今本《诗经·蟋蟀》在离合之间，其中简文有所缺失，然将其与今本对读，仍可以发现很多可以互相弥补的内容，同时也可对先秦《诗》篇的流传情况有更深入的了解。《蟋蟀》的原诗至少有五章，它本来的排序应该是按照由远及近的顺序：在阙、在牖、在堂、在席、在序（堂之两侧为序）。即蟋蟀是先入门阙，又入窗牖，进入堂中，跳到席上，最后进入墙壁的缝隙，是由远及近，类似《七月》的"七月在野，八月在宇，九月在户，十月蟋蟀入我床下"的次序。周初的周公、召公等最著名的几个朝臣一起去征讨齐国，征讨之后呢，大家就以宴饮赋诗，周公就作了这么一首《蟋蟀》。这样讲的话，就显得这首诗歌没有那么枯燥了。它融入了一个故事当中，这个故事不一定是真的，就是我们现在没有办法去考证是不是真的有这一首诗，但是它符合当时周代的一种生活，就是朝堂的一种文化吧，就是朝臣轮流赋诗的这种传统。我觉得我们讲这一个作品，不仅仅是讲它的语言、它的文学性，还有当时它是怎么产生的，是怎么融入人们的生活中去的，我觉得这就会显得这一部文学史是立体、生动的。我觉得如果这样讲的话，趣味性可能会比较强。

老　师：《诗经》有民歌，有宴饮诗，有祭祀诗，它们的性质有个变化的过程。宫廷乐师把它们收集起来，配乐整理之后，就变成了礼乐文明的一种仪式。实际上《诗经》很多的篇章可能都在祭祀仪式上使用。还用在外交场合，"登高能赋，可以为大夫"。演唱诗的时候，往往"断章取义"，用它们来提升说话的真理性，这是一种礼乐文明的形式，用礼乐文明来表达真理。《汉书·艺文志》说：

古有采诗之官，王者所以观风俗，知得失，自考正也。

《汉书·食货志》又说：

孟春三月，群居者将散，行人振木铎徇于路以采诗，献之太师，比其音律，以闻于天子。

这就是古代对民间歌谣采风的记述，使民间吟唱化为礼乐文明。《史记·孔子世家》也记录孔子对诗的整理：

孔子语鲁大师："乐其可知也。始作翕如，纵之纯如，皦如，绎如也，以成。""吾自卫反鲁，然后乐正，《雅》《颂》各得其所。"古者诗三千余篇，及至孔子，去其重，取可施于礼义，上采契后稷，中述殷周之盛，至幽厉之缺，始于衽席，故曰"《关雎》之乱以为《风》始,《鹿鸣》为《小雅》始,《文王》为《大雅》始,《清庙》为《颂》始"。三百五篇孔子皆弦歌之,以求合《韶》《武》《雅》《颂》之音。礼乐自此可得而述,以备王道,成六艺。

从行人振木铎徇于路以采风,到孔子使"三百五篇皆弦歌之",《诗经》在中国古诗经典化过程中,成了五经之一。

我还想以文学地理学的角度考察《诗经》中的十五国风。十五国风的顺序是《周南》《召南》《邶风》《鄘风》《卫风》《王风》《郑风》《齐风》《魏风》《唐风》《秦风》《陈风》《桧风》《曹风》《豳风》。题目比较特殊的《周南》《召南》,隐喻着周公、召公对南方领土的开拓,是一种特殊的功勋。其次转到《邶风》《鄘风》《卫风》,是武王伐纣所占领的殷商富庶的腹地。再转到《王风》,展示王朝的气象。然后转到《郑风》《齐风》《魏风》《唐风》《秦风》《陈风》《桧风》《曹风》,展示了周朝统一中原的历史风貌。最后归结于《豳风》。豳是西周的发祥地,《豳风》都是西周时代的诗歌。以《周南》《召南》《王风》《豳风》为中轴,旋转各个方域,显示了中华民族的发生史。

中华民族发生史是一个众所关注的历史命题,这个命题具有丰富的维度和内涵。《史记·吴太伯世家》写吴太伯执持"让德",让位给季历,传至周文王、武王,灭纣兴周,自己却进入蛮夷之地。泰伯开吴,属于华夏入蛮夷,然后经过长期发展,蛮夷返回华夏。这种华夏与蛮夷的互动,推动了中华民族共同体的形成。吴、楚的经营,使秦汉帝国从黄河流域推进到长江流域,进而开拓岭南,就像滚雪球一样越滚越大。羌族文明也是中华文明的一部分,但它的发展，采取另一种形态，它离析为许多少数民族政权，其中很多又融合到华夏民族之中，至今羌族可能就剩下30万人了。实际上当时的华夏与羌，是同堂共世的。一个文明的发展，需要有核心的凝聚力、引导力、辐射力，这三种力与"边缘的活力"互动互补。如果没有核心的凝聚力、引导力、辐射力，"边缘的活力"所衍生的离心力，就会产生耗散作用。当然，如果光有核心的凝聚力，拒斥"边缘的活力"，也可能导致发展动力的枯竭。中华民族的"文化大于种族"的原则，推扬着"海纳百川有容乃大；壁立千仞无欲则刚"的文化哲学。西方某些民族"种族大于文化"，以分裂的方式来处理民族矛盾。二者赋予民族发展以不同的方向和命运。唐太宗出身于一个鲜卑族和汉族结合的家庭，属于关陇集团，因此对少数民族的感情相当深厚。他倡导胡汉一家、华夷无别的民族平等政策，将一批少数民族人才委以要职，使他们在适合自己的岗位上为国效力。他还建立"天可汗"制度，与少数民族组合成共同的安全救援体制。唐太宗说："自古帝王虽平定中原，不能服戎狄。朕才不逮古人，而成功则过之。所以能及此者，自古皆贵中华，贱夷狄，朕独爱之如一，故其种落皆依朕如父母。"贞观十五年（641），唐太宗又派文成公主入藏，把唐朝的优秀文化和先进的生产技术传入了西藏，后者和松赞干布同心协力发展吐蕃的经济和文化。当时藏族没有文字，记事用绳子打结或以木刻画记号来表示。在文成公主的推动下，松赞干布派人进行专门研究，创造了30个藏文字母和拼音造句文法，结束了藏人无文字的历史，从此汉文书籍可以译成藏文，对藏族文化的发展起了促进作用。这次联姻对加强汉族和藏族的往来，发展藏族的经济文化，做出了巨大的贡献，也大大增强了大唐的威信和号召力。

这种"有容乃大"的文化哲学，使得我们中央民族大学好几个民族在一起唱歌跳舞，共庆多民族的团圆。在西方和中亚的某些地方，不同民族碰撞，可能引发冲突。中华文明具有持久的延续性，以及包容性。只要你承认我的文化，你就是华夏。清兵入关，江南的知识分子开始时不与清朝合作，汉族的官僚就建议顺治皇帝推行科举取士制度。江南士子开头抵制，不参加科考。但头几届放低了录取标准，提高任命级别，把一般进士外放当六品、七品官的，提升到四品。日积月累，江南士子忍耐不住了，比自己还差的人，一下子就得了四品，于是也就接受了这个"代圣贤立言"的科举制度，开始出现文化的融合。辛亥革命的口号是"驱除鞑虏，恢复中华，创立民国，平均地权"，以这十六字为政治纲领。但后来建立中华民国，却实行汉满蒙回藏"五族共和"，没有出现民族灭绝的灾难。满人被杀的很少，除了个别地方的满人官吏太顽固了，被杀了，但是不是作为一个种族来把它灭绝，而是"五族共和"了。所以中华民族具有复合式的民族结构，各民族平等相处，用更高层次的总体民族观念把它们包容起来，共同发展。这就是"有容乃大"的文化哲学的生动体现。

女同学C：如果是我来看文学史，我比较感兴趣的，是它主要讲述文学的创作的情况，同时也对比同一时期世界其他地域，它们那边的文学发展是什么样。这种知识的切换，我是比较感兴趣的。而且，因为以前的文学史基本上都是断代史，如果以文学体裁的发生发展，还有流派的发展变化，从上而下作一个专题性的讨论，可能就比较好。

老　师：中华文明的发展一直到了明代，也就是西方的文艺复兴之前，都处于世界的前列。欧洲文艺复兴使文化、思想、科学、经济迅猛崛起，我们中国还有一点"瘦死的骆驼比马大"的劲头，还出现了康雍乾盛世。康雍乾盛世，也就是17—18世纪，中国人口突破3亿大关，经济实力依然居于世界首位。但是这是落日的辉煌，西方世界已经进入了工业化的进程，中国依然在封建专制统治下实行重农抑商的国策，实行八股取士，没有建立现代政治经济的结构，失去了与西方并驾齐驱的机会，逐渐落入落后挨打的历史困境。16世纪利玛窦东来，受到东方文明的排斥，这只要看一看《四库全书》是怎么对待和处理利玛窦，就会于心有戚戚焉。利玛窦带来了两个传统，一个是希伯来传统，一个是希腊传统。希伯来传统就是宗教传统，希腊传统就是科技传统。《四库全书》基本上是把希伯来传统列入另册，把希腊传统列入副册。利玛窦的二十多种书，只收录6种。6种中有4种收入副册的子部的科学地理类，与正统的经史门类无缘。重要的是国家体制的变革，体制赋予国家发展的原动力。是把科学技术作为文明发展的原动力，还是把科学技术当作奇技淫巧？这就在体制上决定了一个国家的文明形态和历史命运。

043

对话二
文学史如何发端

伊尹用烹调术说服商汤王,印证了治理国家也好,带兵打仗也好,就像烹调术一样,有如《老子》所言:"治大国如烹小鲜。"找齐东南西北各种材料,就是收罗各种人才;准备油盐酱醋各种作料,就是人才各得其宜,发挥各自的特长;然后还要掌握火候,选择有利的时机。这样就能治理好国家,就能够带兵打仗。

一、理想文学史畅想曲的第二乐章

老　师：我们今天继续探究理想的、高级的文学史畅想曲的第二乐章，谈一谈文学史写作从哪里入手。应该认识到，入手处，是启动思想程序的第一根发条。

女同学A：我觉得书写中国文学史的发源，就从两个起源开始写，一个是文本的发展，另一个是口传的发展。文本的发展，我觉得可以从我们发现的文字开始，就像甲骨文和金文其实都算是一种文字和文学的作品。甲骨文是占卜辞，金文是祭词，但是它们也有韵律，也是文采很好的一些作品。

口传的发展我觉得是上古的神话、故事、民歌。我觉得口传的这个部分，一般情况下，在原来的文学史里，它都是被当作一个点提了一下，没有比较系统的，或者说比较典型的描述吧。

神话这一方面，虽然有一些人专门做这个题目，有中国上古神话史，或者是中国神话研究这些方面的作品，但是我觉得如果把它整个跟文学史融合在一起，也比较有意思。毕竟这个问题，特别是上古神话文化在很大程度上，也在不停地影响后代的创作，好多神话故事都是经过很多历史朝代不断地叠加，然后最后形成了现在看到的样子。我觉得文学史的开端就可以从文本和口传两个方面开始讨论起源。

老　师：文字的尽头，是茫茫无际的口头传统，那里累积着中国人的原始记忆。《史记·五帝本纪》太史公曰：

学者多称五帝，尚矣。然《尚书》独载尧以来；而百家言黄帝，其文不雅驯，荐绅先生难言之。孔子所传宰予问《五帝德》及《帝系姓》，儒者或不传。余尝西至空桐，北过涿鹿，东渐于海，南浮江淮矣，至长老皆各往往称黄帝、尧、舜之处，风教固殊焉，总之不离古文者近是。予观《春秋》《国语》，其发明《五帝德》《帝系姓》章矣，顾弟弗深考，其所表见皆不虚。书缺有间矣，其轶乃时时见于他说。非好学深思，心知其意，固难为浅见寡闻道也。余并论次，择其言尤雅者，故著为本纪书首。

这是司马迁对待口头传统所蕴含的中国人的原始记忆的态度，这种文明的发生学，是值得后人深思的。请其他同学接着讲。

男同学 A：老师布置的思考题，是文学史的开端从哪里开始写，我想了一个书写的开端，包括口头传承。比如古老的书写是非常复杂的，不方便记忆。口头传承的时候，就讲究语言押韵，朗朗上口，方便记忆、流传。但是遗留的问题就是，那是从什么时候起，变得有韵律方便大家去流传？因为有了韵律，就可以说它具有一定的文学性。难点在于口头传承，我们没有办法去看清它的传承到底是采取什么模式，或者是从哪里开始的。

书写可以追溯到从殷商末期到西周早期的金文，它的里面一些祭祀的语言开始刻意制造四字的语句。所以我觉得如果这只是个开端，我就比较认同殷商末期至西周早期，书写文学史，就应该从这里下笔。

女同学B：我觉得神话传说存在着一个很大的问题，它的年代其实并不好确定，它的这个事情好像发生在战国，记录可能在战国甚至两汉。如果写文学史，就不能把这个故事当成真实的历史去对待。我觉得还是应该把作品产生的年代作为文学史编年史的顺序认定，而不是它叙述的内容是什么时代，就简单地把它定在什么时代。所以我也比较倾向于如果开始写文学史的话，还是从西周的金文开始写起，因为那是个比较确定的年代。接下来就是指认它们是哪个时代的东西，但是后来比如说，神话传统可以推断出应该是战国之后才会出现的。包括像《尚书》里面有很多篇章都是比较晚出的，我觉得不应该以它叙述的历史，就作为真正的历史去看，还是要看这个文本的产生是在什么时候。

二、小说史与文学史

老　师：鲁迅写过三种文学史，一个叫作《中国小说史略》，一个叫作《中国小说的历史的变迁》，一个叫作《汉文学史纲要》。它们的写法很有意思，《中国小说史略》是从《汉书·艺文志》的小说家，以及盘古开天辟地、女娲炼石补天、后羿射日的神话写起。神话传说融入了宗教，衍化为诗歌、音乐、舞蹈，在祭祀场合表演。鲁迅在讲《中国小说史略》的时候，是从小说概念讲起。史略所关注的小说概念就是，先从《庄子·外物篇》"饰小说以干县令，其于大达亦远矣"说起，"县"即"悬"，"令"即"美"，他的意思是说，修饰琐屑浅薄的言论以求取崇高声望和美好的名誉，是不可能达到至境的。这里涉及修饰形成的美。孔门四科十哲有"文学：子游、子夏"，这里的文学包含着文献学、博物学，是广义的文学。

《汉书·艺文志》的"小说家"，截取刘歆的目录书《七略》，而且从语义学的角度设计"小说"的名目。"小"字有两重意义：一是短书，不同于以二尺四长的竹简揭载的经书，它的竹简只有一尺二；二是"小道"，带有个性的道。"说"字有三重意义：一是说故事；二是解说，即通俗化；三是与"悦"相通，带有娱乐性。这种语义学的名目设定，潜在地影响了历代的小说写作和归类，尽管许多时候并不那么自觉。曾与刘歆探讨学问的桓谭，在《新论》中说"小说家合残丛小语"，这与《汉书·艺文志》对"小说"名目的设计，若合符契。《汉书·艺文志》记述《伊尹说》到《虞初周说》《百家》等小说十五家，东汉张衡《西京赋》则说："匪惟玩好，乃有秘书。小说九百，本自虞初。从容之求，实俟实储。"《汉书·艺文志》记录"小说家"，为首是《伊尹说》。经过考证，《吕氏春秋·本味篇》关于伊尹奇异出生及其以"至味"游说商汤王，已被学术界指认为《伊尹说》佚文。如鲁迅《中国小说史略·〈汉书艺文志〉所载小说》所说："《吕氏春秋·本味篇》述伊尹以至味说汤，亦云'青鸟之所有甘栌'，说极详尽，然文丰赡而意浅薄。"《伊尹说》佚文共2500字左右。佚文前半部分具体写伊尹的奇异出生及与汤君臣遇合的传奇经历。伊尹的母亲居住在伊水上游，怀有身孕，有天晚上梦见有神人告诉她："臼出水，向东走，不要回头。"第二天，见到石臼出水，向东狂奔10里，回头望见她居住的村落已被洪水淹没。她的身子因此化为空桑，生了伊尹。伊水流域有个名叫有莘氏的古老方国，女子采桑时，发现一棵老桑树洞中有一个婴儿，她把婴儿抱出来，交给了有莘氏的国君。国君给此婴儿取名伊尹，收养在王宫中的厨房里。商汤王知道伊尹圣贤，只好娶有莘王的女儿为妃，把伊尹作为陪送出嫁的媵臣。《伊尹说》后半部分写汤用伊尹为臣，伊尹以至味游说商汤王，商汤王得到了伊尹，在宗庙为伊尹举行除灾祛邪的仪式，点燃了苇草以祛除不祥，杀牲涂血以消灾辟邪。第二天上朝君臣相见，伊尹与汤说起天下最好的味道。汤说："可以按照方法来制作吗？"伊尹回答说："君的国家小，不可能都具备；如果得到天下当了天子就可以了。说到天下三类动物，水里的味腥，食肉的动物味臊，吃草的动物味膻。无论恶臭还是美味，都是有来由的。味道的根本在于水。酸、甜、苦、辣、咸五味和水、木、火三材都决定了味道，味道烧煮九次变九次，火很关键。一会儿火大，一会儿火小，通过疾徐不同的火势可以灭腥、去臊、除膻，只有这样才能做好又不失去食物的品质。调和味道离不开甘、酸、苦、辛、咸各种作料。用多用少用什么，全根据自己的口味来将这些调料调配在一起。至于说锅中的变化，那就非常精妙细微，不是三言两语能表达出来，说得明白的了。若要准确地把握食物精微的变化,还要考虑阴阳的转化和四季的影响。所以久放而不腐败,煮熟了又不过烂,甘而不过于甜,酸又不太酸,咸又不咸得发苦,辣又不辣得浓烈,淡却不寡薄,肥又不太腻,这样才算达到了美味啊!"这就让商汤王明白只有天子才能得到最美的"至味",而"天子不可强为,必先知道,道者止彼在己,已成而天子成,天子成则至味具"。那后面的故事,就是伊尹用烹调术说服商汤王,印证了治理国家也好,带兵打仗也好,就像烹调术一样,有如《老子》所言:"治大国如烹小鲜。"找齐东南西北各种材料,就是收罗各种人才;准备油盐酱醋各种作料,就是人才各得其宜,发挥各自的特长;然后还要掌握火候,选择有利的时机。这样就能治理好国家,就能够带兵打仗。《伊尹说》的前半部融合着洪水神话和异生神话;后半部的游说之辞带有纵横家的口风,"托人者似子而浅薄,记事者近史而悠谬",是神话书和子书相组合的小说发生形态。小说发生初期,并不自觉为"小说",没有内涵和边界的界定。因此,中国小说发端于战国。小说发生的时候,并没有形成自己的模式,经典出现才界定模式,模式成熟,又要突破模式而建立新模式,这就形成了为小说模式建构的原理。

小说有它的发生学,接着就出现它的源流学。从《汉书·艺文志》小说十五家,涉及小说发生学;到了魏晋南北朝,就展开小说的源流学,开始出现笔记小说。志人类小说如南朝刘宋宗室刘义庆的《世说新语》,志怪类如干宝《搜神记》、张华《博物志》。这些书取法神话传说和人物神仙传说,已具小说之雏形。源流学的演变,在唐代出现"传奇"的文体,鲁迅称之"始有意为小说",出现文体的自觉。传奇是具有完整情节、深刻主题及叙事技巧的文言短篇小说，大致分为：爱情小说，如元稹《莺莺传》；剑侠小说，如《虬髯客传》；神怪类则收于宋李昉《太平广记》中。唐代还出现了变文。变文是诗歌和散文结合、有说有唱的文学，以铺陈故事为主。最早是佛教为了宣传教义，出现了专门说故事的俗讲僧所说的故事，如《目连救母》《阿难陀出家》；后来出现了写历史故事的《伍子胥变文》。这拓展了小说的叙事空间，由勾栏瓦舍说书人大肆敷陈，经过文人整理润色而出现明清长篇章回体小说，其中时时夹杂一些诗词歌赋或骈文，也算是变文的转用。明代郎瑛《七修类稿·辨证类》说：

小说起宋仁宗。盖时太平盛久，国家闲暇，日欲进一奇怪之事以娱之，故小说得胜头回之后即云话说赵宋某年，间阎淘真之本之起亦曰"太祖太宗真宗帝，四帝仁宗有道君"，国初瞿存斋过汴之诗有"陌头盲女无愁恨，能拨琵琶说赵家"，皆指宋也。

小说源流学的进一步推进，宋代说书四家推拥到了明代，就出现"明代四大奇书"，指的是罗贯中的《三国演义》、施耐庵的《水浒传》、吴承恩的《西游记》、兰陵笑笑生的《金瓶梅》。宋代说书四家的"说三分"演化为《三国演义》，"说铁骑儿"演化为《水浒传》，"说经"演化为《西游记》，"说小说"演化为《金瓶梅》。说书四家到了晚明，出现了混合状态，就有冯梦龙《三言》（《喻世明言》《警世通言》《醒世恒言》）、凌濛初《二拍》（《初刻拍案惊奇》《二刻拍案惊奇》)等白话短篇小说集。到了清代前中期崛起了蒲松龄的《聊斋志异》、吴敬梓的《儒林外史》和曹雪芹的《石头记》(《红楼梦》)。晚清《新小说》杂志倡导的是"政治小说""科学小说",《绣像小说》杂志崇尚的是"社会小说""教育小说"。

  我的手头有两份小说目录:一份是1902年新小说社在广告《中国唯一之文学报新小说》中,将小说分为历史小说、政治小说、哲理科学小说、军事小说、冒险小说、侦探小说、写情小说、语怪小说、札记体小说、传奇体小说、世界名人轶事、新乐府、粤讴及广东戏本等类型。另一份是《月月小说》刊载了36种小说类型:短篇小说、侦探小说、社会小说、滑稽小说、札记小说、科学小说、历史小说、虚无党小说、侠情小说、寓言小说、译本短篇小说、写情小说、教育小说、家庭小说、传奇小说、诙谐小说、哲理小说、理想小说、航海小说、冒险小说、军事小说、立宪小说、国民小说、警世小说、心理小说、奇侠小说、奇情小说、苦情小说、痴情小说、言情小说、实事侦探小说、中国侦探小说、弹词小说、译本滑稽小说、侦探言情小说、理想科学寓言讽刺诙谐小说。小说边界模糊,类型泛滥,以这种形式彰显它的繁荣。而属于晚清主潮的是李伯元《官场现形记》、吴趼人《二十年目睹之怪现状》、曾朴《孽海花》、刘鹗《老残游记》,这些讽刺小说合称"晚清四大谴责小说"。民初十年是"鸳鸯蝴蝶派"的天下,《礼拜六》创刊号就推出哀情小说、侠情小说。世世代代的中国人不需要像耍经史那样板着面孔,而是快快乐乐地耍小说,耍出各种花样,有时也耍昏了头。小说分类观念和分类方式总是落后和保守的,目录学面对小说门类的花样百出，一时手足失措。在清代乾隆年间编修《四库全书》时，纪晓岚把小说类分为杂事、异闻、琐语三属。面对千姿百态的小说把戏和小说形态，岂不令人感到小气哉！

三、文献学的根基需要史识点亮精神

老　师：鲁迅讲小说史，从"小说"的概念史的角度讲起，这是得其根本的。但是他为了写小说史，却从文献学着手，使概念史和文献学形成纵横的网络。从1912年开始，他就搜集了大量历史文献，写成《古小说钩沉》，发表在绍兴刊行的《越社丛刊》第一集，并在序言中说：

小说者，班固以为"出于稗官"，"闾里小知者之所及，亦使缀而不忘，如或一言可采，此亦刍荛狂夫之议"。是则稗官职志，将同古"采诗之官，王者所以观风俗知得失"矣。顾其条最诸子，判列十家，复以为"可观者九"，而小说不与；所录十五家，今又散失。惟《大戴礼》引有青史氏之记，《庄子》举宋钘之言，孤文断句，更不能推见其旨。去古既远，流裔弥繁，然论者尚墨守故言，此其持萌芽以度柯叶乎！余少喜披览古说，或见讹舛，则取证类书，偶会逸文，辄亦写出。虽丛残多失次第，而涯略故在。大共琐语支言，史官末学，神鬼精物，数术波流；真人福地，神仙之中驷，幽验冥征,释氏之下乘。人间小书,致远恐泥,而洪笔晚起,此其权舆。况乃录自里巷,为国人所白心;出于造作,则思士之结想。心行曼衍,自生此品,其在文林,有如舜华,足以丽尔文明,点缀幽独,盖不第为广视听之具而止。然论者尚墨守故言。惜此旧籍,弥益零落,又虑后此闲暇者鲜,爰更比辑,并校定昔人集本,合得如干种,名曰《古小说钩沉》。归魂故书,即以自求说释,而为谈大道者言,乃曰:稗官职志,将同古"采诗之官,王者所以观风俗知得失"矣。

小说史料钩沉之外,他还对古代小说的评议材料,广为搜集,辑录的小说史料而编成《小说旧闻钞》,初版三十九篇。前三十五篇是关于三十八种旧小说的史料,后四篇是关于小说源流、评刻、禁黜等方面的史料。其中附有鲁迅按语。该书于1935年7月经作者增补了《三言》之统系、《金瓶梅》之原本,以及《续录鬼簿》罗贯中身世之谜,由上海联华书局再版。鲁迅又专门编选了《唐宋传奇集》八卷,收唐宋两代传奇小说四十五篇,书末为《稗边小缀》一卷,以资考证和评点的慧眼。鲁迅《中国小说史略》的成功,是以文献学为根基,以史识点醒精神的。无文献学根基,史识就成了空论;无史识点亮精神,文献功夫只不过是材料的堆砌。这是我们做学问需要把握的文献与史识的两个根本点。

四、春秋晚期"三元典"与文学史的发端

女同学 A：老师，中国文学史的实验性写作，从哪儿开始写？理论上讲，在我看来文学的起源，跟人类生产生活是离不开的。包括最开始的时候，当时农业也不发达，需要有信仰去依托，他们可能有一些宗教祭祀的仪式，可能会有一些唱词，或者一些祭祀的器物，后来演变成神话，或者是宗教信仰。这些其实应该是文学产生的一个基础，虽然说后世对它的记载很难追溯它到底是什么时候写成的，也很难去追溯什么时候以一个固定的形式流传下来。文学史应该包括口头的流传，对它做出说明和记录。尽管实际操作上，可能比较难去追寻，但是也有必要尽可能把它保留和记载下来，让后世人知道。因为每一个民族从产生开始，它的文学就一直在孕育发展，采取的是区别于其他民族和国别文学的一个独特的方式。

老 师：文学史从哪里写起，确实是一个让人纠结的问题。第一步是关键，第一步决定了以后的步子。从文学的概念史上看，刚才我讲过，《易经》的文化概念和《论语》的文学概念，从剖析这些概念讲起，也有若干道理。以往遵照西方的概念，西方讲神话是什么，中国人模仿西方，从神话和史诗讲起。巨大篇幅的神话史诗，在中国文献中是找不到的，所以从《诗经·大雅》中找出《生民》《公刘》《绵》《皇矣》和《大明》这五首诗，构成了周部族的开国史诗，以此瓦解黑格尔所说"中国人没有民族史诗"的说法。《生民》

讲述周部族的始祖后稷的神异诞生,以及发展农业,率领族人定居于邰地的历史。《公刘》讲述周人祖先公刘从邰地迁居豳地,开垦荒地,建设家园的历史。《绵》讲述古公亶父为避开戎狄的侵扰,率领族人由豳地迁至岐山之南的周原,从此开始以"周"为名的民族史。《皇矣》讲述周文王讨伐崇、密两个小国的战绩。《大明》讲述周武王牧野之战,伐纣灭商的历史。《诗经·大雅》这五首诗具有史诗的素质,但这五首诗加起来338行,这当然与中国文字著录在简帛上成本很高有关系,但这又如何与荷马史诗《伊利亚特》《奥德赛》两三万诗行相比较呢?史诗应该是整个民族共同创造的,具有百科全书式的分量的作品。中国史诗还是要到少数民族大型史诗《格萨尔王传》(蒙古族为《格斯尔可汗传》)、蒙古族的《江格尔》、柯尔克孜族的《玛纳斯》、维吾尔族的《福乐智慧》中去寻找。

讲中国文学史的起源,能不能有自己的套路呢?春秋晚期,即公元前6世纪,中国出现了三大元典:《道德经》《孙子兵法》《论语》。它们以私家著作的方式,改写了原来"六经皆史"的官方"六经"的格局,开创了战国诸子百家的私家著作的格局。如果文学史从这里讲起,就切断了神话传说的系统,然后再反过头来把神话传说纳入文学史的范围。这也是文学史写作的新范式。

"截断—反倒"是翻来覆去端详文学史开端的方法。鲁迅讲文学史的时候,也讲盘古开天辟地的神话,还有西王母的神话,后羿射日、嫦娥奔月的神话,展示了人类对天地、外域、日月和自身安居乐业的想象。说神话从这里增加了人事,天上出现十个太阳,烤得大地发焦发煳,干旱难耐,后羿射下来九个,使人类能够正常生活。盘古神话，实际上是一个南方的神话。南方的少数民族地区有盘古墓、盘古祭祀，还有说盘瓠是狗，生了九只狗崽，变成了九个部族。这是男性创世神。女娲是北方神话，她处在天地中央，才有天倾西北、地陷东南的方位辨析。女娲造人和补天，这是母性创世神。《西游记》崇尚男性创世神，《红楼梦》崇尚女性创世神。

大禹治水也是充满着神话色彩的传说。大禹开山导水，涂山氏给他送饭。大禹吩咐她"听到鼓响，再给我送饭"。大禹化成熊来开山导水，不留神跳到鼓上面，涂山氏看见丈夫是一只熊，受到了惊吓，就化成了一块石头。大禹拍着石头说："还我儿子！"石头爆开，生出夏后启。中岳嵩山有启母石，安徽涂山也有启母石。启母石标示着禅位时代的结束，变成大禹、夏后启传子的时代。

倒回去讲神话传说，跟中国的地域文化发生了广泛的联系。北方的神话居天地之中。女娲造人、补天，又来一个伏羲，就是阴阳结合才能够创造这个世界。所以汉代的画像石上，女娲、伏羲都是人首蛇身，下部蛇尾纠缠在一起，由此又发展出中国的龙凤图腾。

当然，我们也可以把"六经皆史"作为文学史的第一章，把富有文学气质的先秦诸子作为文学史的第二章。比如第一章中，叙写《诗经》《尚书》《左传》，透视民间诗歌、宴饮诗歌、祭祀诗歌如何通过采风而变成礼乐文明的文本，透视史官文化如何创造叙事的辉煌。中国上古的采诗风习和史官文化，形成了诗与史，成了中国文学的强项。与西方把戏剧、史诗作为文学的源头不同，呈现了不同的文学形成，这样就可以书写出东西互异的文学特质和文学气象。如此落笔，就能够把文学的形成与社会文风的递进融为一体了。

五、尊重中国人的原创权

老　师：讲述神话传说，中国有中国的特质、方式和窍门，不须亦步亦趋地紧跟在西方的背后。只有尊重古代智者的文化原创权，才能夯实文化的根基，挺直文化的腰杆，迈开文化——文明的矫健步伐。屈原的《离骚》和《天问》就开创了一种原创性的形式。《天问》开篇就说："曰，遂古之初，谁传道之？上下未形，何由考之？"这个起头是很特别的，说深邃古老的宇宙初创时期，天地还没有形成，那时还没有人类，那么是谁传播它的情景呢？开篇一个"曰"字，简直是石破天惊。是谁在"曰"？按照古老文献的规矩，应该是"天问曰"，天是发问的主体。全篇诗歌373句，1560字，多是四言，兼有三言、五言、六言、七言，偶尔有八言，错落有致，起伏跌宕，一口气对天地、自然、社会、历史、人生提出了173个问题，被誉为"千古万古至奇之作"。王逸解释为，天不可问，所以写成天问。王逸的解释弄反了，把发问的主体说成是被问的客体。天在问，这些神话是怎样产生的，夏商周列朝为什么颠三倒四，楚国为什么由盛变衰？用茫茫苍天的口气，上上下下、前前后后地错乱发问，就以一种理性的怀疑主义来瓦解了传统的神话观、历史观和文化观。王逸《楚辞章句》说："屈原放逐，彷徨山泽，见楚有先王之庙及公卿祠堂，图画天地山川神灵及古贤圣怪物行事，因书其壁，呵而问之。楚人哀惜屈原，因共论述，故其文不次序云尔。"据传屈原被放逐，忧心愁惨，彷徨山泽，过楚先王之庙及公卿祠堂，看到壁上有天地、山川、神灵、古代贤圣、怪物等故事，因而"呵壁问天"。对于祠堂壁画，王逸的儿子王延寿经过实地调查，作《鲁灵光殿赋》加以印证：

上纪开辟，遂古之初。五龙比翼，人皇九头。伏羲鳞身，女娲蛇躯。鸿荒朴略，厥状睢盱。焕炳可观，黄帝唐虞。轩冕以庸，衣裳有殊。下及三后，淫妃乱主。忠臣孝子，烈士贞女。贤愚成败，靡不载叙。

这是汉初的楚风壁画。由此印证，《天问》在人类文学史上第一次使用时空错乱的笔法，它是从中国图画的流动视点，而不是像一两千年后西方由心理学的角度，进入时空错乱的。

中国学者应该是有历史担当的，是有创造能力的。所以中国的文学史从哪里写起，怎么写出中国的特点、中国的味道，应该把主体创造性和开放性结合起来，给中国的文学历史一个自己的解释体系，一张属于自己的漂漂亮亮的"身份证"。

女同学A：老师，您刚才说《孙子兵法》这些是先秦诸子之学，但是诸子之学往前，应该是"王官之学"。我们是不是应该从王官之学开始讲起？因为王官之学才是中国文化独特之处，比如西方的文学可能最早从口头的传统开始，是比较偏民间的，但是中国文化最初显然是一种王官之学，掌握在贵族手里，它是诗书礼乐的传统。在王官之后才有诸子之学，小说家也只能是不入流的诸子中的一家。

比如说神话传统，现在看到对神话比较清晰的记载，应该都是从战国开始的。

老　师：所以问题是这样的，以王官之学为中心，文学只不过是附庸；而诸子之学恰恰是反王官之学的，它把口头传承，即黄帝尧舜这些口头传递的信息纳入学理认知。当时诸子面对两个传统：一个是相当有限的书面文献传统，一个是浩如烟海的口头传统。口头传统和原始民俗，是一个取之不尽、用之不竭的资源，蕴含着民族的集体潜意识、民族思维的原型。从黄帝到尧舜，蕴含着中华民族发生学的血脉。这些现象和知识的点醒，将会照亮中华民族从哪里来、到哪里去的身份性的形成。

经过孔子整理过的《尚书》，从尧舜讲起，是蕴含着属于他的道统的尧帝的仁、舜帝的孝，就是儒家道统的核心概念，以道统统辑政统。一旦上推到黄帝，就把天道和人道结合起来。黄帝以战争征服四帝，他的眼光就普及整个天下。

女同学 A：我想，因为王官之学，其实诸子百家都有所涉及，但是可能儒家保留得最多，它更倾向于这种诗书礼乐的传统。比如说，墨子他们也会提到这个传统，深刻地影响了中国后世精神。我们谈文学也绕不开这个方面，所以对这种精神上的传承，是不是也应该有所涉及？因为这个传统对中国的影响实在是太大了，不能不认真地进行检讨。

老　师：这里存在着一个问题，在王官之学里面，文学是附属于经史的。中国文化确实是在诗和史上迈开第一步，在诸子之学上迈开第二步。诸子反王官之学，导致文学趣味荡漾发散，《庄子》成了诗性哲学、哲学诗性的典范。诸子对王官之学的质疑，放飞了文学的想象力，庄周梦蝶渗透了庄子诗性哲学的精义，成为栩栩然蘧蘧然翩翩起舞的文学想象，为历代诗人经常吟咏，最著名的莫过于李商隐《锦瑟》"庄生晓梦迷蝴蝶，望帝春心托杜鹃"。中国私家著作最早的三元典——《道德经》《孙子兵法》《论语》，开启了战国诸子百家争鸣的潮流，春秋战国也就成了以思想家为标志的历史年代。

女同学 A：但是《老子》确定是春秋时写的吗？因为很多人认为它可能是战国时的。

老　师：这是疑古学派的一种说法，他们甚至认为老子在庄子之后，但已经被出土简帛所推翻。出土文献一再证明，老子应该是在孔子之前，孔子向老子问礼，我考证是发生在鲁昭公三十一年（前511），他们参与洛阳一次出殡而见日食，是在该年的周历十二月初一（公历 11 月 14 日），这是春秋最重要的两位思想家的会面，揭开了诸子百家创造思想的帷幕，是春秋战国思想史的实质意义上的"元年"。这是根据《礼记·曾子问》《春秋经》以及《周礼》的材料，以史证经、以礼证经、以生命证经的结果，并用现代天文学加以验证而确实无误。考证清楚春秋战国思想史的这个实质意义上的"元年"，具有重要的意义。这里有老子的道，老子传授给孔子的礼，以及孔子以仁、孝为内核而改造了的礼之间的对话，成了春秋战国时期百家学说的一个源头。它提供了一系列概念的源头，开启了一部新的概念史。

六、以还原的思维方式直接面对经典

老　师：还原作为一种思想方法，可以有效地进入事物的深层脉络。这种还原研究，使我们直接面对老子，直接面对孔子。你是谁？你是在什么样的历史现场留下自己的脚印的？重建中国文化的根柢，采用这种思维方式，是为了用一个现代大国的立场和思维方式重新审视我们古往今来的文化，共享我们古今对话的智慧。

关键在于我们直接面对经典。比如李白的名篇《将进酒》："君不见黄河之水天上来，奔流到海不复回。君不见高堂明镜悲白发，朝如青丝暮成雪。人生得意须尽欢，莫使金樽空对月。天生我材必有用，千金散尽还复来。烹羊宰牛且为乐，会须一饮三百杯。岑夫子，丹丘生，将进酒，杯莫停。与君歌一曲，请君为我倾耳听。钟鼓馔玉不足贵，但愿长醉不愿醒。古来圣贤皆寂寞，惟有饮者留其名。陈王昔时宴平乐，斗酒十千恣欢谑。主人何为言少钱？径须沽取对君酌。五花马，千金裘，呼儿将出换美酒，与尔同销万古愁。"这是醉态盛唐的气象。我们要直接面对这"醉态盛唐"，李白的诗是直接写给我看的，"李白斗酒诗百篇"，他拿起酒杯，微醺而神采飞扬地展示他的诗仙风采,使我们领略到一个神采飞扬的、自由开放的、以诗为最高精神方式的时代。

女同学 B:老师,我们谈到中国文学史,要不要对"中国"这个概念进行探讨?因为我们可以谈少数民族的文学,也会涉及"五四"时期西方文学的影响。所以"中国"是个政治概念、地域概念,还是文化概念?因为传统的说法,可能指的是中原文明、秦汉文明、魏晋南北朝文明、宋元和明清文明,涉及这些问题的时候,如何建构我们的视野?

七、"文化重于种族"的原理

老　师:你的意见很好。所谓"中国",可以被分析为"地理中国""人口中国""文化中国""世界中国"。其中"文化中国"是关键,它规范着我们这个文明的结构、本质、形态,以及我们文明的动力和功能。应该看到,汉族其实并不是一个纯粹的民族,它在长期的发展过程中,已经接纳和融合了北方和南方的诸多部族和古民族。所谓"文化重于种族",就是只要承认我的文化,你就是华夏,你就不是外人,而融入汉族的肌理之中,这是中国不同于西方和中亚的文化哲学。《资治通鉴》卷171记述公元573年北齐发生的一件事:玄孙师在北齐当尚书左外兵郎中,又掌握祠部。在孟夏四月,以龙出现请求雩祭,即古代求雨的祭祀。当时录尚书事的高阿那肱以为是真龙出现,大为惊喜,问龙在哪里,云是什么颜色。玄孙师严肃地说:"这是龙星初见,依礼应该雩祭郊坛,不是什么真龙别有所降。"高阿那肱发怒说:"汉儿多事,强知星宿。"元人胡省三注解说:《资治通鉴》叽叽咕咕说了这么一大套,争辩的两人都是鲜卑人,自以为是高贵的种族,指责懂得汉族典章制度的鲜卑人是"汉儿"。陈寅恪《隋唐制度渊源略论稿》由此评议说:"北朝胡汉之分,不在种族,而在文化。"中国是用文化去统合自己的各个部族的,中华文化具有不曾中断的连续性、包容性、融合性,由此形成自身的文明形态,这在世界上是独树一帜的。

男同学C:我原本的想法是,如果写文明史,单纯从一个民族的文学发源这一点来讲,还是应该尽量追溯得更原始一些。其实原始社会的一些口头歌谣也可以算进来,如果你抛开审美价值这一点来讲,是劳动创造了它。

老　师:我替你说两句,诗歌是劳动的时候创造的,小说是休息的时候创造的。休息的时候听讲故事,劳动的时候要唱歌以协同劳动的节奏,比如长江航道的纤夫歌,它是有依据的。

男同学B:对,所以我觉得文学创造也是文学发源的一个重要的因素。

老　师：李白的《蜀道难》："噫吁嚱，危乎高哉！蜀道之难，难于上青天！蚕丛及鱼凫，开国何茫然！尔来四万八千岁，不与秦塞通人烟。西当太白有鸟道，可以横绝峨眉巅。地崩山摧壮士死，然后天梯石栈相钩连。上有六龙回日之高标，下有冲波逆折之回川。黄鹤之飞尚不得过，猿猱欲度愁攀援……"一声高呼"噫吁嚱"，实际上就是将川江纤夫歌的口号放在开头。李白的独特之处就在这里，他能把民间的一些腔调纳入诗歌，呈现诗歌创作的豪迈自由，能把长江文化传播到天南海北。

男同学B：所以那些诗歌，就是古老的歌谣，虽然语言很质朴，但是要想展现有中国特色的文学史，还是要从地域、民族方面来挖掘一些材料。

老　师：诗歌的起源，跟祭祀有关系，当时音乐、诗歌、舞蹈是不分的。那么诗乐结合，是可以沟通天地鬼神的。《吕氏春秋·古乐篇》说："昔葛天氏之乐，三人操牛尾，投足以歌八阕：一曰'载民'，二曰'玄鸟'，三曰'遂草木'，四曰'奋五谷'，五曰'敬天常'，六曰'建帝功'，七曰'依地德'，八曰'总禽兽之极'。"这种"三人操牛尾，投足以歌八阕"，着鸟羽而舞的形象，是最古老的音乐文化艺术，也是世界上最为原始的歌舞艺术。这是在尊祖先、敬天地的同时，表达对农耕、畜牧等农业活动的重视与祈愿心理，以祭祀歌舞的方式反映了葛天氏部族的经济、文化和社会生活的原始状态。进入"五经"的记载，就是《尚书·舜典》所说："帝曰：'夔，命女典乐，教胄子……夔曰：'於！予击石拊石，百兽率舞。'"击石拊石就是击打石磬，音乐感动百兽，使得它们纷纷跳起舞来。可见，文学史的源头，还是挺热闹、挺美的。

男同学C：各位同学对文学史的源头都讲了那么多，我也讲一下我的感受。一开始的时候，我也是感觉源头要从口头相传的神话传说来讲起，然后再到甲骨文的材料。然后听了老师您说的，要塑造一个中国文学史的本根，我觉得本根给我一个新的角度，不一定要按照西方那样子照搬，而是要写出中国自己的特色。我觉得这一点就是一种新的思路，会让人更有认同感，也更有兴趣深入了解自己的文化。

八、现代性是一个历史概念

女同学A：老师，我想提一个问题，我们现在谈"五四"和谈现代化，其实我们就承认了西方的那一套理念进来，形成了文学系列的融合体，即像地球村的一样的东西，这时，我们再来谈中国特色、中国文化，那这是保守还是先进？

老　师：文学史界多在卖弄"现代性"的概念。这个概念引起大家的兴趣，是好事。但是要了解到，所谓现代性，其实是个历史的概念，离开历史过程是没有现代性可言的，现代性就是与传统不断对话的一个历史过程。在中国如果要讲现代性，就要把握现代与历史的对话。所以我主编了一部十四卷的《20世纪中国文学全史》，不仅讲新文学，也讲通俗文学、旧体诗、梅兰芳系统的戏曲。我们要讲中国文学的现代化，把这个现代化还给中国，还给中国特殊的文化生态，并不是说胡适登高一呼，就是白话诗一统天下，我们的旧体诗依然很发达。现在如果全国搜集旧体诗，数量远远超过新体诗。卫星上天，也要吟诗，应景的诗多，自然有不少水分，挤掉水分，选出十分之一旧体诗，还是值得一看的。新体诗作的人太多了，提倡这个流派、那个流派，知识分子写作还有民间写作，鼓吹得天花乱坠，把从西方翻译过来的各派诗歌，照猫画虎，颇令人倒胃口也不一定。从本质上说，诗是不能翻译的，能够翻译的诗就不是精妙的诗，把唐诗宋词翻译成英文，恐怕就失去了它的滋味，70%的滋味都要丢失，不过只知道它的意思是什么罢了。苏联科学院通讯院士费德林翻译郭沫若《楚辞》白话译本，苏联人根本不接受，认为那是蹩脚的诗，称不上什么伟大。后来他就找了当时俄罗斯首席女诗人来合作翻译。那女诗人说："你把诗歌内容告诉我，再在烛光下用中国的音律、情调、色彩来吟唱，我再把这些诗写成俄罗斯的诗。"他们合作的译本，成了俄罗斯的经典译本。就是说，郭沫若做了一次文白翻译，费德林做了一次中俄翻译，这些都是语义上的翻译，那个女诗人才是把诗的韵味给翻译出来了。所以诗的精妙处是拒绝翻译的，西方人如果是按照翻译出来的唐诗宋词，按照译文的韵律节奏写诗，就说得了唐诗宋词的精髓，恐怕给中国人看了之后，就觉得很肤浅，只有架子，没有灵魂。诗歌的翻译，首要的是精神的冥合。精神的冥合，是一个艰难的精致的探索历程。

女同学A：如果是这样，那么怎么评价中国文学史、诗歌史，很多文学史对唐诗宋词，主要还是采取一个鉴赏的态度。以麻雀鼻子的精致篇幅，蕴含着一个广袤的诗情世界，这是中国人的创造。但关起门来谈自己的东西，我们对他们的作品到底可不可以批判？很多文学史还是存在着依赖的态度。在拎出这个古文明的时候，还要拎出一条主要的脉络，我们在谈具体作品的时候，根本没有注意到一些很冷门的诗歌。就像我们在谈论唐诗宋词，已经形成了一种定式：唐代的诗歌比较华贵，宋代的词比较有气节。其实，这种传统或者概念形成的时候，意味着对于古人根本没有超脱，因为你再怎么谈，还是在谈田园诗歌，根本就没有超越，永远离不开治国、平天下那一套思路。所以老师，对于古代那些诗人的东西到底要不要批判？

老　师：诗歌要写得高明，就得有一种宇宙的灵性与哲学在里面，比如苏东坡的《念奴娇·赤壁怀古》，他面对着长江和天上的明月去祭奠烽火连天的征战，思考历代征伐的个人原因和个人的功劳事业，那种英姿勃勃的情景，在天地运行之道的面前，在江山流水的面前，人的忙忙碌碌，好像都变得无所谓了。一代天骄成吉思汗打了那么多仗，征服亚欧大陆，现在人们想起的是历史在创造着英雄，历史也在消磨着英雄。这就是一种宇宙人生的体验、一种哲学的体验,要高瞻远瞩,才能写好历史,揭示历史运行的法则。

如果只是写一个事实,那就不足道。杜牧的《赤壁》诗说:"折戟沉沙铁未销,自将磨洗认前朝。东风不与周郎便,铜雀春深锁二乔。"这诗中充满着一种深刻的宇宙人生的哲学,征战中铁戟折断沉入泥沙,捡起来磨光洗净,认出是前朝留下来的;当时如果没有东风来帮助火烧赤壁,战争结果可能会是一个大逆转,历史就不是这个样子了。曹操征东吴,曹操必败;东吴去征曹操,东吴必败。为什么?一个善于陆战,一个善于水战。北方的铁戟布阵,将帅如云,在陆地上锐不可当,但是在水战的时候,北方将士水土不服,用铁链把船连在一起,被一把火烧得精光了。折戟沉沙的千古绝唱,以一种宇宙人生的哲学,引发了对人与战争的千古沉思。诗歌里面有哲学,就能叩动人类的心灵。

女同学A:老师,像梁漱溟先生在《中国文化要义》中说:"解决中国之问题,必先认识中国之问题;认识中国之问题,即必得明白中国社会在近百年所引起之变化及其内外形势;而明白当初未曾变的老中国,又为明白其变化之前提。"他谈中国文化,是以一种批判的姿态,就像刚才老师您说的,就是有宇宙人生哲学的思考在里面。但是能不能从另一种角度说,中国人就是喜欢把这些东西给弄得很悬乎、很抽象,所以你觉得它神秘,你不懂,而应该做出另一种评价呢?

老　师:不妨把话说得远一点,在大的文化语境中考察问题。应该承认，神秘是古代中国智慧人物超凡入圣的一种独特的表现形态。中国古代的谋士，像姜子牙、诸葛亮、刘伯温，都有一种神机妙算的方士色彩，连同《伍子胥变文》中的伍子胥也有这种特点，也就是"谋士方士化"。所谓"方士"也就是得道之士，他们修炼异术以沟通鬼神，如《庄子·天下篇》说："天下之治方术者多矣。"唐成玄英疏说："方，道也。"这些谋士，高深莫测，前知五百年，后知五百年。没有那种神机妙算，好像你的智慧还不够高明，因此谋略里隐藏着神机莫测。孙武讲兵法，在柏举之战中，以吴国3万军队去对付楚国的20万军队，人家在那里装好口袋要包你，他一下子就把对方甩掉了，示敌以无形，攻其不备，攻其所必救。在淮河一个隐蔽的地方把船隐藏起来，突然从另外一条路线展开柏举之战，随之直奔楚国的郢都，以迅雷不及掩耳之势，11天打了5个战役，就把郢都打下来了。伍子胥发掘楚平王墓，鞭尸三百，以报父兄之仇。神机莫测，就是使敌人晕头转向，摸不着头脑。最高的谋略的玄机是不可预测的。《长征组歌》中的一首《四渡赤水出奇兵》，其中有几句："战士双脚走天下，四渡赤水出奇兵。乌江天险重飞渡，兵临贵阳逼昆明。敌人弃甲丢烟枪，我军乘胜赶路程。调虎离山袭金沙，毛主席用兵真如神。"毛泽东在遵义会议之后，指挥红军四渡赤水，绕来绕去把几十万围追堵截的敌军绕昏了头，一下子把围堵的敌军甩到200里以外了。如果没有那种神机莫测，就可能钻进敌人的口袋里，被敌人包了饺子了。

女同学A：那主要是因为情报的原因，情报掌握得多。

老　师：情报是很重要，当时周恩来就破译了敌人的情报。周恩来在上海的时候专门做情报工作，是个"智多星"。情报是窥视敌人的神秘的眼睛。

女同学 D：老师我想问一下，您觉得中国古人在谋略，或者说在政策上，为自己塑造了很强的神秘性，您说的有一种神机莫测的感觉，他主观的意图是什么？就是除了给你带来一种不可知的威慑感，因为你不知道我的动向，你无法预测，无法准备，你就不会有安全感，那他有没有什么其他的意图，要向很多人表明自己是高明的军事家、策略家？像徐懋功（又名李世勣、英国公，与卫国公李靖并称唐初名将），他随唐太宗李世民平定四方，两击薛延陀，平定碛北，后又大破东突厥、高句丽，成为唐朝开疆拓土的主要战将之一，也是"凌烟阁二十四功臣"之一。有句"乱世出英雄"的俗语，其实乱世不只是出英雄，乱世还出"半仙"。秦末天下大乱，刘邦、项羽起义，出了个"半仙"张良，运筹帷幄之中，决胜千里之外；东汉末年，诸侯割据出了个"半仙"诸葛亮；再往前看，商纣王末年，又出了个"半仙"姜子牙，最后辅佐周文王、周武王打下八百年天下。那么，隋末乱世出了个什么"半仙"呢？徐懋功能掐会算，这个牛鼻子老道是"诸葛亮转世"。徐懋功参加了瓦岗军，推选李密为盟主，以奇计多次大败王世充。他建议李密攻取黎阳仓，使瓦岗军军力大振，成了《隋唐演义》中半人半仙的人物。另外如《水浒传》里面的智多星吴用、入云龙公孙胜也是这样的人物。文学作品大量塑造这种半真半假的人物形象，它的出发点、它的意图是什么？

老　师：中国兵法讲究"致人而不致于人""形人而我无形"：你是有形的，我看到了你；我是无形的，你看不见我。这样你要防备我的话，就要用十倍的兵力。这跟情报工作有关系，知己知彼，才能百战不殆。所以《孙子兵法》最后的第十三篇，就是讲间谍的。因为劳师远征，如果情报不通，你就等于瞎了眼睛了；如果情报了然于胸，就能够招招打在敌人的要害上。现在要打仗，还要用天上的卫星去发现信息，信息是战争决胜的一个条件。把信息学放在战争学中加以认真研究，这是《孙子兵法》的一大发明。把间谍和信息神秘化，就出现了能掐会算的诸葛亮、徐懋功、刘伯温式的人物。人们借此拍案惊奇，借此突破能力的局限。

九、中国人的时空模式

女同学C：老师，像《红楼梦》这样的作品，作者一开始就拥有上帝的视角，他目视苍穹，目视整个"太虚幻境"，然后几乎全篇都围绕这个故事，作者为什么要这样做？

老　师：西方叙事的视角是以小观大，是以人看天；东方叙事的视角是以大观小，以天看人。东方以天地的视角观察人生，肯定会带着命运感,这种命运感贯穿了《红楼梦》,后四十回也延续了相似的逻辑。其实,曹雪芹改定了前八十回,后面的三十回、四十回也留下了草稿,只是没有来得及改定罢了。程伟元说在鼓担里找到一些残稿,并非子虚乌有之谈。薛宝钗因王熙凤的调包计与贾宝玉结婚,对比着林黛玉焚诗焚稿,魂归离恨天,这种经典的叙事,留下了世代难以忘怀的悲剧。高鹗把曹雪芹的一些残稿重新整理、编排,给《红楼梦》一个伟大的完成,也是一个有缺陷的完成。太虚幻境薄命司的册子里的一些预言,也许与原意不是那么榫卯不差,比如探春后来当了藩王的妃子,巧姐配的是刘姥姥的外孙板儿,为什么出现了偏差?命运有其不可抗拒性,又有其头绪分岔。中国人在古代,认为天命会受到星宿运行的影响,星相学就是研究这一问题的。星象天文可以决定人的气运。

女同学A:天决定了命?

老 师:对。所以过去有占星家,现在俄罗斯和西方世界还有占星家。《史记·天官书》记载战国时期的占星家:"在齐,甘公;楚,唐昧;赵,尹皋;魏,石申。"魏国的石申和齐国的甘德,各自在其本国进行天文观测,并各有著作刊行于世。石申的著作名为《天文》八卷,甘德的著作名为《天文星占》八卷,形成了占星术的两大学派——石氏学派和甘氏学派。敦煌莫高窟也发现了唐初写本的《三家星经》。对占星术的热心,是一种特殊的天人之学,折射了人类对星宿影响命运的神秘幻想。

女同学 B：老师，接着想问一个问题。您说《红楼梦》后四十回叙述是根据曹雪芹的遗稿修改而成的，不过我之前看过几篇文章，有人考证说，《红楼梦》的书稿，当时乾隆的几个兄弟，或者还有太后、表叔都亲自看过了，留下了记载。还有推测说，乾隆很有可能也看过这本书，影响了这本书的修改。《红楼梦》第一百二十回说："现今荣宁两府，善者修缘，恶者悔祸，将来兰桂齐芳，家道复初，也是自然的道理。"可能是皇室看了这本书之后，在书的编订修改过程中，起到了一些作用，才把这本书最后的结局写成由悲转喜了。这个意见您怎么看？

老　师：清人赵烈文的《能静居日记》说："曹雪芹《红楼梦》，高庙（按指乾隆）末年，和珅以呈上，然不知其所指。高庙阅而然之，曰：'此盖为明珠家事作也。'后遂以此书为明珠遗事。"但是，说乾隆皇帝干预了《红楼梦》的写作，这意见是一种猜测。因为《红楼梦》是一部伟大的悲剧，"兰桂齐芳，家道复初"何尝不可以看作是转折中的一个新的悲剧的开始？贵族中国的坍塌，是一个"落花流水春去也"的不可避免的规律。不肖子孙的出现，首先贾宝玉作为贾府的继承人，他追求自己的个性，追求自己的自由，他把自己的爱情放在家庭的规矩之上，造成这个昌明隆盛之邦、诗礼簪缨之族、花柳繁华地、温柔富贵乡后继无人。家族的重建，需要有一个新的灵魂，这个新的灵魂与旧的家族制度对撞，灵魂受煎熬，家族要坍塌，中国的传统家族文化已经到了烂熟的程度，如果不思改革，物极必反，是它的必然结果。

女同学 A：老师，您觉得贾宝玉和林黛玉，是反帝反封建的吗？

老　师：不能从自觉的意识上这样说，他们痴情地追求个性自由，这种个性自由给封建家族从内里上造成瓦解的作用，因而以空幻的形态走向朦胧的未来。

　　这种朦胧的意识只能算是一种新的意识形态萌芽，不能说是自觉的反帝反封建，那个就夸大了他的本意，把萌芽夸大为大树。这实际上把四大家族的存在高度政治化了，它暗含着的朦胧意识，只是一种新的萌芽，萌芽自然比起枯枝槁叶更有生命力，但它还不是参天的大树。鲁迅1924年1月17日在北京师范大学附属中学校友会的讲演《未有天才之前》中说："其实即使天才，在生下来的时候的第一声啼哭，也和平常的儿童的一样，决不会就是一首好诗。……不但产生天才难，单是有培养天才的泥土也难。我想，天才大半是天赋的；独有这培养天才的泥土，似乎大家都可以做。做土的功效，比要求天才还切近；否则，纵有成千成百的天才，也因为没有泥土，不能发达，要像一碟子绿豆芽。"在封建家族制度下，人不是为自己而存在的，而是为君、为父、为夫而存在的。这种泯灭生命个性和创造个性的体制不打破，天才被窒息的悲剧就会不断地重复产生。

　　贾宝玉如果真的跟林黛玉结婚，而不是跟薛宝钗结婚，那就不是稳定的散文化的家庭生活，而是诗化的家庭幻美。甚至有人说，林黛玉只能够当情人，不能够当妻子，绛珠还泪，那么多愁善感，是一首诗、一首《葬花吟》，这种诗的逻辑是不能赢得安定的家庭生活的。

女同学 A：老师，您说的是把小说写成诗，如果把《红楼梦》写成诗的话，您觉得这首诗的逻辑应该是什么？

老　师：追求的东西不可能追求到，有价值的东西被撕碎了，真挚的感情、青春的诗情得不到贵族家族的认同，来一个调包计把你调包了。悲剧气氛弥漫满纸，诚然是"满纸荒唐言，一把辛酸泪。都云作者痴，谁解其中味"！

女同学 B：还有一种说法，认为林黛玉是一个诗人的形象。诗有时会被现实打得粉碎。如果黛玉跟宝玉在一起会是什么？就是两者完婚就变成赵姨娘的样子？

老　师：这确实值得深思，《红楼梦》给人提供了很多的启示，最重要的东西就是传统的社会结构和家族结构，以及它们强加给人们的生活方式和命运。可怕的是，人性的闪亮，在传统的社会结构和家族结构中，被吞没了，泯灭了。离开了贾府的锦衣玉食，"富贵闲人"贾宝玉和诗才焕发的林黛玉旧路断绝，新路无从。鲁迅 1923 年 12 月 26 日在北京女子高等师范学校文艺会讲演《娜拉走后怎样》，也是一面镜子。他说：

伊孛生（易卜生）是十九世纪后半的瑙威（挪威）的一个文人。他的著作，除了几十首诗之外，其余都是剧本。这些剧本里面，有一时期是大抵含有社会问题的，世间也称作"社会剧"，其中有一篇就是《娜拉》。《娜拉》一名 Ein Puppenheim，中国译作《傀儡家庭》。但 Puppe 不单是牵线的傀儡，孩子抱着玩的人形也是；引申开去，别人怎么指挥，他便怎么做的人也是。娜拉当初是满足地生活在所谓幸福的家庭里的，但是她竟觉悟了：自己是丈夫的傀儡，孩子们又是她的傀儡。她于是走了，只听得关门声，接着就是闭幕。……娜拉走后怎样？——别人可是也发表过意见的。一个英国人曾作一篇戏剧，说一个新式的女子走出家庭，再也没有路走，终于堕落，进了妓院了。还有一个中国人，——我称他什么呢？上海的文学家罢，——说他所见的《娜拉》是和现译本不同，娜拉终于回来了。这样的本子可惜没有第二人看见，除非是伊孛生自己寄给他的。但从事理上推想起来，娜拉或者也实在只有两条路：不是堕落，就是回来。因为如果是一匹小鸟，则笼子里固然不自由，而一出笼门，外面便又有鹰，有猫，以及别的什么东西之类；倘使已经关得麻痹了翅子，忘却了飞翔，也诚然是无路可以走。还有一条，就是饿死了，但饿死已经离开了生活，更无所谓问题，所以也不是什么路。人生最苦痛的是梦醒了无路可以走。……所以为娜拉计，钱，——高雅的说罢，就是经济，是最要紧的了。自由固不是钱所能买到的，但能够为钱而卖掉。人类有一个大缺点，就是常常要饥饿。为补救这缺点起见，为准备不做傀儡起见，在目下的社会里，经济权就见得最要紧了。第一，在家应该先获得男女平均的分配；第二，在社会应该获得男女相等的势力。……可惜中国太难改变了，即使搬动一张桌子，改装一个火炉，几乎也要血；而且即使有了血，也未必一定能搬动，能改装。不是很大的鞭子打在背上，中国自己是不肯动弹的。

《红楼梦》中的贾宝玉、林黛玉是没有独立的经济条件的，走出大观园，他们没有立足的地方，犯了"人生最苦痛的是梦醒了无路可以走"的大忌。因此《红楼梦》只好回过头去，写了许多扯不断的民俗信仰，在这些民俗信仰中贵族中国无可奈何地崩毁。比如王熙凤为巧姐祭奠天花娘娘，禁忌房事，贾琏却在外面偷鸡摸狗，冲犯禁忌而不顾，实际上是借民俗信仰把贾府的荒唐腐化的人生状态展示出来。这种天花禁忌，牵连着清朝前中期的天花恐怖。清廷入关后，顺治皇帝死于天花，王子和公主死于天花在半数以上。康熙皇帝在西华门外福佑寺中"避痘"，躲过一劫，却留下了麻子。清朝皇帝到塞外木兰围场去打猎，既是为了保持八旗子弟的尚武精神，又是为了躲避天花。但是到了《红楼梦》时代，旗人贵家公子，因习于逸乐享受，已经视打围为苦差事了。第二十六回，叙写薛蟠请客，神武将军冯唐之子冯紫英忽然来了，因久不见，又脸上带有一处青伤，问起缘故，方知从三月二十八跟他父亲到铁网山打围去了，脸上是让鹰的翅膀划伤的。这贵公子彼时就说，他没法儿，只得去；不然他们一起聚会多么乐，会自去寻那苦恼去？这里折射了八旗贵族子弟的沦落，骑射精神的消沉。在贵族中国崩毁的过程中，旧的体制已经没有生机，而贾宝玉、林黛玉又不能脱离旧体制，寻找到自己生存发展的路。

女同学A：老师，您觉得《红楼梦》中贾宝玉的原型就是顺治皇帝吗？

老　师：《红楼梦》的博大，就在于许多人可以在其中发现自己的影子，找到自己的体验。至于学者，往往追逐时代思潮。晚清崇尚"政治小说"思潮，梁启超提倡"政治小说"，著述《新中国未来记》宣扬君主立宪政治的道理。受这股思潮的影响，蔡元培1915年写了四万余言的《石头记索隐》，认为此书"吊明之亡，揭清之失"，其中林黛玉影射朱竹垞（朱彝尊）。绛珠，影其氏也。居潇湘馆，影其竹垞之号。薛宝钗，影射高士奇。薛者，雪也。林和靖诗"雪满山中高士卧，月明林下美人来"。用薛字以影江村之姓名高士奇。探春影射徐乾学，乾卦作"三"，故曰三姑娘。徐乾学以进士第三人及第，通称探花，故名探春。王熙凤影余国柱也。王即柱字偏旁之省，國字俗写作"国"，故熙凤之夫曰琏，言二王字相连也。史湘云，影射陈维崧。陈维崧又号迦陵。史湘云佩金麒麟，当是"迦"字"陵"字之借音。氏以史者，其年尝以翰林院检讨纂修明史也。妙玉影射姜宸英。姜为少女，以妙代之。《诗》曰"美如玉""美如英"，玉字所以代英字也。这就将发端于清朝徐时栋的《石头记》为"康熙朝政治状态说"齐集完备，汇于一说，比较细密而又全面系统地对《红楼梦》进行了索隐，可谓索隐派理论的典范之作。因而蔡

081

元培被视为索隐派红学的集大成者。到了"五四"时期崇尚个性主义,把小说看作"自叙传",胡适1921年作《红楼梦考证》,论定"《红楼梦》明明是一部'将真事隐去'的自叙的书",是曹雪芹的"忏悔录"。在胡适去世时,有人送过这样一副挽联:"先生去了,黄泉如遇曹雪芹,问他红楼梦底事;后辈知道,今世幸有胡适之,教人白话做文章。"这是晚清"政治小说"思潮和"五四"时期"自叙传"赋予《红楼梦》的两种不同的解读方法。

女同学A:其实曹雪芹把较好的簪缨世族的故事写在了一起。

老 师:《红楼梦》写的簪缨世族是指谁呢?是单一的,还是复合的呢?根据清代笔记的记载:"曹雪芹《红楼梦》,高庙(按指乾隆)末年,和珅以呈上,然不知其所指。高庙阅而然之,曰:'此盖为明珠家事作也。'后遂以此书为明珠遗事。"乾隆皇帝不是有专业训练的研究者,他的话全凭直觉。但是直觉有直觉的窍门。"红楼"二字在明珠的儿子纳兰性德诗词中反复出现。比如他有一阕词说:"别绪如丝睡不成,那堪孤枕梦边城。因听紫塞三更雨,却忆红楼半夜灯。"他还有一阕《金缕曲·亡妇忌日有感》:"此恨何时已。滴空阶、寒更雨歇,葬花天气。"又用了"葬花"这个词语。对于当时声名鹊起的《饮水词》,曹雪芹当然是熟知的。康熙不愿意看到明珠党人坐大,所以每次都是尽力平衡明珠和索额图的势力。明珠处在两个权相之间的斗争中,导致这个簪缨家族的崩溃。其实,曹雪芹写的不是明珠家族,而是曹寅家族,只不过不是依葫芦画瓢地写这个家族。再看《红楼梦》的"因缘"与"意会",如果我们假设曹雪芹的祖父(曹寅)为了迎接康熙帝南巡在南京建了一个华丽的私家庭园"随园"的事确系事实,而且曹雪芹少年时代也的确是在这个庭园中长大的。另一个"因缘"是恭亲王府花园。曹家被查抄后,曹雪芹曾寄居于京城崇文门外蒜市口十七间半房。恭亲王府的前身,是乾隆朝权臣和珅的宅第,和珅在嘉庆帝即位后,被抄家处死,和珅宅院后来成了恭亲王府。曹雪芹的表兄福彭与和珅宅邸有关系,曹雪芹得以到那里时常走动。如果我们假定以上所有事实都是真的,那么最有可能的就是,作者对大观园的设想是以两个庭园作为参照物的,一个是南方那个他度过了少年时代的曹家庭园"随园",一个是他在北京那段不幸的日子中得以探访的什刹海一带的豪宅花园。同时《红楼梦》受惠于戏剧文学——尤其是《西厢记》和《牡丹亭》——的花园建筑与爱情寄托,注入了"盛筵必散"和"千里搭长棚,没有个不散的筵席"的虚幻感,追思庄子哲学:"虚无缥缈,人生在世,难免风流云散。"从《红楼梦》大量采用《西厢记》《牡丹亭》的材料来看,它的现实针对性是指向清朝的;所谓无论汉唐,是一种遮眼法。上述这四种"因缘"规定了大观园的女儿各有各的命运:早寡的(李纨、宝钗、史湘云)、受虐待的(迎春)、远嫁的(探春)、死去的(迎春、元春),逃避不了色与空、爱与死、假与真的佛道哲学的审视。这个簪缨世族内有讨厌经济仕途的子弟,鄙弃"禄蠹"生涯而痴情于自由个性,外有康雍乾三朝的政治波折,王妃、将相的突然死亡,导致了贾、史、王、薛"四大家族"的衰落,如太虚幻境《红楼十二曲》所预言:"为官的,家业凋零；富贵的，金银散尽；有恩的，死里逃生；无情的，分明报应。欠命的，命已还；欠泪的，泪已尽。冤冤相报实非轻，分离聚合皆前定。欲知命短问前生，老来富贵也真侥幸。看破的，遁入空门；痴迷的，枉送了性命。好一似食尽鸟投林，落了片白茫茫大地真干净！"贵族中国已经到了必然崩溃的阶段，这种政治体制已经失去生机，到了不配有更好的命运的历史坎子。《红楼梦》的"意会"在于中国传统贵族的文明到了烂熟而盛极难继，必然到腐烂崩溃的历史时代。《红楼梦》感受到中华文明转型的时代气息，时代已经到了换一种社会方式和人生方式，开始新生活的时候了。

女同学Ｄ：老师，您说《红楼梦》中的繁华，贾宝玉并没有把握住，繁华束缚了他的人性，繁华变成了梦，所以才酿成了一出悲剧。

老　师：是的。这说明传统价值已经不能滋养人性，不能创造新的人生，不能再延续到未来的时代。但是新的社会体制和人生道路在哪里？书中又难免茫然中带有无可奈何花落去的焦虑。

女同学Ａ：其实，贾宝玉并不是那个簪缨世族的对抗者，他所争取的个性自由，第一是他的恋爱关系，第二是主人与婢仆的等级关系，这就在家族内部消解了礼法关系。他对高贵的北静王水溶和卑贱的优伶蒋玉菡都一视同仁，这种行为对于贾府的世子来说是脱离了传统礼法制度的。

十、第七名举人的怪圈

老　师：脱离了传统后又怎么样？贾宝玉两手空空，不能靠战功，不能靠科举功名，不能靠科技创新，来振兴这个家族。他脱离了传统后无路可走，遁入佛门只是无路可走的无可奈何的替代。人生到了无路可走的地步，是非常可悲的。他不能按照旧路走下去，却又找不到新路继续走。在《红楼梦》写作之前40年，有一部重要的书叫《儒林外史》，《儒林外史》中的范进中的是第七名举人。《红楼梦》后四十回中贾宝玉也中了第七名举人，似乎第七名举人是一个怪圈。范进抱着生蛋的母鸡到集市上卖，以便买几升米来煮一顿粥吃，因为母亲已是饿得两眼都看不见了。他听到报子贺喜中了广东乡试第七名亚元，就痰迷心窍，发疯了。他被老丈人胡屠户凶神似打了一个耳光，才醒了过来，就有乡绅来奉承他：有送田产的，有送店房的，这是"一人得道，鸡犬升天"。而贾宝玉中了第七名举人后，就遁入佛门，出家当和尚去了。同是中了第七名举人的这两个人，具有两种不同的人品心性，走着两条不同的人生道路，可不可以说《红楼梦》的第七名举人是对《儒林外史》的第七名举人的戏拟，或滑稽模仿呢？

女同学D：可是曹雪芹的曾祖父曹玺是清兵入关后跟随多尔衮平定山西大同的御前二等侍卫，康熙二年（1663）被委任为江宁织造。《红楼梦》中贾府是荫袭官爵的，贾政不是科考中举获得官爵的。到了贾宝玉这一代，就要以科举求功名了，因此这个簪缨世族把所有希望寄托于贾宝玉科举出仕上了。

老　师：这里透露了清朝荫封制度的一些秘密。曹雪芹的曾祖父一代属于开国将军，荫封三代之后，到了曹雪芹这一代就需要以科举求功名了。贾宝玉中了举人后就出家，对于家族的持续发展，是一种釜底抽薪的行为。

女同学D：古代荫封制度，只管三代。所以到了贾宝玉，家族中的唯一希望就是他能通过科举做官。小说反映了清朝康雍乾时代以后，开国时期那些军功将领势力已经在衰退，最高统治者把职官的任用纳入了科举制度之中。这就是接受了汉人的文化，通过汉人科举选仕的方式，对政权结构作了淘汰和改革。

老　师：清朝政权以少数民族入主中原，必须采纳汉族的文化，才能坐稳江山。多尔衮骑射入关，顺治登基，江南的知识分子不合作。有汉族大臣建议要获得到江南知识分子的合作，就得按照汉族的制度开科举。开头两届科举，江南的知识分子拒绝应考，但是官方降低了录取的标准，提高了任职的级别，"重赏之下，必有勇夫"，江南知识分子也逐渐采取合作态度，就去考科举了，按照"代圣贤立言"的思路考试，按照孔子的路线来治理国家。满族人接受了中原文化，接受了汉族人才选拔制度和国家治理制度，形成了满汉共治天下的政治格局。

女同学C：老师，无论是贾宝玉和范进，他们那么愚昧或乖张，追求那种生存方式，是否就是因为见识的限制？

老　师：还有制度在规范着人的生存方式。制度是强大的，人在制度里面翻跟斗。制度具有稳定性和保守性。那么，人类文明最终的趋势，可不可以说，制度束缚人，人在改善或突破制度的过程中开辟新的生路？应该看到，制度往往具有两面性。中国科举选仕的文官选拔制度，靠政治原则来选拔人才，靠才华来选拔人才，关键在于这些政治原则、人才标准，是在民主政治里，还是在专制主义的机制里制定的。不妨读一读《儒林外史》，它描写了一大批汲汲于功名的迂腐儒生的可笑、无聊、迂腐、朽拙，都是拜"八股取士"之所赐。作者也借王冕之口对八股科举作了批判性的预言。王冕看到天象"贯索犯文昌"，贯索是牢狱星，文昌是文星，文人碰着牢头禁子，精神被扭曲了。王冕叹息："将来读书人既有此一条荣身之路，把那文行出处都看得轻了，必将使一代文人受厄。"文行出处换作追求利禄，失去了道德的尊严感。考试应该是严肃的，要考出应考者的品质和能力，而不是某种随心所欲的游戏。比如考什么脑筋急转弯：树上有七只鸟，你一枪打掉一只鸟，树上还有几只鸟？考这些东西，只能发现一些华而不实的人。从政治原则和治理才能来考，才能发现有真才实学的人。

女同学A：西方汉学家对于中国的文官制度，会不会特别地佩服？

我之前采访过搞中国语史的西方汉学家，他就觉得不可思议，汉朝的时候，政府已经使用国家财政了，但是盐、酒这些专卖的收入是皇帝的，直到宋朝也是，比如说国家财政不够用的话，皇帝要用自己私库的钱来支持国家财政，皇权跟政府二者财政是分开用的。

老　师：中国宋以后的政治制度，就是文官制度，皇帝和文官宰相系统，共同治理国家。

女同学Ａ：外国汉学家对于中国古代政治制度是特别地佩服，可是我们中国人可能长期习惯了吧。

老　师：但是，中国的制度也有弊端，就是缺乏清明而严格的法制。宋朝盛就盛在文官协助政府，宰相协助政府来治理国家，但是败也败在这个地方，出现了严重的党争。文人整文人多厉害啊，比起武将，文人整人更厉害。宋朝的元祐党人案，以文字狱的方式断送了整个北宋王朝。在这一点上，游牧民族就显得高明。成吉思汗用文人当参谋，不认为他们能够主宰自己的政治，所以元朝是没有文字狱的，宋朝是有文字狱的，清朝也是有文字狱的。元朝认为文人舞文弄墨，但决定权在于皇族。蒙古族有一个皇帝，原来的侍从文人顺着先帝下了诏书，说某某是不能够继承皇位的。但政治风云一变再变，这个人当了皇帝了，有人就主张对起草诏书的文人治罪，这个皇帝说了什么？这是我们家里的事情，跟他有什么关系？他不过是个文学侍从，并不能左右政局。要是文人整文人，你起草诏书，使我的皇位的继承失去了合法性，我肯定会把你敲掉。但是，游牧民族和农耕民族很多价值观是不一样的，人家不是这样看你的。成吉思汗让金国的耶律楚材当军师，耶律楚材是辽国的家族，成吉思汗说："金灭了辽，我现在灭金，给你报仇了，你应该跟着我了。"耶律楚材说："我的祖父辈在金国任职已经三代了，我已经是金的臣子。"成吉思汗并不计较这些，把耶律楚材带在身边作为参谋。游牧民族有这种胸怀，不认为你忠于那个朝廷，我就不能用你。耶律楚材建议采取"一国两制"，以骑射制度管理漠北，以农耕制度管理中原，保护了中原的农业文明。以至于赵孟𫖯是宋朝皇族的后裔，到了元朝也贵为三公。元朝在军事上灭了宋，赵孟𫖯却以"诗书画三绝"，使得这蒙古人在文明程度上变得蓬头垢面。就是说，你用武力征服了中原，赵孟𫖯用文化征服了你，所以中华文明这个血脉就保留下来了。文化征服，是更为内在的征服。中华民族的经脉、史脉、文脉、诗脉，显示了千古一贯的传承能力。

对话三
文学史的连续性和阶段性

苏东坡作为文学家的高峰，不是他在玉堂、在翰林院达到的，而是他被贬到黄州的时候，写出了前后《赤壁赋》，还有《水调歌头·赤壁怀古》。贬谪使他的生命受到袭击，受到挑战，作为生命的反弹，他的创作达到了新高度。这种高度，可以诅咒，也可以庆幸。

一、大文学观的驱动力和灵性

老　师：我们上一次讲过文学史从哪里写起，是否有点"射人先射马，擒贼先擒王"的意味呢？当时提出来了，就是能不能不像西方那样从神话传说、从史诗那里写起，因为中国的神话和传说很多都是碎片化的状态，因为中国人比较务实，儒家"不语怪力乱神"，就变成缺乏系统文字记载的碎片化状态了。那么你把这一些材料来重新定夺和整理的话，还不如从文字到文学，从春秋战国这个时候开始。

因为《易经》里面先有文化的观念，就是说"观乎天文，以察时变；观乎人文，以化成天下"。把文化解释为动态的"人文化成"，这种动态理念实际上好像比西方还要先进，文化由此成了一个动词，或者具有动词性。相较西方"文化"作为名词，中国的文化的动词性，就给文化输入了动态哲学的灵气。

在大文化的理念下思考文学，它就有了内在的驱动力，有它的发展过程，有它的连续性和阶段性。那么接下来出现的文学的概念，就发生了一系列的问题。孔门四科中，以文学见长的是子游、子夏。子游确实是文章妙手。《论语·阳货》记载：孔子到武城，听见弹琴唱歌的声音。孔子微笑着说："杀鸡何必用宰牛的刀呢？"子游回答说："以前我听先生说过：'君子学习了礼乐就能爱人，小人学习了礼乐就容易指使。'"孔子说："学生们，言偃的话是对的。我刚才说的话，只是开个玩笑而已。"这是《论语》中写得最好的、最漂亮的篇章。

《礼记·礼运》记载孔子与子游的对话，也非常精彩：

大道之行也，与三代之英，丘未之逮也，而有志焉。大道之行也，天下为公，选贤与能，讲信修睦。故人不独亲其亲，不独子其子，使老有所终，壮有所用，幼有所长，鳏寡孤独废疾者，皆有所养，男有分，女有归。货恶其弃于地也，不必藏于己；力恶其不出于身也，不必为己。是故谋闭而不兴，盗窃乱贼而不作，故外户而不闭。是谓大同。今大道既隐，天下为家，各亲其亲，各子其子，货力为己，大人世及以为礼，城郭沟池以为固，礼义以为纪，以正君臣，以笃父子，以睦兄弟，以和夫妇，以设制度，以立田里，以贤勇知，以功为己。故谋用是作，而兵由此起。禹、汤、文、武、成王、周公由此其选也。此六君子者，未有不谨于礼者也。以著其义，以考其信，著有过，刑仁讲让，示民有常，如有不由此者，在势者去，众以为殃。是谓小康。

这段"天下为公"文章写得真好，子游既是礼学家，又是很有才华的文章家。子夏是传经的，"五经"都由子夏的学派传承下来。由此可知，《论语》的文学观念，既有文学的成分，又有文献的成分，就是一个混成的构成。

中国的文学观念，到了魏晋南北朝发生了变化。曹丕在《论文》中说："盖文章，经国之大业，不朽之盛事。年寿有时而尽，荣乐止乎其身，二者必至之常期，未若文章之无穷。是以古之作者，寄身于翰墨，见意于篇籍，不假良史之辞，不托飞驰之势，而声名自传于后。故西伯幽而演《易》，周旦显而制礼，不以隐约而弗务，不以康乐而加思。夫然，则古人贱尺璧而重寸阴，惧乎时之过已。而人多不强力；贫贱则慑于饥寒，富贵则流于逸乐，遂营目前之务，而遗千载之功。日月逝于上，体貌衰于下，忽然与万物迁化，斯志士之大痛也！"因此《文心雕龙·序志》称，魏时论文的著作，有魏文述《典》，陈思序《书》，应玚《文论》三种："魏《典》密而不周，陈《书》辨而无当，应《论》华而疏略。"这里列举了魏文帝曹丕的《典论·论文》、陈思王曹植的《与杨德祖书》、曹丕的《与吴质书》、应玚的《文质论》。魏代的文学批评，以曹丕的《典论·论文》为中心。其后到了中唐、隆宋、明嘉靖万历，文学观念又发生了历史性的变化。

二、中西文学史分期的异同

女同学C：文学史的分期问题，我看到很多文学史都是按朝代分期。但是我觉得文学观念是一个过程，朝代虽然断了，但是文学的观念还在延续。比如说《西昆酬唱集》中杨亿、刘筠、钱惟演的宋初馆阁唱和之风，宗法李商隐，凭借其华丽的气韵，一扫唐末五代宋初平直浅俗的诗风，在很大程度上扭转了宋代诗坛的风气，因而耸动天下，风行一时。虽然由于他们的创作雕采太甚，用典失度，精丽而流于浮艳，屡为后人诟病，但是在对晚唐诗风的复归中，曲折地探讨了真正的"宋调"的成立。元朝诗歌比较接近唐风，因为唐朝、元朝都是"胡风"颇盛的时代。所以我觉得还是应该按方位的不同去划分这一个段落。但是我们的方位之所以会发生变化，就是因为政治上、文化上、身份上的变化对文学的变化肯定是有影响的。所以我觉得还是应该以文学的变化为主。它为什么会发生这样的变化？我们可以去探讨一些社会文化的问题，而不是应该以单一的朝代变化来划分。像《剑桥中国文学史》，以世纪来断代。就是这一章可能是七八世纪的文学，它是以这样的方式来划分的。它对于朝代的划分可能并不是非常在意。

老　师：跟西方人讲朝代，可能后面还要加上公元纪年，他们对唐宋元明清的断代不是那么清晰，加了公元纪年才能心中有数，与西方文学进行对比。适宜的就成了合理的。

女同学B：谈到小说的发展，我觉得很难谈。按照传统文学史，就是要依照朝代来划分，这就没有什么意义，因为志怪、传奇、话本、章回、笔记小说，往往有共存，有推移，不可能按照宋元明清一刀切。对，所以我觉得如果没有特别严格的限定，像明清时期的小说，可以不用划分朝代，这都是要根据具体情况来确定的。

老　师：我们应该记住，鲁迅讲小说史，反对单纯的进化论，提倡深入小说潮流中检验到底是进化，还是退化。他在每段历史的前面都写了一个小的序言,谈论当时的宗教和民俗思潮。从中国文学发展来说,流派有反复、有进展,文体有兴衰、有掺杂,传奇和志怪有交叉。中国文学的发展过程,似乎并不完全是一代有一代的文学那么简单。但是在"五四"以后的一些文学史,就把一代一代的文学简单化了。比如说到明清小说,就不顾及其他文体,其实那时的八股文就很发达,为什么不可以讲呢?讲八股文,才能透视士人的进身之阶和灵魂。

女同学B:王国维在《宋元戏曲史·自序》中说:"凡一代有一代之文学。楚之骚、汉之赋、六代之骈语、唐之诗、宋之词、元之曲,皆所谓'一代之文学',而后世莫能继焉者也。"王国维的文化哲学基础,是严复《天演论》所倡导的社会进化论思想。这种观念,对我们后来文学史的写作产生很大的影响;讲唐朝文学就着重讲诗歌;讲明清文学,肯定把重点放在小说上。明代的小品文、散文,谈及不是很多。但是其实这个小品文的传统,甚至可以一直延续到"五四"时期的,鲁迅在《小品文的危机》中说,"五四"之后,"散文小品的成功,几乎在小说戏曲和诗歌之上"。朱自清在《〈背影〉序》中又说:"就散文论散文,这三四年的发展,确是绚烂极了:有种种的样式,种种的流派,表现着,批评着,解释着人生的各面,迁流曼衍,日新月异:有中国名士风,有外国绅士风,有隐士,有叛徒,在思想上是如此。或描写,或讽刺,或委曲,或缜密,或劲健,或绮丽,或洗练,或流动,或含蓄,在表现上是如此。"在散文百花园里,有鲁迅的犀利、周作人的隽永、俞平伯的绵密、徐志摩的艳丽、冰心的飘逸，而朱自清则以其"真挚清幽的神态"屹立于"五四"散文之林。如果只讲"五四"的诗歌、小说、戏剧，就会忽视其他小品文体的变化，就是缺少这一种整个对文学史的把握。

老　师：晚明小品的文学体制短小精悍，注重个人情趣，体裁上序、跋、记、传、铭、赞、尺牍等皆可适用，不拘一格。就是袁宏道在《叙小修诗》中赞扬其弟袁中道诗所说："大都独抒性灵，不拘格套，非从自己胸臆流出，不肯下笔。"公安三袁、竟陵派的钟惺、谭元春，以及徐霞客、王思任与张岱，都是当时的名家。袁中郎在写给舅舅龚惟长先生的尺牍中，发表"人生五快活"之论："目极世间之色，耳极世间之声，身极世间之鲜，口极世间之谭，一快活也。堂前列鼎，堂后度曲，宾客满席，男女交舄，烛气熏天，珠翠委地，金钱不足，继以田土，二快活也。箧中藏万卷书，书皆珍异，宅畔置一馆，馆中约真正同心友十余人，人中立一识见极高，如司马迁、罗贯中、关汉卿者为主，分曹部署，各成一书，远文唐宋酸儒之陋，近完一代未竟之篇，三快活也。千金买一舟，舟中置鼓吹一部，妓妾数人，游闲数人，泛家浮宅，不知老之将至，四快活也。然人生受用至此，不及十年，家资田产荡尽矣，然后一身狼狈，朝不谋夕，托钵歌妓之院，分餐孤老之盘，往来乡亲，恬不知耻，五快活也。"他按照自我情趣，把生活艺术化、艺术生活化。甚至他描写的小虫子也有人生性情。这就是文学家。文学家看到的是一个文学精神情趣的世界，与科学家看到的世界不同。科学家看到一只虫子，就是从分子物理学，或者分子化学这类角度来看的，比如构成的成分是什么，区分虫子的类属，他把它当成一个死的可以机械发现的对象。文学家看了之后把它当成一个生命去体验，体验它的生命形态、生命乐趣。

女同学C：我觉得还可以用精神解放的线索，来给文学史区分阶段：一个是春秋战国的百家争鸣，一个是魏晋的精神，还有一个是明清资本主义萌芽，最后是五四新文化运动。这四个时期是历史、政治上都是比较黑暗纷乱的时期，但精神上是大发展、大突破的时期。林语堂特别推崇袁宏道，因为他强调人的自由，反对文以载道的传统。道统就是儒家的一种传统，而袁宏道推崇的其实是道家的传统，而林语堂就把它和西方的自由主义相结合，产生了一种新的文学。林语堂说："两脚踏东西文化，一心评宇宙文章。"这样谈文章的，就是典型的中西兼容的人物，就是以西方科学理性的价值观来指导文学的创作，但是还保持着文化上的中国心。既要就"吉光片羽"的细节进行探讨，也要保持整体的逻辑性，两种方式应当保持一种互动的张力。

三、国家不幸诗家幸

老　师：在现代中国文学的多元探索中，另立体系的有周作人1932年在辅仁大学讲授《中国新文学的源流》，其中将中国文学史划分为

"言志"和"载道"两派，列举了（一）晚周；（二）两汉；（三）魏晋六朝；（四）唐；（五）五代；（六）两宋；（七）元；（八）明；（九）明末；（十）清；（十一）民国，其中单数时期为言志派，双数则为载道派。所以他觉得乱世，"天下不幸诗家幸"，很多好文章，就在这一个乱世产生了，但治世的时候，反而性情的东西没有了，变成了歌功颂德的东西。

女同学C：周作人这一种表达，认为乱世，王纲解纽，才能释放出个性，才能出现文学精品。从逻辑上，是乱世在先，然后好作品在后。如果反过来推论的话，就会让人觉得好作品解构了治世。

老　师：鲁迅倒是另外有一种说法：最好的文章是谁写的呢？是破落户子弟写的。这是值得反复琢磨的，因为破落户子弟经历过繁华，有较好的文学修养，又经历破落，饱尝世态炎凉，能看清社会人生的真面目。像《红楼梦》的作者曹雪芹，就是破落户的子弟，他心里有繁华的记忆，但是这一个繁华失落了，"此情可待成追忆，只是当时已惘然"。他对此产生了一种反思，产生了一种忧患，产生了一种忏悔，混合着甜酸苦辣滋味的好文章就成了真性情的流露。所以鲁迅说，天下的好文章都是破落户子弟写的，不是破落户的子弟，他没有这一种文采，暴发户就没有这一种人生的储备，没有这一种文化修养，他只能附庸风雅。一个人从小康之家，或者是从荣华富贵生活一下子掉落到贫困生活之后，就看透了世人的面目。破落户子弟他有真性情，他失去了的东西异常宝贵，他要抓住繁华的尾巴，却老是抓不住。抓不住的，是最值得珍惜的。

女同学 D：我觉得谈文学发展的阶段，应该由作品顺应朝代、顺应时间去划分。像小说、诗歌、散文都应该进行划分，如同唐诗宋词，我们就形成了一个范式。但是西方文学史的写作，可能更强调以风格来划分，例如浪漫主义、现实主义。现有的这些规矩很难超越。我个人认为，如果说再强调阶段，就很难超越现有的一些见解，但是每一部作品，可能还是更需要去挖掘它的背后个体的生命体验，所以我更倾向于这种精神史的写法，就是写成一部感性的、审美的精神史，去把握中国社会的精神发展，从文学的这一个角度。

老　师：精神史是一个值得深入开掘的思想维度。你看苏东坡作为文学家的高峰，不是他在玉堂、在翰林院达到的，而是他被贬到黄州的时候，写出了前后《赤壁赋》，还有《水调歌头·赤壁怀古》。贬谪使他的生命受到袭击，受到挑战，作为生命的反弹，他的创作达到了新高度。这种高度，可以诅咒，也可以庆幸。

　　唐朝柳宗元的好文章也是他被贬为永州司马时写的。《永州八记》的山水情趣，是他亲近自然，抚慰人生，因而获得精神上的禅悦的结果。荣华富贵在青山秀水面前，显得那样庸俗。他把盛唐的宏大山水转回为中唐的小山水，宏大显示魄力，小却显示亲切，显示与山水的平等相对。实际上这种贬官文学，在宁静地面对山水时，流露出真性情，显示了精神上的自足。人生失意，而文章有情，他由此写成的《捕蛇者说》，以及寓言作品《三戒》之《临江之麋》《黔之驴》和《永某氏之鼠》，对官府苛政，对群小的钻营，竭尽嘲讽之能事。柳宗元还写了《江雪》："千山鸟飞绝，万径人踪灭。孤舟蓑笠翁，独钓寒江雪。"显示了耿介的孤傲风骨，处处都洋溢着生命的感悟。

女同学D：我觉得现在的文学史，无论是按朝代分界也好，还是按文体分界也好，它们都在文学之间划出了楚河汉界这样明确的界线。其实我觉得很多文体的发展，是一种渐变性的过程，有它的连贯性。我觉得，看待中国古代文学史发展的情况，应该从实际出发，侧重于考虑它的连贯性，就是不用把它划分得那么沟壑明确。

老　师：是的，文学史是一批大文豪用他们的经典名文构筑起来的。我们对文学史的理解，绕不过这些经典名文的光芒。我们过去领略苏轼赞美韩愈"文起八代之衰，而道济天下之溺"，就非常注重韩愈的古文运动，注重对以唐宋八大家提倡古文、反对骈文为特点的文体改革运动的研究。用那种复古的口号去实现文体的革新，我们强调了这种古文运动的趋势。但是当时大量存在的骈文，甚至比韩愈的文章还多，那种骈四俪六的文章还是很多的。你要是把《全唐文》统计一下，可能那骈文是70%，古文是30%，我们的文学史应该如何面对这种现象？这需要有一种通观性的思想情怀。

四、价值观过滤着文学史

女同学 D：如果概括说，就是难免会忽略一些小的东西。这是我经常在想的。

老　师：细节往往蕴含着可以深度开发的文化精神。所以这里存在着文学价值观的问题，价值观在过滤和选择着文学史。因为天下汹汹者皆是的文类，还在喘息。如果天下已经没有那些喘息的文类，新起的文类的价值就会打折扣。如果大家都是一窝蜂地唯新起文类的马首是瞻，新起文类与固有文类的对撞的价值意义也就被稀释了。既要看到各种文类的总格局，又要关切打破原来的格局，引导原来局面向前走的新鲜气息。

男同学 A：我觉得，现在很多时候有一种固定化的概念在规范着人们的头脑，比如说唐诗、宋词、元曲、明清小说，把它们当作代表性的文体。但是运用开放性思维思考，唐代不仅仅只有诗，宋代不仅仅只有词，它是一个连贯性和渐变性的慢慢推拥的过程。

老　师：我们讲元曲，就会想到王国维的评价，王国维说：

> 元曲之佳处何在？一言以蔽之，曰：自然而已矣。古今之大文学，无不以自然胜，而莫著于元曲。盖元剧之作者，其人均非有名

位学问也;其作剧也,非有藏之名山,传之其人之意也。彼以意兴之所至为之,以自娱娱人。关目之拙劣,所不问也;思想之卑陋,所不讳也;人物之矛盾,所不顾也。彼但摹写其胸中之感想,与时代之情状,而真挚之理,与俊杰之气,时流露于其间。故谓元曲为中国最自然之文学,无不可也。

王国维特别推崇说:"其最有悲剧之性质者,则为关汉卿之《窦娥冤》,纪君祥之《赵氏孤儿》。剧中虽有恶人交构其间,而其蹈汤赴火者,仍出于其主人翁之意志,即列之于世界大悲剧中,亦无愧色也。"他认为元曲足以代表有元一代文学。实际上在元代,除了元曲还有很多其他的文章。文学研究所的"元诗文献库"收录诗人1 207人,诗11 525首,百年间的数量是《全唐诗》的两倍。这当然得益于印刷术的发展,但这也说明元朝的多种文体的发展,都非常可观。

女同学A: 其实呢,每个朝代都有代表性的文体。这种文体在这个时代写得特别好,唐诗的成就可能是明清诗人真赶不上的。但是明清小说中大量的话本和章回小说出现,不仅是数量多,而且思想的内涵和表现形式,都不是唐代的传奇,或者是宋代的话本所能比拟的。比如说像清初的《好逑传》,坊本亦名《第二才子好逑传》,共四卷十八回,以大名府秀才铁中玉和才女水冰心的爱情为主线,讲述了两人行侠仗义、锄强扶弱,同时严守礼教,最终获得圣旨赐婚的故事。它作为18世纪译成西方文字的第一部中国长篇小说,在西方文人中产生过较大影响，被译为多国文字。歌德推崇《好逑传》男女主人公所遵循的道德和礼仪，也非常欣赏他们同恶势力的抗争精神。我们如果去看唐人传奇中人物性格的多样化，情节曲折，相对而言，《好逑传》中人物很死板，情节很单调。这就启示我们，探讨某一个朝代的某一个文体的发展，可以把眼光放得更宽泛一点，就不必亦步亦趋地遵循我们常说的唐诗、宋词、元曲、明清小说的范式。

老　师：要是没有明末清初的才子佳人小说这么一个发展阶段，可能就没有突破它的范式的《红楼梦》。文学的接受，有顺着接受，也有反着接受，反着接受就把原来的格局打破了。对于人的感情、对于人之间的婚姻爱情关系有了选择，才有了才子佳人小说，才能在这个基础上进行新的反省，这就是小说史的意义所在。所以《红楼梦》中贾母批评才子佳人小说，实际上就代表着曹雪芹的一种文学观在里面。《红楼梦》第五十四回有贾母的《掰谎记》：

这些书都是一个套子，左不过是些佳人才子，最没趣儿。把人家女儿说的那样坏，还说是"佳人"，编的连影儿都没有了。开头都是书香门第，父亲不是尚书就是宰相，一个小姐，必是爱如珍宝。这小姐必是通文知礼，无所不晓，竟是绝代佳人。只一见了一个清俊的男人，不管是亲是友，想起他的终身大事来，父母也忘了，书也忘了，鬼不成鬼，贼不成贼，哪一点儿像个佳人？就是满腹文章，做出这些事来，也算不得是佳人了。比如男人满腹文章去作贼，难道那王法就说他是才子就不入贼情一案不成？可知那编书的是自己堵自己的嘴。再者，既说是世宦书香大家小姐，都知礼读书，连夫人都知书识礼，便是告老还家，自然这样大家人口不少，奶母丫鬟服侍小姐的人也不少，怎么这些书上凡有这样的事，就只小姐和紧跟的一个丫鬟？你们自想想，那些人都是管什么的，可是前言不答后语了不是？

曹雪芹正是在对才子佳人小说的传统进行批判的基础上，来发展自己的小说观和小说形态，从而把才子佳人小说的思想和形式都打破了。

女同学A：老师，我觉得文学史很多是从朝代的角度讲的。其实，就是从时间的关系上去做文章。但是，我觉得从人类发展历程来讲，时间是纵向的变化，空间是横向的变化。所以从空间的这一个角度上，可以更流畅地把它连贯起来。而且每一个地方的文学地方志，应该有一个代表性的作家，或者是散文家，或者是诗人、词人等等，因为在古代他们的角色可能都有很多种，一个人可能包括了诗人、词人、散文家等各种角色。在一个地方，可以单独地把一些有特色的人物，或者是某一个地方性流派拎出来讲。其实中国在古代就已经有很多的书院，在教化人、传承知识方面，对整个社会文化生活都有很大的贡献。我觉得把这一些东西全部都包括在文学的地方志里面，即使是不了解中国的外国人也能够看到一个非常好的传统在起作用。自身呢，可以满足于把中国博大精深的文化、文学的状态，展现给世人看。

老　师：中国的史书，实际上是主张史和志结合在一起。史写的是主流的文化，志呈现的是各种地方的文化。志的地方文化也能够演变成主流文化。西汉前期是楚风北上中原，最初出现了刘邦的《大风歌》："大风起兮云飞扬，威加海内兮归故乡，安得猛士兮守四方！"还勾连着项羽的《垓下歌》："力拔山兮气盖世，时不利兮骓不逝。骓不逝兮可奈何，虞兮虞兮奈若何！"接着的是汉武帝的《秋风辞》："秋风起兮白云飞，草木黄落兮雁南归。兰有秀兮菊有芳，怀佳人兮不能忘。泛楼船兮济汾河，横中流兮扬素波。箫鼓鸣兮发棹歌，欢乐极兮哀情多。少壮几时兮奈老何！"西汉前期洋溢着楚音，刘邦与戚姬也在宫廷中唱楚歌，跳楚舞。汉承秦制，秦风东来是不可避免的，包括郡县制和一些法律制度。其次就是齐风西来。齐风就是黄老之风。曹参在齐地当齐太子傅，后来入朝当丞相，就把黄老之风带进来了。那时的《道德经》，《德经》在前，《道经》在后，前面还有《黄帝四经》，成了黄老之风经典。这些经典出现在长沙马王堆汉墓中，也是接受了曹参的黄老道经典的系统。到了汉武帝"罢黜百家，独尊儒术"，鲁文化以儒家"五经"为代表，占据了官方意识形态的核心位置。汉武帝设立"五经博士"，推重今文经学。经过东南西北各种地方文化，一步一步地汇集中央，形成了中华文明的学术流派的综合体，形成了汉武帝的盛世。这就是由地方志文化相互激荡，相互融合，相互汇聚，形成了大国文化的综合建构。

女同学 B：其实，我之前看过老师您的一篇文章，描绘了诸子地图。

说是中国秦汉时代是在军事上西方战胜东方，但是在思想上最后还是东方战胜西方。汉初只是军事上统一了中国，战国时期各个诸侯国的学风、民风，依然存在。真正文化上的统一，要到汉武帝之后。经过这番文化融合，形成文化自信，逐渐促成了军事力量的崛起，卫青、霍去病击败长期构成汉朝边患的匈奴，直到俘获匈奴"祭天金人"（是一种匈奴所铸，用来祭天的核心道具），直取祁连山。在漠北之战中，霍去病封狼居胥，大捷而归。

老　师：秦朝的国家体制是一种军国体制，以耕、战和什伍连坐法（战国时秦国实行的一种连坐制度，一人犯罪，邻里连同受罚）为主体的军国主义的体制。但是马上取天下，不能够在马上治天下，必须进行体制的转换。汉武帝设立"五经博士"，倡导今文经作为国家的指导思想。这些"五经博士"地位是很高的，往往出将入相，掌握着国家的文化和军事大权。当时还有一股潜在的思潮，就是孔府认为今文经歪曲了祖先的思想，古文经才是孔子本来的思想。所以孔府学的都是古文经，以《毛诗》和《左传》为基本经典。一直到东汉才实现了今古文经的融合，这就是郑玄之学。郑玄治学以古文经学为主，兼采今文经学。他遍注儒家经典，以毕生精力整理古代文化遗产，使经学进入了一个"小一统时代"。

男同学 B：我觉得，可以从文学自觉的角度给文学史划分阶段。文学史一般认为，魏晋文学是重要的文学自觉的一个阶段。鲁迅先生在他的《魏晋风度及文章与药及酒之关系》中就引用了曹丕《典论·论文》里面的话说，文以气为主。那就是一个时代，文学创作开始就是关注个体的生命。从个体生命的角度来说，魏晋之前为什么不叫自觉呢？因为之前的文章和政治联系太过紧密，这一个桎梏枷锁太牢固了。秦代是焚书坑儒，汉代又独尊儒术，就没有给出那种时代的环境。

所以从文学自觉来讲，作者自觉还不够，还要有时代整体的自觉，就是要有时代的背景才行。所以，实际上文体、体裁的自觉，各个年代都不一样。同一文体中间，各个小的类别又不一样。比如说拿小说来讲，鲁迅讲到唐传奇的时候，说：

小说亦如诗，至唐代而一变，虽尚不离于搜奇记逸，然叙述宛转，文辞华艳，与六朝之粗陈梗概者较，演进之迹甚明，而尤显者乃在是时则始有意为小说。胡应麟（《笔丛》三十六）云，"变异之谈，盛于六朝，然多是传录舛讹，未必尽幻设语，至唐人乃作意好奇，假小说以寄笔端。"其云"作意"，云"幻设"者，则即意识之创造矣。此类文字，当时或为丛集，或为单篇，大率篇幅曼长，记叙委曲，时亦近于俳谐，故论者每訾其卑下，贬之曰"传奇"，以别于韩柳辈之高文。顾世间则甚风行，文人往往有作，投谒时或用之为行卷，今颇有留存于《太平广记》中者（他书所收，时代及撰人多错误不足据），实唐代特绝之作也。然而后来流派，乃亦不昌，但有演述，或者摹拟而已，惟元明人多本其事作杂剧或传奇，而影响遂及于曲。

唐人是有小说的，但是到了宋代以后，文人的小说传奇就索然无味、毫无生气，虽然数量很大，但还是走上了下坡路。但是与此同时，宋代市民阶层突然壮大。这一个阶段的不同是因为市民阶层很特别：他们不是农民，也不是官僚，这一批人有闲工夫去听说书艺术，提供了社会的需要，白话小说就由此兴起了。

所以，我们划分小说发展阶段，实际上可以把不同的作品与它们的时代背景紧密结合在一起，因为有了丰富的社会思想，有了哲学基础，包括生活生产方式的改变，文体才会有实质性的变化，才会使读者真正地意识到作品是有一定的独立性的，这是一种自觉。

老　师：这种自觉应该说是一个过程。比如说先秦诸子，在原来的王官之学、在"五经"的基础上出现了诸子学，就是反王官之学。这也是一种自觉。到了魏晋时代，就有了文学个性了。这对于原来的那种文以载道的文章、对于东汉的经学，同样是一种自觉。文学从经史的牢笼中独立出来了，有了自己的主体性和开放性，有了自己的价值系统，而不是依附于经史才能活得滋润。

到了宋代，市民阶层出现了，鲁迅看到，诗歌是劳动的时候产生的，这是鲁迅的唯物主义思想。他说，诗歌是劳动的时候产生的，但是小说是休息的时候产生的，休息的时候，才有闲暇去听故事。所以自觉的内涵，在不同的时代有不同的特点。这一场自觉延续到明代嘉靖、万历时期，就不够自觉了，还要来一次新的自觉，小说的文体也就发生了质的变化了。

到了"五四"之后，又来了一次自觉，引进了西方的学术体系，经史子集四库就变成了七科，有了文、理、法、农、工、商、医七科，就产生了这些科目的思想体系。20世纪二三十年代的很多的重要学者，就变成了这些学科的奠基人。实际上接受了西方的影响，把四库化成七科，这是一个历史过程。"四库之学"向"七科之学"的转变，是中国传统学术门类向现代意义上的学术门类转变的重要标志之一。

男同学B：我有一个疑问，目前我们文学史的分期，单纯地考虑文学本身的变化，不去考虑政治、朝代更替。根据文体划分，每一种文体的发展过程就比较清晰。详细地看它每一次变化的过程，就能看出每一种文体的分期，其实每一种文体的分期是不一样的。那么，我们用一种什么样的方法，来规范整个文学史分期？是将其中某种文学体裁作为主线，还是说恰好这些体裁可能是某一个时期同时有一个巨大转变？

老　师："五四"时期讲了这方面的转变，认为一种新文体的产生，有两个来源：一个是民间的来源，一个是外来影响的。比如说说书这个传统，受到了佛教传入的影响，它与本土的民间智慧共同构成一个开放的系统，发展演变后产生了这种小说形式。"五四"时期也有类似讲法，说新问题的产生是因为接受了比佛教内传更加强劲的西方传统，所以我们"五四"以后，新文学就发生了根本的变化，告别了古典文学阶段，进入现代文学的阶段，追求文学的现代性了。在文学的正接、反接而行进的过程中，激发创造的灵感。我有时也写一点诗,就在文字上颠倒一下,趣味就不一样了。我有一首《偶题》诗是这样写的:"我从海上来,来观人间海。书叶且为舟,岂惊浪澎湃。细汗洒巨涛,鱼龙走惊骇。直上银河去,回首东方白。"这里道出了我与大海的因缘,把文字一组合,好像味道就出来了。如果文字就直通通的,变成一个散文式的文字,采取正常说话的顺序,就失去诗味了。

五、"元小说"与"反元小说"

老　师:写诗实际上是把文字摔碎了,再重新排列,实行一种无次序的次序。诗是灵感的火花,璀璨夺目,这样才能通神,跟神说话,哪能像一家人拉家常的样子?要换成说得人半懂不懂的腔调才行,灵感融合在半懂不懂的文字的缝隙里,如同屈原的《天问》一样。《天问》有一个读不透的表述方法。"曰:遂古之初,谁传道之?上下未形,何由考之?"这是谁在说?古老的时候,天地开辟的时候,还没有人啊,谁把那个神话传下来的?是谁在曰呢?是"天问曰"。因为古老的文章中,开头两个字与题目重复,可以省掉那两个字。天在问你呢,所以别把它弄反了,说什么天不可问,所以叫"天问"。鲁迅评议《天问》时说:"怀疑自遂古之初,直至百物之琐末,放言无惮,为前人所不敢言。"郭沫若也说:"其实《天问》这篇要算空前绝后的第一等奇文字。"如果"奇"的满分是100分,那么屈原的《天问》就可以打120分了。它就是天在发问，人间的时间是不足道的，所以造成时间错乱。人间的时空只存在于一瞬间，这就可以一会儿拿商朝的历史，一会儿拿夏朝的历史，一会儿拿楚国的历史，反反复复、颠来倒去地问你：那里存在的荒唐都是我的责任吗？他用一种历史怀疑主义的精神，瓦解传统的神话观和历史观。屈原的《天问》简直有一点后现代的味道，那是源自中国古代诗画相通的智慧。由此我们可以领略到中国文学样式的博大精深。

文学样式的博大精深，也存在于小说的种种变体之中。西方讲小说的时候，喜欢讲"元小说"，就是站在虚构外面来谈虚构。纪晓岚批评《聊斋志异》：

《聊斋志异》盛行一时，然才子之笔，非著书者之笔也。虞初以下，天宝以上古书多佚矣；其可见完帙者，刘敬叔《异苑》，陶潜《续搜神记》，小说类也；《飞燕外传》《会真记》，传记类也。《太平广记》事以类聚，故可并收；今一书而兼二体，所未解也。小说既述见闻，即属叙事，不比戏场关目，随意装点……今燕昵之词，媟狎之态，细微曲折，摹绘如生，使出自言，似无此理，使出作者代言，则何从而闻见之，又所未解也。

这种小说观念，站在虚构之外而对虚构评头品足，乃是"元小说"产生的诱因。经过仔细地搜索，在纪晓岚的《阅微草堂笔记》里可以挑出元小说来，这篇作品说，雍正丙午、丁未间，也就是公元1726—1727年纪昀三四岁的时候，有逃荒的流民乞食经过崔庄，夫妇双双得了传染病死了。将死的时候，拿着文书在集市哀求，情愿把幼女卖身为婢女，以身价购买两口棺材。先祖母张太夫人葬了这对夫妇，收养了他们的幼女，给她起名叫连贵。契约上署着她父亲的姓名张立，母亲称黄氏，没有注明籍贯住址，因为问他们的时候他们就已经不能说话了。据连贵自己说，她家在山东，说不出县名，只记得家门临近驿路，时常有大官的车马往来，大约要走一个多月才能到崔庄。连贵还说，去年父母把她许配给了对门胡家，已经接受了聘礼，可是胡家也到外地讨饭，不知去了何方。过了十多年，因为没有亲戚来找连贵，于是主人就把她许配给了马夫刘登。刘登说，自己是山东新泰人，本来姓胡，因父母双亡，有位刘氏收养了他，因此从了刘姓。他小时候听说父母为他定了一门亲事，可是不知道女方的姓氏。刘登原来姓胡，新泰又是驿路必经之地，计算流民讨饭的路程也大约须用一个多月，这与连贵提供的情况完全吻合。因此，人们很怀疑他俩的结合就像乐昌公主"破镜重圆"，只是缺乏明显的证据而已。先叔粟甫公说："这事如果稍微点缀一下，竟可以成为传奇小说了。可惜这个女子蠢笨得像猪一样，只知道吃饱了闷头酣睡，不配点缀，真可恨也。"朋友里边随园征君是个饱学之士，他说："'秦人不死，信符生之受诬；蜀老犹存，知葛亮之多枉。'（这四句话出自《洛阳伽蓝记》和《宋书·毛修之传》）连史书传记都不免做点虚构增饰，更何况是传奇小说呢？《西楼记》称穆素晖貌若天仙，吴林塘说他的祖父幼年时期曾经见过她，又矮又胖，只是一个寻常女子而已。由此可见，传奇小说中的所谓佳人，一半是虚构出来的。这个婢女虽然粗蠢，但如果有好事之徒按谱填词，编成剧本，往后到了红地毯上，何尝不是一个莺娇花媚、倾城倾国的绝代佳人呢？先生所说的，还是未免太相信书本了。"纪晓岚以实证的眼光，始终没有把这个故事写成"破镜重圆"，而是找了自己的叔父和朋友站在虚构之外评头论足。我以叙事学的原理揭示了这篇作品的"元小说"性质，后来哈佛大学的王德威教授一看，说，确实是元小说。纪晓岚就砸碎了"破镜重圆"的镜子，把这个故事当成不能完整自足的琐闻，出人意料地创造了一篇"元小说"。

古代文人抱着《庄子·齐物论》所说的"予尝为女妄言之，女亦以妄听之奚"的态度，不仅写出了"元小说"，而且还出现了"反元小说"，站在虚构的深处谈论真实世界的人物事态。《聊斋志异》有一篇《狐梦》，蒲松龄讲述他在毕际有刺史家中坐馆教书时结识的朋友毕怡庵。这位朋友倜傥不群，豪纵自喜，体貌肥胖，胡子拉碴，在士林中是个知名人物。他曾经在毕际有刺史的家宅中居住。传闻这座宅子里多狐狸精。毕怡庵每读了蒲松龄写的《青凤》，就心向往之，恨不得遇上这种艳福。暑月闷热，睡梦中有人摇醒他，他看见一个40岁左右的风韵犹存的中年妇人。毕怡庵吃惊坐起，问她是谁。中年妇人笑着说："我是狐狸。承蒙您好意思念，心中暗暗感谢领情。"毕怡庵听了很高兴，和她开起玩笑。中年妇人笑了："我的年纪大了，纵然别人不嫌弃，自己也要惭愧。我有小女才十七八岁，可以侍候您。明天夜里，不要留别人在房里，她就会来。"说完就离开了。到第二天夜里，妇人果然携带女儿来了。女儿的态度娴婉，旷世无匹。妇人对女儿说："毕郎和你有夙世缘分，就留下吧。明天早点回来，不要贪睡。"毕怡庵握着女儿的手上床，百般缠绵。干完好事后,女儿笑着说:"肥郎痴重,使人不堪。"天未明就离开了。到了晚上,又来,说:"姊妹们要为我贺新郎,明日就屈驾同去。"问她去哪里,回答:"大姊做东设宴,离这里不远。"毕怡庵果然恭候,久等不来,身体逐渐疲倦。女儿忽然到来,握着他的手就走。到了一处大院落,中堂上灯烛闪亮,灿若繁星。不久,20岁左右的女主人出来,淡妆绝美。不久又有一个十八九岁的女子笑着问:"妹子已经'破瓜'了。新郎还如意吗?"女儿(三姑娘)用扇子打她的脊背,翻了一个白眼。二姑娘说:"记得小时候与妹子大闹游戏,妹子害怕被人挠痒痒,笑不可耐,就怒骂我将来嫁给僬侥国小王子。我说妹子将来嫁个大胡子,胡须刺破你的小嘴,今天果然应验了。"过不久,宴饮欢笑。忽然有一个十一二岁的少女,抱着一只猫进来。大娘说:"四妹妹也要见姊丈吗?这里没有坐的地方。"二姊说:"妹子身体沉重,姊夫壮伟,可以坐在他的膝盖上。"毕怡庵抱着这个妹子,同杯饮酒。大姊见毕怡庵好酒量,就摘下假发髻装酒劝他喝。大家纷纷劝酒,还脱下三寸金莲的鞋子,骗他喝酒,一饮而尽。毕怡庵怀疑是在梦中。女郎们又与他下棋,一直流连一年多。一个晚上,三妹子非常惆怅,探问:"你看我比得上青凤吗?"毕怡庵说:"超过她。"三妹子说:"我自惭比不上。然而聊斋君和你有文字交,请麻烦他作一篇小传,未必千载下没有人喜欢回忆你的这番遭遇。"三妹子又说:"我和四妹妹被西王母征召做花鸟使,不能再来了。"她握着毕怡庵的手,送行一里多路,洒泪分别。康熙二十一年(1682)腊月十九日,毕怡庵和蒲松龄在绰然堂详细讲这个奇异故事。蒲松龄说:"有这样的狐狸精,那就是聊斋之笔墨有光荣了。"就记下这个故事。

这实在是一篇"反元小说",就是在梦中梦的虚构深处,揶揄嘲讽自己肥胖多胡须的朋友,还牵强扯上自己聊斋君。人与鬼神、狐狸精对话,须用游戏笔墨,不能道貌岸然,板着面孔。一经游戏笔墨,就把许多突破格套的智慧释放出来了。

女同学A: 据说那个诗人就是先知。

老　师: 对。《理想国》里的统治者必须是哲学家,诗人是《理想国》的先知。这与诗歌的发生、跟古代的祭祀活动是有关系的。诗歌的发生起源于劳动,也起源于宗教,通过原始宗教折射劳动者的愿望。这就是说,文学的起源,应该是多元的。它起源于劳动,也起源于劳动之余的闲暇;没有闲暇,就谈不上以讲故事来愉悦身心了。诗在前,小说在后,所谓起源于劳动,也起源于原始宗教,所以文学的起源不是一元的,而是多元的。我看《大雅》《颂》,还有屈原的《九歌》,都跟祭祀有关系。

六、"先秦小说"的发生学

男同学 B：清华大学所藏的战国竹简《赤鹄之集汤之屋》，可以算得上一篇"先秦小说"。它讲述，商汤王逮到了一只红色的天鹅。他让小臣给他做羹来品尝，然后商汤王就出门去了（那个小臣就是伊尹，伊尹是中国历史上最著名的厨师，也是后世厨师的开山祖师，甲骨卜辞中称他为伊，金文则称为伊小臣）。天鹅羹做好后，商汤王的夫人纴巟说："我要吃，我要吃，不给我吃我就弄死你。"这个馋嘴的女人就把天鹅羹吃掉了。好事不出门，坏事传千里，这事情立刻就传扬开来，无人不知。小臣把剩下的残羹接过来，心想："反正都这样了，我也尝尝鲜。"他就把剩下的天鹅羹全都吃掉，这事情也传扬出去了，无人不晓。商汤王回来后，小臣把饭菜端上来，商汤王问："我的羹呢？谁吃了我的羹？"小臣害怕商汤王怪罪自己，就逃往夏国。商汤王很生气，就用巫术诅咒小臣。小臣身受诅咒，不能说话，迷迷糊糊就晕倒在路上。一群过路的乌鸦看见了："哇！有吃的！"就飞过来要吃掉小臣。一只灵鸟赶来对乌鸦说："这是小臣啊，你们不能吃掉他。夏后病了，准备祭祀安抚病痛，你们去吃那里的祭品吧。"乌鸦问："夏后是咋病的？"灵鸟说："上帝命两条黄蛇和两只白兔在夏后寝室的屋梁上，向下给夏后散布疾病，因此使夏后的病越来越重，不省人事。上帝命令后土做了两根尖桩，放在夏后的床下，向上刺夏后的身体，使夏后的身体疼痛难忍，不能接触枕席，安稳睡觉。"听完，乌鸦们就一齐飞走了。灵鸟疏通了小臣的喉胃，解除了巫术，小臣方才起身继续赶路，来到夏后面前。夏后问："你是谁啊？"小臣说："我乃天上之神灵。"夏后说："你可知道我的病是咋回事儿？"小臣说："我是天神，我当然知道。上帝命令两条黄蛇和两只白兔居住在您寝室的屋梁上，向下散布疾病给您，因此使您昏昏沉沉的，不省人事。上帝命令后土做了两根尖桩，放在您的床下，向上刺您的身体，因此使您头昏脑涨，心里难受。您如果拆掉了这屋子，杀了黄蛇和白兔，刨开地面把尖桩砍断，您的病就会痊愈了。"夏后听从小臣的话，拆掉了屋子，杀了两条黄蛇和一只白兔；又刨开地面，果然有两根尖桩，就命人将其砍断。但是另一只白兔怎么也找不到，于是筑了一堵矮墙，挡在屋子前面，来防御那只白兔。（读到这里的时候我在想，这是不是高门槛来源的一种传说呢？）鸟在对话的时候，讲了夏后举办祭祀的原因，确实是非常短的文章，但是这很明显是虚构的，并不是事实。这么短小的文章里面，情节跌宕起伏，还有对话，虚构中包括动物的拟人化。我觉得，小说就是说打破了真实，先秦的小说，将与小说起源的时间拉得非常近。

老　师：你是说，这篇小说起源于占卜，用小说沟通人与神？

男同学 B：是。

老　师：文献记载的最早的小说，是《汉书·艺文志》的"小说家"的第一篇《伊尹说》。经过考证，《伊尹说》在《吕氏春秋·本味篇》

里面还有它的遗存。小说的前半部分与洪水神话、异生神话相关。商汤王想把伊尹找来作为他的军师，有莘国不让，商汤王就娶了有莘国的公主，以伊尹作为陪嫁的奴隶。小说的后半部分，伊尹以烹饪术来游说商汤王。伊尹游说商汤王，口若悬河，带有纵横家的风采。从这里可以看出，小说发生之初，边界并不明晰，混杂着神话和子书的因素，要等到出现经典，才能形成自己的叙事模式，其后又在突破旧模式中产生新模式。这是文体发展的规律。

女同学A：抽象地讲，首先是从《圣经》讲起。它讲正义之师，离上帝最近，代表上帝的命令来去征服，展示了神魔之战。《圣经》见证了战争的合理性和正义性。

女同学B：老师，我有一个问题，西方确实有宗教的传统，用宗教的传统去解决很多叙事问题。很多文学发生，与《圣经》的本源性有关。后来各种宗教进入了中国，比如佛教的俗讲劝善的文本，韵散结合，影响了勾栏瓦舍的说书，衍化为中国的章回小说。这就用宗教去解释冲突的一个文学传统。一些深受大家欢迎的流行小说，还有很多的戏曲，像《宝莲灯》啊，都是戏曲的文本，逐渐刺激了阅读的潮流，这也是中西叙事文学发生发展的一个差别吗？

老　师：西方有神与魔之战，就是从两极对抗的体系中来产生文学的叙事。中国人呢，讲究烹饪之术，实际上先把自己做好，有一个坚强的主体，然后再克敌制胜。中国注重人的心性修养，就是从我做起，先把自己治理好了，再推及其他。"不战而屈人之兵，善之善者也"，《孙子兵法·军形篇》说："孙子曰：昔之善战者，先为不可胜，以待敌之可胜。不可胜在己，可胜在敌。故善战者，能为不可胜，不能使敌之必可胜。故曰：胜可知，而不可为。"先要自己立于不败，然后寻找敌人可败的地方。自己无形，敌人有形，你以无形去打有形，那你就出其不意，攻其无备。比如说我要进攻你，到底是从哪里打，你根本就不知道，这就要用十倍的兵力才能防备人家。那么，我就抓住你一面来去攻击，集中优势的兵力来攻击，这就是有形和无形的辩证法。要做到这一点，就要掌握切实的讯息，发挥间谍的作用。《孙子》十三篇，最后的一篇叫《用间》，讲了因间（乡间）、内间、反间、死间、生间五种间谍的形态。它甚至认为伊尹原来是在夏桀那里当间谍，姜子牙原来在商纣那里当间谍，最大的间谍就是伊尹和姜子牙，就是所谓"昔殷之兴也，伊挚在夏；周之兴也，吕牙在殷。故惟明君贤将，能以上智为间者，必成大功。此兵之要，三军之所恃而动也"。这是因为对敌作战，必须知己知彼，把敌人的底细摸透了。《孙子兵法·谋攻篇》说："知彼知己，百战不殆；不知彼而知己，一胜一负；不知彼，不知己，每战必殆。"在军事斗争中，既了解敌人，又了解自己，百战都不会有危险；不了解敌人而只了解自己，胜败的可能性各半；既不了解敌人，又不了解自己，那每战都有危险。这就是说，战争中的情报系统很重要。现在我们打仗，空中的侦测卫星，用来侦察敌军的动态。如果说没有情报，打仗就是瞎子摸象，碰到什么打什么。我看到，孙武把伊尹、姜子牙说成最大的间谍，当成《孙子兵法》十三篇里面最后一句话,这是《孙子兵法》的结穴处。

女同学C:著名人类学家弗雷泽指出:宗教所包含的,"首先是对统治世界的神灵的信仰,其次是要取悦于它们的企图"。原始宗教祭祀礼仪活动,实质上既是"人"信仰与敬畏心理的一种外化,同时又是对信仰与敬畏心理的一种培育,具有生命关怀的意义。在巫术祭祀活动中由"巫"表演图腾舞蹈,演奏各种乐器。以祭祀礼仪为中心的各种"事神人之事",既是"礼乐"形态的展现,也是一种早期审美教化活动的生动呈现。西方是有宗教的,但是我们中国的很多礼仪来源于图腾。

老　师:是,礼仪是祭祀用的,祭祀祖先神、天神。"礼乐"制度的原初呈现形态是祭祀礼仪中的歌舞表演。原始宗教祭祀的礼仪离不开以"巫"为主的巫术歌舞表演。《说文解字》解释"宗"字:"尊祖庙也。从宀从示"。"示"是会意字,在小篆字形中,"二"是古文"上"字,三竖代表日月星。甲骨文本作"示",像祭台形。以"示"作为部首的字,其义多与祭祀、礼仪有关。"蜡祭之礼"源于神农氏,"蜡祭"的祭祀对象为"百神"。中国的礼仪是约定俗成的,对人、对己、对鬼神、对大自然表示尊重、敬畏和祈求等思想意识的各种惯用形式和行为规范。《春秋左传正义》说:"中国有礼仪之大,故称夏;有服章之美,谓之华。"致福曰礼,成义曰仪。中国古代有"五礼"之说,祭祀之事为吉礼,冠婚之事为嘉礼,宾客之事为宾礼,军旅之事为军礼,丧葬之事为凶礼。中国是历史悠久的文明古国，几千年来创造了灿烂的文化，形成了高尚的道德准则、完整的礼仪规范，被世人称为"文明古国，礼仪之邦"。

女同学C：另外我感觉中国没有二元对立的思想，因为中国讲天人之际，就是一开始的巫的传统，还是侧重在天的一方面，就是说天降灾了，就要采取一些措施去救人啊，去消掉这些灾害。到了战国时代，就越来越偏向于人事的一方面。战国时代的古人认为，只要人类自己做得好，就不会发生自然灾害，比如说晏子认为，如果国君做好了，跟天灾是没有关系的，天灾指一种自然现象。孔子介于两者之间：一方面他讲究人事，讲究自己的行为、道德；另一方面他没有废除巫的传统，他只是通过这种传统表示对天的敬畏，而不是真的去关注这个仪式本身，说到底还是敬天的表现。

老　师：春秋战国有两场很重要的战争。一场是宋襄公的泓水之战。宋襄公要称霸，跟楚军在泓水打了一仗。楚军半渡，他不打，楚军没有列好战阵，他也不打；打的时候，还不欺负斑白头发的人。他完全按照古代的军礼来打仗，结果丢盔弃甲，自己也受伤丧命。另一场战争是孙武参与的柏举之战，以3万吴军对付楚国20万的军队，以兵不厌诈、出神入化的用兵，只11天就打下了楚国的郢都，伍子胥把楚平王的尸体拉出来鞭尸。这种战争不是遵循军礼，而是崇尚诡道，属于新的战争形态。从宋襄公的泓水之战，到孙武作为战魂的柏举之战，中国战争形态发生了本质的变化。

孙武之后100多年出现了孙膑。孙膑作为军师打的著名战役是围魏救赵。从孙武到孙膑,其间孙膑还吸纳了鬼谷子的阴谋术,避敌锋芒,攻其所必救,以阴谋家的诡计,把敌人打得晕头转向。孙膑后又在马陵之战中以减灶法,示敌以怯,使庞涓在冒进中大败。

战争的形态到了尉缭又发生了重大的变化。秦始皇用了尉缭的兵法,扫荡了山东六国。这是军国主义体制的兵法,把全国的财力、物力集中在战争前锋上,实行什伍连坐法,以砍了多大的人物的头就可以升多大的官作为赏罚的准则。这种军国体制的战争形态,使军队变成虎狼之师,击破了山东六国松懈的军队体制。

男同学A:《老子》的哲理诗,《孙子兵法》的智慧哲学,《庄子》的天道思想,《孟子》的仁政论辩,都提供了新的人文精神和论辩方式,我觉得都应该进入文学史的脉络。

七、诸子学与文学

老　师:用大文学观来看问题,对于诸子的文章中的道学脉络和不朽的生命力,有必要作一番考察。这就如同刘勰的《文心雕龙·诸子》所说的:诸子著作,是阐述理论、表达主张的典籍。古人说"三不朽",第一是树立品德,最末是著书立说。普通人民过群居生活,苦于周围事物纷繁杂乱而不明白其中的道理;而士大夫立身处世,又担心自己的声名和德行不能流传广远,故此只有才华突出的人,才能遗留下自己著作的光辉，留名后世，像太阳、月亮一样为众人所共见。从前黄帝时的风后、力牧和商朝的伊尹等人的书，都属于这一类。不过这些作品，大概是古代相传的话语，到战国时才被记录下来的。后来楚国的先祖鬻熊通晓哲理，周文王曾向他请教；他留下的文辞和事迹，编为《鬻子》。在诸子著作中，这是最早的。到了老子，因为他懂得古礼，孔子曾向他请教；他写的《道德经》，成为诸子中较早的书。但是，鬻熊仅仅是周文王的朋友，老子却是孔子的老师；两位圣贤所写的书或成为子，或成为经，俨然是两类不同的著作了。

到战国的时候，在用武力互相征伐中，出现了许多杰出的人物。孟轲信奉儒家的学说，谦恭地与王侯们周旋；庄周阐述道家的理论，任意驰骋大美；墨翟采用俭朴节约的学说；尹文研究名与实是否相合；野老讲究从地利的角度治理国家；邹衍谈论阴阳五行来配合政治；申不害和商鞅用刑罚来安定秩序；鬼谷子靠着口才来施展阴谋；尸佼综合各家学说；青史子详记民间的谈论。以后继承他们的流波而如枝之附干者，不知道有多少。这些人大都能够通过雄辩来传布自己的学说，并且享有厚禄高官。

到了残暴的秦始皇焚书坑儒，几有一网打尽之势，可是诸子书并未受到其害。后来汉成帝重视古书，命令刘向整理校勘，于是写成《七略》，记载各种有价值的书，9个学派的杰作都被搜集；编成的书目，共有180多家了。

魏晋以后，仍然有人不时写作子书，其中夹杂一些不可信的言论，也记录了一些琐碎的言辞；假如把这些依类收集起来，也可以装满几大车了。即便著作堆积得很多，其主要的情况还是容易把握的。无论它们阐述道理或议论政事，都是从经书发展下来的。其中内容纯正的，便符合经书的规则；内容杂乱的，便违背经书的法度。《礼记》中的《月令》，采用了《吕氏春秋》的《十二纪》；而《礼记·三年问》的内容，也被写进了《荀子》中的《礼论》。这些都是内容纯正的例子。至于商汤问夏革，夏革说黄帝能听到蚊子的眼毛上有小虫发出像雷鸣一样的声音；惠施推荐戴晋人，对梁惠王说他在蜗牛角上曾打过一场战死数万人的大仗；《列子·汤问》中有愚公移山和龙伯国巨人跨海的奇谈；《淮南子·天文训》中有共工碰得天倾地斜的怪说：这些都是内容杂乱的例子。所以一般人都不喜欢诸子书的啰唆和荒唐。不过商代的《归藏经》里面，也大谈奇怪的事，如说后羿射日、嫦娥奔月之类；商汤时的书尚且如此，何况诸子百家呢！此外，如《商君书》中说有六种害国的虱子，《韩非子》中说有五种害国的蠹虫，这都是在反对仁义道德；后来商鞅被车裂，韩非被毒死，也不是没有原因。还有公孙龙的"白马不是马、孤犊没有娘"之类诡辩，话虽说得巧妙，但道理却很笨拙；魏公子牟把公孙龙比作井底之蛙，并非随便指责他。从前东平王刘宇向汉成帝讨求《诸子》和《史记》，成帝不肯给，就因为《史记》里常常讲到军事上的谋略，而《诸子》中又往往杂有怪异的议论。但是，对于博学的人来说，就应该抓住其主要的，撷取它们的花朵，而咀嚼其果实；抛开错误的部分，而采取正确的意见。

　　细看这些不同的学派，确也是学术上的大观。考查诸子中孟轲、荀况的论述，理论完美而词句雅正；管仲、晏婴的著作，事实可信而语言简练；列御寇的书，文气宏伟而辞采奇丽；邹衍的议论，构思夸张而词句有力；墨翟和他的学生随巢的著作，意思明显而语句朴质；尸佼和尉缭的书，学说通达而文辞笨拙；《鹖冠子》议论深长，所以常发深刻的言论；《鬼谷子》说理玄远，常阐述奥妙的意见；感情明显而丰富，是《文子》所独具的优点；词句简练而精当，《尹文子》掌握到这种要点；《慎子》巧于分析精密的道理；《韩非子》中的譬喻广博而丰富；《吕氏春秋》见识远大而风格周密；《淮南子》多方面吸取材料而文辞华丽。这些可以说已经包括了诸子百家的精华，也就是他们作品的主要特点。此外还有陆贾的《新语》、贾谊的《新书》、扬雄的《法言》、刘向的《说苑》、王符的《潜夫论》、崔寔的《政论》、仲长统的《昌言》、杜夷的《幽求子》等等。它们或者阐述儒家经典，或者说明政治方略；虽然常用"论"字作书名，但事实上却属于诸子。为什么呢？因为广泛阐明各种事物的叫作"子"，只辨别一种道理的叫作"论"；它们既然牵涉各方面的问题，也就应该属于诸子的范围了。在战国以前，上距古代圣人还不算太远，因而能够超越一代地高谈阔论，自成一家。到两汉以后，文风散漫衰落；作者虽然熟悉儒家学说，但常常依傍前人，采用旧说。这就是古代和近世子书的不同。唉！诸子百家本身常常和当时人合不来，而自己的志趣却靠着理论而获得陈述。他们的心思一方面联系到远古以前，一方面又交付给千载之后。金石会毁灭，难道声名也会消逝吗？刘勰特别指出，《孙子兵法》的文章好得不得了："孙武兵经，辞如珠玉，岂以习武而不晓文也！"诸子文章融合着哲理、比喻修辞法，是非常值得进入大文学观的法眼的。

女同学B：老师，您觉得春秋战国是什么时候开始的？

老　师：一般认为，春秋战国时期是公元前770—公元前221年。春秋与战国的分水岭是在公元前475年，以韩、赵、魏三家灭掉智氏，瓜分晋国为标志。西周时期，周天子保持着天下共主的威权。周平王于公元前770年东迁以后，东周开始，周室开始衰微，只保有天下共主的名义，而无实际的控制能力。中原各国社会经济条件不同，出现了大国间争夺霸主的局面。继春秋五霸之后，战国七雄出现了。直到公元前221年，秦始皇消灭山东六国，统一中国。春秋242年间，有36名君主被臣下或敌国杀害，52个诸侯国被灭掉，有所谓"春秋无义战"的说法。到了战国就是比谁的力量大，成者为王，败者为贼，没有礼的约束。春秋时期还有一点礼约束的状况，而战国时期就是力大于礼了。

女同学B：春秋时候列国战争的激烈程度还是比较低，各国的兼并与斗争，促进各国、各地区社会经济的发展，也加速了不同族属间的接触与融合。经过这一时期的大变动，几百个小国逐渐并为七个大国和零星的十几个小国。

老　师：春秋五霸——齐桓公、晋文公、楚庄王、吴王阖闾、越王勾践，先后崛起。在齐桓公、晋文公时期，霸主还带领诸侯，把周天子奉为天下的共主。

女同学B：战国就没有天下共主这一说了。

老　师：是的，战国就没有天下共主了。春秋五霸，有时还要借着天子的名义去征伐。齐桓公、晋文公这些中原霸主，还看重这种规矩。到了吴王阖闾啊，越王勾践啊，已经是蛮夷胜于华夏，尊王的礼数也就完全灭迹了。春秋霸主有一个从中原转移到蛮夷的过程。其中还间插着宋襄公的霸业，他的是失败的霸业。阖闾、勾践的霸业是颠倒了的霸业。吴王阖闾的称霸，接受了中原的文化思想，就是蛮夷回归华夏。吴王阖闾派专诸刺杀吴王僚，夺取吴国王位。吴王阖闾执政，以楚国旧臣伍子胥为相，以齐人孙武为客卿，确定先破强楚，再服越国的争霸方略，采取分兵轮番击楚之策。吴王阖闾九年（前506），吴军在孙武、伍子胥率领下，进行柏举之战，五战五胜，攻入楚国的郢都。在春秋时期用战车，到了战国就有了骑兵，战争形态发生了很大的变化。文学史牵涉着思想史和文化史。从战国到清，都要注意这种思想史的脉络。讲清朝的学术文化史，就忘不了王国维的分析：清初学术的特点是大，乾嘉学术的特点是精，道光、咸丰以后学术的特点是变。

女同学B：这些学术还是汉人在做的。

老　师：汉人是学术的中坚，但是满洲贵族相当程度地接受中原文化，以博学宏词、编修《四库全书》，甚至文字狱的阴影，左右着、引导着学术的方向和形态。

文学史应该写入一个开放的系统,把思想史和精神史作为它潜在的背景。看这些思想家是怎样提出问题,解释问题。如果离开一个思想史和精神史的潜在作用,就不能够理解这样的一些文学家,为什么这样提出问题,解释问题,因为他们都有一种价值观,形成价值系统,并且创造出一些概念。比如"明代四大奇书",或者金圣叹的"六才子书",都是一种价值系统。才子书不同于君子书,五经四书这一类东西就是君子书,而才子书是重个性的,重自己的性情,那么就换了一个价值系统。所谓《庄子》《离骚》《史记》《杜工部集》《水浒传》《西厢记》"六才子书",都是重个性的文学。"五四"时期的新价值标准是民主、科学,即德先生、赛先生,这就瓦解了过去的价值系统。包括小说的写作也好,诗歌的写作也好,潜在的价值标准是德先生和赛先生,德先生和赛先生是启蒙主义的两个老师,是双导师制。

女同学 B:以自由学者自居的王东岳,有一本书叫《物演通论》。他有一个观点,说我们中国的文化偏于落后、保守、原始,但是这恰恰是我们中国文化。他说像西方文化进来了,从长远的角度来说,它并不利于人类的繁衍。但是对于中国文化呢,它产生一种冲击。他提出了一个新的假说、一个新的万物演化规律——"递弱代偿原理"。他认为,愈原始、愈简单的物类存在度愈高,愈后衍、愈复杂的物类存在度愈低,并且存在度呈一个递减趋势。

老　师：中国文化重在根本，在根本上生枝开花。西方文化有时候末大于本，以根本所派生出来一种力量，把这个根本本身都动摇了。中国文化是带有一定的保守性。问题在于怎样处理好本末关系，使保守和革新这两股力量获得比较完美的组合。应该说，我们的文化，既能够持久延续，又能够长久地保持它的青春。如果光讲一条，不顾及本与末、保守与创新两条，就不能做到既不失自己的血脉，又不落后于世界的潮流，这两者要找到一个完美的结合点。就是说创造出一种以中为本、融合中西的合金式的文明，创造出富有生命力的第三种文明。

八、诗骚传统与人文地理学

女同学B：文学史上说到诗骚的传统，好像把诗跟骚给分开，成了两个系统。应该有证据，可以证明骚是出于诗的，您认同吗？

老　师：骚就是以《离骚》为代表的《楚辞》，把南方文学的这个系统与《诗经》分离开来，是具有它的实质性的文学史价值的。《诗经》有《周南》《召南》，也牵系着南方文学，但它们隐藏在诗中，不是独立的系统。分开才有对比，对比才显示诗的质重和骚的绮丽。这是文学史的一个亮点，屈原、宋玉独立出来，自成了另外一个系统，对于理解中国诗歌的源流有不可替代的价值。

女同学B：就是说《诗经》的国风里面，没有楚国风吗？

老　师：《诗经》里没有完整意义上的楚国骚体。楚文化巫风很盛，深刻影响了《楚辞》的思维方式和表达方式。《汉书·地理志》记载：楚地之俗"信巫鬼，重淫祀"。朱熹《楚辞集注》说：

> 楚俗祠祭之歌，今不可得而闻矣，然计其间，或以阴巫下阳神，或以阳主接阴鬼。

王国维《宋元戏曲考》说：

> 古之所谓巫，楚人谓之曰灵。……楚辞之灵，殆以巫而兼尸之用者也。其词谓巫曰灵，谓神亦曰灵。盖群巫之中，必有象神之衣服、形貌、动作者，而视为神之所凭依，故谓之曰灵，或谓之曰灵保。

游国恩也指出：

> 按《楚辞》凡事涉鬼神。多以灵言之，若灵巫、灵保、灵氛等等。《山鬼》言"留灵修兮憺忘归"，亦因山鬼之所恋必其同类。

这种巫风弥漫于楚国上上下下，桓谭《新论·言体》记载，楚灵王本即一位大巫，他简贤务鬼，信巫祝之道，祀群神，躬执羽绂,起舞坛前。吴师来攻,王鼓舞自若,曰:"寡人方祭上帝,乐明神,当蒙神佑焉,不敢赴救。"吴兵遂至,楚怀王"隆祭祀,事鬼神,欲以获福助却秦师,而兵挫地削,身辱国危"。古楚之地的鄂西、湘西、江西,到近代仍然流行着保留原始祀神歌舞特征的"傩戏""巫舞""鬼舞",这些戏、舞,大多戴"神"的面具,载歌载舞,表现神的身世事迹,亦是民众娱神驱鬼的狂欢。

女同学B:《楚辞》里面的《离骚》基本上还是四言诗,这就证明了骚体是跟《诗经》同属于四言诗系统,是从四言诗发展到了《离骚》的诗歌系统。

老　师:应该说,屈原在早期写《橘颂》,所谓"后皇嘉树,橘徕服兮。受命不迁,生南国兮。深固难徙,更壹志兮。绿叶素荣,纷其可喜兮。曾枝剡棘,圆果抟兮。青黄杂糅,文章烂兮",采用的还是四言体。可见屈原对《诗经》文化,造诣也是很深的。但后来他受谗被逐,胸中积满了悲愤和痛苦,想将它化为诗的狂涛喷溅出来,就再也不能忍受这种四言体的束缚了。他大胆地学习民间的"俗歌俚句"不拘于四言的经验,有意识地采用民歌中常常出现的五言、六言、七言的新句式,保留咏唱中的语气词"兮",创造了一种以六言为主,掺进了五言、七言的大体整齐而又参差灵活的长句句式。屈原的《离骚》,长达372句2469字;《天问》,虽然还采用四言句式,体制上却已实现了对于古诗的大突破,达到了380多句1500余字,从而奠定了我国古代诗歌的长篇体制。《离骚》借用祭奠的仪式,实际上是对自己的身世和经历的祭奠,为自己生命的来源和政治上的失落作一次祭奠。

女同学C: 楚国、吴越的民间流传着《徐人歌》《越人歌》《沧浪歌》,是文献有记载的《楚辞》的萌芽。一是刘向《新序·节士》记载,吴国延陵季子带着宝剑出使晋国,路过徐国时,徐君看到他的宝剑,虽然没有说,却在表情上流露出想要的意思。季子因为马上要到大国去出使,没有把宝剑献给徐君,可是在心里暗自答应了。当他出使回来时,徐君已经去世。于是,他便把宝剑挂在徐君墓前的树上而去。徐国人称许延陵季子的行为,便编了这首歌来赞美他守信用、重情谊:"延陵季子兮不忘故,脱千金之剑兮带丘墓。"二是刘向的《说苑·善说》记载《越人歌》:

今夕何夕兮搴舟中流,今日何日兮得与王子同舟。蒙羞被好兮不訾诟耻,心几烦而不绝兮得知王子。山有木兮木有枝,心说君兮君不知。

三是屈原的《渔父》记载了《沧浪歌》:

沧浪之水清兮,可以濯吾缨;沧浪之水浊兮,可以濯吾足。

这是比较离散的骚体,应该是在屈原之前吧。

老　师：《荀子·赋篇》诗赋有《成相篇》三章，《赋篇》的《礼》《知》《云》《蚕》《箴》五赋，《佹诗》二章和"遗春申君赋"。其中《礼》说：

爰有大物，非丝非帛，文理成章。非日非月，为天下明。生者以寿，死者以葬；城郭以固，三军以强。粹而王，驳而伯，无一焉而亡。臣愚不识，敢请之王。王曰：此夫文而不采者与？简然易知而致有理者与？君子所敬而小人所不者与？性不得则若禽兽、性得之则甚雅似者与？匹夫隆之则为圣人，诸侯隆之则一四海者与？致明而约，甚顺而体，请归之礼。

《云》说：

有物于此，居则周静致下，动则綦高以巨。圆者中规，方者中矩。大参天地，德厚尧、禹。精微乎毫毛，而大盈乎大宇。忽兮其极之远也，攭兮其相逐而反也，卬卬兮天下之咸蹇也。德厚而不捐，五采备而成文。往来惛惫，通于大神，出入甚极，莫知其门。天下失之则灭，得之则存。弟子不敏，此之愿陈。君子设辞，请测意之。曰：此夫大而不塞者与？充盈大宇而不窕、入郄穴而不逼者与？行远疾速而不可托讯者与？往来惛惫而不可为固塞者与？暴至杀伤而不亿忌者与？功被天下而不私置者与？托地而游宇，友风而子雨。冬日作寒，夏日作暑。广大精神，请归之云。

《蚕》说：

有物于此，儵儵兮其状，屡化如神，功被天下，为万世文。礼乐以成，贵贱以分。养老长幼，待之而后存。名号不美，与暴为邻。功立而身废，事成而家败。弃其耆老，收其后世。人属所利，飞鸟所害。臣愚而不识，请占之五泰。五泰占之曰：此夫身女好而头马首者与？屡化而不寿者与？善壮而拙老者与？有父母而无牝牡者与？冬伏而夏游？食桑而吐丝，前乱而后治。复生而恶暑，喜湿而恶雨。蛹以为母，蛾以为父。三俯三起，事乃大已。夫是之谓蚕理。

荀子创作的十篇赋，是战国时期我国文学史上第一组以赋名篇的文学作品，是荀子的文学啊。它们采取的是隐喻手法，但措辞朴拙，文学个性的发挥受到局限。

女同学C：中国文学史如果要与西洋文学史相对比，我比较倾向于当年萧公弼的《美学概论》的观点，说中国其实没有一个中国思想史，而是一个政治实践史。在萧公弼看来，中国哲学重在灵魂学说，属于精神之学，"诞者治之，则将牛鬼蛇神，阻害进化"；西方哲学重在科学，自觉以聪明睿智辨别真伪。治学者应该兼取中西方哲学思想之优长，正如他在《科学国学并重论》中所言："盖科学者，扩张智能之学也；国学者，发展精神之学也"，"斯二者，皆于人生社会有密切关系，所谓不相悖害者也"。我觉得中国文学史也一样，就是很多文学的表达，其实是跟他本人参与的政治事件息息相关。

中国古人写东西,很多的时候要么就是自己的政治实践成功了,要么就是自己的政治人生失败了。比如屈原就是这样。

老　师:这里涉及文学的言志与载道的问题。周作人1932年在辅仁大学的讲演《中国新文学的源流》,勾勒了言志与载道的文学波澜起伏的历史过程。钱锺书随之在《新月月刊》发表书评对之进行反驳,钱锺书认为,在中国的"文学"概念中,"文以载道"与"诗以言志"只是文体分工不同,原本是并行不悖的,无所谓两派。所以许多载道的文人,作起诗来,往往抒写性灵而言志。周作人的讲演,犯了"文以载道"和"诗以言志"概念不清、简单交替以及循环论证的毛病。周作人是依据"公安派没有成为正统文学这一事实,而不是文学本身","推而上之,像韩柳革初唐的命,欧梅革西昆的命,同是一条线下来的。因为他们对于当时矫揉造作的形式文学都不满意,而趋向于自我表现。韩的反对'剽贼',欧的反对'掎摭',与周先生所引袁中郎的话,何尝无巧合的地方呢?"钱锺书关注的是文体功能论,周作人注重的是文学源流论,立足点的差异使他们各执一端,或者追踪原本,或者引申发挥,以述自己的心志。周作人隐藏着的锋芒,是针对左翼文学的政治化倾向。

女同学C:我看到了一种名为"段子体"的出版物正在成为出版市场的新宠,从微博小说,到各种段子集合而成的书,再到名人语录,段子体的书也逐渐风行各个领域,有传统文化的《国学语录精粹》,有企业管理的《管理如歌》,有生活的《俗话说》《把日子过成段子》，有名人的《颤栗的道德底线》，有娱乐的《我呸》等，品目繁多。北京大学张颐武教授分析说："随着电子文体的发展，这种短小的段子体已经逐渐成为大众阅读的一个主要方式。这有两个方面的原因：一方面，现代社会信息爆炸，大量的信息让人很难在其中选择适合自己的东西，而一些短的、有趣的段子自然会被人注意，受到欢迎，或者是一句让人警醒的格言，或者是一句俏皮话，或者一个好玩的段子，很容易吸引人；另一方面，和生活方式的变化有关，现代人时间紧张，阅读都是碎片式的、零散的，一部长篇大论的书，一次只能看一点点，下回再看可能早就忘了先前的内容了。而这种短小的文体则非常适合这种零散的阅读，比如一个人在咖啡厅等人，时间短，闲着可能无聊，但要读一部大书也不现实，这时候这种短小的段子就是很适合的读物。现代人的生活中有很多这种碎片化的时间，比如等车、坐车、买票、排队等，都是这些段子的阅读时间。"

老　师：段子就是对文体的离析，这算是后结构主义的思潮的一些东西。

女同学C：感觉是碎片化的。

老　师：实际上像民国年间的疑古思潮，它们背离战国秦汉的书的成书是一个历史过程这样一个事实。实际上，原始的经典《老子》《庄子》，汉人把它整理成一个整体，原本可能是单篇别行，或者组简流传。比如秦始皇看到的《韩非子》，可能是单篇别行的《显学》《五蠹》。思想家思想的形成往往是一个过程，《解老》《喻老》是韩非早期的篇章，由于受到堂谿公的启发，把法家思想归本于黄老道。《解老》《喻老》所读的《老子》书，是《德经》在前头，《道经》在后。你可以从他行文的顺序看出，总是先从《德经》讲起，70%的篇幅是讲《德经》，30%讲《道经》，所以《德经》在前，《道经》在后，是黄老道术的经典。到了魏晋时期的老庄之学，就变成《道经》在前，《德经》在后了。中国古人往往通过另立体例，编纂图书，其中蕴含着自己的学术思想。唐人编唐诗，不甚注意杜甫。但是宋人编唐诗，就把杜甫的地位抬得高于李白。唐诗的正宗从李白变成了杜甫，显得宋人活得很艰难，每一个人都要负起国家兴亡的责任。李白是潇潇洒洒地发挥自己的天才，张扬着自己的个性。李白是从天上看世界，杜甫是从地上看；地上到处是黎民苦难，天上是阳光灿烂啊。

女同学D：我们现在接受了民主、科学这一套思想，以这种思想评价古人的时候，就说李白是浪漫主义的，杜甫是现实主义的。屈原呢，就是浪漫主义与现实主义的结合。这种评价合理吗？总觉得，这些说法与古人的状况有些隔膜。

九、从屈原赋到宋玉赋

老　师：评价历史人物，应该回到历史的实际和脉络中去。我们还古人以古人应有的伟大，还现代人以现代人能够重新创造的空间。不要因为古人伟大，我们就不往前创造；但是也不能因为我们要往前创造，就看不到古人的伟大。比如说屈原，历来是屈宋并举，叫作"屈宋文章"。杜甫《咏怀古迹》其二说：

摇落深知宋玉悲，风流儒雅亦吾师。怅望千秋一洒泪，萧条异代不同时。江山故宅空文藻，云雨荒台岂梦思。最是楚宫俱泯灭，舟人指点到今疑。

但是屈原赋的特点是具有强烈的政治性，宋玉赋的特点是带有浓郁的个人性，这折射了《楚辞》发展的内在精神脉络。

宋玉的《高唐赋》《神女赋》，写的是宋玉家乡巫山的神女与楚怀王、楚襄王的因缘，是乡愁之作。楚怀王被秦国扣留三年，拒绝割让巫郡、黔中郡，他与巫山神女是有缘的。楚襄王丢掉了巫郡、黔中郡，退保陈州、寿春，他跟巫山神女是无缘的。两代楚王追求同一个神女，好像有乱伦之嫌。这两篇赋是宋玉晚年写的，当时两代的君主都不在了，不然，他是不敢这样写的。《神女赋》写楚襄王打猎，一日走一千里，弓箭未发，鸟兽就满车，这不是真实的打猎，而是灵魂出窍。而且"延年益寿千万岁"这些话，是人死了之后的一种吉祥的说法。宋玉借乡愁反思楚国偏安的历史。宋玉赋带有浓郁的个人性，抒写他的历史体验，抒写他的乡愁。

女同学D：木心评价宋玉跟屈原的时候，认为《楚辞》起于屈原，绝于屈原。《离骚》能和西方的交响乐——瓦格纳、勃拉姆斯、法朗克媲美。宋玉华美，枚乘善辩，都不及屈原。屈原全篇心情起伏，充满辞藻，有一种飞翔的感觉，用的是古典意识流的手法，时空交错。

老　师：宋玉写有《九辩》，上承屈原的风采。从文采来说，宋玉《高唐赋》《神女赋》开启了汉赋。汉赋不是承传《离骚》的体制和风格，而是承传宋玉《高唐赋》《神女赋》的体制和风格，宋玉赋实际上开启了汉代大赋。宋玉赋是才华的喷射，而不是查字典写成的汉大赋，"能讽书九千字以上，乃得为史"。所以《汉赋》难读，要查字典来读，宋玉赋读起来就很轻松愉快。当然，"西汉文章二司马"，司马相如的大赋和司马迁的史笔，都折射了大汉帝国的魄力。汉王朝作为世界上最强大的一流强国，赋予他们为文作赋的空间和元气。

　　下一次我们讨论的问题是文学史的取材。哪些材料可以进文学史？比如说有书面文献的材料、考古文物的材料，另外还有少数民族的材料、口传文学的材料。这些材料应该以什么原则来对应我们文学史的材料？

　　少数民族的材料和地方志的材料，不少是非常生动的。重庆市市合川区钓鱼城,是"上帝折鞭"的地方。当时蒙古的军队西征,已经打到了梵蒂冈和埃及附近。钓鱼城悬崖绝壁,以长江的支流嘉陵江、渠江、涪江交汇处为护城河,一夫当关,万夫莫开。蒙哥汗率领十万大军强攻,却被钓鱼城中打来的炮石打中而殒命。蒙古诸王回兵抢夺大汗位置,经过长期内斗,忽必烈花了四年的时间才把权力集中在自己手上,蒙古军西征的锋芒也因此受挫。中国军事博物馆里面有两个战争的沙盘,一个就是钓鱼城之战,蒙哥汗上帝折鞭,另一个是井冈山保卫战,这是决定国家命运的两场最重要的战役。

要讲中国故事,可以找出中国历史上的十场战役,或者是以少胜多,或者是出奇制胜。比如柏举之战、围魏救赵之战、长平之战。

下一次大家一起探讨文学史的取材问题。取材弄好了,就形成了你的文学史的底子和模样。选了少数民族的材料,就能够重绘中国文学的历史地图。民族和地域的多样性,统合在一个民族共同体里面,就能生发出一系列新的学术原则,没有新的学术原则是不能统合丰富多彩的材料的。提出问题要在不疑中生疑,那么解决问题就是破解疑惑而获得新的文学地图。

对话四
文学史写作的取材问题

破落户子弟享受过荣华富贵,培养了较高的文学修养;家道破落了之后,看到了世人的冷眼,看到了世态的炎凉,对人生、生命、家庭,都充满着悲怆情怀,甚至忏悔意识等复杂感受。《红楼梦》就是破落户子弟写的,鲁迅的作品也是破落户子弟写的。

一、取材于把握典型

老　师：关于文学史写作的取材问题。取材问题，实际上也涉及文学史的基础、底色、面貌、格局。你取哪些材料，不取哪些材料，你对哪些材料讲得详细，哪些材料讲得粗略，哪些材料放在前面，哪些材料放在后面，哪些材料放在正面，哪些材料放在侧面，都是对文学史写作的总体策划需要考虑的问题。材料与材料的组合原则，赋予文学史新的风貌。

男同学A：老师，我有一个疑问，就是之前您特别讲了：如果你讲唐诗的话，就是只取两个故事。

老　师：是的，这两个故事，一个是李白赋《清平乐》。《杨太真外传》记载：开元年间，宫廷中种了好些牡丹花，红、紫、浅红、通白都有，移植到沉香亭前。正好花方繁开，唐玄宗与杨贵妃前去观赏，唐玄宗说："赏名花，对妃子，怎能采用旧乐词呢？"就马上命令李龟年拿着金花笺，宣召翰林待诏李白，即刻写出《清平乐》词三章。李白醉中命笔："云想衣裳花想容，春风拂槛露华浓。若非群玉山头见，会向瑶台月下逢。""一枝红艳露凝香，云雨巫山枉断肠。借问汉宫谁得似？可怜飞燕倚新妆。""名花倾国两相欢，常得君王带笑看。解释春风无限恨，沉香亭北倚阑干。"唐玄宗命令梨园子弟伴奏，李龟年引吭高歌。李白呼来宦官高力士为他脱去皂靴，又唤贵妃为他磨墨。这里聚合了五个"第一"，李白诗人第一，唐玄宗权力第一，杨贵妃美貌第一，牡丹名花第一，李龟年唱歌第一，彰显了诗歌作为唐代最高的审美精神方式的华贵，诗歌成为精神自由的大纛。这就是诗的盛唐。

另一个掌故是"旗亭画壁"。唐玄宗开元年间，诗人王昌龄、高适、王之涣齐名。在冷风飕飕、微雪飘飘的日子里，三位诗人一起到酒楼去赊酒小饮。偶尔发现梨园十余子弟登楼聚会宴饮，三位诗人离席，相互偎依，围着小火炉，且看她们表演节目。一会儿又有四位漂亮而妖媚的梨园女子，珠裹玉饰，摇曳生姿，登上楼来。随即乐曲奏起，演奏的都是当时有名的曲子。王昌龄等私下相约定："我们三个在诗坛上都算是有名的人物了，可是一直未能分个高低。今天算是有个机会，可以悄悄地听这些歌女们唱歌，谁的诗编入歌词多，谁就最优秀。"一位歌女首先唱道："寒雨连江夜入吴，平明送客楚山孤。洛阳亲友如相问，一片冰心在玉壶。"王昌龄就用手指在墙壁上画一道："我的一首绝句。"随后一歌女唱道："开箧泪沾臆，见君前日书。夜台今寂寞，犹是子云居。"高适伸手画壁："我的一首绝句。"又一歌女出场："奉帚平明金殿开，且将团扇共徘徊。玉颜不及寒鸦色，犹带昭阳日影来。"王昌龄又伸手画壁，说道："两首绝句。"王之涣自以为出名很久，可是歌女们竟然没有唱他的诗作，面子上似乎有点下不来，就对王昌龄、高适说："这几个唱曲的，都是不出名的丫头片子，所唱不过是'巴人下里'之类不入流的歌曲，那'阳春白雪'之类的高雅之曲，哪是她们唱得了的呢！"于是用手指着几位歌女中最漂亮、最出色的一个说："到她唱的时候,如果不是我的诗,我这辈子就不和你们争高下了;如果是唱我的诗,二位就拜倒于座前,尊我为师好了。"三位诗人说笑着,等待着。一会儿,轮到那个梳着双鬟的最漂亮的姑娘唱了,她唱道:"黄河远上白云间,一片孤城万仞山。羌笛何须怨杨柳,春风不度玉门关。"王之涣得意至极,揶揄王昌龄和高适说:"怎么样,土包子,我说得没错吧!"三位诗人开怀大笑。那些歌手们听到笑声,不知道发生了什么事情,纷纷走了过来:"请问几位公子,在笑什么呢?"三位诗人就把比诗的缘由告诉她们。歌女们施礼下拜:"请原谅我们俗眼不识神仙,恭请诸位大人赴宴。"三位诗人应了她们的邀请,欢宴一天。可以说,"李白赋《清平乐》"和"旗亭画壁"两个掌故,尽显了盛唐诗歌的文雅风流。当然,掌故是不须考证的,它们是一种精神史的材料,彰显了诗歌已经成为唐人一种最高的精神形式,不只用于文人交往,还用于社会上娱乐,成了当时的流行歌曲。

二、取材要直趋材料的原本

女同学 B:老师,我有一个问题。我们现在对于诗歌的认识,是不是在很大程度上受到了宋人的影响?比如说陶渊明是在宋代才被重视的,杜甫也是在宋代成了"诗圣"。我之前看过一段材料,就是敦煌出了很多唐诗的写本,不是那种诗人之间正式刊行的那些诗集。其实可能也会涉及校勘学的问题,敦煌的《将进酒》的写本就跟我们现在的不太一样。比如说"朝如青丝暮成雪",敦煌的版本就是"朝如青云暮成雪",当然我觉得"青云"比"青丝"要好一点。

老　师：可以看一看敦煌写本《将进酒》：

　　君不见黄河之水天上来,奔流到海不复回。君不见床头明镜悲白发,朝如青云暮成雪。人生得意须尽欢,莫使金樽空对月。天生吾徒有俊才,千金散尽还复来。烹羊宰牛且为乐,会须一饮三百杯。岑夫子,丹丘生,请君歌一曲,愿君为我倾。钟鼓玉帛岂足贵,但愿长醉不用醒。古来贤圣皆死尽,唯有饮者留其名。陈王昔时宴平乐,斗酒十千恣欢谑。主人何为言少钱,径须沽取对君酌,五花马,千金裘,呼儿将出换美酒,与尔同销万古愁。

　　从中可以发现,这里是"暮成雪",青云跟雪也可以对起来,还有后来一句就是"古来圣贤皆寂寞",然后敦煌的写本就是"古来贤圣皆死尽"。就是那些人都死了,现在我们在这儿饮酒。是"皆寂寞"好呢,还是"皆死尽"好?值得推敲,看哪一种表达更符合唐人的气象。我们用的是宋人勘定的版本,就变成我们现在公认的《将进酒》。所有这些问题,是因为唐宋之间的趣味有了变化,就进行改写,还是抄手的水平不够所致,这是值得仔细吟味的挺有趣的现象。

　　唐以前的文本,都是经过口传和转抄的,"传闻异辞"的现象会有的。有的是作者在不同场合之下的不同表达,有的是传抄者自作聪明的改动。只能说唐以前,尤其是战国秦汉,文本的存在都有一个过程。像《老子》《庄子》这一些书，原来很可能是单篇别行的，汉人整理出来，起名《老子》《庄子》。《论语》倒不是汉人编的，因此存在着《古论语》《鲁论语》《齐论语》，在不同的地域，不同学派参与修订。汉刘向《别录》说："《鲁论语》二十篇，皆孔子弟子记诸善言也。"邢昺注疏："直言曰言，答述曰语，散则言，语可通，故此论夫子之语而谓之善言也。"《汉书·艺文志》截取刘歆《七略》说：

《论语》者，孔子应答弟子，时人，及弟子相与言，而接闻于夫子之语也。当时弟子各有所记，夫子既卒，门人相与辑而论纂，故谓之《论语》。

其中以"夫子既卒"作为编年坐标，说明《论语》最初的编纂，在众弟子庐墓守孝的那三年。

对于中国经典，既要回到经典发生的原本，又要考虑到汉人整理时"辨章学术，考镜源流"的惯例。比如宋玉赋，有"楚襄王如何如何"，游国恩认为不符合宋玉的口吻。有如英国女王，不须套上"英国"二字；宋玉称楚襄王，就只能称"今王"。但它符合汉人的整理习惯，因为春秋战国时期，各国的襄王有七个，汉人整理时必须加注，或直接改动正文。这只要把马王堆出土的《纵横家书》与刘向整理的《战国策》相比较，就会明白汉人整理的奥妙。汉人添加了背景材料和言说者的姓名，以便于阅读和流传。

刘向非常博学。《战国策》总共三十三篇，按国别记述，计有东周一，西周一，秦五，齐六，楚四，赵四，魏四，韩三，燕三，宋、卫合为一，中山一。记事年代大致上接《春秋》，下迄秦统一，他整理过程中依照历史编年，眉目是非常清晰的。汉人刘向、刘歆，以及司马迁《史记》整齐百家，毫不含糊，对战国秦汉文献的保存功不可没。

三、注意文本中的历史文化地层叠压

女同学C：今天讨论什么东西能入文学史的问题。我是研究岭南文学史的，我在研究的过程中，迎面而来的一个最棘手的问题就是什么作品能进入岭南文学史。岭南文学史的开端有哪些代表作？公认的岭南文学史开端的这些代表作的文学性相对比较薄弱。比如《粤记》说"广东之文始尉佗"。第一位南越王尉佗曾趾高气扬地说："老夫身定百邑之地，东西南北数千里，带甲百万有余。"这些都是岭南文学史的开篇。在文学史上史料少存的情况下，你们怎么去甄别这些留下来的作品的文学性，或者历史性？这些作品以什么性质列入文学史里面？

老　师：文学史的发生发展过程存在着历史文化地层的叠压，要观其源、析其流。所以我们进入先秦文献的时候，"五经"早就有它们的底本，经过孔子的整理修订。看不到孔子的整理修订，恰恰是我们笨的地方。孔子整理"五经",不是重写,而是采取"述而不作"的原则,把儒家的价值观和理念,毫无痕迹地嵌进去,用的是"春秋笔法"。这正是孔子的极端高明之处,他把民族必读书变成儒家的经典,使你只能按照儒家思想去讲尧、舜、禹,使中国远古的历史染上儒家的色彩。汲冢魏襄王墓出土的《竹书纪年》,没有经过儒家的染色,所谓尧、舜、禹禅位的时候,尧的儿子、舜的儿子,那是打得不可开交。这就是《括地书》引用《竹书纪年》说:"昔尧德衰,为舜所囚也。"而儒家的"禅让说",把上古史描绘成中国黄金时代,从中注入了仁、孝等核心价值,建立儒家的道统,道统指导着政统,儒者就成了王者师了。

孔子之所以成为"万世师表",最厉害的地方有两条。第一条是把中华民族远古的必读书"五经",用儒家的价值观加以整理,使得后世讲上古史离不开儒家的框架。

第二条就是带了一大批弟子,弟子三千,贤人七十二,起码有十几个很厉害的,这就把他的学派做大了。比如说颜回、仲弓、曾参、子思和后来的孟子、荀子,有这些人就奠定了儒家的思想格局和思想传统。后来讲先秦的学派,儒家就变成主流了。道家也很厉害,道家的老子、文子、范蠡,这条线一直延伸,就变成黄老道术,变成了帝王南面之术。黄老道术,以很高的智慧来介入政治。所以每一家有每一家的套数,形成了中国古代思想最厉害的儒、道、法三家。墨家原来也很厉害,但还是中断了,中断了两千年,变成了民间的墨侠,到了晚清才有重新复兴的势头。说到文学性,从官方的著作变为私家的著作,是文学性的发生过程,这个过程本身就具有生命的个性。

四、揭示文学史的思想史底蕴

女同学C：我认为，民间文化当中，反映中国思想史状况的可以写入文学史。本着宽容和仁道的原则，如果政治人物的文章，具有较高的思想意义和文化价值的，也可以入文学史。比如说曹丕《典论·论文》认为文章是经国之大业，不朽之盛事，而曹植认为文章只是小小的游戏，是自我身心的愉悦，就是还文学以本来面目，这两种思想可以结合起来。李贽的"童心说"中界定了"童心"是真文学的概念，"童心者，绝假纯真，最初一念之本心也。若失却童心，便失却真心；失却真心，便失却真人。人而非真，全不复有初矣。童子者，人之初也；童心者，心之初也"。然而我认为官样的文章就可以不入文学史，而反映文学独立精神的，或者是知性主体精神的，比如说像曹植、嵇康、陶渊明、苏东坡、曹雪芹这一些正邪两赋之人的文章，我觉得值得浓墨重彩介绍。正邪两赋就是中国古典小说《红楼梦》的哲学总纲，是曹雪芹原创的哲学思想。

老　师："正邪两赋"是贾雨村讲的。曹雪芹常常用别人的口来讲他的文学观点，运用的是贾雨村言的手腕。贾母批评才子佳人小说，其实也是曹雪芹借别人的口来讲的。自己直接讲，和换成别人的口去讲，其间有什么不同，也是值得吟味的。

女同学C：正邪两赋的特点就是鄙视功名利禄，重视性情，热爱艺术，不务正业，落拓无羁，敢于触犯礼教，风流脱尘，佯狂避世。这一些特色构成了乖僻邪谬、不知世务的独特品格。曹雪芹书中提出的痴狂、呆性、疯、傻、愚、意淫，都是这一类人物的性格表现，可以称之为诗人型或者是艺术家型的人格。他们是以诗人之眼来观看世界人生，以诗人之心来感受悲欢忧乐，以诗人之笔来表现和书写其所见所感，天地间才有这一种文艺之作，这一种艺术创造构成了中华文化艺术史极其光辉璀璨的特色。就是像日本有"物哀"传统和"情感主义"的传统，这种正邪两赋是一种思想史的宝贵成就。这就说明了他们非体制化、非概念化的生命特质。我觉得这样的文章，像曹植、嵇康、陶渊明他们的文章，就值得浓墨重彩地书写，像韩愈、柳宗元的载道文章也可以酌情考虑。

老　师：思想史是一个很复杂的存在。曹丕手握政权，就说文学是经国大业，文学服从政治。曹植的文学名满天下，就说文章没有用，他热心的是政治上的作为，因为他在政治上没有作为。嵇康"非汤、武，薄周、孔，所以迕世"，对礼教、周孔攻击得很厉害。但他告诫儿子嵇绍要好好地做人，不要那么走极端，甚至说，人家在搞阴谋诡计的时候，你不要停留在那里，快点走，要不人家说你告密，如此等等，教他处世之道。嵇康写了《与山巨源绝交书》，但是他还是把儿子嵇绍托付给了早就绝交了的山涛，说："山公尚在，汝不孤矣。"山涛也没有辜负嵇康这个朋友，把嵇绍抚养成才，在西晋做了官。西晋发生"八王之乱",嵇绍也被牵扯进去,最后为了保护司马衷,被叛军杀死。"嵇康师心以遣论,阮籍使气以命诗",他就是这么一个嵇康。人的思想是很复杂的,我们去分析问题的时候,应该多想一些层面。

女同学 D:我觉得,现在文学史的写作越来越重视史料的呈现,不单纯是通过文学作品来表达个人的生命体验。钱锺书做学问,往往找一个经典著作的笺证本子,再沟通其他原始材料,或者外来的资料。我去搜了一些学者关于钱锺书关于史料的看法,感觉就是"六经皆史",诗学也是史学,都是可以从中把握一些本质的东西。文学史本身就是通过文学去把握创作规律。

我对古代文献不是很熟悉,但是洪子诚老师近年来写了一部《材料与注释》,他就谈到了现当代文学史的写作过程。先是罗列材料,然后讲别人是怎么看这一个问题的。这就是借助于他者来谈自己的一个角度,就被学者们认为是开创了一个新的文学史写作的方式。他本人也谈到,如果说史料呈现得多了,自然而然会抑制自己;但是多呈现材料,再加上自己的一个主观表达,是他力求把史料跟当下思想进行承接的一种方式。

五、以史识点亮文献学

老　师：文学史写作的整个学问的创造，首先要立足于文献，文献是第一步。著述者的很多思想、很多见解，都是要从文献里浮出来的。什么是"浮出来"？就是既沉浸在文献里，又能够跳出文献的能力。我们搞古代文学，往往从文献入手。这些文献包括原始文献，包括历代对文献的各种解释。重要的是要摆脱它们的纠缠，不能在历代文献的篱笆里面转来转去。所以唯一的办法是什么？就是跳出篱笆，直接面对原典。李白的《将进酒》，就是他昨天晚上拿起酒杯对着我唱，而不是对唐人唱了，宋人又来拾其余唾，我们只不过是"矮子观场"，陈陈相因。我们要转过身来直接面对经典，还原学术感觉的新鲜感，再以这种新鲜感与历代的解读进行对话。每一代都有每一代人的处境和感觉，有他们千差万别的价值观。唐人的国花是牡丹，宋人的国花是梅花。刘禹锡《赏牡丹》诗说："庭前芍药妖无格，池上芙蕖净少情。唯有牡丹真国色，花开时节动京城。"陆游《卜算子·咏梅》词说："驿外断桥边，寂寞开无主。已是黄昏独自愁，更著风和雨。无意苦争春，一任群芳妒。零落成泥碾作尘，只有香如故。"唐人享受繁华而心境明媚，宋人注重气节而心境阴郁，就尽在这两首诗词之中了。

文学史背后有一部经典史，牵引着我们深入思考。中国早期的文化经典离我们2000多年了，历代有多少人都在吃这一口饭。许多时候，抱着的是崇圣心理，累积了斑斑光影、重重迷雾、层层污垢。在这种情况下，我们就有必要跨越2000多年，直接回到原点。我们以现代人的现代性观念、世界性视野，超越2000多年的种种崇圣观念，对经典所作出新的解释，自信只有这样才能创造一代大国的学术。我们的长辈，有时胆子太小，2000多年的藩篱不敢打破，现代性的学术观念就没有多少大国气息。比如说孔子到洛阳向老子问礼，《春秋经》只记载鲁昭公三十一年"十有二月，辛亥朔，日有食之"。由于孔子是布衣，老子是下大夫，不为史家所载。但是根据《礼记·曾子问》孔子赴周问礼于老聃，在一次出殡的中途，是遇上这次日食的。按照周礼上午出殡，中午还要赶回来举行虞祭就是所谓"日中而虞"，把灵魂迎回宗庙。经过严密考证，此事发生在公元前511年周历鲁昭公三十年十二月初一，新历的11月14日，用现代天文学进行验证，他们遇上日食在上午9点56分钟，与周礼的规定"若合符契"。有人要否定这一点，竟然说《礼记·曾子问》的记载是寓言，不可信。又说老聃向孔子讲的礼，接近儒家，远离老子的道。这其实是拷扯清人的陈言，而将自己变成木头脑袋。老子言道，指向浩渺的天地；言礼，指向现实的行为规范。思想家是具有开放性的思路的。古人崇拜圣人，容不得孔圣人还有一个道家的老师。读《礼记·曾子问》必须回答三个问题：一是孔子赴周问礼于老聃，见于《史记·老子韩非列传》和《史记·孔子世家》，见于大量的战国秦汉文献，连汉代石画像也把它作为重要的关目；二是老子作为大思想家，他的思想不是单维的，而是能够出入天地人间的；三是老子的思想，是一个过程，他既可能是礼学专家，也可能从现实的礼推导到玄幻的道。孔子说："三人行必有我师。"他向老子问礼，是真诚的。孔子向老子问礼之后，对礼的根本有了深刻的把握，以仁、孝改造礼之后，弟子大增。能够把人类思想的精华，纳入自己的思想体系，这才是圣人。圣人是一个整体，圣人是一个过程，圣人是一个开放的系统。如果封闭起来了，这圣人就死掉了。

男同学B：后人讲圣人之道的都是生而知之。

老　师："生而知之"这种讲法是完全违反孔子的思想行为的。《论语·述而》篇孔子说："我非生而知之者，好古，敏以求之者也。"孔子拒绝了生而知之的说法，那是会禁锢人的思想发展的。在《论语·为政》篇孔子说得很明白："吾十有五而志于学，三十而立，四十而不惑，五十而知天命，六十而耳顺，七十而从心所欲，不逾矩。"孔子对学问的领悟，每十年都登上一个台阶，这哪里是一个故步自封者的姿态呢？

男同学B：回到我们最初的问题，什么材料可用于文学史？我理解这个问题，是文学的范围、文学的边界问题。这就依赖于对文学的定义，等于回到了一个老问题上。

老　师：这就是文学的内涵和外延。实际上写文学史，面对的材料有几种，其中一种是文学材料。过去的文学史写了许多，而且写得很细，很有工艺性，教育了一代又一代的学者，但是还有一些口头文学，能不能入文学史呢？我们常常讲，中国的一些文体，是起源于口头，而成熟于文本，然后出现一些大师级的作家。这是一个过程。如果你只看到文本，看到文献的材料，那就只是看到了水果摊上的水果，而没有看到一粒种子怎么入地，怎么发芽，怎么抽枝，怎么开花结果，没有看到过程。过程比起结果更有生命。司马迁写《史记·高祖本纪》，刘邦在丰泽西斩白蛇起义，是赤帝之子斩白帝之子，把汉朝这一个开国事件合理化、神圣化。但是到了大风歌博物馆，墙上挂着一幅大壁画。解说是刘邦斩白蛇的时候，白蛇开口说话了。它说："你斩我的头，我报复你的头；你斩我的尾巴，我报复你的尾巴。"刘邦抽出剑，一剑把它的中间砍断了，这就出现了一个王莽，把西汉和东汉砍断了。这一个故事起码是三国魏晋或之后的故事，因为其作者已经看出整个西汉、东汉的全过程。司马迁既然能够把汉初流行的民间口传故事写入《史记》，比起历史书更讲究趣味和灵性的文学史为什么不能够写这一个故事？这些故事建构着一部精神史。到了元代，司马貌在阴间审判三国初年诛杀功臣的怨气冲天的冤案，判韩信去当曹操，判彭越去当刘备，判英布去当孙权，判蒯通去当诸葛亮，判汉高祖、吕后去当汉献帝、伏皇后。由于司马貌判案英明，玉皇大帝让他去当司马懿，最后建立晋朝。这里用因果报应的故事，折射了民间道义思想切入历史想象。要了解中国民间思想，不能看八股文，不能看皇帝的诏书，而要看小说书、戏曲书。小说书、戏曲书是深入民间思想的血脉的。

男同学 A：我觉得，写文学史，还是要写那些经典性的作品，历朝历代、自古至今都反复提及的那些作品，因为我们毕竟要通过它们看看文学发展的规律,也需要借助于它们对我们的文学批评有一种对比和参照的作用。有的作品呢,它也有自己的特点。与前人不一样的作品,我们也应该比较重视。比如说《红楼梦》就把悲剧给演到底,和我们传统的戏曲、小说里面比较乐天的态度,把结局设为"大团圆"不一样。有一些作品呢,像《西游记》,具有长久生命力,这种作品首先要被考虑进来。

《剑桥中国文学史》就提出,要把文学放到整个文化史里面进行检讨,因为一个时代的文化和文学风格的产生,原因比较复杂,我们必须了解这些作者,包括他们生活时代的背景,从生活背景方面入手,才能"以意逆志",窥见他的内心。很多的高校文学院,都开了非物质文化遗产这么一个专业。非物质文化遗产里面,就有民间文学这个门类,民间文学包括了民间的很多戏曲、曲艺,甚至谚语,什么都有。这些作品反而很生动地表现出一个民族或者一个区域的居民的生活态度、信仰和价值观。我觉得应该把这些维度统摄进来,会对我们写文学史有更好的帮助。

六、既把握经典,又凿破经典

老　师:你这个想法,触及问题的要点。要破解这个问题,还要有一种心劲,下一番功夫。经典确实是要重视的,文学史实际上就是作家作品经典创造的历史。但是还要追问经典是怎样创造出来的,这就"既把握经典,又凿破经典"。欧阳修最好的文章《醉翁亭记》,是他失意的时候写的。欧阳修被贬到滁州做了太守。"环滁皆山也",他面对着青山,与山水同乐,"醉翁之意不在酒,在乎山水之间也"。借助山水,醉翁又与民同乐。"禽鸟知山林之乐,而不知人之乐;人知从太守游而乐,而不知太守之乐其乐也。醉能同其乐,醒能述以文者,太守也。"在贬谪生涯中,醉翁亲近自然,与民同乐,使整篇文章贯穿一个"乐"字,充满诗情画意,别具清丽格调,成了中国古代不可多得的名文。苏东坡的前后《赤壁赋》和《念奴娇·赤壁怀古》是他文学创作的高峰。他因乌台诗案,几乎丢掉性命,被贬谪到黄州当团练副使。他在翰林院诗酒应酬,作品也写得很有才华,但是只有到了黄州,才从生命中咀嚼出一团火光,然后把这一团火在火里、水里、油里浸泡,才炼出闪闪发光的金刚石式的名篇。没有这种人生的磨难,是无法写出这种凝聚着生命精华的诗文的。《念奴娇·赤壁怀古》吟唱着:

大江东去,浪淘尽,千古风流人物。故垒西边,人道是,三国周郎赤壁。乱石穿空,惊涛拍岸,卷起千堆雪。江山如画,一时多少豪杰。

遥想公瑾当年,小乔初嫁了,雄姿英发。羽扇纶巾,谈笑间,樯橹灰飞烟灭。故国神游,多情应笑我,早生华发。人生如梦,一樽还酹江月。

他用长江、明月,来祭奠古代的英雄豪杰,来祭奠自己"人生如梦"的生命。

所以一是要把握经典,二是要凿破经典,给经典一个新鲜的、有深度的解释。鲁迅说,中国的好文学是谁写的?是破落户子弟写的。为什么?破落户子弟享受过荣华富贵,培养了较高的文学修养;家道破落了之后,看到了世人的冷眼,看到了世态的炎凉,对人生、生命、家庭,都充满着悲怆情怀,甚至忏悔意识等复杂感受。《红楼梦》就是破落户子弟写的,鲁迅的作品也是破落户子弟写的。破落户子弟从小康之家,或者是富贵之家被放逐到飞沙走石的旷野里,看到世人的冷眼,听闻旷野上的鬼哭狼嚎,心弦为之颤抖,抖出了旷世经典。

女同学 B:我的想法是,文学史的材料,其实也就是文本的问题。我觉得文本应该全面地看。有一些文人,过去没有进入文学史,但他其实写下了很有代表性的著作。比如说牛僧孺写的《玄怪录》,就是一部有影响力的志怪小说。

老　师:牛僧孺的《玄怪录》,曾为鲁迅在《中国小说史略》中所赞扬:"造传奇之文,会萃为一集者,在唐代多有,而煊赫莫如牛僧孺之《玄怪录》。"牛僧孺的《玄怪录》,是中唐著名的传奇小说集。其中写了不少神仙道术、鬼怪妖物。艺术表现上,以委婉的文字、较长的篇幅,以及风趣的人物对话、细节描写,比以前的志怪小说有明显的进展。比如《元无有》一则说:唐代宗宝应年间(762—763),元无有曾经在仲春二月独自行走在维扬郊野。晚上刮起大风雨。当时兵荒马乱，百姓逃亡，元无有就躲进路旁的空屋。不久雨停，斜月当天。元无有忽然听到西廊有人的行走声，走到正堂中。有四个人，衣冠都很奇异，开怀畅谈。有人提议："今晚的和风明月就像秋天，我们何不作文，来表达平生的事迹？"于是他们做起"口号联句"来。第一个衣冠长的人说："齐纨鲁缟如霜雪，嘹亮高声为子发。"第二个黑衣冠短陋的人说："嘉宾良会清夜时，辉煌灯烛我能持。"第三个短陋穿着破旧黄衣冠的人说："清冷之泉俟朝汲，桑绠相牵常出入。"第四个身材短陋的黑衣冠的人说："爨薪贮水常煎熬，充他口腹我为劳。"元无有不觉得四人怪异，四人也想不到有人在偷听，相互赞赏，即使阮籍《咏怀》诗也就是这个样子了。天快亮时，四人退回自己的地方。元无有找寻他们，发现正堂中只有旧木杵、烛台、水桶、破旧的平底浅锅，这才知道四人就是这四样事物。这些描写，都是涉笔成趣，折射着一种非常放松的志怪心态的，透露出难以言说的沧桑感。

女同学B：对，很多人给牛僧孺《玄怪录》写序，其实它是志怪小说的发展过程中很重要的作品。但是说起牛僧孺，他是一个政治人物，而不是纯粹的文学家。他在元和三年（808）应贤良方正科对策第一，累官至户部侍郎、同中书门下平章事。开成三年（838）拜左仆射。会昌二年（842）贬循州员外长史。大中元年（847）召还，为太子少师。他是中唐以后"牛李党争"中牛党的领袖。可能他做官了之后，再也没有时间、心情写小说这类东西了，也有可能他进入了朝廷的核心之后，他的文学观念、他的作品文学思想改变了，不再写这种充满天马行空的想象力的作品了。因此他在文学上的贡献、他的文学史地位，受到忽视。像这样的人，历史上有很多，在写文学史的时候，不妨考虑一下他们的故事。因为我觉得，《玄怪录》有一些非常有创意的东西，比如说像老师之前说的梦，我记得《玄怪录》里就有一篇。有一个姑娘做梦，梦到自己的一生，先后有三个人来向她求亲。第一个她不嫁，第二个也不嫁，嫁给第三人的时候，她跟父母说："我嫁给他，是因为我在梦里梦到了，我要嫁给他。"家里人不信，但后来她出嫁，嫁给了她说的第三个人，一生就是这么发展下来了。我觉得这个故事，在文学理念上、写作技巧上有很多值得探讨的地方，不妨将它写进文学史。

老　师：我对唐朝李复言《续玄怪录》中的《薛伟》写人化鱼，也就是《鱼服记》充满着兴趣，觉得它是公元9世纪中国的《变形记》，带有类乎后现代的意味。这篇小说的想象力惊人，它描写30岁的薛伟，在巴蜀青城县衙门做主簿。一年秋天，薛伟身患重病，高热发得邪门，家人遍请名医，全都束手无策。到第七天，他昏迷不省人事，后面一连几天，亲友都认为他没有希望了。最初他口渴，还能要水喝。然而水已喝得够多，他却昏睡沉沉，水米不进。一直昏昏大睡到了第二十天，他打了个哈欠，突然坐起来。他问妻子说："我睡了多少天了？"妻子回答："大概二十天了。"他说："不错，我想也有那么多日子了。你去告诉衙门的同事，说我已经好了，你看他们是不是正在吃鲤鱼丸子。如果是的话，让他们赶紧停止，我有话跟他们说。把衙门里的听差张弼带来，我找他有事。"薛太太派了一个仆人到衙门去。各员司正在吃午饭，桌子上有碗热腾腾的鲤鱼丸子。仆人把主人的话一说，大家欣闻薛伟已霍然痊愈，一齐到他家去看他。薛伟问："你们是叫老张去买鱼了吧？"大家说："是啊。"他又问老张："你是不是从鱼贩子赵干那儿买的？是不是他不肯卖给你那条大的？喂！你们先别插嘴。你看见那条大鱼放在他身旁的小水坑里，上面盖着苇子，是不是？后来终于买了那条鱼，你气他不应该欺骗你，就把他揪到衙门去。你进了衙门，那时管税务的书记一个正坐在东面，另一个坐在西面，他俩正在下棋。对吧？你到了大堂，看见县太爷正和裴大人玩牌，裴大人一脚把赵干踢得滚下了台阶。后来你把鱼拿到厨房，大师傅王士良就把鱼宰了做菜。我说的是不是跟今天的事情一样？"众人一问老张，彼此一对证，简直丝毫不差，弄得大家莫名其妙，一齐向薛伟追问原因。下面就是薛伟说的故事："我病的时候，你们知道，我发高烧，实在热得受不了，后来昏迷过去。可是心里还觉得热，我心想怎么才能舒服点儿呢？我想在清爽宜人的河边散步，拿起一根手杖就出了门。一出城，就觉得凉爽些，也立刻觉得舒服点儿。我看见热气从屋顶上冒上来，真高兴离开了那么热气腾腾的城市。可是还觉得口渴，一心想找水。我向山麓走去，你们知道，山下的东湖是直连着大江的。到了湖畔，我在柳树下站了一会儿。微风吹来，碧水荡漾，真有无限诱惑。我觉得身子随着微风在湖面漂浮，感到恬静安适极了。我忽然想洗个澡。小的时候我常游泳，可是近些年来始终没有下过湖。我脱了衣裳跳下去，水抚弄着我的全身，简直说不出有多痛快。我潜水几次，现在我就只记得我自言自语说：'老裴、老雷和太爷们都在衙门里整天挥汗公干,真是可怜。我真愿变成一条鱼过一会儿,完全摆脱案牍的烦劳。我若变成一条鱼,在水里游上几个昼夜,上下左右都是水,一点儿别的也没有,那该多么好!'这时一条鱼从我脚下游来说:'这容易办,你若是愿意,你也可以变成一条鱼,跟我一样,一辈子都可以。这事情我给你办一下怎么样?'我说:'你若肯帮忙,我真感激万分。我叫薛伟,是青城的主簿,告诉你们的国民,谁跟我调换一下都可以。只要叫我游水就好了。我别无所求,只要游水,游水,游水!'这条鱼游走后,一会儿带来一个长着鱼头的人,他骑着一条娃娃鱼。你们知道娃娃鱼有四条腿,住在水里,也能爬树。你若捉住要弄死它,它就像个娃娃一样哭。那个鱼头人带着十二个样子不同的鱼随从,向我宣读河神的诏书。那文章是很典雅的散文:'城居水游,浮沉异道,苟非其好,则昧通波。薛掌意尚浮深,迹思性广,乐浩汗之域,放怀清江,厌嶮崿之情,投簪幻世,暂从鳞化,非遽成身,可权充东潭赤鲤。呜呼,恃长波而倾舟,得罪于晦;昧纤钩而贪饵,见伤于明。无或失身,以羞其党,尔其勉之。'我恭聆诏书,不觉身体已变成了鱼,浑身鳞片,光泽美丽。我兴奋异常,游起水来,轻快自如,把鳍微动一下,或浮上水面,或沉至水底。我顺江而下,勘察沿岸的每个角隅、每个缝隙,以及各溪流、各支岔,一到晚上,我又回到东湖。一天,我饿得很,但是找不到食物。我看见赵干正在江边垂钓,分明等着钓我。虫饵诱惑,我双鳃馋涎直流。我深知虫饵可怕,一向不敢接近,但当时觉得万分需要,再没有更解馋的东西。我想起了诏书上的警告,转身而去,自行抑制之下,游往别处去了。但是肚子饿得就像虫子咬,再难忍受。我自言自语说:'我认得赵干,他也认得我。他不敢弄死我。他要钓住我,我教他带我回衙门去。'我转身回去吞了钓饵,自然被他钓了上去,我当时极力挣扎,可是赵干用力拉,我的下嘴唇直流血,我只好静下来。他要把我拉上去的时候,我喊说:'赵干,赵干,听我说,我是主簿薛伟。你若这样儿可要受罚的。'赵干听不见,用一根绳子穿上我的嘴,放在一个水坑里,盖上芦苇编织的蓑衣。我躺着等,好像有求必应似的,衙门的老张来了。我听见他俩说话,赵干不肯把大鱼卖给他,可是老张找到了我,拿出水坑。我在绳子上摆动,简直无可奈何,就训斥说:'老张,你好大的胆子!我是你的老爷。我是薛伟薛主簿,不过暂时变成了鱼。过来,给我磕头!'可是老张也听不见,也故意不理。我提高嗓子喊,一边骂着一边来回摆动,但是全不中用。进了衙门,我看见几个同事在门旁下棋。我同他们喊,说我是谁,也没有人理。一个人喊道:'这鱼真漂亮,大概有三斤半。'我心里有无限的愤恨,自不用提。大堂上我看见你们,就跟我刚才说的一样。老张告诉你们赵干藏着大鱼不肯卖,只卖小的。老裴大怒,用力踢了赵干一脚。一见大鱼,你们都眉开眼笑,吩咐:'交给大师傅去,教他好好儿地做鱼丸子,要放葱、香菇,再加点儿酒。'我想这是老裴说的。我跟你们说:'等一等,老同事。这完全是误会。我是薛伟,你们应当知道。你们不能宰我。你们怎么能忍心呢?'我忍不住分辩。我一看没用,你们都是聋子。我睁大眼睛向你们求情,张着嘴求你们大发慈悲,叹息:'葱、香菇,再加点儿酒!说这种话,这些人真不够朋友,真没心肝!'我自己心里想,但是毫无办法。老张把我拿到厨房去。大师傅一见我就睁大眼睛,把我放在案子上,走去磨刀,脸上直发亮。'王士良!你是我的大师傅。不要宰我,我求求你!'王士良用力把我的头按在砧板上。我看见菜刀白光闪闪,就要往我头上砍。咔嚓!刀砍下来。我立刻醒了。"大家听完薛伟讲的故事,不禁凄然。事情那么真实,于是大家越发吃惊。有人说看见鱼嘴动了,但是没听见什么声音。后来薛伟完全康复,朋友们也再不吃鲤鱼了。

这篇公元9世纪的《变形记》小说,嘲讽了官场的案牍习气和憋闷烦热,追求山水的清静爽快,但是一个官员一旦脱离了官场体制,就求天天不应,求地地不灵,只能任人宰割。它的哲学意义和社会批判性是非常深刻的。但《三言二拍》改写它的时候,说是薛伟悟道长生了,从人世间挨刀子,变成悟道长生,以道教思维稀释了它的现实批判价值。更不用说,后来以现实主义、浪漫主义的条条框框,把它看成迷信的糟粕了。对古代中国文学的杰出智慧,要以现代智慧进行重新解读,这是现代中国学术的重大课题。

我编《世界文学大系·中国小说卷》,选录的第一篇是《搜神记》里的蚕马的故事。说是很久以前,有一户人家大人到边疆打仗了,家里只剩下一个女儿,非常孤独郁闷。有一天,这个女儿就在院子玩耍,对着家里的公马说:"谁要把我的父亲接回来,我就嫁给他。"公马听到这么好的事情,就挣脱缰绳跑到疆场上去了,在他父亲的面前折腾一番。她的父亲想,家里一定出什么事了,就骑着马回来了。回来之后呢,这公马就不吃不睡,等着成全好事,因为女儿答应,谁把她父亲接回来,就嫁给谁。父亲看着公马的反常行为,就问女儿是怎么回事。听了女儿告白,父亲觉得:人怎么能嫁给马,这有辱家声啊。他就埋伏下弓箭手,把马射死了,剥下马皮晾在院子里。这姑娘蹦蹦跳跳啊,用脚踹着马皮,说:"你这一个畜生,还想跟人家的女儿结婚,不是癞蛤蟆想吃天鹅肉吗?"正在玩得高兴的时候,马皮呼啦一声竖立起来,把她包住了,狂奔十几里,在一棵巨大的桑树上变成了一条硕大的蚕。

中国古人很天真,看到蚕的脑袋像马,身子像少女,就想象出中国"蚕图腾"的故事。这个故事包含着一种原始的力量。首先,承诺就是命运,既然承诺公马接回父亲就嫁给它,这种婚嫁的承诺就是命运。其次,两种物种可以合成第三种物种,这是神话性的"基因工程",有一种神秘的力量还在创造着新物种。不是简单地以精华、糟粕来强套中国古代的文学现象,而是以现代意识对之做出深刻而精彩的解释,就可以化腐朽为神奇,开创学术的新境界。

女同学 D:解释,就是给人一种化腐朽为神奇的力量。文学是一种虚构的东西。如果跟我们产生了共鸣,我们就会关注它;能够打动人心,我们就会重新解释它。文学史是文学与历史的一种结合。如果我们反复强调重写文学史,在某种程度上是通过文学去了解历史,通过历史去了解文学。但是我想问老师,通过文学的方式去了解历史,这种眼光会不会带有偏颇?因为文学本身是一种虚构的东西。

七、文学史与经典史

老　师：从文学的角度去了解历史，接触更多的是经典史、社会史、风俗史。文学是写风俗的。巴尔扎克《人间喜剧》91部，使得法国19世纪的贵族、资本家、银行家、官吏和军人等的形象，都一一展现在人们眼前。巴尔扎克说得很坦率："我只是法国历史的书记员。"这位书记员记录的是风俗史。王朝的典章制度，可能就不是存在于文学的直觉范围内，进入作家的直觉的典章制度已经化为有血有肉、五花八门、光怪陆离的风俗。当然历史也是上中下几个层面构成的，它是一个整体。但是我们以往过多地关注朝廷中心，这一种叙事方式过多了，那么现在就要放松一下，看看下面发生哪些新的问题。依照《宋史》讲王安石变法，难以发现社会底层的感受。梁启超对王安石变法推崇得很高，称他是中国古代的第一个变革家。实际上宋朝那种官僚运筹机制，全面地推行变法就会遇到下面做手脚的，弊端就很大。不考虑宋朝社会吏治的腐败，而只看法令条文，那是过分把社会理想化了，漏洞是很大的。不只是注意文章写什么，更要注意文章怎么写、写得怎么样，不然我们的眼光就缺乏穿透力。

我觉得，取材应该怎么样才能包罗万象？就是包罗进许多精彩的细节。细节常常透露许多秘密。小说在讲故事，有梦有醒，头头是道，有滋有味，更以其精彩的细节，令人掩卷难忘。《红楼梦》的故事，就是梦扩大了，扩大成千古一梦。历代都有人在做梦，梦有做得大和做得小的，有做得奇奇怪怪的，有做升官发财的，有做天灾人祸的。如果把千百年来中国人的梦写成一本书的话，做梦人可以分类，人做的梦也可以分类，就可以汇集成一部卷帙浩繁的《梦里中国》。所以我觉得如果对我们的学术、思想、理论要有一些新的进展的话，很重要的是，大量阅读一种类型的材料时，应注重阅读时产生的第一直觉。中国社会科学院文学研究所的老所长何其芳说过，读书要注重第一感觉，抓住第一感觉。第一感觉是带有鲜活的悟性的新思想的萌芽，感动你的东西，有它才能孵化出感动别人的思想。受到感动，就往深处挖掘，十面埋伏，八方狙击，务求剥出一篇大文章的苦胆。

女同学D：老师，其实叙事学这个概念，也是从西方来的。然而对于我们来说，我们中国也是有叙事学的。老师讲中国叙事学，都是依据传统的一些史料，进行梳理和体验。那么，我想问一下老师，上一节课我们提到创新。研究问题，要在传统里找到依据，聊李白的明月情怀的时候，首先要明白月亮这个中国意象，从月亮意象上有所阐发，赋予现代性的关照。研究现当代文学，经常把李白跟现代性对接起来谈，或者把鲁迅跟后现代对接起来谈。请问老师，您怎么看这一种研究问题的方式，就是把传统跟西方现代性、后现代的东西对接起来研究，有没有一定的价值？

老　师：价值是在对话中产生的，而不是在原样不动的移植中产生的。比如对于西方叙事学，我们要透彻地知道它在讲什么，它遵照怎样的方式思考问题。要对话，就要知己知彼，要掌握对象的奥秘，这才能有共同的话题、不同的声音。这是文化对话的要点。没有共同的话题，就是自说自话，而不是对而话之；没有不同的声音，就是鹦鹉学舌，没有自己的主体。共同的话题、不同的声音，是两句话，不是一句话。

必须了解西方讲的是什么，倾听之后，回过头来反思一下，我们中国是怎么对待这个问题的。讲时间，你的模式是日月年，我的模式是年月日。文化这一个东西，不是到了一些很偏僻的书里找一两个很偏僻的例子，那是没有吃透文化的意义。文化是渗透到你的血肉灵魂，如盐溶于水，处处看不见盐，却处处有盐的滋味，这就是习而不察，习惯成自然了。日起月落，斗转星移，自有人类就感受到这种最浩瀚、最博大的自然现象。地球向着太阳24小时转一圈，月亮29.5天围绕地球转一圈。春夏秋冬365天换一次，无论东方、西方都有年月日的区分，奇怪的是"日—月—年"和"年—月—日"的排序不同。排序翻了一个个儿，就产生了不同的意义和价值。你是以大观小呢，还是以小观大？你是统合性的时间形态，还是分析性的时间形态？这是出现问题了，以大观小，是用天地的视角来看问题。所以中国叙事的开头，或者说中国的"叙事原始"，就发端于天地大时空，一开头就是盘古开天辟地，然后才有《西游记》的石猴出世；展示盘古开天辟地、夏商周历朝，然后才有姜子牙下山辅佐周文王、周武王；讲了女娲炼石补天，然后《红楼梦》才推出太虚幻境、大观园儿女。这种叙事形态带有命运感，在天地运行的大时空里，人的命运只不过是天道运行的细节和泡沫。用天地来看人，怎么能不预先知道人的命运呢？这种叙事是带有命运感的叙事，预言性的叙事成了主流，而倒叙不是主流。转头看西方，叙事总是从一人、一事、一景开始，从个体性的人事开始。荷马史诗《伊利亚特》，就是用英雄的美人被主帅霸占，发怒而退出战争，战争形势陡然逆转。然后再倒叙10年前金苹果和海伦的故事。由于从具体人事开始，就要以倒叙追究事情的来龙去脉，这是西方叙事的常规。中国人不懂倒叙吗？懂得的。《古文观止》第一篇《郑伯克段于鄢》，记述鲁隐公元年（前722）郑庄公同其胞弟共叔段之间，为了夺郑国的君权而进行的一场你死我活的斗争。"初，郑武公娶于申，曰武姜，生庄公及共叔段。庄公寤生，惊姜氏，故名曰寤生，遂恶之。爱共叔段，欲立之。亟请于武公，公弗许。"这里用一个"初"字，将时间倒转了36年，公元前722年郑庄公36岁，他的难产出生发生在36年前。母亲因此宠爱小儿子共叔段，酿成了兄弟阋于墙的恶斗。由此可见，《古文观止》第一篇就用了倒叙。其实，编年体的史书要写得好，就得懂得时间的折叠，因为一个事件、一场战争，不可能上午发生，晚上就结束，也不可能初一发生，当月三十就结束。它总是有一个过程，三五个月，或者七八年。怎么处理，考验着叙事者操作时间矢向而使之弯曲、折叠的智慧。编年体史书往往把这个事件的高潮作为系年的基点，然后用一个"初"字来追溯它的缘由。如果事件还有余波，就要进行补叙。郑伯克段于鄢，共叔段流亡到共邑，郑庄公把母亲姜氏安置在城颍，并且发誓说："不到黄泉，不和她相见。"不久就后悔了。郑国颍邑大夫颍考叔听闻此事，想为郑庄公出主意。郑庄公请他吃饭，他吃饭时把肉留下来打包。郑庄公问他这是为什么,颍考叔回答:"小人有母亲,品尝过小人的食品,但是没有品尝过国君的肉羹,小人想拿回去让母亲尝一尝。"郑庄公感叹:"你有母亲可以献上肉食,我却单单没有啊!"颍考叔说:"斗胆问一问这是怎么回事?"郑庄公谈起原因,并且告知后悔的心情。颍考叔说:"你有什么可忧虑呢?如果挖地道通到地下泉水,在地道里相见,谁还会说这不合你的誓言?"郑庄公采纳了这个意见,进入地道而赋诗:"大隧之中,其乐也融融!"母亲姜氏出地道而赋诗:"大隧之外,其乐也泄泄!"母子关系就恢复到原初的状态。《史记·年表》记载,此事发生在鲁隐公二年(前721),属于补叙。高潮系年,倒叙溯源,补叙弥合,就形成了一个完整的故事。所以时间操作模式上,东西方存在着不一样:中国以大观小,长于预叙;西方以小观大,长于倒叙。各自启动种种方法,恢复时空的完整性。

女同学B:老师,就这个话题问一下。您说我们东方的叙事,《左传》的叙事,通过正叙,然后加上倒叙和补叙,构成相对完整的故事。那么,编年体史书《资治通鉴》的叙事方式,又有什么值得注意的?

老　师:对于《资治通鉴》的叙事方式,不妨考察一下它长篇大论地叙写的淝水之战。太元八年(383),秦王苻坚从长安出兵远征东晋,步兵60余万,骑兵27万,旗鼓遥遥相望,前后长达千里。秦兵紧靠着淝水列阵,晋兵不能渡河。谢玄派使者对秦军前锋的阳平公苻融说:"你孤军深入,却把阵势摆在淝水边,这是持久的打算,而不是想速战速决。如果把你们的阵势移动一下稍稍退却,让晋兵渡过淝水,来决一胜负,不是很好吗?"秦的众位将领都说:"我军人多他们人少,不如阻挡他们,使他们不能渡河,可以万无一失。"苻坚主张稍稍后退,让晋军渡到一半时,用铁骑冲击晋军。但秦兵一后退,却不可收拾。谢玄等率晋军渡过淝水,乘势猛击,攻溃秦军,使秦军自相踩踏,尸体躺满原野河川。那些逃跑的士兵听到风声鹤唳,都以为是晋军的追击,死的人占了十分之七八。苻坚被流矢射中,单骑逃至淮北,饿到了有个百姓进献稀饭和猪腿,他都赏赐帛布、绵丝的地步。晋军总指挥谢安收到驿马送来的侄子谢玄的战报,知道秦兵已经被打败,当时他正与客人下围棋,收起书信放在坐榻上,脸上没有一点喜悦的神情,仍像原先那样下围棋。客人问他,他从容地回答说:"孩儿们已经如愿把秦兵打败了。"下完棋,他回内室,过门槛时难以控制内心的喜悦而步履不稳,不知不觉间竟折断了屐齿。《资治通鉴》生动描绘了淝水之战的战场景观,尤其是写了谢安从容下围棋,到他"过户限,心喜甚,不觉屐齿之折"。这种画龙点睛之笔,皴染出谢安从容镇定、运筹帷幄的风采,尽显了这位"江左风流宰相"的风范。这里采取的是"顺叙"和"侧叙"的策略。

女同学 B:《春秋经》本身写得很简略,《左传》为《春秋经》作传,从 18 000 字拓展到 18 万字,保存了许多古老的材料,真是功德无量。《春秋经》中,就记载春秋 242 年中的 37 次日食,可见古人对天象示警的敬畏心理。《资治通鉴》采摘历代史籍,历时 19 年,从

《史记》至《五代史》1 500卷，删繁就简，眉目清晰，便于汲取历史上的经验教训。

老　师：《资治通鉴》系年成卷，最少的一年在战国，只有三个字："魏伐宋。"但是写唐朝初年的玄武门之变，四天的时间写了一千多字。叙事的时间速度相差几万倍。这里隐藏着一种价值观：战国的诸侯国战争，鸡争狗斗，不足为训；而玄武门之变几乎改写了唐朝的历史，迎来了世界上一流的强国，影响及于宋朝。东晋的淝水之战，也影响了南北朝的格局，值得大书特书。

女同学B：《资治通鉴》这类编年体史书，注重时间，时间是它的主人公。编年往往把一些事件拆得比较分散，为纠正它的弊端，就出现了纪事本末体。

老　师：编年体的主人公是时间，纪事本末体的主人公是事件，纪传体的主人公是人物。它们从不同的角度和层面，展开了历史。编年体的《资治通鉴》在展示时间的时候，用了多种多样的手段，往往能够把一盘散沙的材料糅合成一个眉目清晰的有机体。司马光作为大史学家，安排了刘攽、刘恕、范祖禹三位史学名家当主要助手。他们将大量的史料，先排比成为长篇，分阶段执笔起草，最后由司马光总其成，考订删削，修改润色，用了19年的时间重新组构《资治通鉴》，涵盖了从周威烈王二十三年（前403）到五代后周世宗显德六年（959）征淮南的十六朝1362年的治乱兴衰的历史。他撷取了有关"国家盛衰、民生休戚，善可为法、恶可为戒"的史事，在文献董理的基础上，又贯穿着自己大体上属于儒家思想的见解，于叙事之外，选录了前人的史论97篇，又以"臣光曰"的形式，撰写了论赞118则，向皇帝进言，提供治理国家，运用政治智慧和权术的历史鉴戒，符合宋神宗为该书赐名时说的"鉴于往事，有资于治道"的厚望。

　　看一部书，应该看到这部书是怎么形成的。古代史书往往是个人独立撰述者写得比较出色。《二十四史》中，以前四史《史记》《汉书》《后汉书》《三国志》最好，就是其作者以个人的独立史识贯穿其间。唐朝以后，建立了国史馆，写出的史书，材料详备，但史识贯注上眼光分散，有点力不从心。《二十四史》后期的作品，以《明史》最好，由于它凝聚了黄宗羲的学生万斯同的大量心血。万斯同师从黄宗羲，精通经学，尤长于史，不仅谙熟"两汉以来数千年之制度沿革，人物出处"，而且特别致力于明代历史的研究。据黄宗羲之子黄百家在《万季野先生斯同墓志铭》中说，万斯同"于有明十五朝实录，几能成诵，其外邸报、野史、家乘，无不遍览熟悉，随举一人一事问之，即详述其曲折始终，听若悬河之泻"。万斯同为《明史》的写作，制定凡例，拟定传目，撰写和修改史稿。万斯同为此积劳成疾，卒于王鸿绪府邸，可谓为《明史》纂修贡献了毕生精力。这是《明史》成功的关键。

男同学A：老师，刚刚您提到的"要凿破经典"，给我的启发挺大。凿破就是要思考这个经典是如何形成的。

老　师：经典本身的复杂性跟人的精神的复杂性相互交错，我们要凿破的是一块坚硬的乌龟壳。凿破的利器，是锐利的思想方法。

男同学A：您之前也提到，对一个作品要进行反复的叩问，就是看到它是如何创作出来的。您刚才讲的，主要是文人文学，要了解作者的经历对他创作的影响。我还想到，如果是通俗文学，包括这些累积成的小说，您觉得从哪些地方可以凿破它？

老　师：应该考虑到当时整个的政治、经济的形势和社会的思潮，为什么在南宋以后《三国》《水浒》涌来，形成了一股时代浪潮——以南方为正统的浪潮？陈寿的《三国志》时代，是以北方为正统，《三国志》65卷，魏占了30卷，吴占了20卷，蜀汉只占了15卷。直到北宋司马光的时代，依然是以北方为正统。但是到了《三国演义》，关于蜀汉的刘、关、张、诸葛亮、赵云、姜维这一批人，上升到占70%，120回，240个题目对句，70%跟他们有关。刘、关、张不在了，尤其是诸葛亮死了之后，全书就草草收场了。诸葛亮的继承人姜维"九伐中原"写得非常仓促，不像诸葛亮七擒孟获、六出祁山，写得那么舒展，那么淋漓尽致。这种叙事中心的调整，突显了蜀汉北伐的正义性，以及"有心扶汉，无力回天"的悲剧力量。要凿破其间的秘密，就要从发生学的角度，考察明代"四大奇书"的生成过程。宋代"说书四家"，"说三分"经过800年而衍化为《国三演义》；"说铁骑儿"经过800年而衍化为《水浒传》；"说经"经过 800 年而衍化为《西游记》;"说小说"经过 800 年而衍化为《金瓶梅》。这 800 年从勾栏说书到罗贯中一类文士将之集成编纂,就融汇了丰富多彩的民间意气、民间情绪、民间智慧。因此说它们是宋、元、明时期的成果。认识到这一点,就把握了问题的本质。

八、东西方大倾向下的例外

女同学 A:老师说西方的叙事,长于倒叙,注重理性,然后东方重感悟,长于预叙,充满着命运感和预言性。但是西方的神话,也有非常多的预言,他们叙写普罗米修斯、美狄亚,以及早期的希腊悲剧,也是通过大量的预言来支撑这些故事的。

老　师:应该看到,有变异性,有例外性,才称得起大文化。古希腊悲剧确实充满着魔法和预言。比如,埃斯库罗斯的《被缚的普罗米修斯》描述泰坦巨神的后代普罗米修斯盗来火种送给人类,由此所带来的受惩罚的命运;欧里庇得斯的《美狄亚》描述美狄亚被爱神之箭射中,与率领阿尔戈英雄前来寻找金羊毛的伊阿宋一见钟情,帮助伊阿宋盗取羊毛并杀害了自己的亲弟弟阿布绪尔托斯,以及由此带来的悲剧命运。尤其是索福克勒斯的《俄狄浦斯》讲了这么一个故事:传说俄狄浦斯出生后,其生父忒拜王拉伊奥斯从神谕中得知他长大后将会杀父娶母,因而用铁丝穿其脚踵,令一个仆人把他抛弃在荒郊野外。仆人发了怜悯之心，把他送给科林斯的一个牧羊人。科林斯国王因为没有儿子，就收养了他。成年后，当俄狄浦斯从神那里得知自己命中注定要杀父娶母时，他为了躲避神示的厄运降临，就逃离了科林斯，因为他以为科林斯国王和王后是自己的亲生父母。可是俄狄浦斯万万没想到正是这种刻意的躲避加速了他人生悲剧的步伐。他离开养父母，朝忒拜城走去，在逃离的路上俄狄浦斯受到了一伙路人的凌辱，一怒之下杀了四个人，其中就有他微服私访的亲生父亲——年迈的忒拜国国王拉伊奥斯。不久之后，俄狄浦斯以其非凡的聪明才智除掉了危害忒拜民众的人面狮身妖斯芬克司，被忒拜人民拥戴为王，并且娶了前国王的王后——他的生母为妻，还和她生育了两个孩子。俄狄浦斯就这样成了杀父娶母的罪人，可他自己对此却毫不知情。为了平息忒拜国内流行的瘟疫，按照神的指示，俄狄浦斯寻找杀害前王拉伊奥斯的凶手，结果发现要找的凶手就是自己，而杀父娶母的命运还是降临到了自己的身上。俄狄浦斯的母亲伊俄卡斯特在悲痛中以自尽来洗净自己的罪孽。俄狄浦斯在百感交集中刺瞎了自己的双眼，然后自我放逐，与他的两个女儿远离了忒拜城，到处流浪，以无限的忏悔来惩罚自己的弥天大罪。在这些古希腊悲剧中，预言、天谴、命运所造成的悲剧，是震撼人心的。

无论东方、西方，文学的总体构成都非常复杂，存在着大倾向，也不可避免地存在着这样那样的例外。例外意味着丰富。比如说中国的个体叙事，到了晚明就出现抬头现象。晚明有一部小说叫《痴婆子传》，被视为淫秽小说。它使用了第一人称，讲述具有非常私人的性体验和性心理过程。它以浅近文言之倒叙笔法，描述少女上官阿娜情窦初开，为表弟"破瓜"，尝得个中滋味之后便一发而不可收。出嫁后伤风败俗，更是乱伦淫荡，与家奴、大伯、家翁、小叔、和尚、塾师各种人等颠倒荒唐，到39岁之前，已经尝遍了丈夫和其他性伴侣13人。最终被视为"败节妇"遭归母家，后皈依佛门，以清凉之水净洗淫心。说到跳出这种性挑逗的怪圈，清代的《豆棚闲话》《浮生六记》都在叙事层面和叙事形态上有许多值得注意的试验和创新，它们在文学史上的地位当然比《痴婆子传》重要。它们更有资格被称为经得起解读的经典。

女同学B：挑选一些作品，注重经典性，然后探究它们成为经典的复杂原因。这些作品是在传统的皇权社会中产生的，人性分裂也好，受压抑也好，都折射了那个社会的制度和人心。至于哪些被选择为经典，是不是也反映了一种集体的观念呢？

九、民族对经典的选择

老　师：经典的产生和认定，牵连着时代风气和一个民族的集体思考，这里存在着分量的掂量和价值的选择。另外，经典的确定也在不同的时代旋涡中发生变化。过去文以载道、诗以言志，文往往高于诗，后来诗又超过了文。至于小说、戏曲，曾经是不登大雅之堂的，但是到了现代，小说、戏曲可能被抬得比诗文还要高。就是说，对经典的认定，是一个波浪涌进的过程，受到时代潮流的裹挟和影响。当然，经典有它的敏锐性，又有它的流动性，这里有许多关系要关注和处理。

女同学B：老师您说，经典的形成，孔子编订"五经"，原来可能是古老的文本，孔子加入他的儒家思想，从而形成了这儒家的经典。中国古代社会选择了儒家文化，导致儒家文化出现了重要的经典。随着时代的发展，这类理念发生了改变，就会有其他的文学类型，吸引着人们选择经典的眼光。

老　师：文字的操作，潜伏着隐藏的意义。《鲁春秋》，本来是鲁国的国别史，孔子在整理的时候，运用了"春秋笔法"，重新打磨一些文字，就把一种国别史变成了带有大一统理念的历史。杜预注《春秋左传》说：

隐（鲁隐公）十一年传例曰："凡诸侯有命，告则书，不然则否。"史不书于策，故夫子亦不书于经。传见其事，以明《春秋》例也。

孔子整理《春秋》时，就把其他国家命运的内容加进来，以春秋笔法在文字情感色彩、价值理念上，作了有意味的些微变动。比如《春秋·鲁僖公二十八年》记载："天王狩于河阳。"未经儒家整理的《竹书纪年》的记载却是:"周襄王会诸侯于河阳。"同一件事,经过孔子修饰和没有经过孔子修饰,就出现了"狩于河阳"和"会于河阳"的差异。本来是晋文公在河阳会盟诸侯,朝觐周天子,却变成周天子主动狩猎,顺便会见诸侯了。换了一个说法,维持了周天子的天下共主的尊严和身份。这是价值观改变叙事法的典型例子。孔子是按照严格的礼制整理出的《春秋经》,遵循的是"信而好古,述而不作"的原则,其实他在"述"中精巧地隐蔽着"作"。

孔子还作有《易经》的"十翼",所谓"翼"有附翼、辅佐之义。这十篇"易传",包括《彖》(上、下),《象》(上、下),《文言》,《系辞》,《说卦》,《序卦》,《杂卦》,故称"十翼"。《易纬·乾坤凿度》卷下说:"记曰:孔子'五十究《易经》,作十翼'。"因而是孔子解释《易经》的见解的记录,行文有许多"子曰"。他47岁开始治《易经》,是子夏学派把他的见解记录下来。孔子对《易经》的贡献,是揭示其中的义理。《易经》研究存在着两条思想路线,一个是象数派的路线,一个是义理派的路线。孔子是义理派的代表,把《易经》转化为一门哲学。比如《系辞》都包含着许多重要的哲学思想。象数派却用《易经》来算命,推算流年。孔子的晚年研究《易经》,整理《春秋》,子游、子夏之徒不能置一言,研究的成果是非常精到的。由此孔子引导出"大道之行也,天下为公"的人类思想的理想明灯。此时孔子是国老,而不是实际上的政治实践者,因而放下了一切,思考人类社会的发展规律。所以他把上古三代,就是禹、汤、文、武、周公看成"天下为私"的小康境界,比"天下为公"的境界降了一格。孔子向比他小47岁的子游讲这番话时,他已经是

70岁左右了，所谓"七十而从心所欲，不逾矩"。"天下为公"四个字，在孔子思想体系中，横空出世，具有特别崇高的地位。

男同学B：文学史选这些材料的时候，不仅要体现当时的时代精神，也应该看到每一个时代的精神是有差异的。那么有没有一个一以贯之的原则，把整个的文学史贯穿起来？

老　师：每一个时代的文学史，都带有当代史的隐含特征，都试图以当代精神重新阐释由古至今的文学史。孔子修《春秋经》的原则，肯定与我们现在的不一样。现在我们要以现代大国的胸怀修史，要给我们的文化一个千古长存的根基，同时要具备开放的、世界性的眼光，它能包容我们整个民族共同体的文化过程，包括整体性的过程性、开放性和世界性。当然要继承这100年的文学史中反复挖掘的汉族文化经典的材料，同时要把少数民族文学文化的材料，纳入文学史的主流写作。中国少数民族居住的地区占全国的57%，人口有一亿多。如果对世界各国人口进行排行，这个人口数量比日本的少一点，比墨西哥的多一点，排在全世界的第11位。把少数民族文学写进主流文学史，已经成为当代中国学者义不容辞的责任。少数民族的文学有许多不是纯文学，是文学和文化交织在一起的。少数民族的三大史诗《格萨尔王传》《江格尔》《玛纳斯》，都带有民族政治、经济、军事、生活、民俗信仰的百科全书性质。公元11世纪的宋代文学史，那时候汉族的欧阳修、苏东坡在写宋诗宋词，短短的几十字或一百多字，属于一种精致的精神表达，就觉得很了不起。

但是维吾尔族出了一个诗剧《福乐智慧》13000诗行。它展示了国王、大臣、大臣的继承人和隐士四者的历史文化对话。它的篇幅宏大，与13000诗行的但丁《神曲》可以媲美。为什么我们的文学史不把它容纳进来呢？

　　成书于1252年的《蒙古秘史》是成吉思汗黄金家族的历史，它本来是不给世人看的，是写给自己的人看的，所以把成吉思汗的功劳和过错都写进去了，是蒙古族的历史和史诗的结合，对它的研究已经成为国际显学。蒙古族的始祖，是灰狼和白鹿，这是他们的双图腾——鹿的仁爱和狼的凶狠。《后汉书·西羌传》记载：得四白狼、四白鹿以归，自是荒服不至。《史记·匈奴列传》也有这项记载。可见狼图腾和鹿图腾，是北方的少数民族的图腾。

　　周朝的国运最长，经过文武成康之治后，周穆王的时代他们也成了实力很强盛的民族。但周穆王主张的不是王道而是霸道，才有征讨戎狄之举。我们只要读一读《穆天子传》就可以知道他的霸道的威风。这是汉武帝抗击匈奴以前，对解决戎狄边患的浓墨重彩的记载。

男同学B：您说的材料是当时记录的材料，但是后人对这些材料作了改写。那么，这些当时的国学史材进入我们的文学史，就存在着校勘选择的问题。

老　　师：中国人民大学的徐建伟，现在任文学院的副院长。他是北大的博士，文献功夫非常扎实。他对我的《论语还原》曾经提供初步的历史编年素材。讲到兵家，他认为应该重视继承《黄石公三略》的张良。张良的《素书》，是中国权谋第一书，张良的权谋是出神入化的。韩信要当"假齐王"，刘邦想怒斥他，被张良踩脚，改口封韩信为"真齐王"，一下子就把韩信手握的重兵化解了。汉高祖要换太子，他请来"商山四皓"作为原来太子的宾客，轻轻一点，就把一个重大问题解决了。汉初，汉高祖让张良和韩信去整理兵书，他把《韩信三篇》作为国家秘府藏书，自己的《素书》就如神龙见首不见尾，流布于山林隐逸之间。《素书》的黄老道智慧，是需要高智慧的人才能参透的。唐初的孙思邈藏有《枕中素书》，唐宋正史的《经籍（艺文）志》流传有序地记载了《张良经》和《素书》，到宋徽宗时代的张商英才把它整理出来，却又记错了作者，引起了后世指认它是伪书的质疑。《素书》提出一种黄老道的价值体系：

夫道德仁义礼五者一体也……道者人之所蹈，使万物不知其所由……德者人之所得，使万物各得其所欲……仁者人之所亲，有慈惠恻隐之心，以遂其生成……义者人之所宜，赏善罚恶，以立功立事……礼者人之所履，夙兴夜寐，以成人伦之序……夫欲为人之本，不可无一焉。

张良于此把《黄石公三略》的思想智慧，做了进一步的发挥。据说，晋乱，有盗发子房（张良）冢，于玉枕中获此书，凡一千三百三十六言，上有秘戒："不传于不道不神不圣不贤之人；若非其人，必受其殃；得人不传，亦受其殃。"张良在韩信死之后还活了十年。后八年他想隐退，但是吕后挽留他。就在这半退半隐的八年，他修成天下权谋第一书《素书》，这是可以从概念史的角度找到十几条证据的。对于民族的重要经典，需要清理它的源流和传播方式，而不是简单地贴上"伪书"的标签，就躺在"慎思""博学"的床上睡大觉。要明白，只有尊重民族文化经典，才可能开拓精湛的智慧，才可能夯实文化自信。

女同学A：老师请您讲一下张良的著作和山林之士的关系吧。能给我们讲几个例子吗？

老　师：张良《素书》里面的一些话，在东汉光武帝的一个诏书里，和在东汉的一个山林之士文章里，被引用了。这说明距离张良一二百年，他的《素书》就在山林之士中流行，而且外溢到国家的诏令里。另外就是历代正史的艺文志和经籍志的记载，魏征在《隋书·经籍志》记载《素书》，当是从孙思邈口头知道此书，说与《黄石公三略》同而未见其书，这都是捕风捉影之词。但《旧唐书·孙思邈传》就清清楚楚记载孙思邈藏有《枕中素书》，呈现了《素书》在山林之士中流行的轨迹。张商英整理《素书》，加上他写的后序，他的理解有对有错，并不影响中国的一部很重要的经典的流变之序和它的真实性。

十、经典的发生学与时代思潮的总体进程

老　师：考察文化经典的发生学，不能割裂时代思潮的总体进程。思潮渗透于经典，思潮推拥着经典，思潮裹挟和影响了经典的存在形态。从《孙子兵法》到《孙膑兵法》，自然要考虑孙氏家族的兵学原理的传承，也不能不考虑他们之间相距百余年而有《鬼谷子》对二者兵法的隔断，权谋书《鬼谷子》润物细无声的浸染。处理一个事情，除了强调政治的正义性之外，也不能不注意权谋的重要性。从孙武到孙膑，权谋的比重增加了，看不到这一点，就难以揭示孙膑的独特性。孙膑的"围魏救赵"，以及"马陵之战"中以"减灶法"迷惑庞涓，使庞涓身死名裂、魏太子被俘，都散发着浓郁的权谋气氛。我们看到这种出神入化的战略战术，似乎晃动着鬼谷子的揣摩阴谋的影子。鬼谷子是张仪、苏秦的师父，也有人把他说成是庞涓、孙膑的师父，事出有因，查无实据。恐怕不是入门子弟，最多是私淑弟子，但是受过极盛一时的鬼谷子思潮的影响则无须怀疑。《孙膑兵法》有很多的东西跟《孙子兵法》一脉相承，但是也有很多的东西跟《孙子兵法》不一样，讲究战阵，讲究占气，讲究占星术，这就把战国兵学推向一个新的阶段。

　　历史是一个过程，军事思想家思想的发展也是一个过程。没有过程意识，是看不透一个复杂的军事思想家的。比如说《尉缭子》，尉缭于秦王政十年（前237）到秦国，就向秦王献上一计，他说："以秦国的强大，诸侯好比是郡县之君，我所担心的就是诸侯'合纵'，

他们联合起来出其不意,这就是智伯(春秋晋国的权臣,后被韩、赵、魏三家大夫攻灭)、夫差(春秋末吴王,后为越王勾践所杀)、闵王(战国齐王,后因燕、赵、魏、秦等联合破齐而亡)之所以灭亡的原因。希望大王不要爱惜财物,用它们去贿赂各国的权臣,以扰乱他们的谋略,这样不过损失三十万金,而诸侯则可以尽数消灭了。"一番话正好说到秦王最担心的问题上,秦王觉得此人不一般,正是自己千方百计寻求的人,于是对他言听计从。不仅如此,为了显示恩宠,秦王还让尉缭享受同自己一样的衣服饮食,每次见到他,总是表现得很谦卑。尉缭懂得面相占卜,在被秦王赏识之初曾经认定秦王的面相刚烈,有求于人时可以虚心诚恳,一旦被冒犯时却会变得极为残暴,认为"秦王为人,蜂准,长目,挚鸟膺,豺声,少恩而虎狼心,居约易出人下,得志亦轻食人。我布衣,然见我,常身自下我。诚使秦王得志于天下,天下皆为虏矣。不可与久游"。(《史记·秦始皇本纪》)于是尉缭尝试逃离秦王。尉缭的这种独特的经历,造成了《尉缭子》一书,一部分是他入秦之前所著,混合着儒家思想、道家思想、法家思想,尤其是黄老道思想;入秦之后,他接受了商鞅所制定的耕战思想和"什伍连坐法",形成了"秦兵法"。这就把秦国变成一部战争机器,碾碎了山东六国比较松懈的军事组合。把《尉缭子》成书的历史过程剖析清楚,就把握了秦始皇消灭六国、统一天下的一个关键点。至于文学经典的阐释,也要注入过程意识、问题意识,才能有效地"把握经典,凿破经典",推进文学史研究的深广度。

通过讨论,我们已经了解文学史写作的基本原则,接下来我们就用这些原则来划分文学史的历史阶段和章节。以过程意识、问题意识透视文学的起源和发展,就可以建构整个文学史的共同体。文学史的基本原则、基本的思路,将在我们的细心清理中了然于心。

对话五
开拓文学史的新视野、新境界

平行比较,就如同我与你平起平坐,在文学类型、文学因素、文学技巧与风格、文学时期、文坛巨子等方面,展开深入而细致的比较。彼此之间没有高低,甚至没有谁影响了谁,只注意我与你之间有没有共同的东西。由此看来,比较文学的不同学派,隐含着潜在的民族意识和文化立场。

一、从选材入手开发趣味性

老　师：前面我们讨论了这部理想的文学史是什么样子，从哪里开头，怎么样划分历史阶段，以及怎么样选材，以选材的不同来决定文学史的面貌。

下面我们着重讨论一下，写一部好的文学史，有哪些原则能够判断优劣，有哪些选材可以展示独特的风貌，有哪些原则可以开拓新视野、新境界。

男同学Ａ：原则，就是像老师之前说的，是能够在被窝里看着都能笑出声的那种文学史，也就是说有这样的情趣效果。我想，原则就是从选材入手开发趣味性。

老　师：不是选那些老掉牙的材料，要有新材料的发现。新材料的发现，也是写作者的自我发现。

男同学Ａ：是，一是有趣味性，二是有一定的休闲性。放松心情读文学史，应该增加故事性，增加疑问的可能，不可平铺直叙。还要加一些刺激神经的作料，甜酸苦辣任人咀嚼。

老　师：讲点有趣味的故事，讲点有嚼头的故事，故事中国、故事《史记》、故事《红楼梦》、故事"火把节"、故事《格萨尔王传》，不要讲得淡然无味，不要经不起琢磨。琢磨的意思是雕琢和打磨玉石,这个词语出自《荀子·大略》:"人之于文学也,犹玉之于琢磨也。"要把文学琢磨成富有精神、有光亮的美玉。

男同学A:虽然是文学史,但也要讲究笔法,以灵通的笔法制造心灵的笑声。

老　师:故事不仅有灵性,也有伦理,有哲学启悟。比如浙江绍兴市王羲之的戒珠寺,也有这么一个故事:王羲之有一颗非常珍贵的宝珠。他跟一个和尚交往,和尚走之后,那颗宝珠丢了。王羲之怀疑是和尚偷了宝珠,和尚无以明志,就自杀了。过年的时候,王羲之宰鹅,发现宝珠被鹅吞进肚子里了。王羲之爱鹅,曾经写《黄庭经》给人家换白鹅。他发现那颗宝珠在白鹅的肚子里,顿生后悔,无端怀疑别人,造成不可挽回的生命代价。最后他把自己这所房子捐给佛门,起名戒珠寺,以宝珠为鉴戒。这样的故事具有耐人寻味的人生哲学滋味,是相当深刻的,可以引导人们在欣赏王羲之的书法时,回味他以一条生命为代价而获得的人生哲学启悟。

我总喜欢摆弄一下少数民族文学,因为在希望的田野上,少数民族文学缺水太久了。但你一旦进入少数民族文学的宝山,就会觉得那里到处都是价值连城的珍宝:藏族、蒙古族的格萨尔的故事,南方少数民族的火把节的故事。火把节是中国彝族、白族、纳西族、基诺族、拉祜族等民族的传统节日,一般在农历六月二十四日前后几天。届时人们盛装庆祝,举行摔跤、斗牛、射箭、赛马等游乐活动。入夜点燃火把,挨家挨户走访,并奔驰于山乡田野,驱除

"鬼邪"。据说唐初的云南境内本有六个部族，称为"六诏"。最南端的部落蒙舍诏也称为南诏。南诏日益强大，一日，南诏王皮逻阁邀约其他五诏首领聚会。邓赕诏首领的妻子慈善夫人认为皮逻阁居心不良，极力劝丈夫不要前往。但丈夫不听，临走时慈善夫人含泪在丈夫的手臂上套了一个铁镯，以求护身。此后，皮逻阁果然火烧了首领们聚集的松明楼，五诏首领均未幸免于难。面对松明楼的灰烬，慈善夫人痛哭欲绝。她扑在灰烬中，扒出了丈夫佩戴的铁镯，这才认出了丈夫的尸体并将其运送回家。后来，皮逻阁听说了这个聪慧贤德的慈善夫人，想娶她为妻。但慈善夫人怎肯再嫁？礼葬其夫后，她就闭城自尽，追随亡夫而去，只留下这一段令人感慨万千的感人故事。从此以后，云南的白族人民便过起火把节，以纪念"火烧松明楼"的历史故事和勇敢坚贞聪慧的慈善夫人。

我参观过美国哈佛大学的人类学博物馆，里面有许多图腾柱，讲述着玛雅文化的熊图腾。设计者站在文明的角度去看野蛮，站在民主的角度去看酋长制度，其中隐藏着文明人的优越感。看事情要从表面看到底里。就说比较文学吧，比较文学的法国学派，讲究影响研究，因为法国是西方很多思潮的发源地，"影响"就是法国影响别国。美国学派讲究平行研究，以新批评的方法推崇美国文学的高明。因为美国学派如果讲影响研究的话，他们就变成英法人的"孙子"了。

老　师：平行比较，就如同我与你平起平坐，在文学类型、文学因素、文学技巧与风格、文学时期、文坛巨子等方面，展开深入而细致的比较。彼此之间没有高低,甚至没有谁影响了谁,只注意我与你之间有没有共同的东西。由此看来,比较文学的不同学派,隐含着潜在的民族意识和文化立场。中国人讲究跨文化的比较,认为中国文化跟西方文化,是另外一个独立的体系,而且具有几千年未曾中断的特征。据说在明朝万历年间以前,即在西方文艺复兴以前,中国的存世的文献相当于西方全部文献的总和。老子长孔子20岁,孔子死了50多年之后,才出现了柏拉图。中西的文化思想原创时代几乎同时,可以展开平等的深度对话。过去用疑古思潮,臆断老子在庄子之后,打乱了中国思想"黄金时代"的序列,本身是一个弱国心态,把我们古代伟大的思想创造碎片化了、空心化了。我们现在要建立现代大国的文化气象,就要采取还原的思路,回到活生生的历史场景,回到活生生的古代智者的生命形态。还原的思想方法隐含着的是文化自信。

二、个人的生命体验和整个民族的生命体验

男同学 B: 就现在的出土文献来看,疑古学派的许多判断,不是被证实了,反而是被推翻了。

老　师: 疑古学派是版本目录学家,他们是有学问的。但是,他们

的版本目录学是根据宋元以后的版本目录——雕版印刷的状况来一版定乾坤。他们没有考虑到战国秦汉的文献形成是一个过程。像《老子》《庄子》《韩非子》这些书，原来可能是单篇别行，或者组简传播，所以湖北荆门市郭店一号楚墓出土《老子》甲、乙、丙三种竹简，它们一组一组地传世，汉人整理时把它们重新编定。《论语》的情况有点特殊，刘向、刘歆得见《古论语》、《鲁论语》（鲁人所传《论语》）、《齐论语》（齐人所传《论语》）。西汉末年安昌侯张禹根据《鲁论语》，并吸收《齐论语》编定，被称为《张侯论》。东汉末年郑玄注《论语》，又混合《张侯论》和《古论》（出自孔壁中的《论语》），成为现行的《论语》。

我觉得，像汉人司马迁与刘向、刘歆父子，他们是博学的文献学家。刘向、刘歆父子整理国家图书馆中秘藏的简帛，"辨章学术，考镜源流"，是按照他们的规范认真做的。我们只要比较一下长沙马王堆出土的《战国纵横家书》和经过刘向整理的《战国策》，就可以知道汉人整理战国文献的规范，以及他们所下功夫之深。如果没有《战国策》的话，那些不书国别和游说者姓名的简帛，往往是让人摸不到头脑。刘向、刘歆父子是整理保存战国简帛文献的功臣，他们在中国文献整理史上的功劳是不容抹杀的。

女同学C：我有一个想法：如果要写文学史的话，因为文学史本身也算是一种历史，所以要有一种比较统一的文学史观，这作为一个基调，贯穿始终。就是说，不管是哪一个年代的文学现象、文学作品、文学史料，都应该用这一种史观去解读。

老　师：讲到文学史，需要重视经典，经典是一代的精神象征。我认为唐宋元明清每一代，都有它最重要的文学经典。比如说唐代李白、杜甫的诗，"小李杜"之李商隐、杜牧的诗，韩愈、柳宗元的文章；宋代欧阳修的《醉翁亭记》，苏东坡的前后《赤壁赋》和《念奴娇·赤壁怀古》，应该是他们本人，也是宋代最好的作品；明代有"四大奇书"《三国演义》《水浒传》《西游记》《金瓶梅》；《红楼梦》是清代，也是整个中国古代最好的作品。我们已经讲过，既要把握这些经典，同时又要凿破这些经典。凿破的意思是说，着力考察这些经典为什么在那个时代、那些作家的手中产生，为什么恰恰在那个时间点出现深层生命的爆发。苏东坡在"乌台诗案"中几乎丧命，劫后余生之后被流放黄州当团练副使。他抚摸心头滴血的伤口，反思命运的无情作弄，重新思考生命的永恒和瞬间，对着长江和明月来祭奠自己的生命。这才有前后《赤壁赋》和《念奴娇·赤壁怀古》中的生命体验、生命祭奠："哀吾生之须臾，羡长江之无穷。挟飞仙以遨游，抱明月而长终。""江流有声，断岸千尺；山高月小，水落石出。曾日月之几何，而江山不可复识矣。""人生如梦，一尊还酹江月。"这就怀抱着无限的人生感慨，融水月景物、人事感叹、生命哲学于一体，树起了撼魂荡魄的艺术丰碑。

个人的生命体验如此，整个民族的生命体验又何尝不是如此呢？巨大的命运压力，爆发出宏大的生命之声。在"明代四大奇书"中，《三国演义》《水浒传》《西游记》都带有史诗的性质。汉族早期没有史诗，或者即便出现过史诗，也因简帛材料的贵重，又受到务实的"不语怪力乱神"的理性压抑而没有长篇大论地记录下来。但是到了宋元时代南北民族的对抗，由此产生的严重的民族危机压迫着群体的生命意志，正是在这个时候，一种蓬勃的史诗力量骤然爆发出来，又由于印刷术的发展得以被记载。《三国演义》把正统和正义归于南方，实现了一种历史的重新审视，就是这种蓬勃的民族意志的史诗力量爆发的一种表现。本来陈寿《三国志》65卷，魏占了30卷，吴占了20卷，蜀才占有15卷。到了北宋司马光的《资治通鉴》，还是用魏来编年，魏依然是正统。南宋朱熹的《资治通鉴纲目》，扭转了这种"正统观"，他认为道统"合于天理之正"，"三国当以蜀汉为正"。毛宗岗在《读三国志法》中，开宗明义就说：

读《三国志》者，当知有正统、闰运、僭国之别。正统者何？蜀汉是也。僭国者何？吴、魏是也。闰运者何？晋是也。魏之不得为正统者，何也？论地则以中原为主，论理则以刘氏为主，论地不若论理。故以正统予魏者，司马光《通鉴》之误也。以正统予蜀者，紫阳《纲目》之所以为正也。《纲目》于献帝建安之末，大书"后汉昭烈皇帝章武元年"，而以吴、魏分注其下。盖以蜀为帝室之胄，在所当予；魏为篡国之贼，在所当夺。是以前则书"刘备起兵徐州讨曹操"，后则书"汉丞相诸葛亮出师伐魏"，而大义昭然揭于千古矣。

朱熹的蜀汉正统论，使《三国演义》赋予刘备军事集团以正义性，以及"有心扶汉，无力回天"的悲剧力量。

凿破经典，是为了从经典中开掘出深刻的历史哲学。在宋元时代游牧民族和农业民族之间的大博弈中,激发出惊天动地的民族群体意志,使中华民族重新书写自己的伟大史诗。汉族产生了《三国演义》《水浒传》《西游记》,而少数民族也产生了藏族的《格萨尔王传》和蒙古族的《格斯尔可汗传》。"把握经典,又凿破经典",就可以发现在宋元时代的民族大博弈中,中华民族出现了何等雄伟壮丽的史诗性经典。经典成了民族精神的表现形式,讲先秦不讲孔孟老庄,剩下的就是"率兽食人";讲唐朝不讲李杜韩柳,剩下的就是一群脑满肠肥的胖子。有了这些文化经典,时代的精神得以提升出来。文化是决定一个民族的精神面貌的。抽去了文化经典,就会沦为野蛮人。文化经典是一代中国人的精神坐标。

三、培养好奇心和追问究竟的欲望冲动

男同学 B：凿破经典的话题,是很深刻的,还可以换一个角度去叙述。

老　师：关键在于经典是怎么发生的,为什么在这个时候发生。为此就要培养我们的好奇心,培养我们追问究竟的欲望和冲动。好奇心连着童心,好奇是创新的酵素,许多发明创造都产生于好奇。

女同学 C：我觉得,文学史的写作应该是一个人性化、个体化、去政治化的过程。比如说像《霸王别姬》,程蝶衣给日本人唱戏,他

很希望京剧传到日本，然后他说了一句话"青木要是活着，京剧早就传到日本了"。青木是侵略者，但对程蝶衣来说，他是懂得京剧的知音人，印证了一种人文意识的觉醒。程蝶衣自小被做妓女的母亲卖到京戏班学唱青衣，开始由于自身缺陷，生有六指，遭到班主拒绝，程母走投无路只能断其一指，才得班主认可。后来他对自己的身份是男是女产生了混淆之感。师兄段小楼跟他感情甚佳，两人因合演《霸王别姬》而成为名角。不料小楼娶妓女菊仙为妻在先，在"文化大革命"时期兄弟俩反目在后，程蝶衣对毕生的艺术追求感到失落，终于在跟小楼排演本戏时自刎于台上。在程蝶衣个人世界里，理想与现实、舞台与人生、男与女、真与幻、生与死的界限，统统被融合了。还有李碧华写的《胭脂扣》，讲述的是1934年的香港，陈振邦（十二少）是南北行海味店的太子爷，一个经常出入鸦片烟窟、风月场所的花花公子。他遇上了石塘咀绮红楼"红牌阿姑"（名妓）如花，二人旋即陷入热恋。但是，十二少的父母不接纳他们的关系，希望十二少与表妹淑贤结婚承继家业。十二少在如花的帮助下学粤剧，1934年3月8日晚上11时，十二少感到山穷水尽，与如花吞食鸦片殉情自尽。如花约定十二少，若有何偏差，也要记着"3811"为她找十二少的记认。53年后，已成鬼魂的如花，在阴间久等情郎不见，遂回阳间寻访。可是时代变迁，周遭情景依然，人事已非。在报馆工作的袁永定和其女友凌楚绢同情如花的遭遇，在他们的热心帮助下，如花终能登报寻访十二少，并附上当日约定的密码"3811"，即3月8日晚上11时正（两人自杀的时间）。永定与楚绢二人用尽方法都找不到十二少，最后从报章记录得知十二少没有死,而从十二少的儿子口中得知,十二少获救后与淑贤结婚,但败光家产,77岁的十二少贫穷潦倒,在片场中以从事临时演员为生,与儿子不相往来。如花最终在片场找到了十二少。看见贫穷潦倒的十二少,如花将十二少当年赠予她的胭脂扣归还后,心死流泪离开了不属于她的人世间。这里呈现了人性的真实。李碧华笔下的人物总是又饱满,又世俗化的,核心是与女性经济和社会地位的提升有关。我们的文学总体来说是圣化多于人格化,像中国古代的神话传说的人物都不食人间烟火。而古希腊、古罗马中的神话中的人物都是有缺点、有活力的个性化人物。为什么我们没有像《包法利夫人》那样的文学作品,而周幽王烽火戏诸侯能否以人性的观点来看待?还有张爱玲的《色·戒》描述了20世纪30年代末,一位女青年化身刺客,企图用美人计,刺杀汪精卫阵营中一个高级特务,双方在政治、权谋、性之间尔虞我诈的故事。我想,这也应当得到充分的正视,文学史应该以客观、公正、理性、宽容的原则,为影视剧的创造提供学理的依据。

像通俗文学《甄嬛传》,讲述出身官宦人家的汉军旗女子甄嬛,她聪明伶俐,美貌与智慧并存。她自小的梦想是"愿得一心人,白首不相离",并没有入宫为妃的打算。不想入宫的她,却意外留在宫中。初入宫就吸引皇帝的目光,但受到几乎全后宫的嫉妒和暗算。几次受宠与失宠的际遇,她看透了后宫的真面目,从不谙世事的善良女子,成长为善于权谋的深宫妇人,借由才智而从无数次失势中翻身,终究登峰造极,成为至高无上的皇太后,体验到的却是深宫中的冰冷孤寂。一部后宫争斗题材电视剧,写的是以身殉权势地位，而不是以身殉自由。为什么我们喜欢看古典宫斗剧？体味着追求至高无上的权力，而失去了一个普通人应该有的生活状态和情趣，这正是一种大众文化的无物之阵。

老　师：你讲的是现代影视文化和通俗文化，回到古代历史，也有很多的问题值得重新解释。通过解释，走近历史现场。在殷墟考古的时候，发现了妇好这个殷商时代的女将军。女子带兵东征西讨，叱咤风云，是否折射着商朝文明，还不完全是农业文明，存有游牧文明的习气？武丁中兴，文献只记载傅说的作用，而甲骨文却突出了妇好，因为在游牧民族里面，女人是参政的。春秋时期有一桩"骊姬乱晋"的公案。骊姬是骊戎国君的女儿，晋献公打败骊戎，把骊姬作为战利品带回宫中，生下儿子奚齐，骊姬的妹妹少姬生下卓子。骊姬以美色获得晋献公专宠，参与朝政，挑拨离间晋献公与太子申生、重耳、夷吾的感情，迫使申生自杀，重耳、夷吾逃亡。晋献公改立奚齐为太子，史称"骊姬之乱"。公元前651年，晋献公病危，嘱托大夫荀息主政，保护奚齐并辅助他继位。晋献公死后，荀息遵旨立奚齐继位，骊姬为太后。将军里克杀死奚齐之后，又杀害卓子。"骊姬之乱"时重耳被迫流亡在外19年。公元前636年他在秦穆公的支持下回晋杀死侄子晋怀公而立，后在城濮大败楚军，开创了晋国长达百年的霸业。为什么出现骊姬干政呢？因为骊姬出身骊戎，有少数民族女性干政的传统。唐代诗人岑参《骊姬墓下作》诗说："骊姬北原上，闭骨已千秋。浍水日东注，恶名终不流。献公恣耽惑，视子如仇雠。此事成蔓草，我来逢古丘。蛾眉山月苦，蝉鬓野云愁。欲吊二公子，横汾无轻舟。"这位唐朝诗人是不懂得戎狄女人干政的传统的。戎狄文化的介入，使得华夏犯了文化不适症。

蒙古的成吉思汗晚年也出现过这么一幕。《元史·宗室世系表》记载，成吉思汗一共有八个儿子，其中正妻孛儿帖生四子即长子术赤、次子察合台、三子窝阔台、四子拖雷，其他四子都是别妻所生。成吉思汗晚年西征的时候，他的太太孛儿帖就说："你这么大年纪了，应该立太子啦。"结果次子察合台指责长子术赤是母亲被别的部落掠去而生下的野种，这就伤透了成吉思汗和孛儿帖的心，决定把汗位传给三子窝阔台，其他儿子协助窝阔台到外面打天下。

后来汗位传到蒙哥汗，蒙古的西征部队已经快要打到梵蒂冈和埃及了。蒙哥汗率领十万大军攻打重庆合川的钓鱼城，被钓鱼城宋军的炮石打中身死。各路西征的蒙古军纷纷撤回争夺汗位。忽必烈用了四年才平息局面。"钓鱼城之战"，使得"上帝折鞭"，改变了世界政治军事格局。蒙古跟南宋的政治军事格局也变了，忽必烈夺得汗位之后，着力经营中原，他首先是从澜沧江上游乘坐羊皮筏，攻下大理国，然后水陆并进，消灭南宋。

这是忽必烈统一中国的战略要点。其实北方军队善于陆战，南方军队善于水战。曹操带着83万大军想消灭东吴和刘备，但是北方军队不善水战，用铁链连接战船，被周瑜、诸葛亮来了一个火烧赤壁，就折戟沉沙。两千年来游牧民族和农业民族之间，在长江天堑上演了波澜壮阔的太极推移，决定了中华民族共同体的命运和形态。

男同学Ａ：我觉得，传播学的框架现在已经反转了，我们写文学史不再是写给自己看的，是表达出来给别人看的，所以是不是可以借鉴传播学的框架来写一部文学史？比如传统的文学类型，包括口头传统，由于中国有诗的文化，再配上音乐，配上舞台戏曲表演，在今天的网络时代就更有气氛和趣味。

老　师：文化的传统存在着对流。一般说来，文化传统是先进文化向落后文化由上到下的传播，而少数民族的文化存在着"边缘的活力"，它是由下向上地注入中原文化的脉络。华夏文明有着生生不息的经学的脉络、史学的脉络、文学的脉络、诗学的脉络。在金和南宋对抗的岁月，金人觉得南宋的文化血脉比自己高明，对司马光的史学、苏轼的文学，都大胆引进吸收。所以中华民族的文化血脉就没有断。到了蒙古人建立元朝，一个引人瞩目的事件，是在科举考试中采用朱熹的《四书》注解作为标准答案。以朱熹的《四书章句集注》作为科举考试的标准答案，是从元代开始的。元朝、清朝都是北方胡人入主中原，但是中原的文化体制却出现融合的景象，清朝顺治皇帝入关后，江南的知识分子不合作，皇帝咨询汉族大臣怎么才能解开这个死结。最后就采用科举考试八股文"代圣贤立言"的制度，开始时降低录取标准，提高科举及第者的待遇，最后江南子弟尽入彀中。这就是陈寅恪讲的"文化大于种族"的原理，清统治者接受了汉族的文化制度，就不再是蛮夷。到了康熙、乾隆之后，基本上实现了满汉共治。

女同学C：我思考文学史写作方法的问题，觉得应该分为两个方面。

一方面，就是像刚才先生讲的，依附于一个外在的历史框架，文学作家的发展、大量的文学现象和文学事实，都是在这个历史框架中运作。这只是文学史的一个方面，但是如果说只有这个方面的话，文学史就成为一部延伸千百年的流水账了。所以还有另一个方面，就是在大量的文学事实中，抽象出很多具体归类性的东西，从而探求文学的本源和文学的内部发展的规律。我觉得，这两个方面，就是文学史的基本构成吧。如何看待文学史，我觉得要分文学的方面和史学的方面。就我接触的材料，很多的时候一些研究者没有自觉跳出历史学去做文学史，他们太刻意地以社会史发展的节点对文学发展进行分割。不能说社会史的确可以用原始社会、奴隶社会、封建社会、资本主义社会来划分，你就可以毫无变通地对文学史也做这样的划分，也不能说文学史作品离开在社会史的时间段，就没有独立的价值和意义了。就像王德威先生说的，我们总说五四新文化运动是一个新起点，那么他就问：没有晚清，何来"五四"？一个起点，总是接续着前面的终点，因为终点的后面总要有一个起点。所以我觉得，文学史是一个连贯的整体，不能够这么单纯地去用社会史或者历史的发展节点来割裂它，我们要用一种折中的眼光去看待它。这是我自己想的一个问题，不知道老师是怎么看的？

老　师：历史的连续性、转折性，是相互推移的。从汉代独尊儒术之后，中国长期尊崇圣人文化，就是孔子的文化。在汉武帝独尊儒术之前的500年，是"前圣人时代"，那时候是百家争鸣，甚至汉初时黄老道还强于孔子文化。到了汉武帝独尊儒术，设立五经博士，治的是今文经。不少五经博士，出将入相，成了功名利禄所在。这种"圣人时代"延续到晚清，延续了两千年。五四新文化运动以后，文化史发生转折，成了"非圣人时代"。直到现在我们要建立现代大国文化，可能出现的是"后圣人时代"。"后圣人时代"采取综合性思维，既继承传统，又强调革新的意识、现代性的意识。

尽管整个历史思潮围绕着与孔子思想的对话，但是各个历史时期都存在着潜流，或者暗潮。潜流、暗潮使历史变得丰富多彩。比如到了明朝嘉靖、万历以后，"圣人时代"的下面，产生了一种商业经济，表现为通俗小说流行。通俗小说在不动声色地改造着中国市民社会。中国民众的世俗宗教和伦理道德，不是通过读《论语》读出来的，是从说书人的说书和戏曲表演中得来的。所以鲁迅说，"中国根柢全在道教，此说近颇广行。以此读史，有多种问题可以迎刃而解"，"中国确也还流行着《三国演义》和《水浒传》，但这是为了社会还有三国气与水浒气的缘故"。《三国演义》的桃园三结义、关公信仰，《水浒传》的英雄排座次、一百零八将、逼上梁山、啸聚山林、大碗喝酒、大块吃肉、仗义行侠、有难同当有福同享，都是一种不安分、非体制化的民间意识。"圣人时代"的官方意识形态，在民间发生了变形、稀释和瓦解。更不用说，到了晚清之后，西方文化对东方传统文化的挑战出现了；到了"五四"，科学与民主，就是德先生、赛先生重估了传统价值。民主这个东西，是有阶级性的，所以就演化为革命主义、新民主主义了。

文化生态孕育着思想创造力。我到了澳门以后，面对东西方文化的碰撞交融，思想学术的创造力就释放出来了。所以我在澳门这八年，写出了1 000多万字的著作。在这里思考怎么样建构现代大国的思想文化体系，着力于把大国文化根柢原原本本地揭示出来，在面对世界、面对未来的学术取向上发挥自己的创新思想。

四、着手解决中国文化根本上的重大命题

老　师：令人感慨多端的是，中国文化根本上的一些重大命题，还存在着许多糊涂账。因此我常想，着手解决中国文化根本上的重大命题，这是当代中国学者义不容辞的责任。有责任担当的学者，才是真学者。这种"固本工程"具有实质意义。那种陈陈相因，不在"固本工程"上下功夫的学者，只不过是"著书都为稻粱谋"的糊涂学者。比如说，孔子赴洛阳问礼于老子，是一个争论多年的千古之谜。我根据《春秋经》《史记》《礼记·曾子问》《文心雕龙·诸子》以及先秦诸子书、汉代石画像等材料，考定"老孔会"发生在鲁昭公三十一年（前511）周历十二月初一（公历11月14日）。按照周朝礼制，上午出殡，应在10时左右见到日食，才能在中午把灵魂迎回宗庙举行虞祭。用现代天文学重现当时情景，他们见到的日食发生在上午9时56分。中国《诗经》研究会会长说，杨义的这项考证，可以成为定论。这是中国思想文化史的重大考证，中国两位最伟大的思想家，老子的道与礼，孔子接过来建构以仁、孝为核心的礼，开启了战国诸子百家争鸣的概念史源头，开创了中国古代思想

原创的黄金时代,因而"老孔会"可以看作中国诸子百家争鸣的开幕式。所以中国文化根柢上的重大命题的解决,会使我们对中国文化的总体格局获得重大的突破。

男同学B:老师,文学史上好像有这种说法,就是说文化的盛衰和国家的盛衰好像是成一个相反的发展态势,就是所谓"国家不幸诗家幸"。我想问,您怎么看这一个规律?因为有的时候,好像国家兴衰无非就是政局是否稳定、经济是否繁荣,有的时候在盛世的时候也会有作者创作的高潮。

老 师:这里存在着两个问题,一个是属于个人的问题。在个人受到不平等的待遇,受到贬谪流放的时候,他内在的生命力爆发成为杰出的作品,就像柳宗元在永州、苏东坡在黄州的时候一样。文学家被边缘化,却产生了"边缘的活力",为整个历史提供了新的学术文化思考方式。另一个是朝代的衰乱,王纲解纽,思想控制力松动,出现了文学的自由创造。国家意识形态的控制失效了,各种思想就出来争鸣了。如果国家的意识形态不失控,就都按照儒家这一套亦步亦趋;失控了,儒家所忽略的问题就可能成为大家探索的对象。儒家强调秩序和守成,抑制了创新意识,以祖宗成法消解了创新的动力。如果把创新能力装进一个框架里,创新能力就会打破这个框架。

春秋战国的两场战争就是固守框架和打破框架的典型。一场是公元前638年的泓水之战,就是宋襄公要做一代霸主,在泓水跟楚国打仗。宋军驻屯于泓水（今河南柘城西北）北岸，楚军自南岸开始渡河。宋襄公不顾谋臣子鱼的建议，坚持不半渡而击；待到楚军全部渡河后，宋襄公又坚持非要等到楚军完成列阵之后方开始攻击。他还认为："古之为军，临大事不忘大礼"，"君子不重伤（不再次伤害受伤的敌人）、不擒二毛（不捉拿头发花白的敌军老兵）、不以阻隘（不阻敌人于险隘中取胜）、不鼓不成列（不主动攻击尚未列好阵的敌人）"。结果宋军惨败，他身受重伤而死。西汉刘安《淮南子·氾论训》评议说："古之伐国，不杀黄口，不获二毛。于古为义，于今为笑。古之所以为荣者，今之所以为辱也；古之所以为治者，今之所以为乱也。"宋代苏东坡《宋襄公论》说："襄公欲霸诸侯，与楚人战于泓，不鼓不成列，不擒二毛，以此兵败身死，余尝笑之。夫襄公凌虐小国，至鄫人用鄫于次睢之社，虽桀纣有不为矣。乃欲以不鼓不成列、不擒二毛为君子，又可笑之甚也。"毛泽东在《论持久战》中说："我们不是宋襄公，不要那种蠢猪式的仁义道德。"宋襄公按照军礼教条打仗，虽然曾经有人说好，但是战争的失败，使他受到历史的嘲笑，留下千古骂名。但是到了《孙子兵法》，认为兵是"诡道"，"兵不厌诈"，把战争看作出神入化的谋略运用。孙武最有名的战争实践，就是吴楚柏举之战，距离宋襄公泓水之战132年。公元前506年吴王阖闾以伍子胥为大将，阖闾的胞弟夫概为先锋，以孙武为军魂，倾全国3万水陆之师进攻楚国。虽然《左传》不记孙武，但《史记》《吴越春秋》均记孙武，还原了历史真相。按照孙武的战略思想，一是侦察到楚国令尹和司马不合，做到知己知彼；二是联合蔡国、唐国，上兵伐谋，不战而屈人之兵；三是吴军乘坐战船，由淮河溯水而上，直趋蔡境，于隐秘的地方舍舟登陆，在运动中选择柏举进行决战；四是追击敌军，抓住对方"半渡"的时机，击溃之；五是不让敌军站住脚，就连续追击，"因粮于敌"，吃掉敌人做好的饭；六是长途奔袭，兵贵神速，攻其不备，而且攻其必救，十一天就攻入楚国郢都。由此可知，从泓水之战到一百多年后的柏举之战，中国军事思想和战争形态发生了本质性的变化。《尉缭子·制谈篇》说："有提九万之众，而天下莫能当者，谁？曰：（齐）桓公也。有提七万之众，而天下莫敢当者，谁？曰：吴起也。有提三万之众，而天下莫敢当者，谁？曰：（孙）武子也。"这里讲的就是以孙武作为"战魂"的柏举之战，一个以少胜多的经典战例。

孙武之后一百多年到了孙膑的时代，军事思想和战争形态又发生了变化。中间隔了一个鬼谷子。《鬼谷子》"揣摩"阴谋权术。鬼谷子的学生是苏秦和张仪，但也有人把庞涓、孙膑与鬼谷子联系起来，他们进行的是后鬼谷子时代的战争方式。这就是《汉书·艺文志》所说的"兵阴谋家"。孙膑的围魏救赵，以及马陵之战以"减灶计"迷惑敌人，使庞涓中计覆灭，都带有后鬼谷子时代的兵阴谋家的特征。文学史写战争，要写得巧妙有滋味，就要把握战争背后的思潮特征，从中开凿出竞争智慧的源流来。

男同学 B：老师，您认为不同的文体之间，可能与社会的政治、经济的紧密关系不一样，因为很多文体崛起的时代机缘是不一样的。

老　师：是的，文体发生发展的历史机缘，实际上涉及传播学。就是说，有创造某种文体的主体，又有接受的客体，这样才能形成知识的交流和反馈。司马迁《史记》的文体取材于上古三代到秦汉，但是它的接受客体在汉代。所以《五帝本纪》取材于口头传统和上古文献，尧舜的材料取自《尚书》，都做了符合汉人习惯的改写。《五帝本纪》给中华民族共同体提供了千古一贯的源头。而且《史记》更良苦之心是"藏之名山，传之其人"，它为中华民族共同体撰写了谱系。以十二本纪，按年月记一国大事，详述帝王兴废，为全书的总纲。三十世家，记载了自西周至西汉初各主要诸侯国的兴衰历史。七十列传，大多为将相大臣等知名人物生平的传记。此外还有类传，即把同一类的人物放在一起作传，如《刺客列传》《循吏列传》《儒林列传》《酷吏列传》《游侠列传》《佞幸列传》《滑稽列传》《日者列传》《龟策列传》《货殖列传》；又有外国列传，即为周边的少数民族和藩国作传，如《南越列传》《东越列传》《朝鲜列传》《西南夷列传》《大宛列传》。十表（大事年表）用表格来简列世系、人物和史事，及其年代的对应。八书记各种典章制度，包括礼、乐、音律、历法、天文、封禅、水利、财用。由此，它形成一种多元一体的立体的结构。《史记》的出现，显示了大一统一流强国的文化魄力。也许可以这样说，文化魄力产生于盛世，文化活力产生于乱世。是否如此，还应进一步琢磨。只有这样理解，才算得上"把握经典，凿破经典"。

女同学C：老师，我想琢磨一下少数民族文学，您在这方面有建树。

如今有人特别提倡少数民族的哲学史观，然后也看到了一些剧。但是在多民族文学史观的构建下，就出现一个观点。特别是对待一些少数民族的文学，或者世界文学当中传统的这样一些原生形态文学，比如印第安人的一些文学作品，如果按照中国文体划分的话，就是神话传说、民间故事。但是在北美印第安人眼中，这些问题都不存在，只有真实和不真实。那么在面对这些原生形态的文学，进行文学史编写和选择的时候，用什么样的标准，什么样的度来对待？这些文学形态，是否有高低之分？如果有，评价的标准又是什么？

老　师：美国哈佛大学的人类学博物馆，还有纽约大都会艺术博物馆，对印第安人的材料都很重视，而且很吸引眼球。但是里面隐含着的潜意识是文明代替了野蛮。它认为那些是野蛮的，要进化到文明。它是按照社会进化论，泛化了的达尔文主义，似乎并不是把印第安文化看成神圣的。所以我们采取的文化哲学，应该是尊重原始，走向现代。我们要看清楚这个问题：社会总是要不断地走向现代。我们现在讲几个现代化，讲工业、农业、社会、军事、市场的现代化，说我们要用50年、100年建成世界上最强的国家，这有一个不断发展的过程。在原始状态中故步自封，是没有出息的。

五、王纲解纽，文学精灵就蹦蹦跳跳登场

女同学A：老师，您刚才的观点给了我们一个启示：其实文学就是在那个不平衡的发展当中，在不平衡的地方造成了今天文学史言说的深度。

老　师：文学折射着世态人心，因而言说的深度也关乎乱世的文学心态。以什么样的心态创作文学，乱世与治世存在着根本的区别。在治世，国家意识形态对文学的控制较严，文学也就难免要循规蹈矩一些；一旦出现乱世，王纲解纽，国家意识形态失控，许多文学思想和文学作品就蹦蹦跳跳，或者大摇大摆地登场了。王纲解纽，引发肆无忌惮。这时候出现了一种怪异的现象，就是"麻雀站在弓背上"，被射的对象作弄了发射的武器。文学史写作要如何把握经典、凿破经典，都应该找到那只"麻雀"，把握盘马弯弓的姿势，抓住盘马弯弓的时间契机。从思想性、艺术性按部就班地分析经典，是一种常态。凿破，就要看出"麻雀站在弓背上"的变态和病态。我讲了发生学的方法，就是还原，考察经典怎么产生的，为什么这个时候出现这种经典，以此解释文学存在的情境，解释文学蕴含的天地之道。明代为什么出现"四大奇书"，清乾隆年间为什么出现《红楼梦》，都要在把握经典、凿破经典之中获得深度的解决。

女同学A：老师，让我们在这儿概括一下我们这几堂课讨论了哪些

内容，我们的议题就是关于文学史的写作问题。但是在具体讨论的过程中，我们涉及了六个方面：第一个是就文学史对待经典的问题；第二个是文学与文化的关系问题；第三个是文体之间的关系；第四个是关于文学与史观的关系；第五个是史料的收集；第六个是关于材料的选择，是选择哪种文献以及口述史料，就是纯文学与文学之间的关系。

我们在课堂上涉及的问题，就是纵观我们现有的一些文学史，史观方面主要包括这几个：一个就是刚才老师提到的一个进化论史观，包括许多新文学史，如《中国现代文学大系》，采取的是一种进化论的文学史观，包括阶级论的文学史观。温儒敏他们编的《中国现代文学三十年》，用的是一种现代性的文学史观。民族文学研究所关纪新他们提出来一种多民族文学史观。朱栋霖老师编写的是一种人学的文学史观。还有早期周作人提出来的一种"言志、载道"循环史观，认为历史不是绝对进步的，存在着循环反复的关系，所以他的《中国新文学的源流》是以一种循环史观来写作的。美国夏志清写的现代小说史，跟上述的史观不一样的地方在于它更强调的是一种纯文学意识，强调道德、情怀、宗教精神。除了以上提到的进化论观、阶级论观、现代性观、多民族文学史观、人学文学观，以及循环史观，还有一种倾向于一种二元对立的政治化的中国文学史观。但是总的呈现出的一个特点就是从政治化倾向再到文学性倾向，再到我们现在的这种对人性的关注。但是无论是哪一种观点，就是用一种方法，或者用一种标准史观来写文学史都会遭到学者来自某一种角度的批评。搜集到的几个材料是这么说的，20世纪20年代，作为"整理国故运动"的领导者，胡适、顾颉刚、傅斯年等人十分重视国学研究的分科。在1923年发表的《〈国学季刊〉发刊宣言》一文中，胡适就说：

> 中国这么大，历史这么长，材料这么多，除了分功（工）合作之外，更无他种方法可以达到这个大目的。……治国学的人应该各就"性之所近而力之所能勉者"，用历史的方法与眼光担任一部分的研究。

最初的几个文学史家不信，他们都缺乏明确的文学观念，都误认文学的范畴可以概括一切学说，所以他们竟把经学、文字学、诸子、哲学、史学、理学都罗列在文学史里面，就是对倾向于强调纯文学史观的一种反拨。

老　师：对于以文学为中心、以文化为肌理的大文学史观，不妨进行试验。文化是一个大视野，可以用来考察文学的发生、构成和形成，以及其中蕴含的才性和隐义。大视野才能容得下深广的解释空间。

女同学A：我们看到的文学史，几乎都能在大系统中找到一种框架。我们注意到《中国新文学大系》其实在按文体分类，在各文体内部是以流派来排列佳作的。以小说编写为例，《中国新文学大系》的小说创作分为三集，茅盾主编的《小说一集》主要收录的是文学研究会作家的作品;《小说二集》是鲁迅主编的,收录的是文学研究会和创造社以外社团作家的作品;《小说三集》是郑伯奇主编,主要收录的是创造社作家的作品。

这种以文体为结构的框架,以流派分类为主导的方法成为一种常见的文学史结构模式。现在很多的文学史随便一打开,看到的就是对这一时期的文学现象、理论发展变化的论述,然后是各文体创作实际的一种展示,大体可以分为小说、散文、诗歌,戏剧等主要文体类型。在文体分类论述方面表现的是各种不同文体内的流派史,以文体内部特征,更强调的是一种发展演变的规律。现在出现在文学史中的是一种新旧、雅俗的观念史,还有哲学史、文学方法论史、史学史、中国文学理论史。每一种文学史观,可能都带来一定的偏颇。

我认为,求真、求善和求美是文学史应强调和展现的一个方面。但是文学史回归到人的话,这就是人文学科,它跟社会学科、经济学科最根本的区别,就是它永远把人放在最前面,更多强调的是一种对人性的展示。所以文学的本质就是对于人的一种生命的思考,或者是拓宽人性的边界。一部文学史要呈现真善美,也要挖掘一些偶然性,不要总强调必然性;或者是说多一些感性,少一些理性,多一些分裂,少一些单一,从而能拓宽我们文学史的边界。

我说的这一个观点,自认为站在当下民主思潮上,也没有脱离和超过当下的一种标准。现在有很多的学者做研究所得出的结论,在研究文学与人类文化密切相关的各个方面,一定程度上忽略了人文科学对个体人的关注。当我们强调文学跟社会、政治等因素有关系，或者说跟文化有关系的时候，我们关注的其实还是一个集体人，而没有达到对个体人的关注。

老　师：有人提出，中国现代文学的开篇是一个狂人，这本身到底是祸是福的问题。从狂人的眼中看中国的历史、中国的命运，激烈的批判精神隐藏着对现实的无限焦虑。以《狂人日记》为开篇，以《阿Q正传》为经典，这是现代文学的光荣，也是现代文学的症结。这里隐含着思想史的重大问题，《阿Q正传》刻画国民沉默的灵魂，阿Q脑袋上有一条小辫子，盘起来，又垂下来，宝贵得很。以此引起对社会的关注，就是所谓启蒙。但是启蒙了之后，鲁迅在《彷徨》中又反思启蒙，只靠知识分子的启蒙，没有社会运动，是改变不了中国盘根错节的问题的。唐代诗人章碣的《焚书坑》诗说："竹帛烟销帝业虚，关河空锁祖龙居。坑灰未冷山东乱，刘项原来不读书。"这首诗辛辣地嘲讽了秦始皇焚书坑儒的徒劳无功，烧毁竹帛文字使民众愚昧无知，却烧毁了自己治理国家的基础。烧毁文字，却烧毁不了人民生活的痛苦，烧毁不了人民心头积累起来的怨恨，函谷关、黄河是阻挡不住这种痛苦的怨恨的，最终由不读书的刘邦、项羽把这种痛苦的怨恨变成揭竿而起的动力源泉，把秦始皇自以为"子孙帝王万世之业"变成了一个"肥皂泡"。"水可载舟，亦可覆舟"，想用压抑民众思想情绪的方式来巩固国家的根基，其结果总是适得其反，只能加速皇权的灭亡。秦始皇要否定民众，招来的只能是民众否定自己。

另外，前面有位同学谈得很好，就是文学史观的现代性的问题。现代性,应该是一个历史的概念,现代性的概念借鉴于西方,如果西方的现代性不符合中国的现代性,怎么办?我们还要立足中国,重新来考察现代性。那么什么是中国文学的现代性呢?是不是胡适登高一呼,就成了白话诗的天下了呢?中国的现代性就不能包容旧体诗词,和它互相共存、互相补充吗?至今旧体诗词的写作,比新体白话诗还多。当然多数是"老干部体",但是也有一些好的作品。如果从100万首里面选出300首来,不见得比新体白话诗写得差。

我想起一个故事,鲁迅的母亲鲁瑞非常喜欢读书,最初读弹词之类的东西,后来又迷上了小说。她看书速度很快,没几天就会对鲁迅说:"老大,我没有书看哉!"她不看鲁迅的小说,说那是什么小说,又没有故事,她要鲁迅买张恨水的小说来看。鲁迅是个孝子,每逢有张恨水的新书出版,一定要买回来送给老母亲看。后来鲁迅去了上海,仍忘不了母亲的这个嗜好,1934年5月16日,鲁迅在给母亲的家书里边说:"母亲大人膝下敬禀者……三日前曾买《金粉世家》一部十二本,又《美人恩》一部三本,皆张恨水所作,分二包,由世界书局寄上,想已到,但男自己未曾看过,不知内容如何也。"那么,中国文学的现代性,就应该是双构的或多构的,从鲁迅到张恨水形成宽广的频谱。如果有"文学全史的意识",就应该承认旧体诗、新体诗共存。鲁迅提倡文学革命、思想革命,他也写了很多的旧体诗,而且他有的旧体诗可能比起他用唐俟的笔名写的新诗要好得多,因为旧体诗符合中国的语言习惯。诗是一种语言,就是精粹语言的表达。七绝七律,用麻雀鼻子那样小小的篇幅,抒发着宇宙意识。李白的《早发白帝城》:"朝辞白帝彩云间,千里江陵一日还。两岸猿声啼不住,轻舟已过万重山。"这是唐人写得最好的七绝之一。中国语言早期写在简帛上,书写材料的贵重,决定了文字必须精粹,这种语言习惯决定了要用麻雀鼻子一样的短小篇幅,来表达一种无边无际的空间思考。我们可以说一句冒昧的话,中国的语言近于诗,甚至比西方的语言更近于诗。西方诗展开的是对人生哲学的思考;中国诗则用很短很短的句式,表达那么大得惊人的生命、思想、精神。

杜甫的《望岳》诗说:"岱宗夫如何?齐鲁青未了。造化钟神秀,阴阳割昏晓。荡胸生曾云,决眦入归鸟。会当凌绝顶,一览众山小。"对于泰山从望到登,由远望到近望,再到凝望,最后是俯望,叠叠递进,把人置于身临其境的体验之中。诗描绘了泰山雄伟磅礴的气象,却折射了诗人卓然独立、兼济天下的胸怀。

对于不同的文学途径,我曾经讲过一句话,不同的文学观好像在爬山,一个人从西面爬,一个人从东面爬,在山脚的时候相距遥远,谁都认为自己找到了捷径,为此争论不休,爬到山顶上的时候,不期而遇——原来我们追求的都是同一个东西。文学何尝不是如此?以大眼光看文学,文学是在新旧、雅俗的张力中对话前行的。

如果要写文学史的话,我建议打破口头传统和书面传统,打破新旧、雅俗的这些壁垒,打破汉族、少数民族的界限,打破阶段性和连续性的障碍,把审美当成生命的象征,尽情地挥洒你对各种文学类型的生命感觉。藏族的超大型史诗《格萨尔王传》,录音就有几十盘、几百盘,不仅是篇幅长,更重要的是表现了一个民族的历史记忆和生命感觉。文学史既是在时间上流动的历史，同时又是在空间中流动的历史，不同的空间，不同的民族，有不同的文学史存在状态和发展脉络。既有千古传唱的《格萨尔王传》，又有现代藏族作家阿来演绎的《格萨尔王》。他是用现代的意识重新去看《格萨尔王传》，看那里的人和天地、正义和妖魔、老百姓的安定生活和动乱等这样一些问题。他讲的是人的生存方式。

六、反归纳法的妙用

男同学 B：老师，您说的"凿破经典"，讨论这些经典是如何发生的，那我们要参考哪些历史材料呢？

老　师：凿破经典，当然每部经典有各自的可能和需求，不可能也不应该是使用相同的一些材料。比如说，要凿破苏东坡的前后《赤壁赋》和《念奴娇·赤壁怀古》这类经典文本为什么会产生在那个人生节点上，就应该考察他被流放黄州的来龙去脉，他的生命之痛，他的宇宙哲学、人生哲学，这里需要把丰厚的材料和敏锐的思想穿透力结合起来，缺一不可。凿破，是离不开智慧的硬度和力度的，不是轻松的事情。但是凿破了，就是智慧的胜利，就有智慧的禅悦，是非常值得的。

我想说一说鲁迅。他的《南腔北调集》有一篇《由中国女人的脚,推定中国人之非中庸,又由此推定孔夫子有胃病("学匪"派考古学之一)》,是非常有趣的文章,折射着寒光闪闪的智慧。他说:

古之儒者不作兴谈女人,但有时总喜欢谈到女人。例如"缠足"罢……现在是古董出现的多了,我们不但能看见汉唐的图画,也可以看到晋唐古坟里发掘出来的泥人儿。那些东西上所表现的女人的脚上,有圆头履,有方头履,可见是不缠足的。古人比今人聪明,她决不至于缠小脚而穿大鞋子,里面塞些棉花,使自己走得一步一拐。

但是,汉朝就确已有一种"利屣",头是尖尖的,平常大约未必穿罢,舞的时候,却非此不可。不但走着爽利,"潭腿"似的踢开去之际,也不至于为裙子所碍,甚至于踢下裙子来。那时太太们固然也未始不舞,但舞的究以倡女为多,所以倡伎就大抵穿着"利屣",穿得久了,也免不了要"趾敛"的。然而伎女的装束,是闺秀们的大成至圣先师,这在现在还是如此,常穿利屣,即等于现在之穿高跟皮鞋,可以俨然居炎汉"摩登女郎"之列,于是乎虽是名门淑女,脚尖也就不免尖了起来。先是倡伎尖,后是摩登女郎尖,再后是大家闺秀尖,最后才是"小家碧玉"一齐尖。待到这些"碧玉"们成了祖母时,就入于利屣制度统一脚坛的时代了。……可是从卫生的观点来看,却未免有些"过火",换一句话,就是"走了极端"了。

我中华民族虽然常常的自命为爱"中庸",行"中庸"的人民,其实是颇不免于过激的。……然则圣人为什么大呼"中庸"呢?曰:这正因为大家并不中庸的缘故。……以上的推定假使没有错,那么,我们就可以进而推定孔子晚年,是生了胃病的了。"割不正不食",这是他老先生的古板规矩,但"食不厌精,脍不厌细"的条令却有些稀奇。他并非百万富翁或能收许多版税的文学家,想不至于这么奢侈的,除了只为卫生,意在容易消化之外,别无解法。况且"不撤姜食",又简直是省不掉暖胃药了。何必如此独厚于胃,念念不忘呢?曰,以其有胃病之故也。

倘说:坐在家里,不大走动的人们很容易生胃病,孔子周游列国,运动王公,该可以不生病证的了。那就是犯了知今而不知古的错误。盖当时花旗白面,尚未输入,土磨麦粉,多含灰沙,所以分量较今面为重;国道尚未修成,泥路甚多凹凸,孔子如果肯走,那是不大要紧的,而不幸他偏有一车两马。胃里袋着沉重的面食,坐在车子里走着七高八低的道路,一颠一顿,一掀一坠,胃就被坠得大起来,消化力随之减少,时时作痛;每餐非吃"生姜"不可了。所以那病的名目,该是"胃扩张";那时候,则是"晚年",约在周敬王十年以后。

读了这篇文章,你有什么感想呢?鲁迅是学过医的,因而能对孔子的胃病做出诊断。至于说此事发生在周敬王十年以后,即公元前510年以后,这种说法不够严密。因为孔子周游列国,发生在鲁哀公二年(前493年,孔子59岁)至鲁哀公十一年(前484年,孔子68岁)。后来在其弟子冉求的努力下,孔子被迎回鲁国。也就是说,在周敬王十年,即公元前510年,孔子还没有周游列国。这些都是细节问题,更重要的是,鲁迅说:"圣人为什么大呼'中庸'呢?曰:这正因为大家并不中庸的缘故。"这不是用归纳法,而是用"反归纳法"来考察孔子思想，可以说"反归纳法"是这篇学匪派考古学文章的基本方法。按照这种方法，也可以说，孔子的仁义思想，也是因为当时社会的战火连天，流血遍野，缺乏"仁义"而做出的诊断。孔子说："我未见好仁者，恶不仁者。"又说："巧言令色，鲜矣仁。"都透露出其中的信息。孔子大力提倡礼乐文明，也是因为目睹了礼崩乐坏。这种反归纳法，这种逆向思维，使孔子思想深入到中国的社会的病灶。所以每次动乱起来了之后，人们就会想到孔子，觉得他提供的方案好。至于马上得天下的人，得了天下以后还要回到孔子这一套上来，要用孔子这一套来医治动乱之后的社会创伤，就是恢复仁者爱民，以德为政，恢复中庸，不要走极端。孔子的思想是针对社会的病症下的，而不是对现有社会的描述。孔子周游列国，接触了老百姓，宣传礼乐文明，都没有当权者乐意接受。他开的药方在现实中碰壁，是留给后人的。从这一个角度来说，孔子是一个非常有批判精神的思想家。他因对文明的批判、对社会的批判，产生他的思想。如果我们这样去解释孔子，可能就是另外一个孔子了。

女同学C：像20世纪70年代的时候，我们谈启蒙，就遭到了一些批判，当有人谈思想解放的时候，就有很多人说要启蒙什么的。引起的批判，使人觉得中国人的启蒙机制充满了一种权力的仪式，充满了一种政治的激进的话语。这种想法，就是呈现了一种对峙的对话。

老　　师：鲁迅的《呐喊》是带有启蒙思潮，但也听将令的。启蒙之后产生了《彷徨》。所谓的"彷徨"就是对启蒙进行反思,"路漫漫其修远兮,吾将上下而求索"。因此启蒙之后,还有政治、经济的变革;没有这一些变革,光是启蒙,那就是空中楼阁,启蒙了半天大家还是懵懵懂懂的,知识权力造成激进的情绪。如果启蒙没有推动现代进程,那么启蒙就是在自我封闭的圈子里,越来越激进的一种呼声。这种启蒙容易变成清谈,说起大话来很动听,但是对社会上面各种各样的矛盾、各种各样的问题,却不去解决,或者束手无策。

启蒙只是社会性话题的第一步,进一步就是要有社会的运动、社会的变革。启蒙不进入社会,它就只是走了一步,是会跛脚的。对于五四新文化运动,我说是一个"未完成的五四",它提出了问题,但是没有解决,要靠将来的政治经济体制的变化来去完成这一任务。如果没有后面政治经济体制的变化,只不过是雨过地皮湿,所以陈独秀说,文化运动要变成社会运动,他说的社会运动就是革命,要改变这个社会。当然他当时说中国要走向资本主义,经过资本主义才走向社会主义,他是这样一个逻辑,所以就不合中国国情了。毛泽东让两步合成一步走,这既是社会革命,也是一个政治革命,但是中国不能走西方的路线,不能经过100年、200年的资本主义的积累,完了之后才产生俄国的那种革命。他说,西方资本主义发展到帝国主义阶段,不允许中国的资本主义以那种原始积累的方式慢慢发展起来,国际环境不同了。

女同学 D:那么老师,陈独秀提倡革命,包括当代知识分子刚开始提出来的是主体启蒙,是一种启蒙的意识。

老　师：陈独秀是主张由国民党统治一个时期，直接发展资本主义。20世纪30年代的中国经济，资本主义的发展还是不错的，但是后来发生了九一八事变和卢沟桥事变，中国的社会进程都被打乱了。所以毛泽东就主张用新民主主义的办法来解决这个问题，因为资本主义不允许你按部就班地发展。资本主义已经形成了一种全球的霸权，霸权压制了弱国的后起的资本主义。

女同学D：就是有人刚开始提倡主体性，后来就告别革命了。老师您觉得当代的知识分子，有没有完成五四新文化运动所衍生出来的一些问题？有没有"五四"情结？

老　师：中国的国情，决定了中国人在尝试了多种选择后，最终选择了这一条路，选择了共产党的领导和人民民主专政的国家体制。后来建立了中华人民共和国，转向城市领导农村，发展经济，但是1957年大鸣大放，继之以反右派，整个社会思潮就变成了"左"倾了。如果要按"十大关系"来发展，中国社会就没有失去现代化的这一个历史机遇。但是"文化大革命"使经济走到崩溃的边缘。物极必反，邓小平出来后，反而把问题解决得更彻底，于是改革开放，搞市场经济，不要争论姓"社"姓"资"。资本主义也有计划，社会主义也有市场。这是一种创造性的思维。

对话六
文学史写作的个案研究法

　　汉族在宋元时期的农业文明和游牧文明碰撞的过程中，民族群体意志产生了强大的想象力量和精神力量，从而凝结成它的史诗性的作品，这就是《三国演义》中叱咤风云的战争和《水浒传》中揭竿而起的替天行道。读这样的小说要读到它们的根本，而不能光读它们的皮毛。

一、叩问典型个案

老　师：我们继续讨论理想中的高级中国文学史应该是什么模样。前面的五讲，讨论了一些总的原则，以及总的原则派生出来的几个问题。这一次我们就分析一些具体的个案。所谓个案研究法，就是选择典型的案例，对其本身的材料和相关的材料，进行广泛的搜集，进行分类考察和重点叩问，从而深入通解个案的典型性、卓越性和综合性。具体的个案我觉得应该选择同学们比较熟悉的，那么，首先从"明代四大奇书"（《三国演义》《水浒传》《西游记》《金瓶梅》）和《红楼梦》讲起，讨论它们的概念史，讨论它们的发生学。以前已经讨论过这些经典，看看还能用个案研究法发掘出新的学理与否。我先来抛砖引玉，讲一讲怎样深入理解"明代四大奇书"和《红楼梦》，即提纲挈领地了解一下"明代四大奇书"和清代的《红楼梦》如何在中国的文学格局中创造了一个个奇峰突起、奇观各异的现象。

　　我这里是从叙事智慧、叙事结构的角度，结合这些文本，由民间文化精神和生命体验，细读并重新解释这些文学经典。这里运用的是新阐释学的角度，就是把这一个章回小说当成大文化情境中的标杆，不是专注于纯文学的思路，而是回到作品本身所体现的文化制度和文化意义中进行体验和考察。这一种新阐释学的研究，就是从文学概念出发，尤其是从作品本身的生产、生存或者变异的实际情况出发，来考察民族文化心理对它的渗透和折射，把奇书当成一个生命的过程和文化的过程进行解释和研究。

明代到清前期，评点家金圣叹、张竹坡、毛宗岗都写过超越前人、别有滋味的一些读法，都对这些书作了非同凡响的拥抱和拆解。那么，我们进入一个新的世纪、新的千年之后，怎么样去读这"明代四大奇书"和《红楼梦》？应该有什么更好的、更新的、更妙的读法，这就需要应用大文学观、大文化观的思想方法和文学发生学的思想方法，回到这一些章回小说的大文学情境和意境中，而不是仅仅作为纯文学作品来分享它的思想和意义。

如何从作品本身的生产和变异的实际情况来考察民族心理对它的渗透和折射，实现把"奇书"当成一个文化的过程和生命的过程来解读和研究，是对我们阅读智慧的挑战。"明代四大奇书"是怎么得名的呢？既然以"奇书"给它们归类，就存在着归类的道理，就是由于"明代四大奇书"不是纯粹文人的作品，它们"奇"就奇在是中国民间文化精神的史诗性的作品。在明末清初，也就是说十六七世纪从明万历到清顺治、康熙年代就形成了"四大奇书"的观念。因为明代嘉靖、万历以后出版业发达了，小说出版出现新局面，到了清代前中期长篇小说变得相当繁荣。书商编书牟利，鱼龙混杂，泥沙俱下，这就要对大量的长篇小说的优劣进行鉴别，推出名作，这也可以说是当时文人与书商共谋的广告术。

于是，到了晚明和清朝前中期，他们就挑出了明代的《三国演义》《水浒传》《西游记》《金瓶梅》等四种书，赋予"明代四大奇书"的名号，算是结了一个总账。由"明代四大奇书"的观念顺延下来，又增添了清代的《儒林外史》《红楼梦》。

清顺治刊本《续金瓶梅》的序言写到,天下推出的三大奇书,是《水浒传》《西游记》《金瓶梅》。清初的李渔进一步作了修正,他在写《三国演义》的序言时说:"冯梦龙亦有四大奇书之目,曰《三国》也,《水浒》也,《西游》与《金瓶梅》也。"从南宋时期说书四家衍化出来,《三国演义》是"说三分"的发展和结果,《水浒传》是"说铁骑儿"的发展和结果,《西游记》是"说经"的发展和结果,《金瓶梅》则是"小说家小说"的发展和结果。宋代"说书四家"衍化出"四大奇书",是中国小说史上新概念发展和新作品形成的一座里程碑。

明末清初的金圣叹,还开创了一个"六才子书"的系统,把《庄子》《离骚》《史记》《杜工部集》《水浒传》《西厢记》,以审美神采为标准,与四书五经这些"君子书"相比肩,打破了诗歌、历史、小说、戏曲的文体界限,在"才子书"的框架里体验中国人生气勃勃的审美原则、审美精神、审美趣味,极大地提高了《水浒传》和《西厢记》这些小说、戏曲的文学史地位。自此,就有所谓"不读金圣叹,枉读《水浒传》"的说法。至于"才子书"谁是第一,清朝初期又展开了一番沸沸扬扬的炒作,张竹坡指认第一才子书是《金瓶梅》,毛宗岗又托名金圣叹作序,指认第一才子书是《三国演义》。托名金圣叹的序中说:

余尝集才子书者六,其目曰《庄》也,《骚》也,马之《史记》也,杜之律诗也,《水浒》也,《西厢》也。已谬加评订,海内君子皆许余以为知言。近又取《三国志》读之,见其据实指陈,非属臆造,堪与史册相表里。……而今而后,知"第一才子书"之目,又果在《三国》也。

毛宗岗托名金圣叹为《三国演义》作序,可见金圣叹的评点文字在当时的权威性和他本人对《三国演义》的认知。

二、从发生学上考察"明代四大奇书"

老 师:从发生学上考察,"明代四大奇书"《三国演义》《水浒传》《西游记》《金瓶梅》的成书和出版在明代,但又不仅仅是属于明代一个朝代,它们的发生历程跨越了唐代的中晚期、宋元时期直到明代的中晚期,也就是说公元8世纪到16世纪的八百年长时段。"明代四大奇书"最早的片段在唐代、宋代就可以看到了,比如说《三国演义》最早的信息见于李商隐的《骄儿诗》:"或谑张飞胡,或笑邓艾吃。"小孩子去听说书之后,或者笑张飞是一个大胡子,或者笑邓艾是一个结巴。宋代的说书中"说三分",这是《三国演义》的民间说书的前奏曲,元至治年间所刊《三国志平话》已经具有《三国演义》的底本的意味了。诸如《桃园结义》《张飞怒鞭督邮》《三英战吕布》《关云长千里独骑》《古城聚义》《先主跳檀溪》《三顾孔明》《赤壁鏖兵》《关公单刀赴会》《孔明斩马谡》《秋风五丈原》这些主要故事都有了。

《水浒传》的早期信息，见于《大宋宣和遗事》。其中讲宋江等三十六人聚义，最后被张叔夜平定，提供了《水浒传》的雏形。另外，元代水浒杂剧有《黑旋风双献功》《同乐院燕青博鱼》《梁山泊黑旋风负荆》《大妇小妻还牢末》《争报恩三虎下山》和《鲁智深喜赏黄花峪》，以及《梁山五虎大劫牢》《梁山七虎闹铜台》《王矮虎大闹东平府》《宋公明排九宫八卦阵》。《梁山泊黑旋风负荆》有宋江的独白：

涧水潺潺绕寨门，野花斜插渗青巾，杏黄旗上七个字：替天行道救生民。某姓宋名江，字公明，绰号顺天呼保义者是也。某曾为郓州郓城县把笔司吏，因带酒杀了阎婆惜，迭配江州牢城。路经这梁山过，遇见晁盖哥哥，救某上山。后来哥哥三打祝家庄身亡，众兄弟推某为头领。某聚三十六大伙，七十二小伙，半垓来的小喽啰，威镇山东。

《大宋宣和遗事》主要是写以宋江为首的三十六人如何落草然后被招安的发迹变泰故事，其中对宋江、杨志等人物形象着墨较多，比较饱满，其他好汉却基本上只出现一个名字，谈不上形象刻画。在元代水浒杂剧中，着墨最多的是李逵，然后就是燕青。至于勾栏瓦舍的说书人也在宣讲《水浒》故事。罗烨《醉翁谈录》就记载，当时说话中"公案类"有《石头孙立》，"朴刀类"有《青面兽》，"杆棒类"有《花和尚》《武行者》。这些显然是《水浒》故事中有关孙立、杨志、鲁智深、武松的故事。这种以人物为中心的说书，影响了《水浒传》的列传式的结构形态。

《西游记》的早期信息，有唐代的《敦煌变文集》的《唐太宗入冥记》，在后来成为《西游记》的片段。另外，《永乐大典》第一万三千一百三十九卷送字韵梦字类，也记述了《西游记》的故事片段：

长安城西南上，有一条河，唤作泾河。贞观十三年，河边有两个渔翁，一个唤张梢，一个唤李定。张梢与李定道："长安西门里，有个卦铺，唤神言山人。我每日与那先生鲤鱼一尾，他便指教下网方位，依随着百下百着。"李定曰："我来日也问先生则个。"这二人正说之间，怎想水里有个巡水夜叉，听得二人所言："我报与龙王去。"龙王正唤做泾河龙，此时正在水晶宫正面而坐。忽然夜叉来到，言曰："岸边有二人，却是渔翁，说西门里有一卖卦先生，能知河中之事。若依着他算，打尽河中水族。"龙王闻之大怒，扮作白衣秀士，入城中。见一道布额，写道："神翁袁守成于斯讲命。"老龙见之，就对先生坐了，乃作百端磨问，难道先生，问何日下雨。先生曰："来日辰时布云，午时升雷，未时下雨，申时雨足。"老龙问："下多少？"先生曰："下三尺三寸四十八点。"龙笑道："未必都由你说。"先生曰："来日不下雨，到了时甘罚五十两银。"龙道："好，如此来日却得厮见。"辞退，直回水晶宫。须臾，一个黄巾力士言曰："玉帝圣旨道：你是八河都总泾河龙，教来日辰时布云，午时升雷，未时下雨，申时雨足。"力士随去。老龙言："不想都应着先生谬说。到了时辰，少下些雨便是，向先生要了罚钱。"次日，申时布云，酉时降雨二尺。第三日，老龙又变为秀士，入长安卦铺，向先生道："你卦不灵，快把五十两银来。"先生曰："我本算术无差，却被你改了天条，错下了雨也。你本非人，自是夜来降雨的龙。瞒得众人，瞒不得我。"老龙当时大怒，对先生变出真相，霎时间：黄河摧两岸，华岳振三峰。威雄惊万里，风雨喷长空。那时走尽众人，唯有袁守成巍然不动。老龙欲向前伤先生，先生曰："吾不惧死。你违了天条，刻减了甘雨，你命在须臾，剐龙台上难免一刀。"龙乃大惊悔过，复变为秀士，跪下告先生道："果如此呵！却望先生明说与我因由。"守成曰："来日你死，乃是当今唐丞相魏征来日午时断你。"龙曰："先生救咱。"守成曰："你若要不死，除非见得唐王，与魏丞相行说劝救时节，或可免灾。"老龙感谢，拜辞先生回也。玉帝差魏征斩龙。

天色已晚，唐王宫中睡思半酣，神魂出殿，步月闲行。只见西南上有一片黑云落地，降下一个老龙，当前跪拜。唐王惊怖曰："为何？"龙曰："只因夜来错降甘雨，违了天条，臣该死也。我王是真龙，臣是假龙，真龙必可救假龙。"唐王曰："吾怎救你？"龙曰："臣罪正该丞相魏征来日午时断罪。"唐王曰："事若干魏征，须救你无事。"龙拜谢去了。天子觉来，却是一梦。次日设朝，宣尉迟敬德总管上殿，曰："夜来朕得一梦，梦见泾河龙来告寡人道：因错行了雨，违了天条，该丞相魏征断罪。朕许救之。朕欲今日于后宫里宣丞相与朕下棋一日，须直到晚乃出，此龙必可免灾。"敬德曰："所言是矣。"乃宣魏征至。帝曰："召卿无事，朕欲与卿下棋一日。"唐王故迟延下着，将近午，忽然魏相闭目笼睛，寂然不动。至未时却醒。帝曰："卿为何？"魏征曰："臣暗风疾发，陛下恕臣不敬之罪。"又对帝下棋。未至三着，听得长安市上百姓喧闹异常。帝问何为，近臣所奏："千步廊南，十字街头，云端吊下一只龙头来，因此百姓喧闹。"帝问魏征曰："怎生来？"魏征曰："陛下不问，臣不敢言。泾河龙违天获罪，奉玉帝圣旨，令臣斩之。臣若不从，臣罪与龙无异矣。臣适来合眼一霎，斩了此龙。"正唤作魏征梦斩泾河龙。唐皇曰："本欲救之，岂期有此？"遂罢棋。

这就是《西游记》第九回《袁守诚妙算无私曲，老龙王拙计犯天条》的情节。到了宋末元初，出现了《大唐三藏取经诗话》，就是《西游记》最初的版本。这个版本里，法师身后只有猴行者（花果山紫云洞八万四千铜头铁额猕猴王），没有猪八戒和沙僧，却有一个深沙神的身影。

因为《金瓶梅》主要是文人写作，书名从潘金莲、李瓶儿、庞春梅这三人名字中各取一个字组成。它的一些情节也是来自宋元市人小说，比如《新桥市韩五卖春情》，后来整理收入《古今小说·新桥市韩五卖春情》。其中有许多对色欲的针砭："说话的，你说那戒色欲则甚？自家今日说一个青年子弟，只因不把色欲警戒，去恋着一个妇人，险些儿坏了堂堂六尺之躯，丢了泼天的家计，惊动新桥市上，变成一本风流说话。"又引吕洞宾的《警世》诗："二八佳人体似酥，腰间伏剑斩愚夫。虽然不见人头落，暗里教君骨髓枯。"原篇的"参透风流二字禅，好姻缘是恶姻缘。痴心做处人人爱，冷眼观时个个嫌。野草闲花休采折，贞姿劲质自安然。山妻稚子家常饭,不害相思不损钱"也为兰陵笑笑生《金瓶梅》第五回所采用。《金瓶梅》借抄、移植了前人话本、戏曲中不少的故事情节,大体有如下三种情况:一是照搬式的移植,即将整篇话本或主要情节大段地移植到《金瓶梅》之中。例如对话本《戒指儿记》《志诚张主管》《新桥市韩五卖春情》等情节的移植即如此。《戒指儿记》叙陈玉兰与阮华私合,其中有尼姑受贿牵线,以阮华贪淫身亡而终。《金瓶梅》将它概述式地抄录在第三十四回和第五十一回中。《志诚张主管》叙小夫人主动勾引主管张胜,而张胜不为所动。《金瓶梅》作了某些细节性的改动,将之抄入第一回和第一百回中。《新桥市韩五卖春情》叙暗娼韩金奴勾引吴山事,《金瓶梅》更是成篇地抄入第九十八、九十九回之中。二是个别或部分情节的抄借。《金瓶梅》第一回类似入话的部分,借抄了《刎颈鸳鸯会》话本的入话部分,而话本的主体情节则弃之不用。传奇《宝剑记》第十出的林冲算命、第二十八出的赵太医诊病、第四十五出的锦儿自尽等情节,被《金瓶梅》分别抄入第七十九回、六十一回、九十二回之中。三是既是移植同时又做了较大的改动。其中作为主体情节移植而又有较大改动者,如《戒指儿记》;作为个别情节抄借而又有较大改动者,如《宝剑记》中第五十一出关于讽刺僧尼丑行的一段文字,抄改在《金瓶梅》第六十八回中。《金瓶梅》作者把本来与《金瓶梅》故事毫不相干的话本、戏曲故事,进行改头换面、移花接木式的加工改造,使其为己所用,成为《金瓶梅》故事中的有机组成部分。因此,经过《金瓶梅》作者改造加工而抄入小说中的情节,与原话本、戏曲中的情节,从表面上看差异不大,但实质上已有了质的区别。比如《戒指儿记》

话本，原作为一则男女私通而致祸的故事，抄入小说时就成了一则人命官司；原作的宗旨是告诫人们，男女成人后要及时婚嫁，否则必然致祸，而《金瓶梅》作者抄录时改变了这一宗旨，强烈地表达了谴责僧尼丑行的思想。这些都是文人小说借鉴民间传说的典型案例。

"明代四大奇书"《三国演义》《水浒传》《西游记》《金瓶梅》反映了中国长篇章回小说发展的过程，是叙事智慧转变的过程。这些转变的形态，各有各的特点，说书人在《三国演义》《水浒传》上发挥了重大的作用。到《西游记》，文人作家的作用明显上升；《金瓶梅》虽然汲取了说书话本的养分，但基本上已经是文人的创作。在市井说书与文人创作的推移过程中，小说世界被做大了，做辉煌了。

从概念史和发生学的维度进行分析之后，接下来就要分析"明代四大奇书"的小说类型学了。类型学用来研究文体类型的内在特质、各种变量和转变中的各种情势。类型学根据研究目的和研究对象，绁绎出一种特殊的次序，而这种次序能对解释各种数据的方法有所界定和规范。比如《三国演义》和《水浒传》，我们把它们界定为宋元时期民族民间精神的史诗性结晶。在八百年的说书艺人"说三分""说铁骑儿"中，凝聚了中国游牧民族和农业民族之间金戈铁马的碰撞融合的生存意志，形成了史诗性的"岁月如歌"的气概和魄力。说书人对社会危机的体察和时代人心的体验，给这种小说注入了巨大的精神能量。

《三国演义》《水浒传》八百年的成书史，跨越了晚唐、宋元。唐代的北方有突厥，宋代的北方有辽、金、西夏，后来更有蒙古的强势崛起，进入中原，建立了元朝，都令人感到北方游牧民族的铁骑使南方的朝廷招架不住。南方民族忧患和民间的反抗情绪，都融合在说书人的情绪表达和市民大众的意气反响之中。可以说，《三国演义》和《水浒传》是民族的反抗精神和民间的豪侠义气凝结成的史诗性的作品。

三、中国史诗的形成

老　师：对于中国史诗性作品的类型和形成，我们有必要进行重新审视和把握。"五四"以后写文学史，参照西方文学史往往都是从神话史诗写起。中国有一些研究者，比如山东大学陆侃如、冯沅君的《中国诗史》就从《诗经·大雅》中找出《生民》《公刘》《绵》《皇矣》和《大明》五首诗，分别称为后稷传、公刘传、古公亶父传、文王传、武王传，认为"把这几篇合起来，可成一部虽不很长而亦极堪注意的'周的史诗'"，说的就是周朝开国的史诗。但是这个周朝开国史诗的五首诗加起来338行，跟世界上大规模的《荷马史诗》一两万行比，就显得史诗思维的分量有所欠缺。华夏民族的早期史诗的缺失，一是由于用简帛记录，成本昂贵而不能不务求精粹；二是由于儒家务实理性和"不语怪力乱神"的教条，抑制了大量口头传统的记录，神话史诗形成了碎片的状态。不过，《诗经·大雅》五篇还是可以看作周朝开国史诗的遗迹。进一步打开视野，如果我们把少数民族也计算在内,我们就是一个史诗的富国、强国。藏族的《格萨尔王传》,蒙古族叫作《格斯尔可汗传》。藏族的《格萨尔王传》是最近一千年的藏民族群体创造的,有60万诗行,我们中国社会科学院民族文学研究所编了一个精选本,有40卷,43部。光是这部有60万诗行的《格萨尔王传》就已超过世界上五大史诗的总和了。世界上五大史诗中,最古老的史诗是古巴比伦的《吉尔伽美什》。《吉尔伽美什》是用楔形文字刻在泥板上的,3 000多行。最有影响的是古希腊的荷马史诗《伊利亚特》和《奥德赛》,有一两万、两万多诗行。最长的是印度史诗《罗摩衍那》和《摩诃婆罗多》,《罗摩衍那》有24万诗行,《摩诃婆罗多》有48万诗行,在印度、泰国、缅甸、印度尼西亚流传很广、影响极大。《罗摩衍那》述说罗摩通过比武获胜,娶了弥提罗国公主悉多,却被父王的新王后流放到森林里14年。楞伽岛十首魔王罗波那劫走悉多,罗摩得到猴国的神猴哈奴曼相助,战胜了魔王,救回悉多。夫妻团圆,使国家出现太平盛世。最后罗摩兄弟都升入天国,复化为毗湿奴神。中国少数民族的大型史诗除了《格萨尔王传》,还有蒙古族的《江格尔》、柯尔克孜族的《玛纳斯》,这些都是十几二十万行的史诗。南方的少数民族的史诗,还有《苗族古歌》,一万多诗行。尤其是《格萨尔王传》折射了江河源文明在除魔济世的英雄主义征战中的绚丽想象。在这一千年中,《蒙古秘史》那种大刀阔斧的叙事结构,血气蒸腾的人物品格,韵散错综的综合文体形式,本色酣畅、多用比喻、粗犷而不事雕章琢句的语言风格,都反映了一个草原狩猎游牧民族在迅速崛起时能够给文学创造增加何等磅礴大气的力量之美。《蒙古秘史》中两位民族始祖的名字分别意为"白鹿"和"苍狼",这鹿与狼缔婚,以奶汁哺育后代的故事,象征着这个富有野性和强悍生命力的民族,是具有喝母鹿奶汁长大的苍狼那高洁优美而又凶狠坚强的双重品格的。这个传说可以同古罗马城的始祖罗慕路斯和雷慕斯兄弟被扔进河水淹不死,而喝狼奶长大的传说相媲美。它展示了成吉思汗气势磅礴的远征景观。只要我们理解到,古代农业文明与狩猎游牧文明的长期碰撞和融合,乃是解释中国古代文明史,甚至诸多民族的古代文明史的一个关键方法,此书的重大价值就不言而喻了。联合国教科文组织执委会就纪念《蒙古秘史》成书七百五十周年所做的决议,称《蒙古秘史》以"独特的艺术、美学和文学传统及天才的语言,使它不仅成为蒙古文学中独一无二的著作,而且也使它理所当然地进入世界经典文学的宝库"。这是非常公允的说法。因此,我们举行《蒙古秘史》的七百六十年祭,就是对多民族共同创造的中华文明的气势之美和不竭的力量源泉,借一个具体的伟大个案所做的祭奠。

汉族在宋元时期的农业文明和游牧文明碰撞的过程中,民族群体意志产生了强大的想象力量和精神力量,从而凝结成它的史诗性的作品,这就是《三国演义》中叱咤风云的战争和《水浒传》中揭竿而起的替天行道。读这样的小说要读到它们的根本,而不能光读它们的皮毛,它们是晚唐到宋、元、明这四代南北民族的碰撞过程中的强大的精神的反响,而不是一些文人舞文弄墨就能够达到的精神的反响。《三国演义》不是简单地把《三国志》编成通俗化的故事,而是民间精神、民间义气、民间文化养育了八百年的新型的史诗。这种新型的史诗有三个关键点:第一点它尊刘反曹,重建了三国鼎立的正统、僭国、闰运，以蜀汉刘备政治军事集团为正统，为叙事的焦点。陈寿的《三国志》65卷，魏国占了30卷，占了一半左右；吴国占了20卷；蜀国才占了15卷，不到1/4。因而它是把曹操当成正统的。《三国演义》就反过来了，在120回的240个回目对句中，蜀汉的刘、关、张、诸葛亮有140个回目对句，占了60%。从不到1/4上升到60%，叙事的焦点就颠倒过来了。毛宗岗《读三国志法》开宗明义就说：

读《三国志》者，当知有正统、闰运、僭国之别。正统者何？蜀汉是也。僭国者何？吴、魏是也。闰运者何？晋是也。魏之不得为正统者，何也？论地则以中原为主，论理则以刘氏为主，论地不若论理。故以正统予魏者，司马光《通鉴》之误也。以正统予蜀者，紫阳《纲目》之所以为正也。《纲目》于献帝建安之末，大书"后汉昭烈皇帝章武元年"，而以吴、魏分注其下。盖以蜀为帝室之胄，在所当予；魏为篡国之贼，在所当夺。是以前则书"刘备起兵徐州讨曹操"，后则书"汉丞相诸葛亮出师伐魏"，而大义昭然揭于千古矣。

南宋朱熹（紫阳）编《资治通鉴纲目》，以刘备为正统，承献帝之后，绍汉遗统。究其原因，除了"以天理统摄政统"的理念之外，历史现实的处境，是南宋偏安江左，形势与僻处益州的蜀国相似，南方政权承受了北方的辽、金、西夏和蒙古军团的超强度的压力，民族危机深重。因此小说以蜀汉的刘备集团为正统来反对北方的曹操集团，增加了整部小说的民族精神、民族意志。而且刘备行仁义，在曹操的兵团追击时，携带十万民众渡江，这与南宋高宗泥马渡江的时候，把自己的老百姓都甩给金人，形成了鲜明的对照，令沦陷区的忠义民读了之后，怒发冲冠，义愤填膺。更何况在三国鼎立上，蜀汉立足最晚、实力最弱，其恢复中原的北伐，呈现了一种"有心扶汉，无力回天"的悲剧感。一种正义性的、有价值的东西被撕毁了，这就是悲剧，这就导致了"出师未捷身先死，长使英雄泪满襟"。

这种新型的史诗的第二个关键点，是把民间的忠义精神加以仪式化了。仪式化就是把特定的类型性行为庄重地变成了简明扼要的礼仪模式，强化了它内在的本质内容，形成了一种掷地有声的思想行为规范。比如"桃园结义"是以仁义为精神纽带的结盟，把一种非血缘关系的人际关系变成了一种超血缘的关系——不求同年同月同日生，但求同年同月同日死的生死结盟；"三顾茅庐"是求贤若渴、惜才如金的明主风范；"单刀赴会"是对英雄胆略的高度礼赞；"千里走单骑"是"身在曹营心在汉"的义勇精神的凝聚；"七擒孟获"是"攻心为上，攻城为下"的战略思维模式；"六出祁山"是"汉贼不两立""鞠躬尽瘁，死而后已"的战争形态。这种忠义精神加以仪式化，深刻地模塑着世道人心。清朝多尔衮提议把《三国演义》译成满文，康熙皇帝印了1000本《三国演义》，分发给满族和蒙古族的将领，作为兵书、智慧书来读，又与蒙古族王公实行"桃园三结义"，巩固了满蒙联盟。因此《三国》戏，在古典小说中留下了最多的剧目，如《捉放曹》《斩华雄》《让徐州》《辕门射戟》《青梅煮酒论英雄》《击鼓骂曹》《古城会》《草船借箭》《蒋干中计》《单刀会》《空城计》《失街亭》《斩马谡》《定军山》都有相当程度的仪式化成分，深刻地影响了中国的民间心理，中国老百姓的很多思想观念是从戏剧里来的。民间的忠义精神仪式化的一个重大的社会效应，就是使关羽成了忠义的化身，被尊为"武圣人"，还是一个伏魔大帝，与"文圣人"孔子一样受尊重。关公信仰成为联络全球华人的精神纽带。

这种新型的史诗的第三个关键点，是诸葛亮成了中国古代智慧的化身。诸葛亮的神机妙算、诸葛亮的锦囊妙计、三个臭皮匠顶个诸葛亮、事后诸葛亮，这些流行语都把诸葛亮当成中国智慧的化身。明末清初的农民起义，拿《三国演义》当兵书来读。诸葛亮的智慧，有点神秘感。诸葛亮说，作为将领的如果不通晓天文，不认识山川地理，不知道奇门遁甲之术，不懂得阴阳之道，看不懂兵法阵图，不清楚兵力形势，那就是平庸的将领。天时地利都要懂，利用天时地利来克敌制胜，把兵家的机密和道家的神秘融合在一起。中国古代写智慧人物都有点"方士化"，就像鲁迅所说，《三国演义》"欲显刘备之长厚而似伪，状诸葛之多智而近妖"。《封神演义》中的姜子牙，《说唐》中的徐茂公，甚至敦煌变文中的伍子胥，都有点"方士化"的倾向，具有神秘色彩，有这种玄秘的智慧，才能称得上神通广大。

所以读《三国演义》要把握三个要点：第一个是它的尊刘反曹的正义感和悲剧性。正义的事业，遇到挫折而崩塌，就产生了悲剧性。第二个就是民间心理的仪式化和原型化，产生了关公信仰。第三个就是神机莫测的智慧书，出现了诸葛亮作为智慧化身。《三国演义》的奇就是奇在这三个方面，它的人物性格有一点类型化、夸张化的特征,把关羽的忠义、张飞的鲁莽写到了极致,我觉得这也未尝不是一种塑造人物的方法。

老　师:哪一位同学谈一下读《三国演义》的最强烈的第一印象是什么?对《三国演义》或者是其他的章回小说,应该做怎样的定位?

男同学 B:我读《三国演义》的时候,年纪比较小,瞎摸瞎碰,更没有跟着老师的指导来读。但是读的时候,就是完全把自己带入到蜀国阵容中,心中的感情跟着蜀国的整个国运起伏。读到后面特别慌张,就好像先主漂泊不定那种感觉。

老　师:这是读出自己的感觉了。刘备军事集团,在三大势力中,它是最弱的。每一次都打赢了,但是一点收获都没有。魏延曾经提议出子午谷,直奔中原的长安、洛阳等要害,诸葛亮一生唯谨慎,不愿意冒这个危险。那是一个很大胆的冒险的奇袭行为。如果诸葛亮有足够的兵力,可以分出一支来走"险棋";但是在兵力不足的情况下,在善于用兵的司马懿的狙击下,可能导致全军覆没。历史是不能依据"假设"的。对于历史的现场,应该有更多的还原性走近;对于历史人物,应该有更多理解性的同情。

　　读书是一种兴味。鲁迅和钱锺书,小时候都爱读《西游记》。鲁迅《中国小说史略》就非常欣赏"灌口二郎之战孙悟空……先记二人各现'法象',次则大圣化雀,化'大鹚老',化鱼,化水蛇,真君化雀鹰,化大海鹤,化鱼鹰,化灰鹤,大圣复化为鸨,真君以其贱

鸟,不屑相比,即现原身,用弹丸击下之"。尤其是以下的描写:

……那大圣趁着机会,滚下山崖,伏在那里又变,变一座土地庙儿:大张着口,似个庙门;牙齿变作门扇;舌头变做菩萨;眼睛变做窗棂;只有尾巴不好收拾,竖在后面,变做一根旗杆。真君赶到崖下,不见打倒的鸨鸟,只有一间小庙,急睁凤眼,仔细看之,见旗杆立在后面,笑道,"是这猢狲了。他今又在那里哄我。我也曾见庙宇,更不曾见一个旗杆竖在后面的。断是这畜生弄喧。他若哄我进去,他便一口咬住。我怎肯进去?等我掣拳先捣窗棂,后踢门扇。"大圣听得……扑的一个虎跳,又冒在空中不见。真君前前后后乱赶……起在半空,见那李天王高擎照妖镜,与哪吒住立云端。真君道,"天王,曾见那猴王么?"天王道,"不曾上来,我这里照着他哩。"真君把那赌变化,弄神通,拿群猴一事说毕,却道,"他变庙宇,正打处,就走了。"李天王闻言,又把照妖镜四方一照,呵呵的笑道,"真君,快去快去,那猴子使了个隐身法,走出营围,往你那灌江口去也。"

这就是以好玩的心态来读书。小孩子很少有人爱读《红楼梦》,跟着林黛玉掉眼泪。林黛玉如果真配了贾宝玉,那也是一个悲剧。在大家族中礼教的统治之下,那一代青年男女之间表达爱情实际上犯了一种"失语症",没法用明明白白的、痛痛快快的语言来表达自己的爱情,只能够通过《西厢记》《牡丹亭》里面的话,曲曲折折地去表达,表达的间接性容易带来猜测和误解,相互间爱得很痛苦。

女同学 B：我小的时候对《红楼梦》的一个情节，印象特别深刻，就是那个宝玉挨打之后，林黛玉很挂念他，就派紫鹃给他送了两条旧手帕，我当时就怎么都不明白到底为什么。其实现在也不是很明白。

老　师：那是《红楼梦》第三十四回，贾宝玉挨打后派遣晴雯送了两条半新不旧的手帕给林黛玉，反倒惹得林黛玉一番胡思乱想：

宝玉这番苦心，能领会我这番苦意，又令我可喜；我这番苦意，不知将来如何，又令我可悲；忽然好好的送两块旧帕子来，若不是领我深意，单看了这帕子，又令我可笑；再想令人私相传递与我，令我可惧；我自己每每好哭，想来也无味，又令我可愧……

于是，林黛玉提笔作了"题帕三绝"："眼空蓄泪泪空垂，暗洒闲抛却为谁？尺幅鲛绡劳解赠，叫人焉得不伤悲。""抛珠滚玉只偷潸，镇日无心镇日闲；枕上袖边难拂拭，任他点点与斑斑。""彩线难收面上珠，湘江旧迹已模糊；窗前亦有千竿竹，不识香痕渍也无？"三首绝句都围绕着"泪"的意象，见证了"绛珠还泪"的诗性神话，而且直通林黛玉临终焚诗，焚帕，魂归离恨天，是真挚爱情的生命象征。

女同学 B：他们的内心活动特别丰富和纤敏，但是我当时不明白为什么她对这两条旧手帕就会产生这么多丰富的感情。

老　师：遗帕表达相思的感情，是古代男女之间表达感情的一种仪式。你看《金瓶梅》里面的西门庆留恋李瓶儿的时候，潘金莲在家里唱了一首《寄生草》曲子："将奴这知心话，付花笺寄与他。想当初结下青丝发，门儿倚遍帘儿下，受了些没打弄的耽惊怕。你今果是负了奴心，不来还我香罗帕。"她是用香罗帕来表达最内在的感情。林黛玉虽然与潘金莲属于诗人与俗人的不同人物类型，但她也是在罗帕上写下自己隐秘的定情诗的。

老　师："明代四大奇书"的另一部——《水浒传》。这更称得上是一种民心、民气和民间文化结晶。它的早期书名叫作《忠义水浒传》，忠是对国家民族的，义是对江湖朋友的。这两种伦理标准结合在一起，就有特殊的含义。忠义这两个字合在一起的特殊含义，我们读《宋史》就会发现。在两宋之际，活跃在北方抗金的遗民叫"忠义人""忠义将"，或"忠义首领"，他们揭竿而起，啸聚山林，收复失地。南宋的说书人在勾栏瓦舍中说《忠义水浒传》，说"聚义厅"改名"忠义堂"的时候，大家听着就心照不宣了。《水浒传》吸取民间文化的营养，写了一百零八将的真诚、直率，甚至有些鲁莽，好汉如武松、鲁智深和李逵，都写得虎虎有生气。

比起好汉性格的成功塑造，《水浒传》尤其深刻的地方，是揭示了"逼上梁山"的社会思想逻辑。金圣叹在评《水浒传》时，曾经说过："盖不写高俅，便写一百八人，则是乱自下生也；不写一百八人，先写高俅，则是乱自上作也。"《水浒传》剖析了一些不是反社会人格的重要人物：他们本来是不反社会的，是想安居乐业的，但是奸邪当道的社会逼着他们不得不反。林冲、宋江是这类人物的典型，由他们生成了一个"逼上梁山"的成语。这类人物由非反社会人格，而走上反社会的人生轨道，这就戳到了社会的痛处。身为东京八十万禁军枪棒教头的林冲，妻子被殿帅府太尉高俅的义子高衙内所垂涎。高俅本人安排了林冲携刀私入白虎堂，欲行刺自己的阴谋，害林冲被刺配沧州，途中又安排了结果他的生命的赶尽杀绝的毒招。他的行为使得林冲开了杀戒，投奔梁山水泊。至于宋江，性格就更复杂，过去人们总觉得宋江有投降派的一面，但是他不是天生反社会人格的人，越是没有反社会人格，越是不得不反，那么社会的腐败和残酷就到了不可容忍、不可救药的地步。宋江被叫作孝义黑三郎，遵从的伦理信仰是孝和义。孝就是对他的家庭的，义是对他的江湖，这是民间的一种生存哲学：在家靠父母，出门靠朋友。他不是生存在一个法治的社会，只能用家门内的孝和家门外的义，来维持他的生存系统。比如说宋江处理"劫生辰纲"的晁盖等人揭竿而起的时候，"有仁有义宋公明，结交豪强秉志诚"，他在县衙里率先拿到要抓晁盖的秘密文书，马上就通风报信，他是义大于忠的——江湖的义压倒了对朝廷的忠。后来他收到梁山泊的信函赠金，落到阎婆惜的手中，他就杀掉阎婆惜，也是为了保全自己的身家性命，这也是孝大于两性的感情的。《水浒传》有1/4的篇幅，也就是说有25回的篇幅都是宋江传，包括宋江和李逵的合传。因为这么一个黑旋风李逵，只有宋江在身边才能压得住他，别人都不行。别人跟他出去都要给他约法三章。比如说吴用扮作算命先生，去跟卢俊义算命，他要的伴当"好汉黑旋风李逵是也"，却要求李逵装成一个哑巴，嘴里含着一枚铜钱；神行太保戴宗带他去蓟州寻取公孙胜，也约法三章，对他加以约束。李逵是宋江带上梁山泊的，宋江带上山入伙的有二十八个将，占了一百零八将的四分之一。他通过武松、花荣、李逵的故事，加上柴进、孔明、孔亮这批人，最后在江州劫法场的时候，又碰到李俊、戴宗、李逵、张顺十几条好汉一块儿上了梁山，所以宋江的势力在水泊梁山中是很大的。他用江湖上义的伦理把他们连接起来，坐上了第一把交椅，就把聚义厅改成忠义堂。这一个忠不是原本意义上的忠，是杂有反骨的一种忠；这一种义也不是纯粹的义，是绿林好汉的义。宋江的忠义是一种山寨版的忠义，赋予伦理以替天行道的内涵，这有政治上妥协的一面；如果没有这种妥协，就驾驭不了很多从朝廷过来的将领。所以宋江思想有兼容的一面，用忠来笼络朝廷的投降将领，用义来亲和江湖的野性，顺理成章地在打败童贯、高俅之后，受招安，打方腊，都是宋江版的"忠义"理念的内在逻辑在起作用。"逼上梁山"的社会逻辑与"忠义"的理念逻辑之间的张力，造就了水泊梁山风风火火的发展，也造成了它的成员最终一个一个地给官府收拾了，最后风流云散的悲惨结局。

　　分析小说，不能只看表面的文章，而要深入它的腠理，剥开它的内核，实施一种"剥核术"。《西游记》的"大闹天宫"写得很精彩，写得很火爆，变成了一种经典叙事。"大闹天宫"是龙头，唐僧师徒四众取经路上的"九九八十一难"，是龙的身子。这时孙悟空的头上加了一个紧箍圈，约束他的野性。无拘无束地造反，是经典；

约束野性，实现伟大的目标，也是经典——精神成熟的经典。对于孙悟空而言，野性和野性的约束，是他的"心路历程"。精神的成熟是一个过程。张良可以是一个侠客，在博浪沙雇用力士袭击秦始皇的车，是他的意志的张扬。只有到了"圯上纳履"给黄石公穿鞋子，才是精神的成熟。韩信受胯下之辱，钻年轻屠户的裤裆，看似儿童游戏的小事，却成了一个人格成熟的标志。能够吞下这一口气，钻一下又怎么样？如果到处都锋芒毕露，这个人成不了大器。"文化大革命"中批判《水浒传》里宋江的投降主义，是当时的一个大题目。招安投降，隐含着梁山泊好汉的宿命，在当时的政治气候中，宋江的性格是夹生的，他得咽下这顿夹生饭。

男同学C：我看书，我觉得梁山水泊的起义，虽然说是农民起义，但是一百零八个好汉里面绝大多数不是农民，我觉得他们的出身就决定了他们被招安归顺的命运。

老　师：一百零八个好汉里，有的是八十万禁军的教头，有的是家大业大的富豪，有的是原来朝廷派来征讨的将领，有的是看牢房的狱吏，有的是水泊中的渔夫，有的是山野中的猎户，是一个以"替天行道"的旗帜包容起来的混合型的造反群体。

男同学C：《水浒传》和《三国演义》在人物塑造上有很多类似的人物，比如吴用对应着诸葛亮，关羽对应着关胜。

四、"主弱从强"的人物结构

老　师：要抓住这些小说中重复性的人物结构。重复是精神不离不舍的纠结。《三国演义》《水浒传》《西游记》有一个共同之处、一种共同的精神纠结，就是"主弱从强"：第一把手是比较懦弱、比较窝囊的。但是他的下面有一批人是很厉害的人物。宋江好像没有什么本事，很窝囊，但是他下面有吴用，有武松、林冲、李逵这么一批人。但是比较懦弱的第一把手是把握方向的。他赋予你这一些下面有本事的、有智能的人价值。就是说，如果没有宋江所举起的"替天行道"的忠义旗帜，那么梁山泊好汉就是一帮打家劫舍的流寇；《三国演义》中如果没有看似懦弱的刘备的仁义思想，赋予诸葛亮、关羽、张飞的价值，他们只不过是一个谋士或一勇之夫。赋予他们价值，他们就能够生存于历史的脉络之中。

《西游记》也有"主弱从强"的问题。唐僧是很懦弱，而且还长了一身嫩肉，吃了可以长生不老，招引着沿途的妖精垂涎三尺，招灾惹祸，必须依靠孙悟空、猪八戒、沙和尚来给他除妖解难。没有这哥仨给他除妖解难，他就寸步难行，八十一难里一难也过不去。但是他有到西方取大乘佛经的坚定意志，这就赋予孙悟空、猪八戒、沙和尚他们价值。如果没有唐僧赋予他们价值，他们只不过是一帮妖怪。师徒四众的取经群体的设计，充满着中国人的精深智慧：如果第一把手不是唐僧而是孙悟空，这是一个闹事的班子；如果是猪八戒，这是一个贪腐的班子；如果是沙和尚，这是一个平庸的班子。孙悟空、猪八戒又代表着两种不同的性格类型。孙悟空是一个野神，野性不驯；猪八戒是一个俗神，七情六欲特别发达。孙悟空、猪八戒的野神、俗神的不同性格，造成了许多幽默感。在猪八戒和孙悟空吵吵闹闹的时候，还有一个沙和尚，沙和尚的作用是"无用"，无用是一种大用。不然的话，师父给抓走了之后，猪八戒回高老庄，孙悟空回花果山，只好散摊子了。沙和尚发挥了黏合剂、润滑剂的功能，他说话在理，会和稀泥，就这里抹一抹，那里抹一抹，七抹八抹就走完了九九八十一难。这种取经群体的设计，实在是反映了中国文化结构的大智慧。

女同学B：老师，我有一个问题，就是觉得《水浒传》里面对于女性角色的塑造，是不是显得稍微地薄弱了一点？

老　师：是的，绿林之中少女流。梁山水泊有一百零五个男人和三个女人，母大虫顾大嫂、母夜叉孙二娘、一丈青扈三娘，都是夫妻双双来落草的。梁山水泊之外，除了温柔、端庄、善良的林冲妻子，即张教头的女儿，还有四大淫妇：宋江包养的阎婆惜、武大郎的妻子潘金莲、杨雄的老婆潘巧云、卢俊义的老婆贾氏。

女同学B：而且那三个女人都不能叫作女人，她本身女性的气质都已经消磨掉了，除了女英雄的角色之外，剩下的女性角色大多是英雄好汉的妻子。另外，可能有一定的叙事谋略，塑造的都是属于比较年长的女性。所以我觉得这一种塑造是不是显得过于片面，或者是有一点偏颇？尤其是对英雄角色的塑造，一是数量上比较少，二是她们本身的心理上就显得男性化一些。

老　师：《三国演义》和《水浒传》是男人的书，把以男人为中心的这么一种维度扭转过来是《红楼梦》。《红楼梦》中创造世界的是女性创世主女娲，主要人物角色是金陵十二钗，以及十二钗的副册、又副册，一个一个都很亮丽。史湘云的开朗潇洒，探春的聪明能干，王熙凤的机关算尽，还有老祖宗贾母，形成了贵族中国的女儿国。但是《三国演义》的百年征战，十八路诸侯变成了魏、蜀、吴三大军事集团，最后三国归晋。在战场厮杀上，女人的作用微乎其微。只有一个巧施连环计的貂蝉。还有一个女人，就是诸葛亮的丑妻黄氏，成了他在生活和事业发展上一个强有力的支柱。对她还有一点正面的描写，但还不是在疆场的人。《水浒传》不可能提供贤妻良母、相夫教子的女性模式。旧中国男人视角的女性意识，大体有这么几种：一是武松式，堂堂正正，好酒不好色；二是西门庆式，以财渔色，酒色财气熏天；三是贾宝玉式，爱博而劳，自认浊物，灵与肉分离；四是阿Q式，摸了小尼姑的头皮，产生异样感觉，想着"女人，女人"，导致向吴妈下跪，要和她"困觉"，到了自己被绑赴刑场，还"轮转眼睛"在人丛中寻找吴妈的身影；五是红娘式，《西厢记》张生与崔莺莺团圆，如果没有红娘从中穿针引线，也只能是单相思。《红楼梦》醉心于《西厢记》，可是那里没有出现红娘，否则青年男女的痴情就会出现新的景观。

《红楼梦》躲进了昌明隆盛之邦、诗礼簪缨之族、花柳繁华地、温柔富贵乡,把吟诗作赋当作少年男女的狂欢。林黛玉的《葬花吟》、贾宝玉的《芙蓉女儿诔》都成了历来小说难以一见的诗中之诗。在大家族的外壳中,有老祖宗贾母的保护伞,有红楼群芳环绕其间,再加上贾宝玉"女儿是水作的骨肉,男人是泥作的骨肉。我见了女儿,我便清爽;见了男子,便觉浊臭逼人"的特异人性哲学,形成了带点感伤的女儿世界。令作者也感叹:"今风尘碌碌,一事无成,忽念及当日所有之女子,一一细考较去,觉其行止见识,皆出于我之上。何我堂堂须眉,诚不若彼裙钗哉!实愧则有余,悔又无益之大无可如何之日也!"这是散发着女性主义气息的人性哲学。

五、巾帼与须眉

老　师:认真探究谁在说、为谁说、怎样说、说得怎样,这些说书的链条都影响了说书的特质和效果。实际上《三国演义》和《水浒传》,说书人说的是为国家、为忠义打仗这些男人的事情。女人打仗,历史上真实存在的只有殷商时代的妇好、南朝及隋时的冼太夫人。至于花木兰、穆桂英更多的是想象的产物。冼太夫人是我的家乡广东省茂名市电白区山兜村人,那儿有一座娘娘庙,庙前面的砖墙,自下而上是唐朝、宋朝、明朝、清朝的砖。南朝梁、陈到隋朝的谯国夫人冼英,是历史上真实存在的俚人女将军。她的势力范围覆盖了广东西部、广西、海南岛,越南北部的广大区域。她归附中央政权，反对叛乱和分裂，在海南岛建立崖州，使之在实质上成为中国不可分割的一部分，为中国文化走向海洋奠定了地理学的基础。冼太夫人的这项贡献，可以和郑成功收复台湾相媲美。

我最近写了一部自传，追溯族谱，从北宋初年由弘农郡（陕西函谷关到河南省灵宝市一带）迁徙到闽北的将乐，二世祖是"程门立雪"的杨时（龟山先生），第十四代之后迁徙到电白，到我这一代已经是第三十八代了。我是电白区南海半岛万寿口村走出来的从小打赤脚的穷孩子。

老　师：我想很快就能出版。我还有一部《红楼梦精华笺证》。《红楼梦》120回84万字，我的笺证是50万字，要出成3卷。还有一部《兵家还原》，6卷170万字，我想申请国家社科基金的后期资助。我的《论语还原》上下册105万字，是获得后期资助，由中华书局2015年出版的。

女同学A：我以前看过《水浒传》，当时印象最深刻的是施耐庵塑造的两个人物，一个是林冲，一个是李逵。我觉得他们两个人的性格构成了两个极端：金圣叹评价李逵说"一片天真烂漫到底"，李逵的行事方式，都是天真的，而且都是顺从自己的内心的；而林冲这一个人物身上，其实有很多的社会性。他的每一步都像有一种生活的必然性，就是在中国土地上所走的路，不是他想走，但是他都为整个腐败邪恶的社会所逼，最后被"逼上梁山"，行动和内心之间有一种很强的张力。

老　师：他有一个很好的职业——东京八十万禁军枪棒教头，又有一个很贤淑的妻子。但是这些东西，在一再危及生命的政治高压之下通通破碎了。

女同学A：林冲这一个人，用金圣叹的评价来说，就是他使人害怕。作者在描写这一个人的时候，往往社会的因素很多，很强的社会性使他经常处于两难之间的选择。这就表明大宋王朝很坏，把这么一个本来不想反抗的人，一步步逼上梁山。所以塑造人物的这一个过程，显示出《水浒传》不是通俗小说，也不是类型小说，而是一部真正伟大的文学作品。我是从这个人物塑造的角度得出的结论，一部小说的文本里面有了两个极端的人物对照，这是非常精彩的。

老　师：林冲一路忍气吞声，最大的转折是火烧草料场，他怒杀来谋害他的虞候陆谦、差拨和富安，这就断了在社会立足的可能性，就没有回头路了，唯一的出路就是避祸于水泊梁山。林冲在梁山的五虎将中，位居关羽的后代关胜之后。其实关胜是一个装饰性的人物，真正的五虎将之首是林冲。他冲锋陷阵，表现卓著，在攻打祝家庄时，林冲杀死了连捉梁山六员大将的祝家三杰之首的祝龙，生擒了当时没人打得赢的扈三娘；后来又作为梁山泊的主要战将迎战高廉、呼延灼、关胜等朝廷兵马。他和霹雳火秦明的家都毁了，就没有了回退之路。没有退路的人是最凶狠的。

女同学B：像《水浒传》《红楼梦》这一种小说，构成了一种真正的伟大，在历史上成为一种经典，可能在小说的内部之间有一种逻辑关系，所以经得起推敲。我不知看了谁说的，就是分析《水浒传》，从里面挑出一个章节来谈，就是怎么说呢，意思就是小说内部，其实是有一个第三者存在，而这个第三者不是以正面的方式存在，他借助于风、借助于雪，或者是借助于某个东西。就像《红楼梦》里面说的鬼神一样的，不记得哪一章说，听见有人在叹气，然后像《水浒传》这部也是。

老　师：《红楼梦》的叹气就在宁国府祖宗祠堂里，祖宗叹息子孙的不肖。祖宗崇拜，是贵族世家的根基；祖宗叹气意味着家族的根基动摇。

六、逻辑、非逻辑、反逻辑

女同学B：《水浒传》文本也是这样，就是在关键的时刻，可能这个时候来了一阵风，或者是一场雪之类的，令人有感天动地的感觉。就是这一种叙事，经得起推敲，它有一种逻辑性在里面，这种逻辑就是《水浒传》里面宣传的、所暗含的"替天行道"思想。

老　师：应该说，是有逻辑和非逻辑在里面，或者是反逻辑在里面，这样才把它丰富起来。作者用非逻辑、反逻辑，他的出发点也是因为他有逻辑，没有逻辑，就没有非和反的问题。当然有了非和反，就把逻辑变成了一根麻花，存在着内在扭动的力量，使你即便能够抓住它，却老是觉得它在扭动，像一条活生生的鱼在扑腾，老在那里挑战你的探寻和思考。林冲去沽酒的路上，"那雪正下得紧"，雪成了天地间的另一个主人。鲁迅在《花边文学》中的《"大雪纷飞"》中说："《水浒传》里的一句'那雪正下得紧'，就是接近现代大众语的说法，比'大雪纷飞'多两个字，但那'神韵'却好得远了。"

老　师：你追求的东西想从你的手中挣脱，就在你抓住和它挣脱之间产生了新的意义。再继续谈，你来谈两句，讲讲《水浒传》《三国演义》。

女同学C：李碧华曾经写过一篇《潘金莲之前世今生》，有人说是在洗白潘金莲，其实并没有。李碧华只是塑造了一个更全面的潘金莲出来，有血有肉，有黑有白。潘金莲属于被命运摧残变成坏人的好人，至于是好是坏，归根结底还是看各位观众的评判标准。潘金莲是在命运引领下一步步走向堕落的。今生的潘金莲名叫单玉莲。"文革"时期，单玉莲是一个芭蕾舞演员。校长看中了她的美貌，强暴了单玉莲。围观群众冲进来却指责单玉莲是个荡妇，勾引校长。后来单玉莲被下放到鞋厂，遇到了前世的武松。于是故事重演，单玉莲和武松暗生情愫。她省吃俭用纳了一双鞋送给武松，却被人举报她拿国家的钱去谋私情。武松这时候并没有像个男人一样站出来保护她，而是和她划清了界限，说自己三代贫农，对单玉莲只有阶级感情。这一世的武松，临死前说："我很爱你的，我们可以重新开始。"不知道潘金莲听了这句话后，会不会对命运的不公感到释怀？或者，她还是像前世一样，倔强地怨恨武松，瞧不起他的懦弱。

老　师：有一部完成于1926年的五幕话剧《潘金莲》，脱胎自"文明戏"时期欧阳予倩自编自演的京剧本，是欧阳予倩的代表性作品，也是20世纪试图以现代意识重新书写潘金莲的第一部作品。1927年冬，南国社在上海举办"鱼龙会"，欧阳予倩在他创作的京剧《潘金莲》中扮演潘金莲。欧阳予倩辩解说："我写《潘金莲》是在1925年，当时看到许多妇女受压迫，心中很悲愤，于是想写一个戏借以揭露当时的黑暗。因为我自己是唱花旦的，这才写了潘金莲，我自己就演这个角色。周信芳演武松。当时是一边演一边想台词。在排练和演出过程中，我都是同情潘金莲的。周信芳演武松，又另有他的想法。他同情武松，把武松处理为英雄人物。结果是我们两个人各演自己的戏，一出戏里却各有千秋，根本没有想到主题思想的问题。"

女同学D：周恩来说，有一些人不能平反。

老　师：周恩来对此持不同的观点，认为：你谈到当时写作的心情，这我是很能理解的。说到给潘金莲、秦桧这样的人翻案，又谈何容易！武松在人们的印象中是个打虎的英雄，《水浒传》中也记载了他许多其他方面的事迹，很难扭转人们对他的看法。再说岳飞是一个爱国的忠臣,如果给秦桧翻案,那么把岳飞又摆到什么地位上去呢?尽管岳飞有许多封建的思想意识,这是我们今天的看法。在当时的历史条件下,他能那样爱国,确实是了不起的。所以说,不是哪一个历史上的人物都可以翻案的。翻案必须要有一定的根据嘛!潘金莲是个淫妇的形象,害得人家家破人亡。但是在左翼思潮中女性主义上升,潘金莲不安分于三寸丁武大郎,她要找武松,武松不接受她;她找一个西门庆,好像是一种个性追求。左翼文人欧阳予倩,为此愤愤不平,就写了戏剧来演出。后来四川有一个怪才,写了很多的小说,也为潘金莲平反。但是这种平反,违背了中国人长期的民间心理,最终起作用的还是民间心理。

女同学 B:那是不是可以说明香港的民间心理与内地不同,因为李碧华是香港的,她在剧本中加入了很多同情,意味着香港追求西化?

老　师:为历史人物平反,是一种标新立异的行为。胡适、顾颉刚、郭沫若等学者,都曾撰文给商纣王"翻案"。郭沫若指出,商纣王是一个非常了不起的人,他对中华民族的贡献也是非常之大,中华民族能够朝着南方发展,跟这位皇帝有着不可分割的关系。商纣王开发东夷,七十万大军都去打东夷,周武王乘朝歌空虚,与姜子牙攻灭了殷商。儒家认为周武王是仁义之师,像《孟子·梁惠王下》记载,齐宣王问孟子:"商汤放逐了夏桀(去了巢县,最终死在那儿),周武王伐灭了纣王。有这样的事吗?"孟子说:"传记上是这么写的。"商汤王作为诸侯,是夏桀的臣子;周武王作为周国的君长，也是商纣王下面的诸侯之君，是商纣王的臣子。于是齐宣王问："他们作为臣子，弑其国君，这样是应该和可以吗？"孟子说："杀害仁者叫作贼，杀害义者叫作残，残贼之人，就叫作一夫。我听说诛杀了一夫纣而已，没听说是弑君。"这些儒家理念都深入人心，要把历史陈案都翻过来，我们的历史就很难写了。

七、警惕"灭人之国，必先去其史"

女同学B：那么，老师对那个宓蒙（音）写的历史有什么看法？

老　师：我没有读过，谈不上什么看法。但是，不管别人怎么说，我们都要牢记，国家历史是人的文化精神的主心骨。抽掉了主心骨，就会犯软骨病，精神就会垮下来。清朝的龚自珍在《尊史》中说"欲知大道，必先为史"，在《古史钩沉论二》中说"灭人之国，必先去其史；隳（毁坏）人之枋（建筑构架），败人之纲纪，必先去其史；绝人之材，湮塞（堵塞）人之教，必先去其史；夷（除去）人之祖宗，必先去其史"。一个国家、一个民族的历史承载了这个国家、这个民族的文化精神。去其史，就是去其文化；没有了文化，就如同一个失去了灵魂的人，也不能称其为人了。我们这样一个历史绵延不绝的民族，要对自己的五千年历史有一个堂堂正正的共识，不能数典忘祖，这关系到国家、民族的文化自信。

比如说，出土于陕西临潼的利簋，就是记录了"武王征商，唯甲子朝，岁鼎，克昏夙有商，辛未，王在闌师，赐有事利金，用作檀公宝尊彝"。意思是：周武王征伐商纣王。一夜之间就将商灭亡，在岁星当空的甲子日早晨，占领了朝歌。在第八天后的辛未日，武王在闌师论功行赏，赐给右史利许多铜、锡等金属，右史利用其作祭器，以纪念先祖檀公。周武王伐纣的那个甲子日，根据现代天文学，以木星的位置，参照《国语·周语下》的天象记录，计算出武王伐纣的时间在公元前1046年1月20日。弄清楚这个历史的关节点，再延续下来，这就是中华民族的历史。这就把《史记》的六国年表开始记载的公元前841年推前了200多年。

再比如孔子哪一年向老子问礼，这是中国思想史的重大年份、重大事件，《史记·老子韩非列传》和《史记·孔子世家》都做了相当充分的记载。《春秋经》则记载："三十有一年春王正月，（鲁昭）公在乾侯。……十有二月辛亥朔，日有食之。"由于老子是下大夫，孔子是布衣，史家并没有记载他们的会面。参照《礼记·曾子问》的记载：

曾子问曰："葬引至于堩，日有食之，则有变乎，且不乎？"孔子曰："昔者吾从老聃助葬于巷党，及堩、日有食之，老聃曰：'丘！止柩就道右，止哭以听变。'既明反，而后行，曰：'礼也。'……吾闻诸老聃云。"

孔子到洛阳向老子问礼，要满足几个条件：孔子让南宫敬叔去请准鲁昭公，南宫敬叔应是 20 岁左右；鲁昭公只给他们一车、二马、一个僮仆，说明鲁昭公流亡在外，靠邻国接济，拿不出更多的馈赠；洛阳在王子朝之乱平定几年后，社会比较安定。这个时间应该是鲁昭公三十一年（前 511），孔子 41 岁。他们见到的日食，应是《春秋经》记载的当年周历十二月初一。查《夏商周三代中国十三城可见日食表（食分食甚）》及 Five Millennium Canon of Solar Eclipses：–1999 to +3000（2000 BC to 3000 CE），我们可以发现，日食的具体时间是公元前 511 年 11 月 14 日上午 9 点 56 分前后。进一步以礼解经，按照周礼，周人是上午出殡的，把棺材下葬之后，还要把灵魂迎回宗庙，在中午举行虞祭，"日中而虞"。因此孔子赴洛阳向老子问礼，是在鲁昭公三十一年（前 511）冬天。孔子向老子问礼，老子的道和传授给孔子的礼，孔子以仁、孝为核心而改造过的礼，成了春秋战国诸子百家争鸣的概念史的源头。这就是说，孔子向老子问礼，是春秋战国的诸子百家争鸣的开幕式。这个千古之谜的破解，对于弄清楚中国"黄金时代"思想史的关键点，意义极其重大。中国人对中国自己的家底，如果没有一个清清楚楚的共识，就会使得民族的文化自信建立在泥潭上，这岂是可以容忍的？我对"老孔会"的考证，被中国《诗经》研究会会长、河北师大校长王长华说是可以成为定谳。《史记·老子列传》《史记·孔子世家》中相当详细记述的"老孔会"，时间上终于可以尘埃落定。司马迁没有辜负汉武帝时候"天下郡国文书，先上太史公，副上宰相"的图书版本制度。司马迁是中国政治史、制度史、思想史上无可替代的功臣。他对孔孟老庄、稷下学派的记述，为后世留下了许多原始材料。

司马迁《史记》的历史观比起《左传》的历史观更为先进，这不仅体现在"老孔会"上，而且体现在评述柏举之战中孙武的作用上。《左传·定公四年》记述吴楚柏举之战，没有出现身为客卿的孙武的名字。它遵循的是"隐（鲁隐公）十一年传例曰：'凡诸侯有命，告则书，不然则否。'史不书于策，故夫子亦不书于经。传见其事，以明《春秋》例也"。而《史记》的记述，使孙武成为柏举之战的战魂。公元前506年（周敬王十四年，鲁定公四年）冬，吴王阖闾亲自挂帅，以重臣伍子胥、客卿孙武运筹帷幄，阖闾的胞弟夫概为先锋，倾全国三万水陆之师，乘坐战船，由淮河溯水而上，直趋蔡国境内。楚国的令尹子常（囊瓦）见吴军来势凶猛，不得不放弃对蔡国的围攻，回师防御本土。当吴军与蔡军会合后，另一小国唐国也主动加入吴蔡联军行列。于是，吴、蔡、唐三国组成联军，浩浩荡荡，溯淮水继续西进。进抵淮汭（今河南潢川，一说今安徽凤台）后，孙武突然决定舍舟登陆，由向西改为向南。伍子胥不解其意，孙武回答说："用兵作战，最贵神速。应当走敌人料想不到的路，以便打它个措手不及。逆水行舟，速度迟缓，吴军优势难以发挥，而楚军必然乘机加强防备，那就很难破敌了。"于是孙武带领王弟夫概的五千精锐士卒为前锋，直趋汉水，深入楚国腹地。当吴军突然出现在汉水东岸时，楚昭王慌了手脚，紧急派遣令尹子常、左司马沈尹戌、大夫史皇等，倾全国兵力，赶至汉水西岸，与吴军对峙。左司马沈尹戌鉴于分散在楚国各地的兵力尚未集结，易被吴军各个击破，难以阻止吴军突破汉水的防御的现实，又针对吴军孤军深入、不占地利的弱点，主张充分发挥楚国兵员众多的优势，变被动为主动，向令尹子常建议：由子常率楚军主力沿汉水西岸正面设防；而他本人则率部分兵力北上方城（今河南方城），迂回至吴军的侧背，毁其战船，断其归路；实施前后夹击，一举消灭吴军。子常起初也同意了沈尹戍的建议。可是在沈尹戍率部北上方城后，楚将武城黑却对子常说："如果等待沈尹戍部夹击，则战功将为沈尹戍所独得，不如以主力先发动进攻，击破东岸吴军，这样令尹之功自然居于沈尹戍之上。"子常觉得有理，于是改变与沈尹戍商定的夹击吴军计划，不待沈尹戍军到达，擅自率军渡过汉水攻击吴军。吴国君臣见楚军主动出击，遂采取后退疲敌、寻机决战的方针，主动由汉水东岸后撤。子常中计，挥军直追。吴军以逸待劳，在小别山至大别山之间迎战楚军，三战三捷。子常连败三阵，便想弃军而逃。史皇对他说："国家太平时，你争着执政；现在作战不利，你就想逃跑：这是犯了死罪。现在你只有与吴军拼死一战，才可以解脱自己的罪过。"子常无奈，只得重整部队，在柏举（今湖北麻城）列阵，准备再战。公元前506年周历十一月十八日，吴军在柏举与楚军对阵。吴军先锋夫概认为应先发制人，他对吴王阖闾说："子常这个人不仁不义，楚军没有几个愿为他卖命。我们主动出击，楚军必然溃逃，我军主力随后追击，必获全胜。"阖闾不同意夫概的意见。夫概回营后，对部将说："既然事有可为，为臣子的就应见机行事，不必等待命令。现在我要发动进攻，拼死也要打败楚军，攻入郢都。"于是他率领自己的五千前锋部队，直闯楚营。果然楚军一触即溃，阵势大乱。阖闾见夫概部突击得手，乘机以主力投入战斗，楚军很快便土崩瓦解。史皇战死，子常弃军逃往郑国。丧失主帅的楚军残部纷纷向西溃逃，吴军乘胜追击，到柏举西南的清发水（今湖北安陆境内涢水）追上楚军。阖闾欲立即展开攻击，夫概认为乘其半渡而击，必获大胜。结果俘虏楚军一半。渡过河的楚军逃到雍澨（今湖北京山境），正埋锅造饭，吴军先锋夫概部追至，楚军仓皇逃走。吴军吃了楚军做的饭，继续追击。夫概的战争行为，是深得孙武兵学"半渡而击""因粮于敌"的精髓的。楚左司马沈尹戌得知子常主力溃败，急率本部兵马由息（今河南息县境）赶来救援。吴军先锋夫概部在沈尹戌部突然的凌厉反击下，猝不及防，一下被打败。吴军主力赶到后，孙武指挥部队迅速将沈尹戌部包围。沈尹戌左冲右突，奋勇冲杀，受伤三处仍无法冲出包围。最后沈尹戌见大势已去，遂令其部下割下自己的首级回报楚王。楚军失去主帅，惨败溃逃。此后，吴军又连续五战击败楚军，一路向郢都扑去。楚昭王得知前线兵败，不顾大臣子期、子西的反对，带领亲信逃走。楚昭王西逃的消息传到军前，楚军立即涣散，子期率部分精兵赶去保护楚昭王，子西则率残兵西逃，吴军于公元前506年周历十一月二十九日攻入楚国郢都。《史记》的记载，比起《左传》根据史官上报的材料，只记吴王阖闾、阖闾的弟弟夫概，还有重臣伍子胥、太宰嚭，以及楚国的令尹、司马，更为高明，更触及战争的本质。所以我们读历史，并不是说历史没有记载的就不存在，就像毛奇龄讲的，六经无髭髯，六经没有记载过上嘴唇的胡子和下嘴唇的胡子，但是并不是说中国人的胡子是汉代才长出来的。因为你注意到它没有，记载它没有，和它的存在是两回事。历史的记录，是有价值标准在发挥作用的。

八、《东坡笠屐图》的人生风范

老　师：历史的记载，隐藏着价值标准；人生的记忆，又何尝没有价值标准隐藏其间？就把苏东坡在黄州和在海南儋州的精神状态做对比，也可以窥见前后差异巨大的精神轨迹。李公麟曾经画了一幅《金山寺苏轼画像》。苏东坡回首往事，作《自题金山画像》诗说："心似已灰之木，身如不系之舟。问汝平生功业，黄州惠州儋州。"他以自嘲的口吻，抒写平生到处漂泊，功业只是连续遭贬。诗人面对当年自己的画像，抚今追昔，感慨万千，既有对目前垂垂老矣的描述，也有对自己一生的总结，多重感情交织在一起，造语苍凉，寓庄于谐，言有尽而意无穷。只不过苏东坡贬谪黄州之时，写了前后《赤壁赋》和《念奴娇·赤壁怀古》，以长江、明月做证，祭奠自己"人生如梦"的生命。那时候，他是否还存有高太后所说苏轼是先帝留下的宰相的话头，不得而知。而流放儋州之后，心中的火气化为旷达，留下的是与儋州黎族人士的交往和调笑。他不是要登庙堂，而是要接地气了。最为典型的是《东坡笠屐图》。宋哲宗绍圣四年（1097）七月，年已61岁的苏东坡以琼州别驾的虚衔谪居儋州，在此蛮荒之地广交朋友。苏东坡《和癸卯岁始春怀古田舍二首》记载："儋人黎子云兄弟居城东南。躬农圃之劳。偶与军使张中同访之。……城东两黎子，室迩人自远。呼我钓其池，人鱼两忘返。……"又据《访黎子云》云："野径行行遇小童，黎音笑语说坡翁。东行策杖寻黎老，打狗惊鸡似病风。"《被酒独行，遍至子云、威、徽、先觉四黎之舍三首》之一记载:"半醒半醉问诸黎,竹刺藤梢步步迷。但寻牛矢觅归路,家在牛栏西复西。"此时的苏东坡不禁有如此感慨:"我本儋耳民,寄生西蜀州。"他已经把海南岛的儋州看作精神上的故乡,真是"东坡不幸儋州幸"了。苏东坡的好友、著名画家李公麟在《东坡笠屐图》中写道:"先生在儋,访诸梨(即'诸黎')不遇。暴雨大作,假农人箬笠木屐而归。市人争相视之,先生自得幽野之趣。"南宋周紫芝《太仓稊米集》卷七记载:

东坡老人居儋耳,尝独游城北,过溪,观闵客草舍,偶得一箬笠,戴归。妇女小儿皆笑,邑犬皆吠,吠所怪也。六月六日,恶热如坠甑中,散发,南轩偶诵其语,忽大风自北来,骤雨弥刻。诗:持节休夸海上苏,前身便是牧羊奴。应嫌朱绂当年梦,故作黄冠一笑娱。遗迹与公归物外,清风为我袭庭隅。凭谁唤起王摩诘,画作《东坡戴笠图》。

张端义的《贵耳集》记载:"东坡在儋耳,无书可读,黎子家有柳文数册,尽日玩诵。一日遇雨,借笠屐而归。人画作图,东坡自赞:'人所笑也,犬所吠也,笑亦怪也。'用子厚语。"儋州东坡书院镇院之宝《坡仙笠屐图》有明人宋濂于洪武十年(1377)春的题词:"东坡在儋耳,一日访黎子云,途中遇雨,从农家假笠屐着归,妇人小儿相随争笑,群犬争吠。东坡曰:'笑所怪也,吠所怪也。'觉坡仙潇洒出尘之致,数百年后犹可想见。"戴着斗笠,穿着木屐,冒雨步行,人笑狗吠,成了苏东坡在儋州的传神写照。黄州、惠州、儋州,三地流放使苏东坡成了宋朝最有文化意蕴的诗界精灵。这就应了我所说的"边缘的活力"的效应吧。这中间插入了他在惠州作的绝句《食荔枝》:"罗浮山下四时春,卢橘杨梅次第新。日啖荔枝三百颗,不辞长作岭南人。"荔枝性热,所谓"日啖荔枝三百颗",多食那是会上火的,苏东坡如此说,如同李白说"白发三千丈",融合着一种极而言之的趣味。黄州人、岭南人、儋州人,真是随遇而安,是他连接地气、性格旷达的身份标志。

今天的讲课时间到了。下一次我们要讲《西游记》,你们回去准备准备。《西游记》很好玩,有的故事很逗。就到这儿吧,祝大家元宵节快乐,到购物中心买些黑芝麻馅的、花生馅的元宵,回去和家人团圆。你们的社区可能有猜灯谜活动,还可以赢几个灯笼拿回家。

对话七
文学史关注的空间与关注者的立场

一部神话小说,既写了一个野性不驯的孙悟空,又写了一个七情六欲都非常发达的猪八戒,使野性和俗趣碰撞,这表现了人类最高的叙事智慧。他们既是那么神奇,又渗透着那么多的对人性弱点的嘲讽和逗乐,难怪它千古不衰。它让人们在笑孙悟空、猪八戒时,反而憣然启悟:"你笑的是你自己!"

一、"神魔小说"：神也是魔，魔也是神

老　师：我曾和大家讨论了"明代四大奇书"中的《三国演义》和《水浒传》，今天主要讨论《西游记》和《金瓶梅》"奇"在哪里。

男同学Ａ：我自己在读《西游记》的时候，就有一些疑问，比如说在小说的前面部分，孙悟空大闹天宫，上天入地，无所不能；可是到了后面的部分，他可能就被某些小妖怪搞得焦头烂额，施展不开手脚，或者是显得其实本领并不是太大，还需要到处请救兵。

就是这么一种非常大的落差，让人感到很奇怪。后来看到一个《西游记》版本学的研究，了解到其实《西游记》成书的过程非常长，各地方民俗与宗教的不同的故事糅杂在一起。最后吴承恩并不是作者，他只是一个编撰者，把它统一起来，加以疏通。包括称呼也有不同，孙悟空在前面被称为"齐天大圣"，到了后面就被称为"孙行者"，称呼就有了变化。

我觉得"齐天大圣"应该是民俗信仰中的一种称呼，"孙行者"是佛教里面的一种称呼。我发现，福建这边有五种猴精的信仰，就是信奉猴子，慢慢地对猴子产生恐惧、敬畏心理。当地一开始是比较闭塞的，到了后来，某一位作家到了这个地方以后，发现了这些故事，把这些故事纳入《西游记》的系统。

还有就是沙僧，也有不同的版本。比如说同样是佛教的故事，沙僧遇见唐僧的时候，有时候是帮助他们：当唐僧一行人到了沙漠

里面，没有水喝，就突然间凭空出现了沙僧，作为一个神的形象来帮他们渡过当时的难关。但是我们现在读到的版本，说沙僧是流沙河的吃人妖怪，是以一个魔的形象，出现在唐僧的面前。

所以《西游记》读下来，确实感觉就像中国传统文化的大杂烩一样，可能最开始这些材料是零散的，或者是某些人、某些作家、某个群体为了宣扬某一种文化，单独创造了一个故事。内核一开始是宣扬佛教的故事，后来再有人创作的时候，又加上了道教的故事，然后在外面可能是民俗信仰的故事。就像做奶油蛋糕一样，一层一层地把各种调料和奶油抹上去，很美味，层次非常丰富。

老　师：战斗力是一种综合的能力，为谁战斗，如何战斗，有何拖累，有何支撑，结果如何，如何结果，都有一系列的参数。大闹天宫的孙悟空，无牵无累，尽情挥洒，酣畅淋漓。但是取经途上，就有一个拖累叫作唐僧。唐僧没有火眼金睛，往往人妖不辨，常常落入妖怪设好的圈套，自己没有什么本事不算，还长着一身吃了让人长生不老的嫩肉，引得男女妖精垂涎三尺，步步招灾惹祸。他还耍着师父的威风，念紧箍咒，给孙悟空造成了很多的掣肘。孙悟空三打白骨精，就一再吃了这种苦头。所以有这么一些问题都找上门来，如果单是孙悟空这样去取经，一个跟斗云翻过去就万事大吉了，如今却啰里啰唆，拖泥带水，叫他如何不揪心？

《西游记》是一种文化神话，而不是原始的神话。鲁迅称它是"神魔小说"——神也是魔，魔也是神。太上老君冶炼的神铁，后被大禹借走治水，治水后遗下的定海神针铁，放在东海。金箍棒两头是两个金箍，中间是一段乌铁；紧挨箍有镌成的一行字："如意金箍棒，一万三千五百斤。"这似乎和原始神话沾了一点边，却变成了孙悟空所使用的兵器如意金箍棒。就是说原始神话，已经是它的遥远的背景，它是带有很浓的文化意味的后神话小说，具有个性的神话，夹杂着百物神话。中国的神话经过了漫长的发展，到了明代产生《西游记》的时候，已经不是原始神话了，而是渗透了不同宗教和民俗信仰的因素。神话想象混合着宗教思潮和民俗文化信仰，更多的是鸟兽虫鱼的百物神话。在十二生肖中不少动物都变成了神和魔，尤其是猴子、猪、牛，这就把神魔的斗争家常化、人情化了。

另外经过儒道佛三教合流，经过民间推算流年、占卜吉凶的"演范派"的渗透，其方法也渗透到小说里面，包括佛教和道教的世俗化。宋代蔡沈的《洪范皇极内篇》模仿周易八八六十四卦的体例，敷衍《洪范》为九九八十一畴，踵袭者颇多，开了术数中的"演范派"。后之星相术士以此附会人事，推断流年，预言吉凶，就更使这个数字广泛流行并蒙上神秘色彩了。这就出现了《西游记》有一整套神秘数字的思路，除了用八十一难作为总构架之外，还有一系列数字与之呼应，组成一个舒展而严密的数字结构体系。它以天地运行之数开头，以唐僧取回经卷之数结尾，有一种首尾呼应的数字机制。这些经目和卷数，大概是借用于某种宗教宣传的书单，给人信口雌黄之感。取回佛经五千零四十八卷，不合唐玄奘得经五百二十夹、六百五十七部之数，却符合《开元释教录·入藏录》的佛经卷数。有意味的是，小说还把玄奘取经实际上用去的十六年改为十四年，并加上回程的八日，得出了与佛经卷数契合的五千零四十八日。几经改动，就把数字体系化了，从而也把取经行程和取经结果神圣化了。十四年零八日行了十万八千里，这个里程是一百零八的倍数，自有其神秘性。所以我们看《西游记》的结构形态，开头大闹天宫像一个龙头，后面的龙身子是八十一难，十万八千里的行程充满惊险。

有人说孙悟空是造反派，后来投降了，归顺了，实际上我们不能这么看《西游记》。《西游记》写的是文化心理的天路历程，写的是心。《西游记》第一回说的灵台方寸山、斜月三星洞，就是一个心字。在这里，中国的三教，包括理学、道教、佛教都变成了心学，讲究心性的修养，都向人心里来归拢。那么，大闹天宫是人的野性的一种爆发，野性的爆发是一个境界，是风风火火的；而八十一难是对应着对意志、智慧、理想追求、生命坚定程度的一种磨炼和修炼。它是一个心灵修养的过程，人性要修炼才能成熟，要爆发才能辉煌。文化像重重的迷雾，具有折射的效应。没有大闹天宫写的人性的爆发，人性就淡然寡味；没有九九八十一难写的人性的磨炼和成熟，人性就轻浮空幻。它刻画的是一种惊人的深化了的心性文化。所以《西游记》是用神话的想象来演绎人类的精神现象史，演绎着这一个心的天路历程。孙悟空叫作"斗战胜佛"，不像印度史诗《罗摩衍那》中的猴王哈奴曼，石猴出世，隐含着中国人对石头的崇拜。石头崇拜是中国非常原始的崇拜。这个蹦出猴王的石头三丈六尺五寸高，周长两丈四尺，这个三百六十五是周天之数，对应着天，感应着天；二十四时节是地的数，对应着地，感应着地。孙悟空是以天为父，以地为母的，这一些神秘的数字实际上讲的，孙悟空是以天地为第一,以天地为父母的。这里写的是一个"个性神"。就是这种个性渗透到孙悟空所有的肖像、形态、心理行为等方方面面,斗战胜佛不是怒目金刚,而是嬉皮笑脸、调皮捣蛋的一种充满戏剧性的猴性战神。中国人创造了这么一个战神,简直是一个很大的发明,猴模、猴样、猴腔、猴心,散发着令人开心的气味。他有能够识破妖魔的火眼金睛,有一口气化身百十个的猴毛,连一个跟头云翻出十万八千里,也是猴子好翻跟头的习性的体现。金箍棒一晃,大可以戳破天,小可以变成绣花针塞到耳朵里,将猴性传染给他的武器了。这种个性,在神话境界融合了人间的气味。

　　孙悟空非常喜欢钻到对手的肚子里,尖嘴猴腮的小个子跟大个子打斗,不能把人家一口吞到肚子里,而是以小胜大,钻到人家的肚子里面,实行钻肚术。这种战术在这《西游记》里用了六次,每次有每次的新鲜。第一次是黑熊怪的肚子里,他变成了一粒金丹让黑熊怪吞下去了。第二次是敲磬的童子趁佛祖不在家时,偷了金铙、人种袋两件宝贝,下界变成黄眉大王。孙悟空变成了一个熟西瓜,让他吃下去了。第三次就是对付铁扇公主时,孙悟空变成了一只小虫子钻到茶水里让她喝下去,在她的肚子里拳打脚踢。第四次他也是变成一只小虫躲在茶水里,被无底洞的老鼠精弹掉了;又变成了一个桃子,让唐僧虚情假意地给老鼠精吃桃子,于是他跑到人家的肚子里发威。还有一次不需要变化就钻到人家的肚子里了。蟒蛇精两只眼睛像灯笼,常在七绝山稀柿衕兴妖作怪,吞吃人畜不吐骨头。遇上神通广大的孙悟空,却不经打,现出原形,一口吃了孙悟空,谁知正中孙悟空的下怀。孙悟空在红蟒精的肚子里大耍威风,把蟒精整治得没有办法,孙悟空还不罢休,用金箍棒戳破蟒精的肚皮,使妖精一命呜呼。第六次是文殊菩萨的狮子坐骑,偷下狮驼岭作怪,为狮驼岭三怪的老大,大口能吞十万天兵。孙悟空钻进了青狮大王的肚子里,这是最有喜剧性的。青狮大王哄骗孙悟空出来,想一口咬死孙悟空,却被孙悟空识破诡计,用金箍棒一试,迸得老魔门牙粉碎。孙悟空二次跳出老魔口时,用毫毛变成四十丈长的绳子,拴住老魔的心肝,跳出来把青狮大王当风筝来放,把很残酷的战斗变成诙谐的游戏。钻肚子的闹剧表演了六次,花样翻新,趣味横生。孙猴子跟人家打仗是玩着打的。他是一个玩把戏的战神,打仗的场面宛然是充满笑料的和人情味的喜剧。

一部神话小说,既写了一个野性不驯的孙悟空,又写了一个七情六欲都非常发达的猪八戒,使野性和俗趣碰撞,我觉得这表现了人类最高的叙事智慧。他们既是那么神奇,又渗透着那么多的对人性弱点的嘲讽和逗乐,难怪它千古不衰。它让人们在笑孙悟空、猪八戒时,反而傲然启悟:"你笑的是你自己!"沙和尚的作用是无用,无用就是大用,这也写得好。因为沙和尚如果像孙悟空、猪八戒那样很出风头,就锅碗瓢盆叮当响,反而摆不平了。沙和尚无用,但说话在理,这样师父有难时,这个取经群体不散摊子,端赖沙和尚高明地和稀泥。《西游记》的取经群体结构,配置得当,充满弹性和活力,蕴含着一种思想家的眼光。

二、游戏的笔墨，出自自由的心态

女同学B：曹禺和萧乾的交往对话，曾经涉及《西游记》。《西游记》成了纠缠现代作家的幽灵。1937年元旦来临之际，作为曹禺的朋友，萧乾在其主持的天津《大公报》"文艺"副刊上，用三个整版的篇幅对《日出》进行了一次"集体批评"。对于在文坛上还没有完全站稳脚跟的一位新人的一部新作，能够及时地展开如此规模的"集体批评"，在中国现代戏剧史和现代文学史上，不失为一例空前之举。曹禺曾说过："萧乾是文化界熟识的人，他很聪明，能写作，中、英文都好。但有一个毛病，就是圆滑、深沉，叫人摸不着他的底。过去，他曾在浑水里钻来钻去，自以为是龙一样的人物，然而在今天的清水里，大家就看得清清楚楚，他原来是一条泥鳅。"这种批评，没有领略萧乾对他的好意和器重。曹禺写于1991年的《雪松》又说："我认为莎士比亚笔下的精灵们，以爱丽儿最可爱，最像人。爱丽儿为主人效忠，施展百般千般的能耐，待功德圆满，她向主人要求，实现以前立下的诺言——恢复她原来的自己。主人慨然应允。爱丽儿重新回到她自己的天地。这与我们的孙悟空大不一样，他保唐三藏西天取经，历经九九八十一难，终于到了西天，后来在一片慈祥、圣洁的氤氲里，他成了正果，被封为'斗战胜佛'，慈眉善目地坐在那里，不再想原来的猴身。这与爱丽儿的终身向往，就不同了。"这段话完全可以被看作为成贤成圣、修成正果而一再丧失自己的曹禺，为自己孙悟空式的人生戏剧和戏剧性人生，

所留下的最后的 一幅传神写照，标志着他终其一生所能达到的最高的文学境界和人生境界，与他笔下诸如鲁大海、方达生、仇虎、花金子、丁大夫、梁公仰、愫芳、"北京人"、阴兆时、苦成、王昭君之流的孙悟空式的英雄人物或牌坊人物相比，自是不可同日而语的两世为人。我认为这自由就是人性中最为宝贵的一部分，个体生命自由比世界上任何东西更为珍贵，也更值得去珍惜。然而我们可以对比一下，中西文化最终的价值和最终对人性层面的关怀，也许可以被归纳到中国文化传统中对于社会性功利地位的崇拜，对于主体本身个性价值的淹没，和对人文人性尊重的匮乏。

而且《西游记》当中，女儿国这一节，非要把唐僧写得心如止水，而不像我们春节的贺岁大片《西游记女儿国》，虽然说总体来说拍得不是特别理想，但是它让唐僧面对了自己的感情，也承认了对于女儿国国王的那种情谊。

老　师：对于盘丝洞的那些蜘蛛精，《西游记》也做足了文章。吴承恩最终完成了《西游记》，当然也接受了《永乐大典》记述的宋元时代的材料，他使用了游戏的笔墨，出自自由的心态。他并不是要直接给你讲一个什么样的道理，而是采取游戏笔墨，如很多的妖怪都是从神佛那里来的。比如说太上老君的青牛，还带着他的金刚琢——那个白花花的圈子来当妖怪。孙悟空的金箍棒、哪吒三太子等天兵天将的所有的武器，都被白花花的圈子套走了。这类描写，就魔中有佛，魔中有神，以非常自由的心态来写。所以对它的精神深层的文化阐释就有很多余地。他的神魔界限不是一个绝对的界限，邪和正合体，邪和正混融，兽性和人性互相推移，解释的余地也就很大。在法国19世纪马斯奈的歌剧《泰伊斯》中，一位德行很高的和尚去劝说歌妓泰伊斯改邪归正。泰伊斯改邪归正了，可是这和尚反而陷入了对泰伊斯的追求，最后泰伊斯死在和尚的怀抱里，这展示了宗教和人性之间的纠缠和搏斗，是写得很深刻的。它的这一种深刻，与《西游记》的深刻是可以相比照的。吴承恩《西游记》是跳在天地外来看人间的，而《泰伊斯》是在人间看天上的。人间看天上，人性、人情互相纠缠就比较多；天上看人间，天以博大胸怀无所不包容，看神与魔的斗争，难以论定事非，神魔之间的界限也就混融起来了，因为在天的视野中，神魔的界限是微不足道的。这就像屈原的《天问》一样："曰：遂古之初，谁传道之？上下未形，何由考之？"是谁在曰？是天问曰，是天在问人，天地没有开辟的时候，人还没有存在，那些神话是谁传下来的？夏商周的兴兴亡亡，这责任都在我天上吗？楚国由盛变衰，原因何在？它在时空错乱中洋溢着怀疑主义的理性精神，就把传统的神话观、历史观解构了。王逸注《天问》说：

《天问》者，屈原之所作也。何不言问天？天尊不可问，故曰天问也。屈原放逐，忧心愁悴，彷徨山泽，经历陵陆。嗟号旻昊，仰天叹息。见楚有先王之庙，及公卿祠堂，图画天地山川神灵，琦玮谲诡，及古贤圣怪物行事。周流罢倦，休息其下，仰见图画，因书其壁，呵而问之，以渫愤懑，舒泻愁思。楚人哀惜屈原，因共论述，故其文义不次叙云尔。

呵壁之作，透露了《天问》的时空错乱是以楚国壁画作为通道的。西方图画精于静点透视，中国图画精于动态环视，如鲁迅说："中国画是一向没有阴影的，我所遇见的农民，十之九不赞成西洋画及照相，他们说：人脸哪有两边颜色不同的呢？西洋人的看画，是观者作为站在一定之处的，但中国的观者，却向不站在定点上，所以他说的话也是真实。"中国这种动态散点的时空观，是《天问》时空错乱的艺术哲学根源。只有认识文化的本体性，才能深刻地揭示中国学理的原创权。

男同学C：我有一些感性的想法，有同学提到了西方的作品跟《西游记》这类作品的差别，西方的作品之后回归自由，像退隐和归隐一样，像我们的武侠小说那样，最后归退江湖，回到了一个自由身。然而《西游记》最后还是像地藏王菩萨那样，如果地狱不空，他就不愿意成佛，他有这一种牺牲精神，可以牺牲自己，都是为了众生。

我的感性想法来自我从小喜欢看武侠小说，特别喜欢看武侠电视剧。我经常看到主人公通过一番机缘，好不容易练就了一身绝世武功，本来可以凭此为天下除害，平息战乱，但是往往为了一个红颜知己就退隐江湖。每次看到这儿，我都为这种英雄过不了美人关特别惋惜。我觉得如果给我这样的机会，我一定要过这一个关。我宁可不要自由，也要拥有这样的一个机会，这样的感想是崇高的。

老　师：中国的士大夫都有一个入世济世的精神、以天下为己任的精神。

男同学C：老师讲，从另一个的角度来说，大闹天宫是人性的爆发，那么取经的过程就是对人性的磨炼。从人性这个角度来看，孙悟空这一个形象实际上就是表现为一个成长的过程、人性磨炼的过程。那么他在大闹天宫之前、之中的时候，实际上是小孩子的心态。小孩子追求的不是无理，也不是什么自由，而是好面子。小孩好面子，玉皇大帝让他去养马，且不说孙悟空知不知道弼马温是什么意思，养马的工作他是知道的。

老　师：弼马温这一个名字啊，后来成为我们的行话，在马棚里贴上弼马温的帖子和孙猴子的画像，就是为了回避这马的瘟疫。北魏人贾思勰的《齐民要术》一书中，就说："常系猕猴于马坊，令马不畏，辟恶，消百病也。"台湾历史学家、掌故家苏同炳《"弼马温"释义》一文说："明人赵南星所撰文集中，曾有这么一段话，说：'《马经》言，马厩畜母猴辟马瘟疫，逐月有天癸流草上，马食之永无疾病矣。《西游记》之所本。'"原来母猴每月来的月经，流到马的草料上，马吃了，就可以辟马瘟。说起来也难怪，以孙悟空的本事，在天庭担任的竟不如猪八戒在天界的官职天蓬元帅威风，也不如沙僧在天界的官职卷帘大将响亮，难怪他抱屈。所以，弼马温故事，撩拨着孙猴子好面子的小孩子的心。直到取经途中，他最恼的还是别人叫他"弼马温"。如果有哪个妖精不知趣地触痛他的旧伤，他便会以加倍的仇恨去剿灭他。

男同学C：孙悟空对这个养马的工作的官大官小，开头并不计较，他是干了一段以后，直到有一天有位天神要用马，他就问起他这一个官是怎么样。天神说他的官位不入流，他就一下子受不了了。后来他去看那个蟠桃园，知道蟠桃会没有请他，他也受不了，也闹心，这就是小孩的心态。后来他就逐渐地成熟，实际上在取经过程中，受到了取经心最坚定的唐僧的感染。

　　这就是说，吴承恩在塑造这个形象的时候，能够把孙悟空性格的成长变化体现出来。明清之前的小说还是不很成熟，人物形象的性格是不怎么变化的。包括《三国演义》《水浒传》里面那些人物的形象，曹操自始至终就是奸诈，"宁教我负天下人，休教天下人负我"，水泊梁山的好汉，很多的土匪自始至终就是一个土匪，没有什么变化。我觉得在这一点上，吴承恩就是进步了，塑造人物形象有了性格的变化。

老　师：而且是细加考察和体验才能把握的性格变化，这种性格变化是很有嚼头的。好一个"弼马温"！吴承恩怎么想到和写到这条道上？

三、"中国根柢全在道教"

女同学 B：我觉得比较有趣的一个现象，就是《西游记》，还有《封神演义》里面的神仙系统，其实是道家的神仙系统跟佛教的神仙系统完全融合到一起了。有的人看了《西游记》觉得，这是一个佛教的胜利，因为比如说像猪八戒，还有沙僧，他们本来是天庭的官员，其实是属于道教系统的，但是后来呢，就进入佛教系统里面去了。在这里面，我觉得它反映的就是中国民间的一种对于神仙的看法，民间的神仙体系并不是壁垒分明的。

老　师：中国人往往缺乏这种严格的宗教界限，所以中国几乎没有什么严重的宗教战争的存在。拜佛、拜神，在世俗眼光中，都是形而下的祈求保佑生存的平安。道与佛互通，这是中国宗教的特点。

女同学 B：对，古人把这些都融合成一个系统，比如说《封神演义》，把佛教的创始人，说成首先他原是道教的一个人物。《封神演义》一书深受《西游记》的影响，却又反其道而行之。《西游记》有"扬佛抑道"的倾向，道教最高等的神祇太上老君、玉皇大帝等，在孙悟空大闹天宫时几乎束手无策，被迫请出如来佛祖、观音菩萨才将猴子降服。《封神演义》却明显有"崇道抑佛"的倾向，在《封神演义》中，太上老君成了绝对权威，观音、文殊、普贤，佛教三大菩萨，甚至与如来佛平起平坐的燃灯古佛，都成了元始天尊的弟子，而元始天尊又是太上老君的师弟。《西游记》中的众多人物，都在《封神演义》中出过场，只是名字上略有不同而已，比如观音菩萨，在《封神演义》里叫慈航道人；文殊菩萨，叫文殊广法天尊；普贤菩萨，叫普贤真人，他们皆在阐教元始天尊门下的十二金仙之列。鸿钧道人在《封神演义》里第一次出场，也是最后一次出场，对于他的描述，有一首诗：

高卧九重云，蒲团了道真；天地玄黄外，吾当掌教尊。盘古生太极，两仪四象循；一道传三友，二教阐截分；玄门都领袖，一气化鸿钧。

从这首诗里可以看出，鸿钧道人与盘古是同一个时代的人，甚至他比盘古的诞生还要早一些。"鸿钧"在中国有三种语义：一是天或者大自然；二是国柄、朝政、国家大权的比喻；三是鸿恩，浩荡的皇恩。以此来命名一个创世的原始神，自然可以覆盖众神。还有一个问题，就是陈妙常（到底是一个道姑还是一个尼姑呢，根本就是不清楚，一会儿好像她就是在道观里，一会儿又好像觉得她是一个尼姑）。陈妙常自幼体弱多病，命犯孤魔，父母才将她舍入空门，削发为尼。她在女贞庵中诵经礼佛。空门多暇，陈妙常好学不倦，她不但诗文俊雅，而又兼工音律，十五六岁以后突然容光焕发，秀艳照人，穿着宽袍大袖的袈裟，就像仙女下凡，令人目眩神迷。我觉得这些作品，反映了民间的一种看法，它是民间的故事，经过了一些文人的改编，融合到了一起。

老　师：我们看了《西游记》之后，有一个很大的问题，就是说它那一个主旨是佛教的，西天取经，去雷音寺见如来佛，取得大乘真经，但是行文的血肉肌体，渗透了道教的思维，最重要的九九八十一难，就是道教的一种说法。所以中国这儒道佛三教归心，就混融在一起了。在中国，道教才是文化的根柢。在民间的信仰中，佛教也被道教化了。人们求神拜佛，不是对佛学有什么精深的研究，而是要消灾免祸、逢凶化吉，甚至官员贪污了，为求心理平衡，还要求菩萨，让他过这一个关。佛教给道教化了，儒教给道教化了。不像基督教那样，跟人与上帝对话，很单纯地进行内心的忏悔。这里不妨回忆一下，1918年5月，鲁迅首次用"鲁迅"笔名在《新青年》上发表了《狂人日记》。鲁迅的好友许寿裳读后觉得"很像周豫才的手笔"，于是写信去问。鲁迅于同年8月20日回信说：

《狂人日记》实为拙作，又有白话诗署"唐俟"者，亦仆所为。前曾言中国根柢全在道教，此说近颇广行。以此读史，有许多问题可以迎刃而解。后以偶阅《通鉴》，乃悟中国人尚是食人民族，因成此篇。此种发见，关系亦甚大，而知者尚寥寥也。

《狂人日记》揭示"仁义道德通皆食人"，似乎是批评儒家，但鲁迅在私人通信中，却提醒人们注意道教的问题，这是发人深思的。鲁迅在《华盖集·忽然想到（六）》中说：

我们目下的当务之急，是：一要生存，二要温饱，三要发展。苟有阻碍这前途者，无论是古是今，是人是鬼，是《三坟》《五典》，百宋千元，天球河图，金人玉佛，祖传丸散，秘制膏丹，全都踏倒他。

　　这里所要"踏倒"的一些物事，多是道教的宝贝。

女同学C：儒家在宋代，开始转向追求"内圣"，向外辐射就是"外王"宋明理学，越来越向内转而讲究心性修养。

四、社会思潮与文学经典的形态

老　师："内圣外王"的道，是因为儒家想要成为帝王师。清朝康熙皇帝到曲阜拜孔子的时候，一看文宣王，想：我一个皇帝怎么能够去拜一个王呢？所以下面赶快把"王"揭掉，就是至圣先师，他是一个"万世师表"的老师，而不是一个王者。要不皇帝不能去拜一个王，所以儒家是帝王师。这对于理解道统与政统的关系，是一个很好的例证。

　　所以我们要做一部理想文学史的发生学，除了了解道统与政统的关系，还要深入了解典型个案的秘密。

　　《金瓶梅》是一部大书，一直吸引着研究者的目光，对它的研究几乎变成显学了。晚明万历朝以后,社会的思潮发生了变化,心学起来了,出现了《金瓶梅》,讲究个性的自由化。如果没有礼仪约束和心性修炼,就会走向酒色财气泛滥而不可收拾。

但是如果光有约束没有自由也不行,约束过分容易造成偏枯。所以整个社会治理、人心治理这种约束和自由之间,就是怎么样去调整尺度。而且这个尺度是随着历史不断变化的。你在封建礼教的时代约束过紧又缺乏理性调节,这种约束到了"五四",接受了西方思潮之后又上了一个台阶;改革开放以后,有了面向世界、面向未来的开阔视野,这种理性的约束又上了更新的台阶。那么要理解《金瓶梅》的本质,不能离开晚明的社会思潮。在《金瓶梅》前后的万历年间还出现了一部书叫《痴婆子传》,是用第一人称写的,写一个女人,被她的表弟破瓜以后,跟十几个僧俗长幼各种人等进行性的交往。这部小说应该是男人写的,估计作者可能找了这么一个类似的女人进行了采访,才能写成这样。那么《金瓶梅》是从世俗的世界来去看暴发户荒唐的性游戏。《金瓶梅》从《水浒传》中引出,将《水浒传》中西门庆勾引潘金莲,杀死潘金莲的丈夫武大郎,最后被武松所杀的情节,作了根本性的改动:武松打杀的是西门庆的替身李外传。这就腾出笔墨来描写了西门庆从发迹到淫乱而死的故事。《金瓶梅》的书名从小说中西门庆的三个妾和宠婢潘金莲、李瓶儿、庞春梅的名字中各取一字而成,实际上有更深一层含义,即"金"代表金钱,"瓶"代表酒,"梅"代表女色。因而沈德符《万历野获编》说:

袁中郎《觞政》,以《金瓶梅》配《水浒传》为外典,余恨未得见。

鲁迅称赞《金瓶梅》：

作者之于世情，盖诚极洞达，凡所形容，或条畅，或曲折，或刻露而尽相，或幽伏而含讥，或一时并写两面，使之相形，变幻之情，随在显见，同时说部，无以上之……

郑振铎评论《金瓶梅》说："表现真实的中国社会的形形色色者，舍《金瓶梅》恐怕找不到更重要的一部小说了。""它是一部很伟大的写实小说，赤裸裸的毫无忌惮地表现着中国社会的病态，表现着世纪末的最荒唐的一个堕落的社会景象。""到底是中国社会演化得太迟钝呢？还是《金瓶梅》的作者的描写，太把这个民族性刻画得入骨三分，洗涤不去？"

陈独秀曾和胡适、钱玄同二人书信往来，评论中国小说，言及《金瓶梅》，陈独秀认为该书对于"恶社会"的揭露要甚于《红楼梦》《水浒传》，不应该仅因为其对情色的描写而斥之。吴晗进一步对词话本第七回考证后，认为成书当在万历十年（1582）之后、万历三十四年（1606）以前。所以晚明思潮的小说理想很值得注意：《金瓶梅》是一部文人小说，描写风格又突破了传奇性、粗线条地描写人物，而尽量呈现市井生活的原生态。它采取了所谓"趁窝和泥"的手法，不是只看到一个线条就在那里活动，而是看到一团泥在那里和着，这是《金瓶梅》首创的叙事法。"趁窝和泥"，和出了一窝混浊污秽的泥水。

男同学A：我没怎么读《金瓶梅》，可能是由于我读过它的序之后，就生有敬畏之心。我就是看了别人的评论，还考证作者兰陵笑笑生的真实身份，读了觉得这一个人活得非常旷达，没有什么心结。但是我又没有读过原文，所以不知道这样的评论针对什么。

女同学D：我读过，没有读完。我有一个问题，就是它有很多的性描写，老师您觉得如果没有这些内容，跟有这些内容区别大吗？

老　师：区别当然大了。实际上它的性描写现在看来也并非洪水猛兽，那些描写都用诗去表达，有点朦胧。英文译本中这类描写的一万多字，是用拉丁文表达的。其实，它没有《痴婆子传》那种原汁原味的表达。

女同学C：就是说《红楼梦》里面也有。

老　师：《红楼梦》里本来写了"秦可卿淫丧天香楼"。曹雪芹早期手稿写秦可卿跟贾珍的奸情被发现，在天香楼上吊自杀，原来可能会写得很淋漓尽致，但是后来删掉了，尽管还留下某些痕迹。

女同学C：这种书存在大量的性描写，对于它成为拥有更多读者的经典是有利的吗？如果它是一个比较干净的节本的话，就像《红楼梦》，它虽然有，但是少有比较淫秽的笔墨，可能读者会更多啊。

老　师：这些性描写，是《金瓶梅》的拖累，也是《金瓶梅》的特色。《红楼梦》比《金瓶梅》的品位高，主要是增加的哲学的诗，把这一些东西提升到天书和人书结合的境界。其实在明清社会，走出大观园，外面就是《金瓶梅》。实际上大观园里面，除了洋溢着诗性智慧的红楼群芳之外，除了门口的两个石狮子外，其他的人也不见得干净。它的描写有的时候闪闪烁烁，扒灰的扒灰，养小叔子的养小叔子，都闪闪烁烁地留了面子。

男同学C：晚明的这一部《金瓶梅》，反映了一个时代的风气。

老　师：原本的《金瓶梅》反映着晚明的颓唐风貌，它是个"底子"；节本的《金瓶梅》是为了方便当今的读者，它是个"面子"。研究离不开原本，普通读者的阅读可以选择节本。底子和面子，各有各的功能。

女同学B：唐伯虎还画过春宫画呢。

男同学C：唐伯虎是明代生活在苏州的"吴门四才子"之一，这四大才子唐伯虎、祝枝山、文徵明、徐祯卿是才华横溢且性情洒脱的风流人物。唐伯虎29岁参加应天府乡试，得中第一名解元；30岁赴京会试，却受考场舞弊案牵连被斥退。此后就绝意科考，以卖画为生。他擅长山水、人物、花鸟，如《骑驴思归图》《王蜀宫妓图》《李端端落籍图》《秋风纨扇图》《枯槎鸲鹆图》。人物画多为仕女及历史故事，师承唐代传统，线条清细，色彩艳丽清雅，体态优美，造型准确；亦工写意人物，笔简意赅，饶有意趣。唐伯虎春宫画有《鸳鸯秘谱》。唐伯虎所绘的女性常显得壮健丰腴、圆脸、妖冶，使人联想到唐代美女的形象。唐伯虎所绘的女性有个特点是"三白"，即前额一点白，鼻尖一点白，下颌一点白，这"三白"是性意识的点化。据说，唐伯虎还画了一套《风流绝畅图》，24幅，20世纪中叶的荷兰汉学家高罗佩在《中国古代房内考》和《秘戏图考》中，曾对这类春宫画做了详细的介绍。

女同学B：那到了清朝就没有了吗？这种风气就戛然而止了吗？

老　师：晚明到清初，时代风气发生了很大的变化。到清初，统治者励精图治，清康熙、乾隆知道靠马背夺天下，却要用文化治天下。这对于澄清文学艺术界的风气，有移风易俗的作用。加上清代文网严密，抑制了士人的自由思想，许多出格的风气都大为收敛和消退了。

女同学B：张爱玲在《红楼梦魇·自序》中谈到自己读《红楼梦》和《金瓶梅》的一些感想，并且写道："这两部书在我是一切的源泉，尤其《红楼梦》。"张爱玲是把《金瓶梅》和《红楼梦》这两部书当成她文学写作的源泉的。因为《金瓶梅》书中描写了当时的社会风气和社会心理,激发了张爱玲对那个时代世俗化的风气的敏感神经。有网友总结得好,《金瓶梅》不仅是一部纵情声色的恶人传、沉湎物欲的艳情录,也包含一部黑暗的伦理史、官商一体化经济下的生意经。这样,每一个层面都显现出一种百科全书的风貌,是小说的博学和精密,下笔百无禁忌,一览无余,如鲁迅说"同时说部,无以上之"。

老 师:骂尽诸色,对社会上的各种世相都穷形极态,暴露无遗。张爱玲确实是对《金瓶梅》极为熟悉,如数家珍。她的散文《童言无忌》,认为不过是作家"说说自己的事罢了",但其中在谈到"我"对衣着和色彩的看法时,便很自然地拿来了《金瓶梅》的细节:"家人媳妇宋蕙莲穿着大红袄,借了条紫裙子穿着;西门庆看着不顺眼,开箱子找了一匹蓝绸与她做裙子。"胡兰成的《民国女子》中写到,有一回,作者想要形容一下张爱玲的行坐走路,总是找不到好句。这时,张爱玲代他说道:"《金瓶梅》里写孟玉楼,行走时香风细细,坐下时淹然百媚。"这几句随口说出的玩笑语,虽然包含着张爱玲式的自恋与自矜,但在客观上确实写活了窈窕女子的风神气度,可谓灵妙之极的移花接木。由此可见,对于张爱玲来说,《金瓶梅》早已被她反复把玩而烂熟于心,所以应用起来得心应手,每臻化境。她的《中国人的宗教》一文,在谈到中国文学每见的整体悲哀和细节欢悦时,笔锋一转,引入了这样的话:"因此《金瓶梅》《红楼梦》仔仔细细开出整桌的菜单,毫无倦意,不为什么,就因为喜欢。"这些话,直戳中国人讲究饮食的民俗心理。《金瓶梅》是一部文人小说，与其他三部书长期流传民间，最终由文人整理结构成书有所不同。《金瓶梅》当然也有一些情节来源于民间，但主要的部分还是文人的创作，是代表了中国小说形态的一种新变化，使小说从原来的历史演义、英雄传奇、文化神话的世界回到市井家庭的世界，贴近生活的原生态。所以鲁迅把它列为明代的人情小说，推崇为"世情书"之最，"至谓此书之作，专以写市井间的淫夫荡妇，则与本文殊不符，缘西门庆故称世家，为缙绅，不惟交通权贵，即士类亦与周旋，著此一家，即骂尽诸色，盖非独描摹下流言行，加以笔伐而已"。鲁迅是推崇《金瓶梅》的讽刺精神和讽喻手法的。

五、中国民间精神写照的史诗性作品

老　师：《金瓶梅》采取的是一种骂尽诸色的调侃的写实，是一种自然主义的写法。"四大奇书"转一个身之后，出现了《金瓶梅》，它在写作的文化心态和审美形态上都做了与其他三部书不同的尝试，做了第一个敢吃螃蟹的人。尤其是《三国演义》和《水浒传》，是说书人在大庭广众中热情奔放、口若悬河地讲一个个古老且带有传奇色彩的梦。而《金瓶梅》是以冷静的、清醒的，又轻蔑和嘲笑的眼光，由书斋来看市井，看这些说书人周围的世界，告知说书人从古老的梦转过头来看看周围这一个世界。这一个世界离说书人不远，但是说书人对它很是隔膜。在这么一个人群世界里，《金瓶梅》看出了市井生活和市井说书之间存在的悖谬。也就是说,说书人的那一套,离现实生活太远了,中国的叙事智慧就在这里返回书斋。但是《金瓶梅》所返回的再也不是一个封闭的书斋,它依然有市场的信息和市场的因素参与。所以《金瓶梅》写得淋漓尽致,也卖得很好。它是案头和市场结合成的书斋,由于文化视角的不同,《金瓶梅》对说书人津津乐道的那种传奇性进行细腻、滑稽的模仿,就像《堂吉诃德》戏拟骑士小说一样,对说书人津津乐道的那一套,进行细腻的戏拟,站在一边看笑话。西门庆热结十兄弟,实际上是对桃园结义和梁山泊结义的一种戏拟,因为这个结盟失去了生死与共的真诚,而是互相耍心机,拆台,奉承,占人家妻子,夺人的财产。原来结义中的那种神圣感、庄严感在这里被滑稽化了。细腻的嘲讽是一种新的智慧,一种优越的幽默又无可奈何的智慧,暗藏着人心不古、现实沉沦的一种感慨。所以戏拟者、讽刺者往往带有文化保守的色彩,针砭整个社会在金钱和权势的支配下,变得野兽化了、市侩化了。这里出现了信仰的危机,西门庆的哲学就是暴发户加淫棍的哲学,他说:"咱闻那西天佛祖,也不过要黄金铺地;阴司十殿,也要些楮镪营求。咱只消尽这家私广为善事,就使强奸了嫦娥,和奸了织女,拐了许飞琼,盗了西王母的女儿,也不减我泼天富贵!"不仅是有钱能使鬼推磨,有钱能把鬼奸污,钱是上帝,淫乱是百鬼。潘金莲的哲学是一日主义,她宁愿先死先埋,路死路埋,倒在阴沟就是棺材。今日她要恣意享乐,呈露了这种女人极富侵略性,极富赌博性。

众所周知,《金瓶梅》的书名,是从潘金莲、李瓶儿、庞春梅三人各取一个字来起名。但是在《金瓶梅》成书的女性中，包括妻妾、奴仆、丫头、倡优、其他三姑六婆，一共有100多个女性。为什么唯独取名于三个尤物呢？因为这三个人的情欲最盛，死亡最惨，行事最荒唐，最能表达情欲与死亡的命题。《金瓶梅》的社会伦理命题就是情欲、死亡。它还隐藏着一个意义，所谓"金瓶梅"，就是金瓶里面插的梅花，具有金屋藏娇的意义；却是折枝插瓶，暗含没有根子，好景不长，以此隐喻它所展示的市侩化和野兽化的市井风情的人不配有好命运。

《水浒传》也写情欲与死亡，比如武松杀嫂，宋江杀惜，石秀和杨雄杀潘巧云，梁山泊攻下大名府之后杀死了卢俊义的夫人贾氏。但是这种情欲与死亡，把情欲连接于死亡，把道德的崇高感归还自己。《水浒传》的情欲和死亡是外在的、附属的，而《金瓶梅》的情欲与死亡是内在的、主导性的。它是《水浒传》同一个命题的反命题，这是由于《水浒传》写的英雄好汉都是好酒不好色的。色就是情欲，是英雄好汉的精神禁忌。

"四大奇书"把对中国宋、元、明这三代的民间生态、民俗文化、文人对社会文化生态的反思写得非常深入，写到它的底子了。水桶掉底就不用提了，已经露出了渣滓。我们要改造国民性，弘扬健康的道德精神，不看这些书行吗？切不可把这些书看成是文人的舞文弄墨，它们涉及民族心灵的层层叠叠的阴影和污垢。所以说"明代四大奇书"，尤其是《三国演义》《西游记》《水浒传》，是中国民间精神写照的史诗性作品，是认识民族内在精神幽深处的一条通道；《金瓶梅》呢，则是对民族精神内在通道的黑幽幽的窥探和反思。我们只要有这样的阅读态度,就不会使这些奇书的阅读流于表面,或者误读。这是新阐述法的新之所在。这种对情欲与死亡的阐释和解读,是一种智慧。《水浒传》写情欲与死亡,是从男人的角度来写的,是用绿林好汉的角度去看情欲与死亡的。《金瓶梅》有更深刻的情欲与死亡,情欲膨胀,自取灭亡,把市侩风及市侩风中的情欲与死亡写得淋漓尽致。《金瓶梅》和《水浒传》展示的是市井社会和绿林社会的两个江湖。

从叙事学的角度来看"四大奇书",还有哪些值得注意的高招呢?《三国演义》《水浒传》《西游记》,开始的时候是口传的文学。口传文学的创作主体是带有群众性的,很多人在讲,口耳相传,它的文本是流动的,不断地滚雪球。它有再生性和再创造性,在民间是师徒传授,而且不同的人讲同一个故事,对台竞争,这一边可能讲石秀跳楼,那一边可能讲武松杀嫂,谁能把观众争取过来,就看谁讲得火爆、煽情,讲得风风火火,吸引得听众神魂颠倒。通过演对台戏,对台竞争,长期流传,互相借鉴,然后实现多元的整合,最终达到集中众人的智能而成熟。它能够提供很大的空间和机遇,把那些最吸引人的、最精彩的智慧筛选进来,组合进来,雪球越滚越大,越滚越精彩,滚出各种花样。同时又有文人,主要是下层文人、书会才人,在不同的阶段加以记录、整理、发挥、提高。它是一种民族的集体智慧的创造,是长期竞争选择的结果,竞争的结果是优胜劣汰。竞争是生存的动态过程,有竞争才能够提高生存的质量,通过竞争,"四大奇书"出现很多跟我们民族的深层智慧连接起来的智慧。

我们先看《西游记》。《西游记》师徒四人，加上一匹白马，这是组合结构。过去的讲法就是如金木水火土五行，这里面包含着很深的原则，因为四人的特征各异，优势互补，隐藏着矛盾，又在互相制约中合作到底。一旦产生了人物组合，就有很多值得思考的文化问题、审美问题。其中叙事智慧的第一个原则叫"主弱从强"：第一把手比较懦弱，却代表着道德，代表着信仰，代表着理想，没有他就失去方向，只有他，也无法斩关夺将，将寸步难行。跟着他的几个徒弟很强，法力无边，破妖闯关。这是德、智、力分家的合作。在《西游记》里面，唐僧是信仰和意志的化身，但是他很懦弱。如果跟从他的人不是很强，那身嫩肉吃了可以长生不老，他早就给妖怪蒸熟来吃了，或者被女妖精拉去当女婿了。他外力不强，内心却无比坚定，又有一帮法力强大的徒弟七手八脚帮他去除妖灭魔，二者之间就形成了一种叙事的张力。主人的嫩肉是妖怪垂涎三尺的美味，到处是陷阱，只好让跟从他的徒众变成除妖破灾的生力军，这种险象环生又逢凶化吉就引出了连台的好戏，这就是中国叙事设计全盘时主从人物的智慧。没有这种"主弱从强"的原则，《西游记》写不了这么长，也写不了这么好看。

那《三国演义》和《水浒传》虽然少了一点魔幻，但是它们的叙事智慧也不差。《三国演义》里刘备和他那帮富有智慧、武略高强的部属也组成了"主弱从强"的人物结构。刘备够懦弱了，他让了徐州，又让了荆州，老是走投无路，被人家打得到处跑，站不稳脚跟，落荒而逃。但是他是仁义的化身，代表着乱世中的正义，他有一种道德的力量，也算得上是一个明主，必须要有诸葛亮这种智慧人物和关、张、赵云这种武将跟随他，才能建立王业。"主弱从强"，主是道德，从是智慧和力量，德、智、力分家又合作，才能够写出风生水起的戏剧性。《水浒传》中宋江跟吴用、林冲、武松他们不也是"主弱从强"吗？"主弱从强"是一种具有非常高的智慧含量和文化含量的人物结构方式。中国许多小说都很讲究这个人物结构，包括《封神演义》《说唐》，不是说第一把手包打天下，而是往往第一把手被折腾得很糟糕，但是他那种道德的魅力和凝聚力搭救他跳出困境，去成就宏大的伟业。这说明中国哲学里面就是道和器的问题，是道德为尊，技术和力量只能起辅助的作用。

中国叙事智慧的第二个原则就是对比的原则。《西游记》里的取经师徒四人，一个是堕落凡胎的金蝉子，一个是搅乱天国的野神，另外两个，本来是天上神将，贬下世间为俗神。猪八戒俗到七情六欲都很发达，又馋又懒又好色。俗神与野神对比，趣味横生，生色不少。比如第三十一回，孙悟空让猪八戒去平顶山莲花洞巡山，猪八戒在山岙的草坡上睡觉，孙悟空变成了一只啄木鸟，照着猪八戒的嘴唇上一啄。猪八戒嘟嘟囔囔地骂那只啄木鸟：把我的长嘴当成一个黑朽枯烂的树桩，啄木鸟想从树桩上找虫子来吃，等我把嘴揣在怀里，你就找不着了。后来，猪八戒又把一块石头当成唐僧、沙僧、孙悟空三人，对着石头来作揖编谎言，只说这是石头山、石头洞，洞门是冷冰冰的钉着钉子的铁门。老猪想去哄那个弼马温，这套花言巧语却被孙悟空事先告诉了唐僧。猪八戒的计谋全部漏了底，只好再去巡山，被妖魔抓住，展开了激烈又风趣的降妖伏魔的战斗。所以《西游记》的打斗，打得非常好玩。这种对比原则，把本来非常激烈的降妖,写得轻松、诙谐、有趣,把漫长单调的取经过程变成了一个个嘎巴脆的开心果;如果没有这种对比原则,没有一野一俗的两种性格的碰撞,就写不出这么多精彩的连台好戏。

　　叙事智慧的第三个原则,是调节的原则。总是对比,总是磕磕碰碰,很容易散摊子。如果唐僧被抓走了,孙悟空就回花果山,猪八戒就回高老庄,这就需要沙僧在师兄弟之间斡旋,发挥沙僧的无用之大用,他成了粘合剂、润滑剂。他说话在理,善于抹稀泥,七抹八抹,把沟沟壑壑抹平了,使得取经四人十万八千里走到底。"主弱从强"的人物结构,配上对比原则、调节原则,成了经典教科书式的大智慧,使得好戏连台,妙趣横生。

六、读书变成了读智慧

老　师:书是生命的结晶,智慧是深埋在书中的神经和灵魂。于是,读书,就变成了读智慧。回头看《水浒传》的叙事智慧,我们当然可以讲它的列传体的叙事结构,把不同的人物传记互相勾连起来。但是胡适在《五十年来中国之文学》里认为中国古典小说"差不多都是没有布局的",演义小说"往往用史事做间架,这一朝代的事'演'完了,他的平话也收场了",谈不上什么布局。《水浒传》一类小说,虽不肯受史事的严格限制,但"也还是没有布局的,可以插入一段打大名府,也可以插入一段打青州……割去了,仍可成

书;拉长了,可至无穷。这是演义体结构上的缺乏"。不过,胡适《〈水浒传〉考证》还是承认金圣叹能够从书中读出智慧,他说:

金圣叹是十七世纪的一个大怪杰,他能在那个时代大胆宣言,说《水浒》与《史记》《国策》有同等的文学价值,说施耐庵、董解元与庄周、屈原、司马迁、杜甫在文学史上占同等的位置,说:"天下之文章无有出《水浒》右者,天下之格物君子无有出施耐庵先生右者!"这是何等眼光!何等胆气!又如他的序里的一段:"夫古人之才,世不相沿,人不相及:庄周有庄周之才,屈平有屈平之才,降而至于施耐庵有施耐庵之才,董解元有董解元之才。"这种文学眼光,在古人中很不可多得。

之所以造成胡适这种相互矛盾的判断,其实是由于中国古典小说的结构不像西方有些长篇小说那么平正工整,但是《水浒传》这种列传体的结构,一个人物传记接着另一个人物传记,反而给叙事思维留下很多富有弹性的余地。鲁迅在《门外文谈》中谈及"字是怎么来的?",就指出:"照《易经》说,书契之前明明是结绳;我们那里的乡下人,碰到明天要做一件紧要事,怕得忘记时,也常常说:'裤带上打一个结!'"乡下人在裤腰带上打一个结来记事,是一种非常原始的智慧。《水浒传》就是在不同人物传记之间运用裤腰带打结的方法,打了一个又一个的大结。高俅必欲置林冲于死地,把林冲逼上梁山,是一个裤腰带上的一个结;"七星聚义劫生辰纲",又是裤腰带上的一个结;武松从打虎到血溅鸳鸯楼,又是裤腰带上的一个结；宋江浔阳楼题反诗，梁山泊好汉劫法场，又是裤腰带上的一个结；三打祝家庄，也是裤腰带上的一个结；梁山泊好汉打大名府，也是裤腰带上的一个结；梁山泊好汉攻打曾头市，也是裤腰带上的一个结；宋江三败高太尉后受招安，也是裤腰带上的一个结；宋江征方腊，也是裤腰带上的一个结；宋江之死，是裤腰带上最后一个结。以上列举了裤腰带上的十个大结，是宋元时代说书人一个一个地与听众共享梁山泊英雄好汉的魅力所造成的结构效应。宋元时代说书中就有《石头孙立》《青面兽》《花和尚》《武行者》等列传性的名目，它们以各种的形态散落在民间的口头。怎么样把它变成一个整体，怎么样把民间说书的智慧整合而不失其精彩，这就是施耐庵、罗贯中的能耐了。

  《水浒传》的另一种结构形态，就是以小引大的葫芦形的结构。大小之间以曲线衔接，举重若轻，充满着生命的节奏美。《水浒传》很善于以很不起眼的细节，撬动叙事的杠杆。比如说三打祝家庄是《水浒传》写得最精彩的一场战役了，但是它的起因竟然是那么琐屑的事情，就是时迁跟杨雄、石秀上梁山，途经祝家庄的时候，时迁偷吃了酒店里的一只报时鸡。双方在抓贼、逃难、搬救兵的过程中，点燃了这三打祝家庄的熊熊战火。攻打曾头市也是一个大战役，但是起因竟然是一匹马。人称"金毛犬"的盗马贼段景住在长城外盗得一匹"照夜玉狮子马"献给梁山泊，却被曾家五虎夺走。晁盖听后大怒，率梁山泊人马攻打曾头市，结果晁盖在曾头市中箭身亡。宋江就统领梁山泊大军攻打曾头市，把曾头市夷为废墟。由小事生大事的写法，以一点小小风波，掀起了翻江倒海的巨浪。一鸡一马引起流血遍野的战争,简直匪夷所思。这令人联想到德国的格林童话《不莱梅的音乐家》所描述的,耗尽力气的年迈的驴、不能再打猎的狗、无力抓老鼠的猫,以及主人准备宰杀来做菜的公鸡,预定集体逃亡到不莱梅,去当自由自在的音乐家。沿途遇到强盗的阻拦,它们决心联手反抗。于是它们采取叠罗汉的方式:驴子把前蹄搭在窗台上,狗跳在驴子的背上,猫爬到狗的身上,公鸡飞到猫的头顶。之后发出信号,全体昼夜驴叫猫嚎,鸡鸣狗吠,用砖头砸碎玻璃,哗啦地闯进屋里,吓得强盗以为妖怪来了,大难临头了,落荒而逃到森林去。驴、狗、猫、鸡可谓微不足道,却在合力中掀起了轩然大波,这就是以小引大的结构性锦囊妙计。

"鸾胶续弦法"也是金圣叹用来形容《水浒传》的结构方式。《水浒传》从第六十一回到六十三回用了三回书描写了一场攻打大名府,搭救卢俊义的战争。卢俊义被吴用扮成的算命先生说百日之内必有血光之灾,需要离家去东南方向一千里外避祸。吴用在他家白粉墙上写了四句算卦的卦歌:"芦花丛里一扁舟,俊杰俄从此次游。义士若能知此理,反躬逃难可无忧。"实际上这是一首藏头诗,所藏的第一句是卢,第二句是俊,第三句是义,第四句是反,合成"卢俊义反"。这首藏头诗给卢俊义埋下了祸根。卢俊义到泰山去烧香消灾,被骗上水泊梁山之后,又被管家李固陷害为通匪,成了死囚。宋江率师攻打大名府,搭救卢俊义,但是梁山泊和大名府两个端点之间存在着千百条路,燕青救卢俊义失败,卢俊义又被追回判斩。这时梁山泊派石秀、杨雄去打大名府,作者匠心独具地写燕青要到梁山去报信,燕青取出弩弓,望空祈祷,说:"燕青只有这一枝箭了!若是救的主人性命,箭到处灵雀坠空;若是主人命运合休,箭到灵雀飞去。"搭上箭,叫声:"如意不要误我!"弩子响处,正中喜雀后尾,带了那枝箭,直飞下岗子去。燕青追寻灵雀,碰上石秀、杨雄,想打倒他们夺取盘缠,好上梁山泊。结果不打不成交,三个好汉在打斗中讲出了姓名,才把梁山泊和大名府这两端引出来的弦续上了。金圣叹把这一种叙事方法叫作鸾胶续弦法:"有鸾胶续弦法。如燕青往梁山泊报信,路遇杨雄、石秀,彼此须互不相识,且由梁山泊到大名府,彼此既同取小径,又岂有止一小径之理,看他便顺手借如意子打雀求卦,先斗出巧来,然后用一拳打倒石秀,逗出姓名来等是也。都是刻苦算得出来。"鸾胶续弦法典故出自据说是东方朔写的《海内十洲记》。传说中用凤凰嘴和麒麟角熬制的一种胶,能把断掉的弓弦或琴弦粘在一起,完好如初。《汉武外传》记载:"西海献鸾胶,武帝弦断,以胶续之,弦两头遂两着。终日射,不断。帝大悦。"《水浒传》鸾胶续弦,把两条不搭界的弦,把一个死囚的命运和梁山泊派出的十几路人马牢固地牵合在一起,实在是别具匠心。

《三国演义》以很多故事和情节构成波澜壮阔的战争奇观,它形成一个整体的手法,堪称一个奇迹。在中国章回小说发生学上,它能够被整合成如此宏大、严密、气势恢宏的结构,我觉得有三种手法在《三国演义》的结构中起了关键作用。第一种手法是探听消息。《三国演义》写汉末的大乱、十八路诸侯的崛起,后来有三国鼎立,中间经过百十次战争,头绪是错综复杂的。讲蜀国就不能忘记魏国和吴国,怎么把它们沟通起来呢?探子打听消息,是战争中的间谍活动,却被巧妙运用以弥合不同叙事板块的裂缝,使之变成一个整体。

比如说,刘备进入西蜀,刘璋在蒲城设宴,派刘备到北方去防备汉中的张鲁,企图将他牵制在边境上,把他边缘化。这时候,早已有探子报告东吴,东吴想夺回刘备所"借"的荆州,就有孙夫人带着阿斗到东吴去看吴国太,东吴想用阿斗当人质换取荆州,才出现了赵云截江夺阿斗的这一幕。东吴那边忽然听到探子来报,曹操起兵40万,要报赤壁之仇。孙权就迁都建业,筑石头城,并在濡须坞击败曹军。所有这一切都是通过探听沟通起来,从而把三个国家之间的气脉沟通起来。

把《三国演义》组合成一个整体叙事结构,第二种手法就是伏笔。因为人间的事情,千头万绪,齐头并进,各条故事线索是相互纠结的。有时需要按下一些线索,集中描述某条线索,这就需要在笔墨上虚实结合,用上伏笔,以便花开两朵,各表一枝。这种伏笔就是毛宗岗所谓"横云断岭""横桥琐溪",今年秋天种下种子,明年春天才发芽。比如说魏延,在《三国演义》第四十一回,当刘备在新野溃败,带着十万百姓要进入襄阳城,被襄阳城的太守拒绝,魏延就在城里起事要迎刘备进城,但没有成功。他落荒而逃,逃到了长沙。过了十几回之后,也就是第五十三回,关羽去取长沙,与黄忠交战,两人互相谦让,长沙太守韩玄认为黄忠不杀关羽,要杀黄忠。这时魏延把黄忠救出,把长沙献给关羽。诸葛亮断定魏延的脑后有反骨,但是在用人之际没有杀他,魏延就成了蜀中一员大将,建立了很多的战功。直到第一百零五回,也就是五十多回之后,诸葛亮死了,没有人约束魏延了,他要掌握全部的兵权去造反。被诸葛亮托以军务的杨仪打开诸葛亮留下的锦囊，里面说让魏延在阵前大喊三声"谁敢杀我"，自有杀他之人出现。杨仪如计而行，对魏延说："你大声说三遍'谁敢杀我'，我就投降。"魏延不明就里，得意扬扬大叫了三声，身后一人忽然拨马冲了上来，厉声喝道："我敢杀你！"手起刀落，把他斩于马下。此人正是马岱。诸葛亮认定魏延有叛主的反骨，到最后留下锦囊妙计杀死魏延，伏笔的跨度是五十多回。

第三种手法，是数字结构。数字结构在《三国演义》里面起了很大的作用。数字可以把类似的行为归类，也可以把非连续性的事件加以连续性的组合成为一个叙事板块。《三国演义》里面有一些情节，比如说三顾茅庐、三气周瑜、七擒孟获、六出祁山、九伐中原，都是用数字结构起来的叙事板块。那么小说把它们组成了一个个板块，中间还有很多的事情插进来，有的是连续讲，有的是插进来讲，以数字作为总枢纽，来控制和操作整个叙事程序，可以称得上是我们古代数码化的技术。它起了集成化、仪式化的作用。毛宗岗在《读三国志法》中这样说：

《三国》一书，有横云断岭，横桥锁溪之妙。文有宜于连者，有宜于断者。有五关斩将，三顾草庐，七擒孟获，此文之妙于连者也。如三气周瑜，六出祁山，九伐中原，此文之妙于断者也。盖文之短者，不连叙则不贯串；文之长者，连叙则惧其累坠。故必叙别事以间之，而后文势乃错综尽变。

横云断岭强调的是断，横桥锁溪强调的是续，时间与事件的链条断断续续，使得数字结构板块也多种多样，富有弹性。

七、结构之道和结构之技

老　师：下面剖析一下《金瓶梅》的结构之道和结构之技的问题。道技之辩，是中国结构分析中的撒手锏，蕴含着深刻的哲学思想。西方的结构主义小说批评，宣称"作者死了"，专注于进行结构函数的分析，过多停留在结构的技术层面。但是中国的"结构"二字原本是动词，或者具有动词性，把结构看作人与天地之道缔结的精神契约，道和技充满着驱动力和对应性，把结构的分析推进到天与人的哲学深处。《金瓶梅》写的是西门庆家族的暴发和败亡。《金瓶梅》的宅院里和花园是全书的结构中心。城东有道教的玉皇庙，城南有佛教的永福寺，形成了阴阳两极的对应。宅院花园以翡翠轩和藏春坞雪洞为中心，是西门庆寻欢作乐、狂肆情欲的地方。《金瓶梅》里凡是热闹的事情都是在玉皇庙发生，凡是冷清的事情都在永福寺发生，所以张竹坡曾经评价说："玉皇庙热之源，永福寺冷之穴。"哪些事情发生在玉皇庙呢？重要的事情有西门庆热结十兄弟，还有李瓶儿生了官哥之后，在这里来记名；后来李瓶儿死的时候，在这里给她荐亡灵。生生死死都是非常热闹的。永福寺发生了哪些事情呢？西门庆在永福寺得了梵僧的淫药，导致纵欲无度。西门庆死后，庞春梅改嫁给周守备，这个永福寺是周守备的香火院，这就成了潘金莲埋尸的地方，又成了西门庆妻妾风流之后，普静和尚幻度孝哥儿的地方。这样的生生死死带有魔幻似的荒谬、阴森和悲凉，永福寺跟死亡、破落、冷冷清清这些情景连在一起。依托两个佛道寺庙，勾勒了生和死、阳间和阴间、人世和方外、人欲和天意，把酒色熏天的一个家族笼罩在有宗教色彩的空幻世界里面。它的哲学的穿透力就是摆在那里发挥作用，就像下棋了一样，下了几着棋就形成了哲学结构——一种形而上学的结构。用家居环境、地理空间作为天理人情运行的结构，应该是《金瓶梅》一个重大的发明。其后《红楼梦》也是设计好家居环境、地理空间，把大观园和太虚幻境相对照，一直延伸到了大荒山无稽崖青埂峰下，无才补天却有意补情天的那块灵顽兼备的石头，形成了一个潜在的沟通天人的结构。这种结构内在的前结构，赋予家族、人生以真假空幻的意义。

《金瓶梅》在玉皇庙、永福寺夹着西门庆家宅的"三明治"结构中，确立了一个重要的空间，并通过不断地重复这一个空间，推动这一个家族的兴衰起落，这个空间就是狮子街，进而形成了这个"热狗"模式。《金瓶梅》写了清河县有一条著名的街道叫作狮子街，《水浒传》中武松是在这个地方打死西门庆的。但是到了《金瓶梅》却来了一个偷梁换柱、李代桃僵，打死的不是西门庆，而是西门庆的替身李外传。于是就在这条狮子街，展示了西门庆的暴发和衰败，今非昔比，物是人非，以一种重复中的非重复的笔法，释放出浓郁的沧桑感、悲凉感。狮子街出现过四次：第一次是武松打死李外传，西门庆逃过一劫，然后西门庆就在这个地方包"二奶"王六儿了；第二次是元宵节，西门庆为李瓶儿过生日，那时候他害死了李瓶儿的前夫花子虚，谋财娶妇，甚是得意；第三次西门庆加官得职，在狮子街设宴庆升迁，还竖起一丈五尺的烟花柱，放的是火树银花，出现了"逞豪华门前放烟火，赏元宵楼上醉花灯"的狂欢景观，象征西门庆的财势繁花似锦；最后一次西门庆走上狮子街，这时候李瓶儿死了，他跟王六儿荒唐一番之后，神情恍惚，昏昏沉沉地在街道上碰到了旋风、鬼影，回到家里又被潘金莲灌了梵僧药，最后油尽灯枯，死在潘金莲的肚皮上。狮子街被写了四次，有狂欢，有冷清，有烟火，有鬼影，有死里逃生，有纵欲身亡，以重复中的反重复，把西门庆家族发迹、鼎盛到最后破败、崩溃的整个过程勾勒出来了。用一个地点作为贯穿不同故事的线索，这就是结构之技。结构之道中蕴含着、生发着结构之技，结构之技呼应、折射着结构之道，道与技融为一体。

我们分析中国文学作品，要对自身的文化基因，对我们几千年的文化原点上最精髓的成分心中有数。因为很多文化枝叶都是从文化的根柢上抽出来的新芽，以文化根柢上的高明的智慧作为茁壮成长的养分。我们有必要从中华文化精神的高度，从中国文化精华的角度来解读我们的文学作品，因为文化蕴含着一个民族的灵魂和气质，在全球的竞争和合作中，文化就是我们的身份证，我们用什么来证明我们的身份呢？不是卡拉OK，也不是可口可乐，而是我们的文化精神，包括经学、诸子学、佛学、道学。

其实对唐诗宋词的体验，中国人也跟西方人的态度不一样，感觉不一样，那种精粹的微妙，即使是翻译成西方的语言，外人也很难接触到那种散发的微妙气息。这就是我们的文学精深广博之处。我们如果树立大文学观，从文化的深层脉络来看我们的文学作品，就可以见微知著，由表及里地建立大国学术的话语体系、学理体系、评价体系，将中国源远流长的一流文学、文化、文明的经验转化为原创性的思想文化智慧，从而以大国的思想智慧来丰富人类的思想智慧。

我这里讲一个很简单的例子，比如说意象，翻译成西方的Imagery，但是Imagery侧重于象，在中国，意是大于象的，意在象先，用象这一种具象性的东西，来剖视天道天意。所以经过反复的琢磨，中国应该创造一个新词，叫作Ideal-imagery，这样才有中国的话语权。切不可在把中国的一种原创性的、带有自己的本体特征的东西转换为西方语言时，就失去了自己的话语权。要形成平等对话的意识，我们中国意大于象，意先于象。你落笔的时候先有意，后有象，意中就包含着象，衍生出象。意是道，象是技，意与象是道和技的关系。我后来发现，我的这种说法，与钱锺书的说法不谋而合。

八、中国学术走向世界要靠两条腿

老　师：中国学术走向世界，其实要靠两条腿：一是学者的原创，二是译者的精准。在中国的文学上，我们应该铸造出好的翻译家，从翻译家手中铸造出我们很特殊的一些概念术语，以艰苦而精准的文字搏斗，使这些概念术语可以跟西方进行有主体的对话的。比如说感悟，comprehensive是有理解力的、悟性好的，重点在于解，而不是悟。在解和悟之间的微妙差异，就是中国的思维方式和西方的思维方式的不一样。那我们用一个什么词来讲呢？现在我们讲道，弄成一个词"Dao"，就译过去了，但是感悟、意境、意象是用一个什么词来翻译，还是采用音译的方法呢？这些术语应该形成一个中国语言的本体性概念。数量不在多，而在于厘定要精到。这样在世界文学批评和文学对话中，才能有中国的一席之地。如果这些关键性的概念完全被人家同化了，就没有自信，没有自己的原创性，没有话语权了。

研究《红楼梦》的"红学"，一直是显学。但是对于《红楼梦》的几个问题，可能还要进行深度的开发。首先，是《红楼梦》跟儒释道的关系，跟中国文化的根子、跟脐带文化的关系。其次，是《红楼梦》跟中国民俗信仰之间的关系。比如说奶妈文化，曹雪芹的曾祖父曹玺的妻子是康熙皇帝的奶妈，曹玺跟随多尔衮征战，康熙封奶妈的后裔为苏州织造。所以《红楼梦》里贾宝玉的奶妈李嬷嬷，就能够倚老卖老，搅动风波。其三，是《红楼梦》的叙事秘法。以虚写实，多有隐喻，文化考古，影之影、镜中人的意象玄幻，作品的表面叙事中隐藏着深层意义。像这么一些问题都值得我们好好地留意。

我讲"明代四大奇书"用了新阐释学，把它们作为民族文化的一个样本来读，大文化的样本就不能光看思想性、艺术性，而要把握经典，又凿破经典，叩问经典是怎么产生的，它的文化本根和文化脉络如何。这就要求我们追求的理想的、高级的文学史，着重典型个案研究法。就是说，文学史的写作离不开经典，但是对经典又不能停留在表面上的罗列，而是要凿破经典，探讨经典的发生学，探讨经典的背后有什么文化的含义。"四大奇书"有很多问题，这一"奇"和那一"奇"不同，如果都相同了，那就不是"奇书"。千人一面，千部一腔，那就不是"奇书"，"奇书"就有它独特的思维方式。

老　师：《三国演义》是百年征战的宏大画卷，从东汉末的十八路诸侯的纷争，到三国鼎立，到最后三国归晋，整个的战争传奇具有惊心动魄的宏伟。《水浒传》换了一个江湖世界，荡漾着民气民心。《水浒传》的本事在《宋史·张叔夜传》的记载是"江以三十六人横行齐魏，官军数万无敢抗者，其才必过人。今清溪盗起，不若赦江，使讨方腊以自赎"。《宋史》里的寥寥数语给说书人提供了一个纵横想象的空间。《三国演义》虽然也编造了很多，但是基本上是按照《三国志》的框架渲染的。当然它把正统归于蜀汉，一反正统归于曹魏的传统。叙事上的正统归属，或者民间视野，都以空间决定了叙事的意义。《西游记》就变成神话空间，展示了神魔之争；《金瓶梅》展开市井空间，展示了市井的腐化不堪。所以空间的转移引起了文学形态的转移。说书人和将之整理成书的书会才人，关注的是哪一个社会空间，文学空间便随之转向，折射了创作者整个社会意识的不同。实际上《三国演义》和《水浒传》是跟宋元时代北方的威胁和南方的反抗，由此而产生的民心民气存在着深刻的关系。《西游记》的神话空间，属于一种自由的形态，写起来也就多有游戏笔墨。到了《金瓶梅》，看到了社会现实的腐烂，翻过传奇这座山，看到社会现实那座山，所见所感发生了翻天覆地、令人扼腕的变化。

男同学 A：如果把握小说关注空间，就会发现，关注的视角是什么，全凭小说所体现的社会空间上。

老　师：对社会空间的关注，联系着著书者的立场和眼光投射到什么地方。被关注着的反照出关注者的社会人生的生命体验。人文空间，应该成为小说研究的重中之重。

对话八
文学史著述者的本体素质

　　《红楼梦》的梦幻本旨融合着佛禅老庄的空泛与物化，蕴含着自我个性的朦胧觉醒。因此"那红尘中有却有些乐事，但不能永远依恃；况又有'美中不足，好事多魔'八个字紧相连属，瞬息间则又乐极悲生，人非物换，究竟是到头一梦，万境归空"，甲戌侧批说："四句乃是一部之总纲。"尽管是梦幻，也要忏悔。忏悔与梦幻纠缠，使得梦幻不能超脱，忏悔不能安神。

一、对《红楼梦》的解读触及中国思想文化的根本

老　师：对《红楼梦》的解读，触及中国思想文化的根本，也体现了一个文学史著述者的本体素质，以自己的本体素质反照文本。所谓文学史著述者的本体素质，一是要懂得哲学，包括宇宙哲学、生存哲学和神话哲学；二是要懂得诗，诗是文学的精华，是文学中的文学，是文学通向高远精深的精神通道；三是懂得中西文化的特征，从而以返本还原的方法，揭示中国文学的原创性本体特质和发展脉络。文学史著述者的本体素质，决定了读书的深度。读《红楼梦》也要有文学史著述者高明的本体素质，才能揭示它的精华。因此，在讨论《红楼梦》时，特别强调研究者的素质，是非常必要的。我想同学们都读过《红楼梦》。你们是多大年纪读《红楼梦》的？读后第一印象中留下最深刻的是什么？以前对《红楼梦》的研究，包括胡适、俞平伯他们的研究，都是显学了。那么，他们的研究存在着什么样的长短？

女同学 B：我是初中一年级开始读的《红楼梦》，第一次读《红楼梦》印象最深的是林黛玉的死。

老　师：那是后四十回了。

老　师：实际上，对后四十回我们过去有很多的误解。后四十回可能根据曹雪芹的未完稿，有的写得非常精彩，属于经典笔墨，甚至不在前八十回之下。只是贾宝玉丢失了通灵宝玉之后，疯疯傻傻，写不出高明的诗赋了，这是否意味着高鹗缺乏曹雪芹那种诗性才华？

女同学B：读到黛玉死的那一段，她把手帕和诗稿烧了，然后就喊宝玉。

老　师：林黛玉用最后一口气，喊的是"宝玉你好……"，说明了林黛玉临终最后一口气咽下之前，还撕心裂肺地惦挂着贾宝玉。但是到底是说"宝玉你好狠心啊"，还是"宝玉你好好地过啊"，就任人猜测、耐人咀嚼了，这是小说叙事的狡猾之处，呈现了一种开放的思维。

女同学B：因为是晚上躺在被窝里读的，一边读一边哭。后来到了高中的时候，课本里面又有《红楼梦》，讲的是林黛玉进贾府那一段，老师还要求我们看了1987年版的《红楼梦》的电视剧，当时对《红楼梦》也是挺感兴趣的，就买了脂砚斋评的《红楼梦》。

老　师：那是八十回书。脂砚斋的评点有眉批、侧批、双行批、回前回后批。脂砚斋与曹雪芹关系密切，作为熟知曹雪芹的人，给我们提供了许多了解曹雪芹的信息，这是别人代替不了的。

女同学B：读八十回的《红楼梦》，还有就是看脂砚斋的评语。然后当时对它的构思、结构觉得惊为天人，就是觉得非常恢宏，又非常精致。后来对于《红楼梦》研究的文章，我印象比较深刻的是《红楼梦的两个世界》。

老　师：就是余英时的作品？

女同学 B：余先生的专业是历史学，不是主攻文学的，他的这本书写得很薄，像是长篇的论文一样。读完了之后，有一点豁然开朗的感觉，就是大观园的那个世界和大观园外面的世界。后来就是好像很多人就基于这两个世界的说法，发展出三个世界、五个世界的解说。我发觉，主要还是大观园里那个纯净的世界和外面贾府的那个肮脏的世界，但是这两个世界又不是截然分开的。比如说他们建这一个园子的时候，就是从外面引进水来，然后又流出去的。其实怎么说呢，两个世界并不是截然分开的，尤其是后来大观园里面也发生了很多的事情，也就预示着贾府真正的没落。

二、关于"钗黛合一"

女同学 C：我来谈一下"钗黛合一"的问题。俞平伯是这个问题的"始作俑者"。实际上，林黛玉给人的感觉在于"一抔净土掩风流"的自傲，在于她的诗人情怀，就是像道家出世的情怀；宝钗给人的感觉在于任是无情亦动人的缥缈，在于入世，做一个端庄贤淑的夫人。黛玉的情感，强烈而纯粹，"一抔净土掩风流"，"质本洁来还洁去"，有一种无论霜寒雨打依然坚持的知识分子的精神自觉；薛宝钗的情绪是比较稳定的，带有智性的，是夹杂着人类的精神贵族的入世性和安分随时的守成性。二人呈现生活方式的迥异和性情不同的风姿。"钗黛合一"实际上是追求内心反抗和顺从两个方面的合一，尽管现实中很难做到真正的合一，但是不可否认的是现代人的神魂气魄中存在着可以与之等量齐观的差异侧面。可以做的是呼吁社会对于异端的宽容，还有对于保守性、世俗利益的择善而从。

老　师：至于择善而从，什么是善，什么是恶？什么是洁，什么是污？这也是一种深刻的精神选择。《红楼梦》中有百般选择，选择的结果成了"白茫茫大地真干净"。这就是悲剧性的选择了。

女同学 C：我一开始读《红楼梦》的时候，就想到很多，觉得林黛玉怎么怎么样，薛宝钗怎么怎么样。但是现在读《红楼梦》的时候，就觉得非常理解她们，比如说林黛玉非常敏感，耍小性子。她在那个环境里面，可能想很多，因为她总是有一种寄人篱下的感觉。她住在外婆家，而且是这么大的家族，应对许多问题很纠结，不够坦然大度，我觉得是可以理解的。之前我觉得有一个倾向，就是因为林黛玉和贾宝玉是"木石前盟"，是不忘初心，所以总觉得薛宝钗怎么样的，有一种猜忌和贬低薛宝钗的感觉。但是我觉得即便现在来看薛宝钗，她的性格也真的是很好，是一个非常合格的世家小姐。

老　师：人们觉得，林黛玉只能当情人，薛宝钗才能当老婆。是否如此？总之"钗黛合一"，是合而不一的，二者代表着不同的人格理想。都合一了，就没有性格的多样性，有多样性才是真正的人生。

女同学 C：宝钗的情商非常高。比如她过生日的时候，让她选戏，她选的戏却都是贾母喜欢看的那些比较热闹的戏。这样的女孩子谁不喜欢？

女同学 D：贾宝玉和林黛玉是属于灵魂上的情人，而宝钗是属于世俗的夫人，所以贾宝玉娶了宝钗，他觉得心里意难平；但是如果他娶了黛玉，也会心里难安的。

老　师：你的眼光是很敏锐的。贾宝玉如果娶了林黛玉，他们没有独立的经济能力，没有遇上健全的社会经济体制，结果只能是又一个悲剧。他们想走新路，但是没有新路可走。用大悲剧的眼光，才能把《红楼梦》看得透彻。《红楼梦》的伟大，就是教会世人用感伤的悲剧的眼光看大千世界。一部杰作的教诲，胜于汗牛充栋的论文。

男同学 A：我第一次完整看完是在读大学本科的时候。小的时候我看过电视剧，听过《红楼梦》相关的故事。最初看《红楼梦》的时候，我一看这一个名字，就觉得它就有一种富贵气，有一种香气在里面，因为我觉得中国古代就两种人喜欢做梦，两种人能把梦做得很好：一种是修道的人，他要练睡功，要先用那种手段；还有一种人就是富家子弟，因为他有这样的条件，他可以有自己的想法，尤其是男性。《红楼梦》给我的第一感觉是这样的，读下来也感觉到《红楼梦》尊重女性。杨老师讲过《红楼梦》是写女性的一部书，它把这女性的形象写得百花齐放、各有特点，这是《红楼梦》的一大特点。而且我们仔细看这一些人物的形象，实际上放在大观园的生活背景里面，都能够找出原因。

我比较了凤姐和邢夫人。邢夫人是什么样的人呢？邢夫人表面看起来是一个贵妇人，但是实际上比较贪婪，喜欢克扣一些小钱，然后把账推到她老公身上。我觉得这是看透了这种人的本性。邢夫人虽然是贵妇人，但是没有比较稳定的经济来源，主要是依靠她丈夫家，所以她要懂得去克扣，拿到自己手里的才是自己的。所以她即便有钱，但是还要用那个小心眼去想。其他的像黛玉和晴雯，我觉得她们有一些方面很像，都是比较有性格，晴雯可能要更激烈一些。凤姐和宝钗，是比较识大体的，但是宝钗可能更温柔一些。

关于《红楼梦》结局的问题，《红楼梦》的一大特点是悲剧，因为贾宝玉没有一个正常的大团圆的结局，没有跟林黛玉走到最后，他还是要去参加科举，最后再出家。

我还是觉得《红楼梦》里面有佛道的影响，表面上看它是走佛教的路线，主要的人物出家当和尚。实际上贾宝玉崇尚庄子，故事的走向里面有道家的思想。

三、以"太虚"追寻庄子诗意栖居的生存哲学

老　师：人间大观园，天上太虚幻境。"太虚"一词最早见于《庄子·知北游》："若是者，外不观乎宇宙，内不知乎太初，是以不过乎昆仑，不游乎太虚。""太虚"指的是宇宙太初的"道"的境界，人在世间，心在太虚，以人心连通大道，是庄子诗意栖居的生存哲学。庄子以诗性的哲学、哲学的诗性，追求天下之大美，探求精神之逍遥。他最向往的人生就是适性逍遥。而且用了"太虚"一词，就可以避免佛家地狱因果报应的那种恐怖。《红楼梦》写地狱很少，就是秦钟快要死的时候，贾宝玉来看望，鬼判把他放回去，就那么一点点，其他的没有写到真正的地狱恐怖。

男同学 A：是的，尤其是最后结局里面，我觉得贾宝玉还没有按照常规走。道家就讲放下欲望，清静无为的境界。实际上宝玉不喜欢这种贵族生活，多少还有不少精神抵触。他不喜欢跟薛宝钗结婚，但最终还是结婚了，他就是把之前一些执着的东西放下，顺其自然地就要这样走，最后再真正地走向自己。这还是有传统的宗教思想在作怪。

女同学 B：我觉得《红楼梦》最可贵的是体现了一种厌世、解脱的精神，这是和乐天的精神相对立的；佛教精神和乐天精神也是相对

立的。乐天精神就是像唐代诗人白居易,简单生存而等待天命的安排,以善有善报,恶有恶报的意识,作为乐天精神的支柱。白居易的字就叫作"乐天",他祖籍山西太原,到其曾祖父时迁居下邽,生于河南新郑。他相信命运的安排是最好的,即便沦落市井,终究会被重用,也是一种乐天精神和意识的体现。而解脱精神就在于尘世间的一切都不是我刻意追求的,而我随缘所求的都会得到满足才是乐天的精神,不会因为得不到而不开心,不会因为得到而开心,这可以说是种解脱的精神。基本预设是俗人渴求的一些都是无意义的,是虚无主义和悲观主义的体现。元好问在《论诗三十首》中说:"并州未是风流域,五百年中一乐天。"《红楼梦》的哲学与此相反,它是宇宙间之大著作,揭示了生命本质,揭示了一个人从性与情走向解脱,揭示了从生灵欲望中、束缚中解脱出来的过程,这才叫成长,它表现的是这样一种境界。

老 师:我研究《红楼梦》,是 2008 年作《老子还原》那一年开始,此后陆续还写了《庄子还原》、《墨子还原》、《韩非子还原》、《论语还原》(105 万字)、《屈子楚辞还原》(116 万字)。还有《兵家还原》(170 万字),已经获得国家社科基金的后期资助,将由北京的中华书局出版。这七大还原的序列是把还原作为一种方法论,已经受到了学术界的广泛关注。如果在诸子还原中再考察几个诸子,比如说写《孟子还原》《荀子还原》也未尝不可。因为在这方面我已经准备了许多材料,特别是孟子,准备的材料有 100 万字。但是我觉得如果再这样做,恐怕也还是处在《论语还原》这个学术层次上。

所以我想来一番战略转移，对中国古典文学的顶峰《红楼梦》来一次精准的探险，洞察它字里行间的精微，才算得上尽了一个中国研究者的责任，因此我就撰写了《红楼梦精华笺证》，对84万字的《红楼梦》，作了50万字的笺证式的解读。这主要是从三个方面去展开自己的思路：一是《红楼梦》跟传统文化的根子、跟脐带文化的关系；二是《红楼梦》跟民俗信仰的关系，与清代关系到王朝气数的天花禁忌的关系，与曹氏家族的奶妈崇尚的关系，与木兰围场骑射文化衰落的关系；三是对《红楼梦》的叙事秘法进行精密的探险、探索。我在这一本书的前面写了一个"弁言"。弁是古代一种尊贵的冠，在这里指认了《红楼梦》是横空出世的文化圣典、文学昆仑。昆仑在古代中国神话文化中，上可以通天，下又奔流着中国母亲河黄河的文化系统、中华文明史的文化系统。探究《红楼梦》，就是要沟通它跟文化的本源、文化的血脉的关系，揭示它是博大精深的中国文化绽放出来的奇葩。《红楼梦》的原名叫《石头记》，其实《石头记》这个名字可能比《红楼梦》这个名字更好，它在中国小说的命名上蕴含着最深厚、精湛的文化密码。"石而能言"的灵感，可能来自《春秋左氏传》。《左传》昭公八年春，石言于晋魏榆。鲁平公问于师旷曰："石何故言？"对曰："石不能言，有神凭焉；不然民听之滥也。臣闻之，作事不对，怨读言动于民，而有非言之物而言。今宫室崇侈，民力屈尽，百姓疾怨，莫安其性，石言不亦可乎？"起码《石头记》有三重意义，是石头做的记，是石头留的记，是石头被记，产生出语言叙事的浮雕形态。由于女娲炼石补天炼成的三万五千六百零一块石头，又多出了一块无材补天的顽石，它不去补地济世，却去补恨海情天。一僧一道将这一块顽石，这一块巨大、多余的顽石缩小成扇坠大小，携它到昌明隆盛之邦、诗礼簪缨之族、花柳繁华地、温柔富贵乡。这一个幻形入世的通灵宝玉，被贵族中国的异样子弟衔着来到人间。我称他为异样子弟，而不是称作什么反叛者，或者是个性觉醒者。他是异样的，跟他的祖辈走着不同的道路。这么一个贵族子弟贾宝玉，衔着通灵宝玉来到这个人世，经历了家族的盛衰、爱情的磨难、群芳的流散，尤其是刻骨铭心的"绛珠还泪"，在绝望的痛苦中超脱了，又遁入佛门。所有这一些家族史上的人世经历，以人书和天书相结合的审美方式，记载成了这部石头书。《红楼梦》既是一本人书，又是一本天书，是人书和天书结合的超现实主义审美形态。所谓"石头书"是何等结实和虚幻的想象？经过了几世几劫，空空道人将石头书抄入问世传奇。后曹雪芹在悼红轩披阅十载，增删五次。从天上看人间是《石头记》，被修改成人间看天上的《红楼梦》：天上看人间是记，人间看天上是梦；记是深切的，梦是玄幻的。玄幻因深切而根基牢固，深切因玄幻而哲思升华。所以这些就是脂评说的，看到有"美中不足，好事多魔"八个字紧相连属，瞬息间则又乐极悲生，人非物换，究竟是到头一梦，万境归空，成了这一本世情书的总纲。

《石头记》植根于中国古人的石头崇拜，如女娲炼石补天，剩余的一块石头，成为怡红公子含在口中降生的命根子。石头崇拜是中国文化的原始崇拜，联系着女娲炼石补天，大禹治水的启母石，以及天地长子雷公由石卵的诞生。所做的梦在红楼，这红楼就是贾宝玉居住的怡红院绛芸轩，联系着绛珠仙子，也联系着曹雪芹在其中

"披阅十载，增删五次"的悼红轩，因此红楼之梦实际上是悼红轩里的曹雪芹、绛芸轩里的贾宝玉，以及弃之在无稽崖青埂峰的石头一道写的天人之书，一部充满着奇思幻想的人生忏悔录。对于这一本"人书—天书"的文本，过去评说《红楼梦》是伟大的现实主义著作，实际上《红楼梦》应该是伟大的超现实主义著作，不仅是现实主义，而是有所超越，有更高的宇宙人生哲学追求的。

清人的《京都竹枝词》说："闲谈不说《红楼梦》，读尽诗书是枉然。"枉然的意思是徒劳无功，浪费时间，得不到任何的收获。这是由于《红楼梦》一出，中国文学经典的格局发生了根本的变化，只有重新从经典的顶端来诠释和理解全部经典，才能认识中国文学的本质特征、根本意义以及它所昭示的审美可能性。由于《红楼梦》对其他诗书的这种顶峰优势，近代出现了成绩斐然的一门名为"红学"的显学。至于红学的得名，晚清民初徐珂（1869—1928）编撰的《清稗类钞·诙谐类》（1916年完成）记载：

> 曹雪芹所撰《红楼梦》一书，风行久矣。士大夫有习之者，称为"红学"。而嘉、道两朝，则以讲求经学为风尚，朱子美尝讪笑之，谓其穿凿附会，曲学阿世也。独嗜说部书，曾寓目者，凡九百种，尤熟精《红楼梦》，与朋辈闲话，辄及之。一日，有友过访，语之曰："君何不治经？"朱曰："予亦攻经学，第与世人所治之经不同耳。"友大诧。朱曰："予之经学，所少于人者，一画三曲也。"友瞠目。朱曰："'红学'耳，盖'经'字少一画三曲，即为'红'也。"

这就把"红学"推崇到"新经学"的地位。

五四新文化运动中，胡适创立新红学，他针对的是蔡元培在晚清编写的《石头记索隐》。晚清的潮流是政治小说，蔡元培《红楼梦考证》开篇明义：

《石头记》者，清康熙朝政治小说也。作者持民族主义甚挚。书中本事，在吊明之亡，揭清之失，而尤于汉族名士仕清者，寓痛惜之意。当时既虑触文网，又欲别开生面，特于本事以上，加以数层障幕，使读者有"横看成岭侧成峰"之状况。……书中红字多影朱字。朱者，明也，汉也。宝玉有爱红之癖，言以满人而爱汉族文化也；好吃人口上胭脂，言拾汉人唾余也。……甄士隐即真事隐，贾雨村即假语存，尽人皆知。然作者深信正统之说，而斥清室为伪统，所谓贾府即伪朝也。

到了五四新文化运动个性主义潮流高涨，把小说看成是人的自叙传。这就把《红楼梦》解释为曹雪芹的忏悔录。百年红学，解读者言说不尽的大书，意味着红学成了一个热点的学科、学说、学派。《韩非子·显学》说："世之显学，儒、墨也。儒之所至，孔丘也。墨之所至，墨翟也。"秦汉以后的历史表明，儒学成为长久的显学，墨学却成为中断的显学。由此可知，显学的发展应该回归正道，反思起来，红学这一炙手可热的显学，假如我们现在着重在版本学和曹雪芹曹学，这虽然根基深厚，但是难以避免它有偏颇，它应该由偏颇回归正道。因此不需要掩埋、掩饰和埋没《红楼梦》的精华，而是要阐明和发扬《红楼梦》的精华，因此有必要对《红楼梦》的精华做出他人所没有达到的深度的、笺证式的解读。

怎么样才能对《红楼梦》的精华、它的深层意义，做出新的解释？这是每一个红学研究者都应该认真思考的问题。过去的研究者做了很多工作，曹学、版本学，还有诗词典故的解释，都取得了引人注目的建树。现在需要进一步思考的是从一些荦荦大端上讲出一些新的看法。第一，是要通解《红楼梦》跟中国文化根本的关系，也就是跟它的文化脐带的关系，比如它跟经学、史学、诸子学、佛学的关系。值得注意的是，全书不去彰显地狱，却彰显太虚幻境，以庄子的太虚道境来建构它的宇宙模式，这就超越了因果报应的地狱恐怖，而在诗化哲学中尽情地把握生存的价值。同时我们要对从晚明到清初的小说文化脉络做出清理。包括比高鹗的叙述早出40年的《儒林外史》中的范进，与贾宝玉都是中第七名举人，一个进入了名利场，一个皈依佛门，在对比中重构了天人之学。还可以考察从女娲补天到红楼群芳的女儿情结的渊源，"木石前盟"，是不忘人类走出一般的动物界初心；而"金玉良缘"是财富积累后，对繁华富贵的追求。第二，还要通解《红楼梦》与民俗信仰的关系，比如说清朝前中期几乎关系到王朝命运的天花禁忌，还有关系到曹氏家族兴衰的奶妈崇尚的关系、鬼神文化与"世情书"的关系。第三，要通解《红楼梦》深层的叙事学的原理，这就是甲戌本眉批所讲的：

事则实事，然亦叙得有间架、有曲折、有顺逆、有映带、有隐有见、有正有闰，以至草蛇灰线、空谷传声、一击两鸣、明修栈道、暗度陈仓、云龙雾雨、两山对峙、烘云托月、背面敷粉、千皴万染，诸奇书中之秘法，亦不复少。余亦于逐回中，搜剔剖剖，明白注释，以待高明，再批示误谬。开卷一篇立意，真打破历来小说窠臼。阅其笔，则是《庄子》《离骚》之亚。

这种叙事秘法演化出来的就是它的诗性神话、文化空间的设置，布局上的虚虚实实的玄机，还有镜中人、影中影，尤其是沟通小说和建筑、绘画、戏曲、兵书的多种智慧，直抵"天书—人书"互动互参的叙事密码。《红楼梦》由此成为中国叙事原则集大成的一部经典，通过把握三个基本点，从而在实质意义上建构出中国《红楼梦》研究的学理体系和话语体系，发出中国学术的原创声音。这样才对得起《红楼梦》所谓"标题诗"的期待："满纸荒唐言，一把辛酸泪。"以荒唐言包含着辛酸泪，泪中有社会史、家族史、人生史的百般辛酸，荒唐言中有神话学、宗教学、审美学的透顶荒唐。它们之间的精彩结合，展示了贵族中国衰落、崩溃时代的百科全书式的人文图册和人物画卷。这就是把《红楼梦》的伟大还原为天书与人书结合的旷世无双的审美特质。读《红楼梦》不能够只顾着读故事，而要取精用弘地读文化，才能读出它的精髓。

四、兴趣读书和哲理读书

男同学B：《红楼梦》我是硬着头皮去读的，读完后，没有留下非常深刻的印象，反而是从老版的《红楼梦》的电视剧，得到的影响比书的影响要大，因为电视剧里有一些非常美的场景。后来就是听我们的老师在讲这一个电视剧的时候，有一个非常有趣的故事，就是研究《红楼梦》的舒芜先生，就不愿去看电视剧。但是他后来就跟别人说，这些世家贵族的大小姐，怎么可能在园子里面嬉戏打闹？他既然说了这样的话，说明他还是看了电视剧。

老　师：读书是一种智慧的航行，因而读书是一种享受，享受可以来自兴趣，享受也可以来自哲理感悟。兴趣和哲理感悟，都是为了滋润和充实自己。看电视剧，可以增加我们的研究兴趣，但是研究还得回到《红楼梦》一百二十回本，回到脂砚斋点评本。以它们和电视剧相比较，以尽可能完备的各种材料进行参证，得出科学的、有悟性的结论。比如，清末赵烈文《能静居日记》说：

　　曹雪芹《红楼梦》，高庙（按指乾隆）末年，和珅以呈上，然不知其所指。高庙阅而然之，曰："此盖为明珠家事作也。"后遂以此书为明珠遗事。

　　清代诗人富察·明义在其《题红楼梦》诗序中说：

曹子雪芹出所撰《红楼梦》一部，备记风月繁华之盛。盖其先人为江宁织府。其所谓大观园者，即今随园故址。惜其书未传，世鲜知者，余见其钞本焉。

其实，《红楼梦》的叙事空间，一是曹雪芹少年时代的江南织造府的"随园"空间，二是曹家被查抄后回到北京有机会探访的和珅宅邸（即恭王府花园的空间），三是《西厢记》《牡丹亭》的后花园空间，四是纳兰性德《饮水词》反复吟咏的"红楼""葬花"的性情空间。曹雪芹是把这四个空间融合着自己的贵族世家败落和人生悲剧的体验，贯穿、融合这些多元空间的文化景观。"四空间说"，呈现了《红楼梦》空间的灵感四射，切入人性人心之博大奇妙。

对于《红楼梦》如何成为完璧，也有许多材料可以整理。程甲本《红楼梦》程伟元序说：

《红楼梦》小说本名《石头记》，作者相传不一，究未知出自何人，惟书内记雪芹曹先生删改数过。好事者每传抄一部，置庙市中，昂其值得数十金，可谓不胫而走者矣。然原目一百廿卷，今所传只八十卷，殊非全本。即间称有全部者，及检阅，仍只八十卷，读者颇以为憾。不佞以是书既有百廿卷之目，岂无全璧？爰为竭力搜罗，自藏书家甚至故纸堆中无不留心，数年以来，仅积有廿余卷。一日偶于鼓担上得十余卷，遂重价购之，欣然翻阅，见其前后起伏，尚属接笋，然漶漫不可收拾。乃同友人细加厘剔，截长补短，抄成全部，复为镌板，以公同好，《红楼梦》全书始至是告成矣。书成，因并志其缘起，以告海内君子。凡我同人，或亦先睹为快者欤？小泉程伟元识。

细加厘剔的友人乃是高鹗，高鹗明确说过：

予闻《红楼梦》脍炙人口者，几廿余年，然无全璧，无定本。向曾从友人借观，窃以染指尝鼎为憾。今年春，友人程子小泉过予，以其所购全书见示，且曰："此仆数年铢积寸累之苦心，将付剞劂，公同好。予闲且惫矣，盍分任之？"予以是书虽稗官野史之流，然尚不谬于名教，欣然拜诺。

俞樾《小浮梅闲话》中的一条材料说：

《船山诗草》有《赠高兰墅（鹗）同年》一首云，"艳情人自说《红楼》。"注云，"《红楼梦》八十回以后，俱兰墅所补。"

船山即诗人张问陶。张问陶是高鹗的同年，曾有《赠高兰墅（鹗）同年》一诗，云："无花无酒耐深秋，洒扫云房且唱酬。侠气君能空紫塞，艳情人自说红楼。逶迟把臂如今雨，得失关心此旧游。弹指十三年已去，朱衣帘外亦回头。"此处有一小注："传奇《红楼梦》八十回以后，俱兰墅所补。"程乙本《红楼梦》又有高鹗撰写的引言说：

是书前八十回，藏书家抄录传阅几三十年矣，今得后四十回合成完璧。缘友人借抄争睹者甚夥，抄录固难。刊板亦需时日，姑集活字刷印。因急欲公诸同好，故初印时不及细校，间有纰缪。今复聚集各原本详加样阅，改订无讹，惟识者谅之。书中前八十回，抄本各家互异；今广集核勘，准情酌理，补遗订讹。其间或有增损数字处，意在便于披阅，非敢争胜前人也。是书沿传既久，坊间缮本及诸家所藏秘稿，繁简歧出，前后错见。即如六十七回，此有彼无，题同文异，燕石莫辨。兹惟择其情理较协者，取为定本。书中后四十回，系就历年所得，集腋成裘，更无它本可考。惟按其前后关照者，略为修辑，使其有应接而无矛盾。至其原文，未敢臆改，俟再得善本，更为厘定。且不欲尽掩其本来面目也。是书词意新雅，久为名公巨卿赏鉴。但创始刷印，卷帙较多，工力浩繁，故未加评点。其中用笔吞吐虚实掩映之妙，识者当自得之。向来奇书小说，题序署名，多出名家。是书开卷略志数语，非云弁首，实因残缺有年，一旦颠末毕具，大快人心，欣然题名，聊以记成书之幸。是书刷印，原为同好传玩起见，后因坊间再四乞兑，爰公议定值，以备工料之费，非谓奇货可居也。壬子花朝后一日，小泉、兰墅又识。

从这些序言、引言中反映出的情形来看，高鹗于乾隆五十五年（1790）三月参加会试落第。正是在他落第后第二年，即1791年春，应友人程伟元之邀，参与整理修订《红楼梦》。

男同学B：电视剧主要是吸取了周汝昌的一些观点。我非常喜欢《红楼梦》的诗词。《红楼梦》里面的诗词就像水族馆里面的水草一样，把它放在水箱里面，它看上去是非常鲜活漂亮，可是它们一旦脱离了《红楼梦》的故事情节和文本，被单独地拎出来，就是像把水草从水箱里拿出来，就变得干瘪下去了，没有了摇曳身姿。

老　师：《红楼梦》中的《葬花吟》《芙蓉女儿诔》，都是锦心绣口的文章，从来小说写不出这种绝妙好辞。这些诗赋都是曹雪芹为书中人物捉刀，根据各人的性格、身份、命运，为他们量体裁衣写成的。前八十回中林黛玉的几首诗、贾宝玉的几首诗赋，应该说是非常精妙的，即使拿出来单独地读也是好的作品。

男同学B：还有一点，就是关于《红楼梦》的悲剧结局。我们小时候读《红楼梦》，关于后四十回已是争论不休了。我读书的时候想，如果没有这后四十回，或者说我们并不知道它的结局是什么样的话，那么什么样的结局才是符合《红楼梦》的这种所谓的悲剧结局呢？《红楼梦》给我的感觉，就是透露出中国传统美学中所难得一见的悲剧人生。如果说给《红楼梦》安排一个完满的结局的话，那就味同嚼蜡了。

老　师：《红楼梦》产生的时代是在乾隆盛世，贵族中国到了这个时代已经烂熟了，它不配有更好的命运。这是曹雪芹敏感的地方，感受到贵族中国就要崩塌了,"流水落花春去也,天上人间"。这是天上人间的大悲剧。有如鲁迅所说:"至于说到《红楼梦》的价值,可是在中国底小说中实在是不可多得的。其要点在敢于如实描写,并无讳饰,和从前的小说叙好人完全是好,坏人完全是坏的,大不相同,所以其中所叙的人物,都是真的人物。总之自有《红楼梦》出来以后,传统的思想和写法都打破了。"

女同学 C:《红楼梦》最后回归到"落了片白茫茫大地真干净",就是这种悲剧,我感觉是在一个更高的层面上得到了成全,成全了一种悲剧哲学。

五、超悲剧的"凤凰涅槃"

老　师:"落了片白茫茫大地真干净"的坍塌,是触目惊心的悲剧,但它本身岂不也隐含着重生,隐含着在废墟上走出一条新路以求重生?这令人联想到,传说中的天方国,有一对神鸟,雄为凤,雌为凰,满五百岁后,集香木自焚,复从死灰中更生,从此鲜美异常,不再死。贾宝玉的出家,是《红楼梦》中的凤凰涅槃,既是悲剧,又超越悲剧。在它那个时代,只能借佛教来超越悲剧。鲁迅在《论睁了眼看》中说:

《红楼梦》中的小悲剧,是社会上常有的事,作者又是比较的敢于实写的,而那结果也并不坏。无论贾氏家业再振,兰桂齐芳,即宝玉自己,也成了个披大红猩猩毡斗篷的和尚。和尚多矣,但披这样阔斗篷的能有几个,已经是"入圣超凡"无疑了。至于别的人们,则早在册子里一一注定,末路不过是一个归结:是问题的结束,不是问题的开头。读者即小有不安,也终于奈何不得。然而后来或续或改,非借尸还魂,即冥中另配,必令"生旦当场团圆",才肯放手者,乃是自欺欺人的瘾太大,所以看了小小骗局,还不甘心,定须闭眼胡说一通而后快。赫克尔(E. Haeckel)说过:人和人之差,有时比类人猿和原人之差还远。我们将《红楼梦》的续作者和原作者一比较,就会承认这话大概是确实的。

　　由于尊重《红楼梦》,也许我对前辈不够尊敬,但是觉得"兰桂齐芳"也是可以商议的,即使又重新出现了一个这样的簪缨家族,难道它就能逃避这样一个"繁华—坍塌"的怪圈吗?簪缨家族的坍塌是一个过程,有无可奈何的衰落,也有似曾相识的回光返照,它不是直线的,而是波浪式推进的。就说贾宝玉在冰天雪地中披着大红猩猩毡斗篷出家,又何尝不是给全书的结尾增加了一些色彩呢?而且《红楼梦》中断断续续地写大红猩猩毡斗篷,一共有七次之多。这是贵族子弟冬天御寒的一种很高贵的斗篷。《红楼梦》的描写往往具有多义性,应该重新考虑,不是一句调侃的话就可以说尽的。

女同学C:我第一次接触《红楼梦》是在初中的时候,当时老师让我们背那首《葬花吟》。那是我第一次完整地读那么长的作品，精神上产生了震撼的感觉。后来又看《红楼梦》电视剧，当时《百家讲坛》刘心武讲得特别火，但我并没有完整地看。从乐趣的角度，我觉得刘心武讲的有一些是比较新颖，因为当时我们作为孩子来讲，对红学的研究其实所知甚少，所以听他讲的时候，感觉他讲得好像挺有意思，很多的观点就当成一家之言。后来是高中看过《红楼梦》，然后大学本科的时候又重新看了一次。

我觉得如果没有看红学的研究，单纯地去看《红楼梦》本身，每一个人心中都有他自己的一些解读，所以我在想，其实红学发展到现在是不是也存在过分解读的这么一种可能性。我作为一个普通人看，觉得曹雪芹如果也是一个普通人，怎么可能在这么长的篇幅处处都字斟句酌，每一个字可能他从前几回一直要埋那么长的伏笔到第八十回，想得那么周到，从我的角度是比较难以理解。

老　师：《红楼梦》也有照应不周的地方，比如说贾母的生日。本来贾母的生日是正月的，与薛宝钗的生日相前后。那是探春把贾府各人的生日一个月一个月地排下来讲了，一月份有谁生日，二月份有谁生日。后来贾母生日却错位到八月初三了。生日过得有雅有俗。林黛玉二月份的生日是花朝，也叫"花神节"。南宋梁元帝有花朝诗云："花朝月夜动春心，谁忍相思不相见。"贾宝玉的生日是端午，有斗草的游戏，属于端午的风俗。贾宝玉生日，晚上在怡红院玩占花名游戏。宝钗的花名签是牡丹——艳冠群芳：任是无情亦动人，探春的花名签是杏花——瑶池仙品：日边红杏倚云栽，湘云的花名签是海棠——香梦沉酣：只恐夜深花睡去，麝月的花名签是荼蘼花——韶华胜极：开到荼蘼花事了，香菱的花名签是并蒂花——联春绕瑞：连理枝头花正开，袭人的花名签是桃花——武陵别景：桃红又是一年春，李纨的花名签是老梅——霜晓寒姿：竹篱茅舍自甘心，黛玉的花名签是芙蓉——风露清愁：莫怨东风当自嗟。贾宝玉生日也有说是四月中下旬的，还有一些对不上号的东西。小说叙事有时对不上号，也不要紧，反而能够给人一种命运作弄人的遐想。《红楼梦》这种过生日，可不是《笑林广记》中《属牛》的过生日："一官遇生辰，吏典闻其属鼠，乃醵黄金铸一鼠为寿。官甚喜，曰：'汝等可知奶奶生辰亦在目下乎？'众吏曰：'不知，请问其属？'官曰：'小我一岁，丑年生的。'"官员看到自己在鼠年过生日，下属官员凑钱给他铸了一个黄金鼠来祝寿，就提醒下属，自己妻子"她小我一岁，生肖是牛"，要下属用黄金牛来贺生日。《红楼梦》中过生日，是身份的展示，是一种乐趣，是一种命运的解读，看重的倒不是金钱。

女同学D：贾母生日的错位，或者是曹雪芹的笔误，或者是后世流传的时候出现某些误传，红学家自作多情，就解读出别有深意。还要进行论证，希望揭示出一个非常玄而又玄的答案，所以他们总是剑走偏锋，找出一些新的、不同以往的办法来解决问题，以求出奇制胜。

老　师：《红楼梦》的时空存在着很多空幻的东西。你说大观园是江南的空间呢,还是北方的空间?园子中的花草,荡漾着江南的风光,但在炕上睡觉,又是北方的习俗?怡红院、潇湘馆、稻香村,互相之间串门的时候,走了半天,好像空间很大。聚会的时候各个庭院好像很近,来往非常方便。所以它的描写,其实有点很奇幻的东西在里面,是曹雪芹的"胸中丘壑,纸上风光"。夏志清以为,大观园"可以看作是为这些惶恐不安的青少年设计的天堂,以消除他们对即将到来的成年所感到的悲哀"。大观园成了太虚幻境的人间投影。《燕市贞明录》说:

地安门外,钟鼓楼西,有绝大之池沼,曰什刹海。横断分前海、后海,夏植荷花偏满;冬日结冰,游行其上,又别是一境。后海,清醇王府在焉,前海垂杨夹道,错落有致,或曰是《石头记》之大观园。

所谓"芳园筑向帝城西",又所谓"天上人间诸景备,衔山抱水建来精",这是一个"母性原乡",年轻男女定期相会,以参与生命及宇宙化育的玄妙。

女同学 D:《红楼梦》里面描述了比较典型的三十六位女性,分别为正钗、副钗、又副钗,每一类都是十二个,我觉得可能在现实生活中这种情况比较少,即便到了现代,女性形象都没有这么突出。每一位女性都有一种设置,设置了每一位女性的特色,设置了她的悲剧命运。这种悲剧的设置,不管怎么去挣脱,终点都有浓郁的悲剧性色彩。她们有非常让人怜爱的一些特质，但是另一方面性格上又确实存在着不足。古希腊神话里的阿喀琉斯，刚出生的时候他妈妈就把他放在火中锻炼，又捏着他的脚脖子把他倒浸在冥河圣水里浸泡。只有脚踵没有被圣水浸过，就成了他的一个软肋。在特洛伊战争中阿喀琉斯所向披靡，杀死了特洛伊主将、著名英雄赫克托耳，而特洛伊的任何武器都无法伤害他。后来，太阳神阿波罗把阿喀琉斯的弱点告诉了特洛伊王子帕里斯，阿喀琉斯最终被帕里斯用暗箭射中脚踵而死。"阿喀琉斯之踵"就成为整个欧洲广泛流行的成语，其意为再强大、再完美的人或事都会存在致命的缺陷。很多的悲剧都是从人物设置开始，设置了导致他命运悲剧的一个必然发生的点。所有这些人的悲剧形象的设置，使《红楼梦》成了经典悲剧的一大著作。

六、群星灿烂与"一览众山小"的文化景观再思考

老　师：《红楼梦》有很多神秘的东西。香菱天生的胭脂痣，正在眉心，是标准的美人痣，可是注定了红颜薄命，就是所谓"根并荷花一茎香，平生遭际实堪伤"。但是索隐派却使用了拆字法：胭，月之因由；脂，月之旨意。胭脂痣，是红色的，又有"月"字，红也好，月也好，都是象征着明朝。因此一颗美人痣，任人猜谜，隐隐约约

带有先天的命运在里面。

《红楼梦》前八十回与后四十回,也存在着许多参差,可见续书之难。比如《石头记》己卯本第十九回夹批说:"补明宝玉自幼何等娇贵。以此一句留与下部后数十回'寒冬噎酸齑,雪夜围破毡'等处对看,可为后生过分之戒。叹叹!"脂评于此透露了下半部《红楼梦》的片段内容,宝玉的生活穷愁落魄到了大冬天下着雪,吃的是腌制的酸菜,围着一条破毡御寒。这些内容在今本《红楼梦》续书中,都看不到了。这是透露了《红楼梦》后四十回榫卯不能合缝的地方。又比如,《石头记》庚辰本回首总评说:

有客题《红楼梦》一律,失其姓氏,惟见其诗意骇警,故录于斯:"自执金矛又执戈,自相戕戮自张罗。茜纱公子情无限,脂砚先生恨几多。是幻是真空历遍,闲风闲月枉吟哦。情机转得情天破,情不情兮奈我何?"凡是书题者,不可[不以]此为绝调。诗句警拔,且深知拟书底里,惜乎失名矣!按此回之文固妙,然未见后之卅回,犹不见此之妙。此回"娇嗔箴宝玉""软语救贾琏",后回"薛宝钗借词含讽谏,王熙凤知命强英雄"。今只从二婢说起,后则直指其主。然今日之袭人、之宝玉,亦他日之袭人、他日之宝玉也。今日之平儿、之贾琏,亦他日之平儿、他日之贾琏也。何今日之玉犹可箴,他日之玉已不可箴耶?今日之琏犹可救,他日之琏已不可救耶?箴与谏无异也,而袭人安在哉?宁不悲乎!救与强无别也,今因平儿救,此日阿凤英气何如是也?他日之强,何身微运蹇,展眼何如彼耶?甚矣,人世之变迁如此,光阴倏尔如此。

这里透露了《红楼梦》八十回后还有"后之卅回",其中有回目是《薛宝钗借词含讽谏,王熙凤知命强英雄》,这也许是一些尚未改定的稿本。

女同学 D:我想到达·芬奇最著名的画《蒙娜丽莎》,初中的老师说,这幅画描绘了一位表情内敛的、微带笑容的女士,她的笑容有时被称作是"神秘的笑容"。达·芬奇与拉斐尔、米开朗琪罗并称意大利文艺复兴三杰,作画只是他的业余爱好。他学识渊博、多才多艺,除了绘画,在音乐、建筑、数学、几何学、解剖学、生理学、动物学、植物学、天文学、气象学、地质学、地理学、物理学、光学、力学、土木工程等领域都有显著的成就。我感到,世界上存在跟我们普通人不一样的那种人群。我读了《红楼梦》也有这种不一样的感觉。

老 师:文艺复兴时代的那些杰出人物,确实让人刮目相看,在文学、哲学、艺术、政治、科学、宗教等知识探索上,他们都有一点成为百科全书式人才的气象。天文学方面,波兰天文学家哥白尼出版了《天体运行论》,提出了与托勒密的地心说体系不同的日心说体系。意大利思想家布鲁诺宣称,宇宙在空间与时间上都是无限的,太阳只是太阳系的中心而非宇宙的中心。伽利略1609年发明了天文望远镜,并通过多次实验发现了自由落体、抛物体和振摆三大定律。文学方面,但丁写下了《神曲》,塞万提斯写下了长篇讽刺小说《堂吉诃德》，薄伽丘写下了短篇小说集《十日谈》，还有马基维利的《君主论》、拉伯雷的《巨人传》、康帕内拉的《太阳城》等。尤其是天才的戏剧家和诗人莎士比亚，写下了《哈姆雷特》《奥赛罗》《李尔王》和《麦克白》等37部戏剧、154首十四行诗、两首长叙事诗。我们倒是应该反思一下，为什么在欧洲文艺复兴中出现如此多如群星灿烂的天才人物，而在大一统的中国虽然有曹雪芹的《红楼梦》，却令人有"会当凌绝顶，一览众山小"之慨。是否说明大一统的中国，谁是旷世天才，需要君主金口玉言来确定？

女同学D：曹雪芹写《红楼梦》，尽情地展示他是一种百科全书式的奇才。

老　师：对，曹雪芹写的中医就写得很到家。很多东西带有知识考古学的意味，就连酒令也不放过。曹雪芹的祖父曹寅，是清朝政治人物、诗人、词人、昆曲作家，曾经编过《全唐诗》。对戏曲的知识，更是曹寅的家传学问，所作剧本有《北红拂记》《续琵琶记》《太平乐事》《虎口余生》四种，而且有自家组织的戏班，与当时知名剧作家洪昇有往来。曹雪芹对曹寅的家学的传承，自是情理之中，但他的大胆发挥也令人诧异。没有戏曲，就没有《红楼梦》，是否可以这样说？戏曲在《红楼梦》中实在是举足轻重。

女同学D：我觉得《红楼梦》有一个很神奇的点。我以前特别喜欢看《红楼梦》，当时根本想象不到，那些少年男女挺早熟的，一开始就跟我们普通人不一样。

老　师：《红楼梦》这些少年的男女啊，好像都是读遍天下书似的。其实他们在开头的时候就只有十三岁，有的可能就是十二岁左右，早熟得惊人。第七十六回林黛玉和史湘云联诗，接着史湘云的"寒塘渡鹤影"，林黛玉对以"冷月葬诗魂"，都是绝妙好辞。尽管早熟，但是贾宝玉就其性格来说，一辈子都没有完成成人礼。成人对父母、对社会应有的责任，他都没有。

女同学 D：老师，日本尾崎红叶的《金色夜叉》，被称为日本的《红楼梦》，它的主旨是指斥"金钱的恶鬼"的。故事的发端源于名叫间贯一的大学预科生遭到未婚妻鸭泽宫的无情抛弃。鸭泽宫看到银行家的儿子富山唯继手指上的钻戒，顿时被金钱所俘获。知道自己遭到背叛的原因后，间贯一悲愤至极，决定放弃学业，当上了放高利贷者，让自己摇身变成金钱的夜叉，来实现对未婚妻和社会的报复。

老　师：日本还有一部女作家紫式部创作的长篇小说《源氏物语》，近百万字。《源氏物语》描写日本平安时代的桐壶帝不希望儿子在没有生母娘家奥援的情形下卷入宫廷斗争，因此将他降为臣籍，赐姓源氏。源氏和众多女子陷入了情感纠葛，偶遇了藤壶女御的侄女若紫，并将若紫培养成心中思慕的理想女性。贵为皇族之后的紫之上，因私生的身份无法成为源氏的正妻，却得到了正妻的待遇。晚年的源氏迎娶朱雀院与藤壶女御之妹所生的第三皇女为正妻，使得紫之上心碎，不久病逝。源氏在经历诸多世事后也遁入空门，出家为僧。还有高丽时期的《春香传》，描写退籍的艺妓月梅之女春香，清明游春于广寒楼巧遇两班翰林之子李梦龙，二人相互倾慕，私自结为夫妇。李翰林不久调任京师，命李梦龙先行，春香、梦龙不得不依依惜别。新任南原使道卞学道强迫春香为妾，春香不从，被迫下狱，命在旦夕。梦龙在京应试中举，任全罗御史，暗察南原。他查明卞学道的作恶真相，将他革职惩处，春香、梦龙重获团圆，共赴京师。《红楼梦》《春香传》和《源氏物语》是中、韩、日三部齐名的古典名著。但是《红楼梦》天书、人书结合的审美品格，是其他两部难以比拟的。《春香传》写得非常好，在韩国家喻户晓，中国的越剧也演唱不衰。

老　师：作为一个研究者，如果要开拓一个新的学术的发力点，我们既要选择研究的对象，又要审慎地反思研究者自我，思考"我能够在这方面说出什么话来"。经过反省，我在《红楼梦》的传统文化根子，包括它和儒、道、佛的精神文化的脐带联系上、在《红楼梦》与民俗信仰的关系上，以及深层的叙事学的原理上，都有足够的知识储备，大概可以讲出一般的红学家讲不透彻的话。比如我把木石前盟、金玉良缘这一个话题，跟人类发生学进行深度的联系，作了剖析。又比如，我觉察《石头记》全书的基本意义植根于中国古人的石头崇拜，联系着盘古开天辟地、女娲炼石补天、大禹治水启母石、石卵生雷公这些民族起源和图腾的神话传说，展开了一种新视野。

考察《红楼梦》中的女娲补天的五色石的数量，实际上也是深刻地契合着中国传统的周天思维。陈独秀为上海亚东图书1921年版的《红楼梦》作序的时候，在题目中作注，认为《石头记》的书名更好。从人类文明的发生学来看，人类最初是以木和石作为工具去猎取食物，攻击猛兽，开辟自身的生存环境的。新旧石器时代绵延着300万年，占人类整个历史的99%以上。联系到《红楼梦》中的核心故事，贾宝玉与林黛玉、薛宝钗的爱情秘密，所谓"木石前盟"是人类不忘文明初阶的一个见证；财富积累后对荣华富贵的追慕，才是"金玉良缘"。石头联系着原始生命。从石头里面蹦出来的神奇生命的故事就是《西游记》，《西游记》第一回即"灵根育孕源流出，心性修持大道生"。那座花果山顶上有一块仙石以三丈六尺五寸对应着周天之数，以两丈四尺周围，对应着大地之数，这只石猴是以天地为父母的，蕴含着天真地秀、日月精华。《西游记》的石头化生出强大的生命，与《红楼梦》的石头，一刚一柔，相互掩映。不可否认，《红楼梦》是借鉴过《金瓶梅》的，甚至可以说《红楼梦》是存在于大观园里面的诗意世界，跨出这一个诗意世界就是芸芸众生《金瓶梅》的世俗世界，世俗是大于诗意的。但是《红楼梦》却借用这一个诗意世界升华出精妙而形而上的哲理思辨，这是浑身沾满市井泥水的《金瓶梅》无法比拟的。要了解中国的社会心理形态和人的精神信仰，就要好好地读《金瓶梅》《红楼梦》的文学历程。木石前盟、金玉良缘，牵连着人类的发生学。

可以向同学们透露的是，在最近完成的《中国故事》中，除了讲汉族的民族起源之外，我还讲了三个少数民族的民族起源：第一个是蒙古族始祖是苍狼、白鹿；第二个是回纥民族原先的突厥部族也是以狼为图腾，后来建立"喀喇汗王朝"，就是"黑汗王国"；第三个讲了藏族的起源是神猴跟罗刹女结合，生了五百只猴子。这些问题都隐含着一个民族的文化基因。

七、经典化与快餐化

女同学A：回到说不尽的《红楼梦》。像《红楼梦》这种经典，虽然不会老，但是对它的领会，跟读者的素质有关。您觉得从当下来看，《红楼梦》的这一种语言过时了吗？我们接触到的语言里，开始充满了嘻哈，充满了调侃。

老　师：《红楼梦》是非常口语化的，而且是口吻化的，像凤姐啊，写得活灵活现，闻其声可知其人。《红楼梦》字正腔圆，富有表现力，如果把文字变成了游戏，这是一种好的现象呢，还是一种文化的堕落呢？现在的作者要写稍微典雅一点的文字，比如说函件的往来，向人家问一个好，可能都不会了。这样文化下行了，文化世俗化了、通俗化了、快餐化了。经典性在流失，快餐性在大行其道。一个作者能够成为一个大作者，他必须要会用多种的笔墨。古典诗词，毕竟契合着中国语言的表达的特点，某些新诗反而不顾音韵平仄，这就脱离了中国文字的优势。

中国人真是"敬惜字纸"。唐人的七律七绝，短短的，麻雀鼻子那么小的，蕴含着的精神世界是多么辽阔。比如李白的《早发白帝城》："朝辞白帝彩云间，千里江陵一日还。两岸猿声啼不住，轻舟已过万重山。"杜甫的《春望》："国破山河在，城春草木深。感时花溅泪，恨别鸟惊心。烽火连三月，家书抵万金。白头搔更短，浑欲不胜簪。"王维的《阳关三叠》即《渭城曲》："渭城朝雨浥轻尘，客舍青青柳色新。劝君更尽一杯酒，西出阳关无故人。"杜牧的《清明》："清明时节雨纷纷，路上行人欲断魂。借问酒家何处有？牧童遥指杏花村。"这些诗很短，但是精神饱满，寄兴高远，声情并茂，确实是中国真正的诗。叙事诗则有《孔雀东南飞》，全诗340多句，1700多字，记叙了刘兰芝嫁到焦家为焦母所不容而被遣回娘家，其兄逼其改嫁。新婚之夜，兰芝投水自尽，焦仲卿也自杀殉情，这里表现有一种爱可以穿越生死。清乾隆年间的沈德潜，编纂了诗歌总集《古诗源》，盛赞："《孔雀东南飞》共1785字，古今第一首长诗也。淋淋漓漓，反反复复，杂述十数人口中语，而各肖其声音面目，岂非化工之笔？"这种穿越生死的爱，唯有《红楼梦》可以比拟。

男同学Ａ：您认为《红楼梦》的性质，是符合它出现的时代的。《剑桥中国文学史》里就提到，说《红楼梦》当时出现是具有一定的时代性、超越性的。

老　师：天才的小说家、天才诗人的出现，有历史的必然性，也有历史的偶然性。并不是你那个时候经济很繁荣，就能写出一首好诗，就可以出现一部《红楼梦》，就可以出现李白、杜甫。历史的必然性中含着很多历史的偶然性。《红楼梦》里闪烁着曹雪芹的敏锐眼光，他感觉到烂熟了的贵族中国必然崩溃。它的子弟已经不愿按照老路走下去了。中国最好的作品是谁写的？破落户子弟，而不是暴发户子弟。暴发户是附庸风雅，破落户子弟既有破落之前的那种文化造诣和思想能力，又在破落过程中看清了世人的真面目。当然也有贫困子弟以刚毅的意志写出的作品。屈原如果不是出生于莫敖世家，自己当了左徒之后，又失宠被流放，没有这么一个败落的过程中的生命磨难，是写不出《离骚》来的，这就是"屈平辞赋悬日月，楚王台榭空山丘"了。苏东坡如果没有被流放到黄州所受到的生命磨难，是写不出前后《赤壁赋》和《念奴娇·赤壁怀古》的。生命最璀璨的火花，是在命运磨人中，体验到宇宙人生的短暂和永恒。苏东坡祭奠着"大江东去，浪淘尽，千古风流人物"，又祭奠着自己："人生如梦，一尊还酹江月。"俞文豹《吹剑续录》谈到一个故事，苏东坡有一次在翰林院玉堂，有一幕士善歌，东坡因问曰："我词何如柳七（即柳永）？"幕士对曰："柳郎中词，只合十七八女郎，执红牙板，歌'杨柳岸，晓风残月'。学士词，须关西大汉、铜琵琶、铁棹板，唱'大江东去'。"东坡为之绝倒。苏东坡绝倒的是他的词作中融合着生命热度的阳刚之气。

但是苏东坡祭奠自己的时候，已经感受到"人生如梦"了。《红楼梦》既然书名中有"梦"字，那么关系到全书本旨的"梦幻"两个字，如果进行佛学认证，就可以发现，梦幻是通向佛境的一种路径。《金刚经》说："一切有为法，如梦幻泡影，如露亦如电，应作如是观。""金刚六如"的核心理念就是梦幻。《般若波罗蜜多心经》认为，一切法如幻、如梦、如影、如响、如水中月、如镜中像。《普曜经》中，解一切法，如幻、野马、影、响、芭蕉、化、梦、月影。一切无常，不可久保。梦幻三昧就是要超越对法相的执着，进入深层的三昧空性。

　　应该看到《红楼梦》是庄佛双修的，庄子的禅悦就是要回归到真性情的自适。庄子的《齐物篇》中说："昔者庄周梦为蝴蝶，栩栩然蝴蝶也，自喻适志与！不知周也，俄然觉。"一会儿就觉醒了，"则蘧蘧然周也。不知周之梦蝴蝶与，蝴蝶之梦为周与？周与蝴蝶，则必有分矣。此之谓物化"。这就是所谓物化，他就是把人的生命归入天地流行的物化之流，思考着梦与觉的生命边界，这一个生命的边界是模糊的，也就是空泛的。《红楼梦》的梦幻本旨融合着佛禅老庄的空泛与物化，蕴含着自我个性的朦胧觉醒。因此"那红尘中有却有些乐事，但不能永远依恃；况又有'美中不足，好事多魔'八个字紧相连属，瞬息间则又乐极悲生，人非物换，究竟是到头一梦，万境归空"，甲戌侧批说："四句乃是一部之总纲。"尽管是梦幻，也要忏悔。忏悔与梦幻纠缠，使得梦幻不能超脱，忏悔不能安神。

　　这种梦幻的描写在《红楼梦》的第三回贾宝玉跟林黛玉初次见面时，表现得淋漓尽致，又非常微妙。天上掉下个林妹妹，这是《红楼梦》的压轴大文章，关系到西方灵河岸上三生石畔宿命性的渊源。林黛玉初进荣国府，先是贾母把她搂在怀中，心肝肉啊叫着大哭；接着写了凤辣子凤风火火"传神第一笔"；随之却是欲擒故纵，让王夫人贬抑贾宝玉是"混世魔王"；想不到笔锋一转，却从贾宝玉、林黛玉的眼中对视迸发出璀璨的火花。林黛玉见贾宝玉就大吃一惊，心想"好生奇怪，倒像在那里见过一般，何等眼熟到如此"，心里想着又不说出来，毕竟带着几分女儿的矜持和孤傲。贾宝玉向母亲请安，换了衣服，然后出来笑道："这个妹妹我曾见过的。"甲戌本脂评说，黛玉见宝玉先一"惊"，宝玉见黛玉写一"笑"，一存于中，一发于外，可见下笔推敲得准稳。接着还有如花妙笔，如甲戌本脂评所说，不写衣裙装饰，就是没写林黛玉是怎么打扮的，而是看她的神态，因为衣裙装饰是宝玉眼中不屑之物。看一个人，看见了什么，不看什么，都是跟看的人本身有关系。黛玉的极致容貌，是宝玉的眼中看的，心中评的，不是宝玉，断不能看到黛玉是何等品貌。对于贾宝玉来说，将林黛玉看成什么样也同样是最重要的。这种肖像描写，并非客观静态的匠人画像，而是宝黛之间互看互评，在主客观融合中油然而生出的倾慕之情，赋予肖像描写以灵性。贾宝玉自己有通灵宝玉，问知林黛玉没有玉，就发狂摘下通灵宝玉狠狠地要把它摔碎。害得贾母搂着宝玉说"何苦摔那个命根子"，只好编了一个谎言说林黛玉本来也有玉，留给她的亡母陪葬了。通灵宝玉这个命根子，都是关联着女娲炼石补天的神话的，是天书与人书于此碰撞融合。这还不够，行文又站在一旁，推出两首《西江月》：

无故寻愁觅恨，有时似傻如狂。纵然生得好皮囊，腹内原来草莽。　潦倒不通庶务，愚顽怕读文章。行为偏僻性乖张，那管世人诽谤！

富贵不知乐业，贫穷难耐凄凉。可怜辜负好韶光，于国于家无望。 天下无能第一，古今不肖无双。寄言纨绔与膏粱：莫效此儿形状。

这实际上是跳出一个叙事层面，从旁敲打贾宝玉，既忏悔自己不通世务，我行我素，一事无成，又反讽时人的无端诽谤，俗眼浑浊，不知保存真性情，不知保存"草莽"之类的未受文明异化的自然人性。这就是《红楼梦》的吊诡，言内之意和言外之意的互相诘究，相互对峙，增加了思维的骚动感和多义性。

女同学 B：我看《红楼梦》的时候特别小，当时是小学一年级吧，谈不上有什么理解。我印象最深的，是《红楼梦》开启了我对文字美的感知和探寻。我印象深刻的是曹雪芹给人物取名字，如诗如画，安在一个人的身上就扒拉不下来。比如花袭人，她的整个出场、她的性格，都有一种花香袭人的感觉。对元春、迎春、探春、惜春的名字，也感到特别的神奇，与"原应叹息"谐音。还有琴棋书画，就有抱琴、司棋、侍书、入画四个侍女。当时就觉得能把人物的名字起得这么好、这么美、这么巧妙，简直是开启了我对文字之美的感知。这就是我小时候第一遍读《红楼梦》最深切的感觉。

老　师：读了李白、杜甫，还有王维、李商隐的诗，读了《红楼梦》的文章诗词，才知道中国的文字到底能做什么。这是一种西方人很难体验到的内在味道和深层含义。比如说看到月亮，中国人举头望明月产生的感受，可能与西方人看到月亮的感受不一样，这里有广寒宫、吴刚伐桂、玉兔捣药、嫦娥奔月，还有李白的"举杯邀明月，对影成三人"、苏东坡的"明月几时有？把酒问青天"，以及中国人的中秋节习俗。唐人笔记《酉阳杂俎》卷一《天咫篇》记载："旧言月中有桂，有蟾蜍，故异书言月桂高五百丈，下有一人常斫之，树创随合。人姓吴名刚，西河人，学仙有过，谪令伐树。"唐代诗人李商隐《嫦娥》诗，关心月中仙子："云母屏风烛影深，长河渐落晓星沉。嫦娥应悔偷灵药，碧海青天夜夜心。"《霜月》诗，也是情愫缠绵："初闻征雁已无蝉，百尺楼高水接天。青女素娥俱耐冷，月中霜里斗婵娟。"这种人月相许的情感，是牵系着中国人的神经的。

女同学C：我以前看《红楼梦》，比较大的感触，是《红楼梦》的叙述，在整体上给人一种琐碎的感觉。平心而论，它写很多人，写很多事，写一个家族，细致到吃饭吃了什么，把菜名都一个一个地写了出来，读起来由于这件小事描写得非常细节化，影响你对整个故事脉络的走向、整个人物的命运的把握。它写的每一处细节，最终都是为全书主旨、人物的命运服务的。它不仅用世情来佐证写作的主题，而且有时以几个不同的人，反复地来证明一个话题。这不仅表现为"钗黛合一"，就是写薛蟠的家里，写了他的妻子夏金桂，写了夏金桂的侍女宝蟾，写了一直伴随薛蟠的香菱，写了三个人之间相类似的，最后终局又不同的命运，从而把很富有意义的，或者层次很丰富的这些人物性格、命运，分散投射在诸多人等的身上。我不知道跟它的复调性是否有关，有时又很直观，你可能觉得，无论在这部小说的哪一个角落，那些细节最终都会返本归原到《红楼梦》

的主线上去。就像老师之前说的,《红楼梦》整本书写的是贵族中国湮灭的过程,在这个过程里,有人在挣扎,有人在随波逐流,但是都逃脱不了悲剧的大局和命运。我觉得《红楼梦》给我最大的感触,就是这条主线,推动着人生的场景往前发展、往前流淌的过程,所有的支流最终都会汇入到这条主线里。尽管它的中间表现得那么灿烂,但是阅读的时候,绝对不会忘记它本身的这个主流的基调。它其实涵盖了贾史王薛四大家族,甚至还涉及江南的甄家,无论是直接的描写,还是通过口述言传,最后都把这些命运集中到了这个贾府的身上。这是我读《红楼梦》的第一感受,就是叙事层面的细小使得它非常丰富,而又不削弱主线的揭示。

老　师:真假逻辑颠倒,是小说探究天上人间状态的触媒。《红楼梦》有贾宝玉、甄宝玉,《水浒传》有真假李逵,《西游记》有真假孙悟空。但是写真假,写得最深刻的还是《红楼梦》。甄宝玉初时的性情与贾宝玉并无二样,但他走向仕途经济,使贾宝玉悔恨与甄宝玉有一副同样的臭皮囊。这种同中见异的描写,映衬出社会价值的多重性、多样性。

如果把甄宝玉和贾宝玉写成自始至终都一样,那就没有意思了。他们就是不一样,所以真的变成假的,假的变成真的,就是真的失去了真性情,假的倒是保持了真性情。但是甄宝玉保持了真的荣华富贵的人生过程,贾宝玉倒是脱离了这种荣华富贵的人生轨道。《笑林广记》有一则笑话:"官坐堂,众役中有撒一响屁,官即叫:'拿来!'隶禀曰:'老爷,屁是一阵风,吹散没影踪,叫小的如何拿得？'官怒云：'为何徇情卖放，定要拿到。'皂无奈，只得取干屎回销：'禀老爷，正犯是走了，拿得家属在此。'"贾宝玉和甄宝玉难道就是那个"响屁"和它的家属"干屎"吗？"响屁"和"干屎"，就是叙事的复调性。

男同学C：老师，《红楼梦》的小说传统，对今天的小说家有什么意义？我感觉到，现在中国的作家其实大部分都是在学西方。

老　师：学习西方，可以用陌生感来消解陈陈相因的套路。学习《红楼梦》就要换一套现代性的思路重新体验《红楼梦》。像张爱玲、白先勇、王安忆，他们能够写出富有中国滋味的小说来，跟读《红楼梦》传统有深刻的关系。传统是需要点化的，不能食古不化。"化"字是关键。

现在学什么西方的"穿越"，其实穿越在晚清的小说界就相当发达。晚清吴趼人《新石头记》接着《红楼梦》说，宝玉出家当了和尚，终日百无聊赖。一日，凡心再起，想起当日女娲补天，只剩他一块不用，如今，若能酬报当时补天之愿，也算不枉此生，于是蓄发还俗，离开青埂峰，以了此愿。岂知时光荏苒，人世间已过了不知多少世，到了晚清时期，荣、宁二府固然不见，就连其他事物也与从前大为不同。贾宝玉跟着薛蟠在大上海转来转去，参观印厂、轮船等科学事物。薛蟠突然提出要带贾宝玉去"自由村"。焙茗被箭射中由人变成了木偶，打开了通往"文明境界"的大门，那里科技昌明，人民安居乐业。贾宝玉由"老少年"接待，带领他乘"飞车"参观验病所，见识了其中的各种先进发明；随后又访问水师学堂，体验"透水镜"的威力。"文明境界"里，科技异常发达，人工调控的气候，使农民一年有四次收成；各种机器人打理日常家务；神奇的药物可以提高脑部功能，"验骨镜"可以清晰地看到病人全身的骨骼；温室花园全年提供四时的蔬果；改良的资讯设备包括"千里仪""助听器"和"无绳电话"；还有最先进的运输工具："飞车"在天上像大鸟般飞翔，而"隧道电车"则在地下来回穿梭。这些车辆都有特别磁场保护，无论怎样驾驶都不会擦撞损毁。另外还有水靴，旅行人穿了可以随意在水上行走，不会下沉……贾宝玉借得"空中猎车"，飞往中非洲狩猎大鹏鸟；又乘"海底潜艇"，绕行地球一周探险。全书作者通过前半部写晚清中国的黑暗社会现实，反衬后半部分"文明境界"的先进，从而宣扬中国要想复兴，中国人要想过上贾宝玉所见的"文明境界"里的好生活，就必须通过真正的"立宪"，来打破清廷治下的"野蛮社会"。这是晚清作家的乌托邦畅想曲，可见晚清作家的创作状态是非常自由的，视野是非常开阔的。

女同学 B：随着年龄和阅历的增加，我看《红楼梦》，感觉到最精彩的还是对人物的描写。比如有一回写"尴尬人难免尴尬事"，是描写邢夫人的。从常理上看，邢夫人的家族地位应该是和王夫人相当，甚至她属于长房，可能还高于王夫人。可是实际上，邢夫人的行为做派、家族地位倒是和赵姨娘、周姨娘等相类。在与王夫人的对比中，我们才能更深刻地体会这个"尴尬人"的意思。首先，邢夫人的娘家比不了王夫人的。王夫人是四大家族之一,是"东海缺少白玉床,龙王来请金陵王"的王家;邢夫人娘家却什么也不是,邢大舅连玩相公都掏不出钱来。王夫人的娘家人王子腾是九省统制,权倾朝野;邢夫人的娘家人邢德全却是个只知道吃喝玩乐的呆子。其次,邢夫人的丈夫比不了王夫人的。贾赦是一个沉浸于声色犬马之中的无耻之徒,不务正业,贪财好色,品性实在非常低劣,虽然承继了爵位,却在府中没有地位,让多数主子和奴仆看不起,最重要的是,贾母也不待见这个儿子;而贾政则是一个忠谨方正、严于律己的人,能够得到贾母的认可。有一层隐秘的关系容易被读者忽略,邢夫人任由贾赦摆布,几乎是到了言听计从的地步;可是王夫人却不是,王夫人看似对贾政顺从,可是在关键问题上她总能辖制住贾政。这就能看出一个愚痴者和一个聪明人的区别了。最后,邢夫人没有子女,迎春和贾琏皆非己出;而王夫人却子女双全,不仅有贾珠、贾宝玉,贾珠留下了长孙贾兰,更有贾元春这个关涉到贾府兴衰荣辱的女儿。母凭子贵,邢夫人自然和王夫人不能相提并论。邢夫人的身世、遭际和生存环境,实在是让人觉得可怜,可是看其为人却又觉得可恨。"凤姐儿知道邢夫人禀性愚弱,只知承顺贾赦以自保,次则婪聚财货为自得,家下一应大小事务,俱由贾赦摆布。凡出入银钱事务,一经他手,便克啬异常,以贾赦浪费为名'须得我就中俭省,方可偿补',儿女奴仆,一人不靠,一言不听。"邢夫人遵照贾赦的意思,亲自劝说鸳鸯去当贾赦的妾。最可笑的是,鸳鸯前后有过四次不愿意的表示,邢夫人却始终认为她是害臊。可见邢夫人的"犟"劲十足,又托鸳鸯的嫂子说项,又谋划让鸳鸯的父母来京，最终把事情搞得一发不可收拾，闹到贾母跟前了。依靠贾母这把保护伞，鸳鸯拼死一闹，邢夫人的精心策划变成了竹篮打水一场空。曹雪芹写这部小说，遵从着"真事隐去，假语存焉"，于是我们再去读文本的时候，总要思考到底什么是真的，什么是假的。就拿秦可卿跟王熙凤之间的关系来说，也是这样。秦可卿死后托梦，关切着贾府的命运，这与秦可卿淫丧天香楼的行为存在着巨大的悖谬。

老　师：秦可卿死的那天托梦于王熙凤，其实这是王熙凤的一种潜意识。王熙凤忧虑贾府树倒猢狲散，才以梦的形式呈现她的潜意识。没有王熙凤，是做不成这样的一个梦的。俗语说，梦由心造，不然，秦可卿也不会入梦来，这应该看作是王熙凤借秦可卿之死思考贾府的前途命运。

女同学B：小说里面也没有交代王熙凤和秦可卿两个人的关系，但是我觉得王熙凤写得太好了，就是当所有的人在一起的时候，她面上关心所有的人，但是她的心里面什么都没有装着。她跟秦可卿的关系可以说是好闺密，秦可卿死之前，她去看望秦可卿；但王熙凤从宁国府回来，却几次跟贾瑞虚情假意地调情。你看曹雪芹把事物的两端放在一起去写，一个是看望快死的闺密，一个是跟下流鬼调情。读这样的书把握的火候，太有意思了，可见这部书的伟大之处就在于每一个细节和言行都值得推敲。

老　　师：贾瑞的形象，在《红楼梦》中被写得非常不堪。实际上贾瑞之所以那么容易上当，是跟贾府的伦理环境有关系，在这里有所谓"东府里除了那两个石头狮子干净，只怕连猫儿狗儿都不干净"。贾瑞有贾蓉所没有的丑陋和寒碜，觉得王熙凤会跟小叔子不明不白，自己也就想入非非，"癞蛤蟆想天鹅肉吃"了。对贾瑞的形象重新审视一下，虽然他属于下下等人、一个猥琐男，却也是贾府中的一个合理的存在。贾瑞被胭脂队里面的英雄王熙凤以最毒辣也是最下流的欺骗手段折磨成病后，跛足道人送给贾瑞一面"风月宝鉴"的镜子。贾瑞正面一照，只见凤姐站在里面，招手叫他。贾瑞心中一喜，荡悠悠觉得进了镜子，与凤姐云雨一番，凤姐仍送他出来。到了床上，"嗳哟"了一声，一睁眼，镜子重新又掉过来，仍是反面立着一个骷髅。贾瑞自觉汗津津的，底下已遗了一摊精。如此三四次，精尽人亡。这种骷髅美人，是一种寓意深刻的警世意象。《脂砚斋重评石头记》第一回："东鲁孔梅溪则题曰《风月宝鉴》。"甲戌眉批说："雪芹旧有《风月宝鉴》之书，乃其弟棠村序也。今棠村已逝，余睹新怀旧，故仍因之。"可见《风月宝鉴》的书名，触及《红楼梦》的主旨。

女同学C：《红楼梦》里人物的宗亲关系很复杂，这是传统中国的一种社会结构吧。现在很多人说，独生子女是没法读懂《红楼梦》的，因为你没法去理解嫡庶关系、妯娌关系、盘根错节的亲戚之间的关系。

女同学D：我有这样一个问题，"明代四大奇书"更多的还是倾向于民间的趣味，考虑商业利润的，那时中国最好的文人当然还是写诗写文的。但是从《红楼梦》开始，它跟前面的"四大奇书"就不一样了，它并不是为了照顾民间的趣味和追求商业利润，已经是借助小说来写诗了。

老　师：曹雪芹没有赚到稿费。他一辈子写一部书，死后才出版。《红楼梦》在最近的半个世纪再版了122次，印刷680万套，要是在今天靠着版税就几乎成了亿万富翁。但是当年的曹雪芹移居北京西山黄叶村，晚景凄凉，"茅椽蓬牖，瓦灶绳床"，此说来自《红楼梦》文本；"满径蓬蒿"，"举家食粥酒常赊"，此说源自曹雪芹的好友敦诚《赠曹芹圃（雪芹）》诗："满径蓬蒿老不华，举家食粥酒常赊。衡门僻巷愁今雨，废馆颓楼梦旧家。司业青钱留客醉，步兵白眼向人斜。阿谁买与猪肝食，日望西山餐暮霞。"曹雪芹的名字端赖《红楼梦》而传，这就是书比人长寿了。

女同学D：因为曹雪芹写就写了十年，他写这部书不是为了去赚钱的，可能他就是为了像过去的文人写诗写文一样，去倾诉自己的这种情感，表达自己对人生的体悟。还有同时期的《儒林外史》好像也是这样的、差不多的情况，作者也并不是为了去赚钱，或者为写个游戏之作。但是从这个时代开始，我觉得曹雪芹应该算中国最好的文人了，他们开始写小说了，小说从此开始好像它的文学地位跟之前并不那么一样了。

老　师：曹雪芹在书中把自己的名字真真假假、隐隐约约地透露出来了，好像是多个作者写的，这些作者的名字中混杂着曹雪芹本人的名字。《红楼梦》第一回就说：

空空道人听如此说，思忖半晌，将这《石头记》再检阅一遍……从此空空道人因空见色，由色生情，传情入色，自色悟空，遂易名为情僧，改《石头记》为《情僧录》。东鲁孔梅溪题曰《风月宝鉴》。后因曹雪芹于悼红轩中披阅十载，增删五次，纂成目录，分出章回，则题曰《金陵十二钗》，并题一绝云……

他最终还是把红楼群芳的落花情结划归自己的账上。《金瓶梅》的作者就没有把自己的名字讲出来，这反映了他对自己写作价值的认同留有余地。值得注意的是在比较文学领域。吴宓在西南联大开设的"欧洲文学史"，讲授英国文学史、希腊罗马文学选读、欧洲名著选读、中西诗之比较、文学与人生等课程，但是吴宓更吸引人们眼球的，是推动了西南联大的《红楼梦》热的升温。吴宓有曲折的恋爱情史，他经常把自己比作《红楼梦》中的贾宝玉。顾毓琇有"千古多情吴雨僧"句，吴宓字雨僧，让人想起蒋捷的《虞美人·听雨》："而今听雨僧庐下，鬓已星星也！悲欢离合总无情，一任阶前、点滴到天明。"事实上，吴宓一生的苦恋和痴情，也的确如这半阕词所写，"悲欢离合总无情"。有同事取笑他是"情僧"，吴宓并不因此恼怒。吴宓认为，比较文学研究的目的在于"融会贯通"，创造和发展中国的新文化："今欲造成中国之新文化，自当兼取中西文明文化之精华而镕铸之，贯通之。"他 1919 年留学美国，曾在哈佛大学中国学生会作题为"《红楼梦》新谈"的英文演讲。在演讲中，他把《红楼梦》与西方的文学名著做比较研究，结论是《红楼梦》是一部伟大的小说，世界各国文学中未见其比。此说一鸣惊人，众皆喝彩。吴宓给《红楼梦》以很高的评价：

其入人之深，构思之精，行文之妙，即求之西国小说中，亦罕见其匹。

若以西国文学之格律衡《石头记》，处处合拍，且尚觉佳胜。

吴宓还有一个独特的见解，当时就有学生提出："为什么吴先生认为《红楼梦》不能作为当时封建制度濒于解体的标本加以解剖？"他却回答说："这就像解剖尸体不必拿美人的遗体解剖一样。"

女同学 D：这就是说，在曹雪芹的时代，为什么这么杰出的诗人，不是像传统文人那样写诗写文去表达情感，而是开始转向了小说？小说具有更大的篇幅来体验诗的哲学。

老　师：小说的容量肯定是比诗文的容量要大，中国的诗文不长于叙事。中国人对经典的体验，小小的篇幅能够拓展出很大的精神共鸣、很大的想象力空间、很深的哲学意义。但是小说就不同了，它的巨大篇幅决定了它的巨大文化含量。藏族的《格萨尔王传》60 万诗行，或者 100 万诗行，这样超大型的篇幅，自然可以容纳百科全书式的英雄主义的想象。但是中国的诗歌文体，文字精粹、微妙、耐人寻味。小说的文体方式可以用很多的情节，用很多的人物，用很多人间的形态，来展示世态人情，从中升华出超神话或者诗化的神话，对宇宙人生的意义进行层层深入的思考，对人间的命运进行一种令人心弦颤动的预言。《红楼梦》提供了浩瀚的诗的空间。它把诗的任务与太虚幻境融合在一起，又与太虚幻境相分离。因为太虚幻境是档案馆，收藏着生死簿，还充当了红楼群芳命运的管理局。那么多的功能，就不是一两首诗能够说清楚的。这就是《红楼梦》用宏大的篇幅，叩开意义的空间。

八、揣摩是读书的乐趣

女同学C：老师，《红楼梦》写了这么多，但是作者对很多事情其实是没有交代的，包括很多人物之间的关系。读《红楼梦》的时候，你不仅要看他写的什么，对背后没有写的东西也要去揣摩。

老　师：揣摩，反复思考推求，是读书的乐趣。翻开《战国策·秦策一》，可以发现"揣摩"一词的起源："〔苏秦〕乃夜发书，陈箧数十，得《太公阴符》之谋，伏而诵之，简练以为揣摩。"这个苏秦游说诸侯，落魄而归，兄弟嫂妹妻妾一家人对他狼狈的样子大加嘲笑，他反复揣摩《太公阴符》后，有得于心，说："此可以说当世之君矣！"揣摩就是读书有得于心，用心来读书，读出书的心。读《红楼梦》也要读出书中的心。《红楼梦》的叙事非常高明，往往是用宝玉的想法，把荣华富贵的事情都撇到一边去了。元妃省亲是《红楼梦》中荣华富贵的巅峰描写，却透露出一个女人再高贵，没法体会亲情之爱的滋味，又有什么幸福可言？皇宫，就是一座金碧辉煌的牢笼，锁住了元春的一生。可怜的是贾府的荣华，系在元春一个弱女子的身上；离了元春，这些男人们简直屁都不是。这次元妃省亲，贾宝玉凑趣，得了一个彩头。可是贾宝玉背后站着秦可卿和秦钟，谐音于"情可倾"和"情终"。第十六回："秦钟秉赋最弱，因在郊外受了些风霜，又与智能儿偷期缱绻，未免失于调养，回来时便咳嗽伤风，懒进饮食，大有不胜之态，遂不敢出门，只在家中养息。宝玉便扫了兴头，只得付于无可奈何，且自静候大愈时再约。""水月庵的智能私逃进城，找至秦钟家下看视秦钟，不意被秦业知觉，将智能逐出，将秦钟打了一顿，自己气的老病发作，三五日光景呜呼死了。秦钟本自怯弱，又带病未愈，受了笞杖，今见老父气死，此时悔痛无及，更又添了许多症候。因此宝玉心中怅然如有所失。虽闻得元春晋封之事，亦未解得愁闷。贾母等如何谢恩，如何回家，亲朋如何来庆贺，宁荣两处近日如何热闹，众人如何得意，独他一个皆视有如无，毫不曾介意。因此众人嘲他越发呆了。"贾宝玉的发呆，以五个"如何"省掉了许多俗不可耐的笔墨。这是一种有意味的省略。秦钟死后，"宝玉痛哭不止……日日思慕感悼"。若非二人关系特殊，宝玉也不会事隔一年还老惦着祭扫秦钟的坟头。这类描写，以贾宝玉斜眼看世道，实在是余味无穷。《红楼梦》要写什么,不要写什么,什么东西实写,什么虚写,什么正面来写,什么侧面来写,都是非常有讲究的。就连大观园的建造,这么大一个院子,不经意之间就呈现在人们眼前,但是并不令人感到它突然。这么大的院子是一年两年能修好的吗?但是如果修造历时十年八年,那么黄花菜都凉了。这就是《红楼梦》写复杂事件的神来之笔。文学史著述者的本体素质,就是要有能力穿透这些神来之笔的秘密。

女同学C:《红楼梦》写了一批"清客"(或"门客")。门客拍马屁的功夫也很到家。我看过一篇文章,就写这些门客在建大观园的过程中,主要是在负责用拍马屁为建造工程推波助澜。

老　师:在专制政治和等级社会中,拍马屁是讨人喜欢的事情,喜乐的气氛令人感到舒服。但是拍马屁也要拍得有分寸,才不会招来尴尬。明朝权臣严嵩的儿子严世蕃,仗着老子的权势飞扬跋扈,无恶不作。在这个权倾一时的官二代身边,自然聚集了不少攀权附贵、阿谀奉承的门客,可他却打心眼里厌恶这些人。一次,他和幕僚门客一起聊天,突然放了一个屁。这时,一个惯于拍马屁的门客献媚道:"哪来一股气味,芳香扑鼻,好闻极了!"此言一出,满座哗然,真是贱到家了吧?严世蕃听后,故意装出一副很悲伤的样子说:"我听说放屁不臭,说明身体内部患了严重疾病,唉!看来,我的健康值得担忧了。"那个门客一听,惊出一身冷汗,赶忙改口道:"现在仔细闻闻,是有点臭,是有点臭,公子您不必担忧。"严世蕃和众人哄堂大笑，这个门客顿时羞得满脸通红，恨不得找一个地缝钻进去。拍马屁也是要看人脸色，看菜下箸的。《红楼梦》里，写园子的建设没有看到多少工匠进来，多少人去挖湖，多少人去种树，种树就委托给"树妈"，种花就委托给"花妈"，这都是侧面用墨。

女同学B：就是小红带去找贾芸安排的。

老　师：小红带去的那个人，就是几句话，一带就带过去了。林红玉，是贾府管家林之孝家的女儿。因"玉"字犯了宝玉、黛玉的名，便改唤她作小红，她本来只不过是怡红院的三等丫头。她知道怡红院伶牙俐齿的丫头，是没有好下场的，于是她静观待变。凤姐发现了小红的才干，还想认她做干女儿。根据前八十回的描写以及各个版本的批注，来推测后面的故事：贾府事败被抄之前，贾芸斗胆恳求贾府，要赎出小红并与小红成婚。这件事情，得到贾芸的"干爹"贾宝玉和王熙凤的支持，得以实现，使这段婚姻终于彻底地获得了道德支持和伦理名分。贾府这座大厦虽然倒塌了，但是小红和贾芸凭着二人的努力所建立起来的幸福家庭，却在这一片废墟的角落中，坚强挺拔，屹立不倒。小红的命运，令人联想到巧姐儿。

男同学C：我们可以总结一下中国古代跟梦有关的文学体系。中国做梦的始祖应该是庄子，从庄周梦蝶开始的梦境，引起后人的关注，以后的梦境就和哲学有关，人们思考着人生的荣辱生死，后来慢慢就影响到文学的诗歌里面，带上了浓郁的宗教色彩。黄粱梦的典故出自唐代沈既济《枕中记》："开成七年（开成只有五年，开成五年即公元840年），有个姓卢的书生，在邯郸旅馆中遇到吕洞宾，满口叹息生活困穷。吕洞宾就从布口袋里取出一个枕头交给他，说：'你枕上我这个枕头，就会使你荣华富贵！'当时旅馆主人正在蒸小米饭，卢生伏头靠在枕头上，枕中入梦，几个月后，娶了大户人家清河崔氏女为妻，不久又中了进士，官居节度使，大破戎虏。后来他当宰相十几年，五个儿子、十几个孙子都当了官，和天下望族联姻，到八十多岁死了。之后他就醒了过来，旅馆主人蒸的小米饭还没有熟。他惊诧地说：'这难道就是梦吗？'吕洞宾笑着说：'人生的适意，也就是这样啊！'卢生茫然自失很久，叩头拜谢而去。"经过这次黄粱梦，卢生大彻大悟，不思上京赴考，反入山修道去也。到了《红楼梦》，这是天上人间最大的一个梦，我们的责任就是深入阐发这个梦境。

老　师：从中国文学中挑选出一百个梦都不为多，很多文学作品就是写一个白日梦——在现实的生活中得不到满足的东西，到梦境里面去追求满足。《聊斋志异》写了很多狐鬼的梦幻，以此打破现实生活中的礼教束缚，创造了另外一个自由的世界。比如《葛巾》写牡丹精的故事，《婴宁》写爱笑的狐女的故事。常大用跟牡丹精的恋爱婚姻，王子服跟狐女的恋爱婚姻，都天真无邪、阳光灿烂。《聊斋》设计的这个世界，不是世俗世界，而是梦的世界，在梦中还我一个自由身。

九、以故事形式打开的民族历程、民族文化精神的教科书

老　师：最后，我想扯开话题，谈一谈我最近修订好的《中国故事》。这是本13万字的小书，共有10编116个故事，以故事的形式讲述中国文化的历程和精髓，力图融合着比天还大的中国心、比地还厚的中国情。

第一编是《民族起源编》，思考着什么是中国，我们从哪里来，我们如何迈开第一步。从盘古开天辟地、女娲炼石补天写起，除了汉族之外，兼及蒙古族、维吾尔族、藏族、苗族的神话性起源。

第二编是《民族英雄俊杰编》，从汤武革命讲起，还有殷墟甲骨文中发现的妇好这个女将军的传奇，直讲到五四新文化运动、二万五千里长征、中华人民共和国建立和改革开放。

第三编是《科学技术编》，从神农尝百草、黄帝之史仓颉造文字、工匠祖师鲁班、百科全书式的科学家张衡，一直写到"四大发明"等等。

第四编是《战争编》，从柏举之战、长平之战、赤壁之战，到抗美援朝战争、中印自卫反击战，写了许多决定民族国家命运的战争。

第五编是《民心编》，有孟姜女哭倒长城、木兰从军、妈祖保佑航海、穆桂英挂帅、窦娥冤。

第六编是《史诗和奇异编》，写了少数民族三大史诗《格萨尔王传》《江格尔》《玛纳斯》，兼及南越王与海上丝绸之路。

第七编是《爱情编》，从牛郎织女，梁山伯与祝英台，董永与七仙女，昭君出塞，蔡文姬《悲愤诗》《胡笳十八拍》，一直写到《孔雀东南飞》《长恨歌》《西厢记》《牡丹亭》与《红楼梦》中的神瑛侍者与绛珠还泪。

第八编是《侠义编》，写了赵氏孤儿、荆轲刺秦王、风尘三侠、聂隐娘、昆仑奴，以及现代的《神雕侠侣》《楚留香传奇》。

第九编是《神鬼编》，有《蚕马》《白水素女》《宋定伯捉鬼》《鱼服记》《葛巾》《婴宁》。

最后第十编是《国家形象编》，有《马可·波罗游记》的西方东方学对东方文明的尊崇，又有近百年来中华民族从积弱积贫到走向全面的振兴。

应该说，这是一部以故事的形式打开的民族历程、民族文化精神的教科书。一个理想文学史的著述者应该具有这种魄力、素质和能力。

此书根据2018年上半年杨义任澳门大学讲座教授期间与博士生的课堂讨论整理。参加课堂讨论的博士生有王小波、陈婉莹、符惜畅、王珏、黄耀民、周康桥、李星星、孙启菲、慎泽明和刘文菊等。杨义为中国社会科学院学部委员，中国社会科学院文学研究所、民族文学研究所原所长，澳门大学讲座教授。